EVEREST

136

BUKET UZUNER

Romancı, hikâyeci ve gezi yazarı Buket Uzuner (1955, Ankara) Hacettepe Üniversitesi, (Norveç) Bergen Üniversitesi, (ABD) Michigan Üniversitesi'nde biyoloji ve çevrebilim eğitimi aldı. (Finlandiya) Tampere Teknik Üniversitesi ve ODTÜ'de araştırmacı olarak çalıştı, ders anlattı. Dört dile çevrilen dört roman, altı hikâye ve üç gezi kitabı yazan Buket Uzuner'in kitapları 1989'dan beri Türkiye'nin en çok okunanlar listesinde yer almaktadır. 2002 yılında yazarlığının 25. Gümüş Yaz'ını kutlayan Buket Uzuner, 1996 yılında (ABD) Iowa Üniversitesi'nin (IWP) onur üyesi olmuştur. Kuzey Sahra Afrikası, Kuzey Amerika ve Avrupa'da uzun tren seyahatleri yapan ve yaşayan Buket Uzuner, şimdi İstanbullu'dur.

Buket Uzuner'in Türkiye'de yayımlanmış kitapları:

Hikâye:

Benim Adım Mayıs (1986)
Ayın En Çıplak Günü (1988)
Güneş Yiyen Çingene (1989)
Karayel Hüznü (1993)
Şairler Şehri (1994)
Şiirin Kızkardeşi Öykü (2003)

Gezi:

Bir Siyah Saçlı Kadının Gezi Notları (1989)
Şehir Romantiğinin Günlüğü (1998)
New York Seyir Defteri (2000)
İstanbul Seyir Defteri (Yayına Hazırlanıyor)

Roman:

İki Yeşil Susamuru, Anneleri, Babaları, Sevgilileri ve Diğerleri (1991)
Balık İzlerinin Sesi, (1992) (1993 Yunus Nadi Roman Ödülü)
Kumral Ada – Mavi Tuna (1997) (1998 İ.Ü. İletişim Fakültesi Ödülü)
Uzun Beyaz Bulut-Gelibolu (2001)
Mediterranean Waltz (Kumral Ada - Mavi Tuna)
Sound of Fishsteps (Balık İzlerinin Sesi)

Otobiyografi:

Gümüş Yaz, Gümüş Kız (2002)

Uluslararası Yayımlar:

İtalya: *Kumral Ada-Mavi Tuna* (Sellerio)
Yunanistan: *Kumral Ada-Mavi Tuna* (Psichogios)
İsrail: *Kumral Ada-Mavi Tuna* (Cartaben)
İngiltere: *A Cup of Turkish Coffee* (Milet)

BUKET
UZUNER

UZUN BEYAZ BULUT
Gelibolu

§

Yayın No **136**
Türkçe Edebiyat **30**

Uzun Beyaz Bulut
Gelibolu
Buket Uzuner

Kapak tasarımı: Beste Doğan
Sayfa tasarımı: Zülal Bakacak

1-14. Basım: 2001-2002, Remzi Kitabevi
15-52. Basım: 2002-2014, Everest Yayınları
53-56. Basım: Mart-Aralık 2015
57-59. Basım: Mart-Ekim 2016
60. Basım: Ocak 2017
61. Basım: Mart 2017

ISBN: 975 - 289 - 029 - 6
Sertifika No: 10905

Baskı ve Cilt: Melisa Matbaacılık
Matbaa Sertifika No: 12088
Çiftehavuzlar Yolu Acar Sanayi Sitesi No: 8
Bayrampaşa/İstanbul
Tel: (0212) 674 97 23 Faks: (0212) 674 97 29

EVEREST YAYINLARI
Alemdar Mahallesi Ticarethane Sokak No: 15 34110
Fatih-İstanbul
Tel: (212) 513 34 20-21 Faks: (212) 512 33 76
e-posta: info@everestyayinlari.com
www.everestyayinlari.com
www.twitter.com/everestkitap
facebook.com/everestyayinlari

Mülâzım (teğmen) Ali Osman Bey,
Er Alistair John Taylor,
Gazi Alican Çavuş ve
Çanakkale Savaşları'nda hayatını
kaybedenlerin değerli anılarına...

Teşekkür ve Bilgi

Bu romanın yazılışı sırasında birçok okur, dost ve yakınımdan yardım gördüm. Çanakkale ile ilgili bir roman yazacağımı duyan okurlar kaynak konusunda bana değerli katkılarda bulundular.

Onlarca-yirmilerce kitap ve belge Türkiye'nin ve dünyanın farklı coğrafyalarından paketlendi ve bana yollandı. Adlarını tek tek vermemin sayfalarca süreceği bu çok değerli okur katkısına teşekkür ediyorum.

Bu sayfada ayrıca Sami Karaören, Prof. Emre Kongar, Prof. Talât Sait Halman, Orhan Koloğlu, Dr. Halit Özsüt, İzzeddin Çalışlar, Eser Eken, Kaan Erkorkmaz, Banu Gümüştüs, Çanakkale On Sekiz Mart Üniversitesi; Atatürk ve Çanakkale Savaşlarını Araştırma Merkezi, Çanakkale Küçük Anafartalar Köylüleri ve Muhtarı, Emine ve Hasan Helvacı, Yeni Zelanda New York Konsolosu Jane Cunnlife ve New York İkinci Konsolosumuz (1999) Muzaffer Özyıldız'a teşekkür etmek istiyorum.

Dört yıl süren çalışma, araştırma ve yazma serüvenim sırasında aklımın veya kendimin çoğu zaman Gelibolu'da oluşunu yaşından büyük bir olgunlukla karşılayan oğlum Can'a candan teşekkürler. Romanın son yazılımında bilgisayar başında yanımda oturarak uzun geceler boyu bana destek veren Mürüvvet Fındık Sarman'ı da sevgiyle anıyorum.

Eceabat 'Down Under' pansiyonu personelini, yaz-kış demeden Çanakkale sırtlarında kilometrelerce yürüyüşlerimde bana eşlik eden ve yazma heyecanımı içtenlikle paylaşan rehberim Anıl Mert'i, teknik sorunlarımı hızla çözmek için daima telefon ucunda bekleyen Remzi Kitabevi yöneticilerinden Fevzi Kılınçarslan ve Gül Çalışkan'ı da burada anmadan geçemem.

Ayrıca, Genel Kurmay Başkanlığı, Hasan Tahsin Haber Bilgi Merkezi'ne ve Diyanet İşleri Başkanlığı, Vakit Hesaplama Şubesi Müdürlüğü'ne de yardımları için teşekkür ederim.

Yararlandığım pek çok kitap arasında (Münim Mustafa, Arma Yay.), (Mehmet Fasih Bey, Arba Yay.), (Orgeneral İzzeddin Çalışlar, YKY.), (Can Dündar, CD-rom Milliyet Yay.), (Christopher Pugsley, Hodder & Stoughton.), (Ruşen Eşref, Akbank Yay.), I (On Sekiz Mart Üniversitesi Yay.), (Steel & Hart, Sabah Yay.), (Alan Moorehead, Ballentine Books.), (Maurice

Shadbolt, Hodder & Stoughton.), (A. Mete Tuncoku, Atatürk Araştırma Merkezi Yay.), (Orhan Koloğlu, Reklamcılar Derneği Yay.), (Nur Bilge Criss, İletişim Yay.), (Mehmet İrdesel, Geltur Yay.), (Selahattin Çetiner) ve (Levent Yılmaz, Dost Yay.) içlerinden bazı alıntılar yaptığım için adlarını özellikle anmak zorunda olduklarımdır.

Bu roman bir kurgu çalışmasıdır. Gerçekle benzerlikler, olsa olsa bir tesadüftür.

Küçük Anafartalar Köyü'nden Emine Nine

büket kız istanbul
dan buraya
çanakkaleye
kitap yazmaya
geldi hereçi
emine
27-2 2001.
2001

"Tarih, insan zekâsının bugüne kadar yarattığı en tehlikeli meyvesidir."

Paul Valéry
(Fransız düşünür ve şair– Regards sur le monde actuel)

"Eski Dünya, Yeni Dünya, bütün akvam-ı beşer
Kaynıyor kum gibi, tufan gibi, mahşer mahşer
Yedi iklimi cihanın duruyor karşında,
Ostralya'yla beraber bakıyorsun: Kanada!
Çehreler başka, lisanlar, deriler rengârenk;
Sade bir hadise var ortada: Vahşetler denk."

Mehmet Âkif Ersoy
(Çanakkale Şehitleri Destanı)

"Elimize çok iyi bir şans geçmişti ama Osmanlı Bankası'nı soyamamıştık."

General Ian Hamilton
İngiliz Orduları Başkomutanı

"Sonuçta İngilizler ve Fransızlar Çanakkale'den çekildiler. Bu kendilerince başarılı bir çekiliştir."

Albay Mustafa Kemal
Anafartalar Grup Komutanı

"Aslında büyük soru yerinde durmaktadır: Kim İstanbul'u elinde tutacaktır?"

Napoléon Bonaparte
Fransız Komutan ve İmparator

"Çanakkale, Yeni Türkiye'nin önsözüdür."

Fazıl Hüsnü Dağlarca
(Çanakkale Destanı)

UZUN BEYAZ BULUT ↔ GELİBOLU

(AOTEAROA ↔ GALLIPOLI)

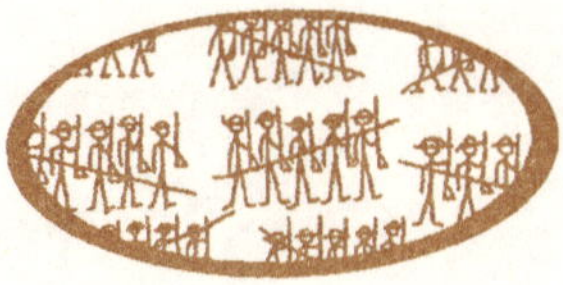

Gelibolu'nun ayazı serttir. Ege'den hiç beklenmeyecek kadar hırçındır, insafsızdır. Uğultulu seslerle ürkütücü bir hikâye anlatarak dolaşan rüzgâr insanı döver, hırpalar. Sessiz ve incecik yağan erken bahar yağmuru, rüzgârın anlattığı ürkütücü hikâyeyi anlamış kadar içini titretir insanın. Rüzgârın anlattığı hikâye, bunu daha önce hiç duymamış, hiç bilmemiş olanları bile etkiler, hüzünlü bir iz bırakır ziyaretçilerde. Gelibolu'nun rüzgârı yorar, yalnızlaştırır. Gelibolu'nun ayazı yaman ve ürperticidir. Yabancılar bunu anlamaz, bu kadar Doğu-Akdeniz'de, ayazın bu kadar sert olabileceğine inanmazlar. Ancak Çanakkale'nin yerlileri bilir ayazının sertliğini. Gelibolu Yarımadası ayazın en yaman vaktinde; erken baharda çarpar insanı.

2000 yılının bir Mart sabahında, henüz hava karanlıkken Çanakkale Milli Parkı'nda son model bir cip ilerliyordu. Genç bir turist rehberi, yabancı bir turisti Arıburnu Anzak Koyu'na doğru götürmekteydi. Birazdan gün ağaracaktı. Saatler dışında her şey simsiyah geceyi doğruluyordu. Arıburnu Koyu'na varınca cip durdu. Cipin içindeki iki kişi hiç konuşmadan oturup bir süre bekledi. Sonra gökyüzünün zifiri siyahı ağır ağır koyu ve sisli bir maviyle açılmaya başladı. Şafak söküyordu. Gökyüzünün sisli mavisinden yeryüzüne sızan loş ışıkla birlikte Arıburnu Koyu'nda uysalca salınan deniz ve tam karşısında ürkütücü bir azametle dikilen Arıburnu Yarı göründü. Arıburnu Yarı, uzun bir boyun üzerinde kükremiş, dimdik ve saldırgan bir baş gibi orada dikilmiş, Koy'u gözetliyordu. Adına yabancıların Sfenks dedikleri Arıburnu Yarı, adeta Mısır Piramitleri'nden ödünç alınmış şaşırtıcı şekliyle, Koy'un asıl sahibi olduğunu ürküterek hissettiriyordu.

Gökyüzünde uçuk pembe utangaç bulutlar belirip mavi renkler griye dönünce cipin sağ ön kapısı açıldı. İçinden sarışın, ince uzun, genç bir kadın indi. Dışı muşamba, astarı yünlü ekose yağmurluğuna sıkıca sarınıp, kapüşonunu başına taktı ve Koy'a doğru yürüdü. Rehberi o dönene kadar cipin içinde bekleyecekti.

Kadın Koy'a varınca durdu, pantolonunun paçalarını dizlerine kadar sıvadı. Uğultulu ıslak rüzgâra ve ince ince yağan iç ürpertici yağmura aldırmadan botlarını ve çoraplarını çıkarttı. Çoraplarını botlarının içine sakladı. Çıplak ayaklarına batan çakıl taşlarını ve et-kesen soğuğu umursamadan denizin içinde yürümeye başladı. Su dizlerine varıncaya dek yürüdü. Orada durdu. O zaman döndü; sırtını denize, yüzünü karaya verdi. Tam karşısında Arıburnu Yarı haşmetle yükseliyor hemen önünde Anzak askerlerinin taşları yağmurla yıkanan mezarları dizilmiş duruyordu. Güneşin çok serin ve solgun erken ışıkları kadının yüzüne dokunduğunda, o dudaklarını ısırmaya, gözlerini kırpıştırmaya başladı. Kendi kendine bir şeyler mırıldandığı düşünülebilirdi. Belki bir dua, belki bir şarkı... Sanki üşüdüğünü yeni hissetmişti, ama üşüyen yalnızca dudaklarıydı. On dakika, belki biraz daha fazla. Denizin içinde dikilip, gözlerini Conkbayırı'na kadar uzatmış, oralarda devam eden çok hareketli bir şeyleri takip ediyor, bu sırada dudaklarını ısırmayı sürdürüyordu. Sonra yavaş yavaş yürüyerek çıktı denizden. Sahilden bir avuç çakıl taşı aldı, onları avucunun içinde okşadı ve ağlamaya başladı. Hıçkırıksız, gösterişsiz, için için kahrolarak, uzaktaki birisine dert yanarak, belki de dua okuyarak ağladı.

Yabancı turist kadın bir haftadır her sabah kendisinin 'Anzak Koyu' dediği Arıburnu Koyu'na geliyor ve planlanmış bir törenin parçasıymış gibi hep bunları yapıyor, sonunda da kendini tutamayıp ağlıyordu.

Cipin içinde yabancı kadını bekleyen turist rehberi her yıl Gelibolu'ya dedelerinin mezarlarını ziyaret etmek ve onların anılarını bulmak üzere gelen her türden 'tuhaf yabancıya' alışmış olsa da, bir haftadır yaşadığı bu hayli dramatik olay onu rahatsız ediyordu. İlk sabah bu duruma müdahale etmeye kalkmış, 'ağlayan yalnız kadına yardım' terbiyesiyle onun yanına koşmuştu. Ancak kadın tek bir cümleyle 'yalnız kalmak istediğini' en ufak bir yanlış anlamaya olanak vermeyecek biçimde anlatınca, biraz da bozularak cipe geri dönmüştü. Sonraki sabahlarda, 'bana ne ya, ne hali varsa görsün...' diye söylenip kadını görmezden gelmeye çalışsa da, erken sabah karanlığı ve serinliğinde ıslanarak ağlayan bir kadın imgesini canı sıkılarak ve mesafeli bir merakla izlemekteydi. Yalnızca izlemekle kalmıyor, oralarda kimsecikler olmadığını bile bile, kadının Arıburnu Yarı'ndan Conkbayırı'na dek uzanan yukarılarda seyrettiği şeyleri aramaktan o da kendini alamıyordu.

Topladığı çakıl taşlarını yağmurluğunun cebine dolduran genç kadın, öbür cebinden çıkarttığı küçük bir havluyla ayaklarını kuruladı, çoraplarını ve botlarını giydi. O bunları yaparken, cipin içinden onu izleyen rehber her seferinde onun nasıl olup da tek ayak üstünde düşmeden çorap ve botlarını giydiğine, botunun bağlarını bağladığına hayret ediyordu. Yalnızken kendisi de bunu yapmayı deniyor, ama mutlaka düşüyordu.

Kadın daha sonra paçalarını düzeltti ve ıslak havluyu katlayarak cebine koydu ve sanki biraz önce denizin içinde ağlayan 'öbür kadın'dan ve törensel sahnelerden hiç haberi yokmuş gibi hızlı adımlarla cipe doğru yürüdü. Cipin kapısını açtı, ön koltuğa yerleşti, yorgun bir gülümsemeyle, "Let's go Mehmet!" dedi.

Beyaz bir ten üzerine çizilmiş incecik yüz hatlarına aniden garip bir zıtlıkla eklenen geniş burun kanatlarıyla kişilikli bir ifade kazanmış, uzun boylu bir kadındı. Endişeli bakan mavi gözleri ona huzursuz ve 'sürekli yabancı' bir duygu eklemişti. Mesafeli, hatta soğuk bir insan etkisi yaratıyordu. Belki de bu nedenle yüzünün esrarengiz bir albenisi vardı. Sık gülümsemiyordu, hatta pek gülümsemiyordu. Ama gülümsediğinde insan seviniyordu onunla birlikte. Hani o çok şey bildiğini bir şekilde hissettiğiniz, ama bildiklerinin hepsini kendisiyle birlikte götürecek kadar gizemli ve serin gülümseyen insanlardandı. Uzun, sarı saçlarını bazen yumuşak bir topuz olarak topluyor, bazen omuzlarına bırakıyordu. Yirmili yaşlarının sonunda gösteren, koyu İngiliz aksanıyla İngilizce konuşan, serinliğin ve gizemin yakıştığı kadınlardandı. Ve sanki bu gizeme uygun olarak rezene kokuyordu.

Daha önce Çanakkale'de çeşit çeşit turiste rehberlik ettiği için kendini 'insan sarrafı' olarak tanımlayan Rehber Mehmet, hikâyesini az çok tahmin ettiğini ve kendinden birkaç yaş büyük olduğunu sandığı bu müşterisine karşı çekingen bir ilgi duysa da gizemli kadınlar ona fazla karmaşık ve problemli gelirdi. Bu nedenle Mehmet, kadının Gelibolu serüvenine dahil olmamaya özen gösteriyordu.

Sonunda yine Eceabat'a döndüler. Tıpkı son bir haftadır hep döndükleri gibi. Yabancı kadın öğleye kadar dinlendi. Öğlen sahildeki lokantaların birinde yemek yedi, yanında taşıdığı kitabından birkaç sayfa okudu, pratik Türkçe öğrenme sözlüğünden birkaç cümle çalıştı, küçük defterine bir şeyler yazdı. Hemen hemen bütün yabancı turistler zaten böyle yapıyordu. Öğleden sonra yine cipe binip Milli Park'a gittiler. Ve bir haftadır yaptıkları gibi parkı gezdiler. Rehber Mehmet, İzmirli olmasına karşın tarih kitaplarından ve broşürlerden öğrendiklerini ezber ritminde canla başla anlatarak müşterisini hoşnut etmeye çalıştı. Bütün turistlere her zaman aynı satırlarda eklediği yerel ve uluslararası anektodlarla kadını güldürdü, onun istediği yerlerde fotoğraflarını çekti. Beş yıldır mart-nisan aylarında Çanakkale'de çalışırdı ve burayı doğma büyüme Çanakkaleli birisinden daha fazla tanıdığına inanırdı. Yakışıklıydı ve bazı turist kadınlarla kısa ilişkiler yaşamıştı. Baharları Çanakkale'de, yazları Kapadokya veya Efes'te çalışırdı. İleride kendi turizm acentasını kurup patron olmayı istiyordu.

Akşam çökerken Eceabat'a döndüler. Yabancı kadın Eceabat'ta 'Dost Anzak' adlı küçük bir pansiyonda kalıyordu.

Eceyaylası Köyü'ne vardıklarında saat ondu. Turist rehberi Mehmet, Eceyaylası Köyü Muhtarı'na bir gün önce telefon etmiş ve yabancı bir turist kadının Eceyaylası köylülerine önemli bir açıklama yapmak istediğini haber vermişti.

Önemli açıklamalar duymaya hiç de hevesli olmayan Muhtar, önce mırın kırın etti. Daha sonra Mehmet'in otobüs işletmecisi patronundan çekindiği için -olsa gerek- 'hadi öyleyse bakelım' diyerek bu zoraki daveti gönülsüzce yaptı. Ertesi sabah erkenden köy kahvesinde toplanmaları için köylülere haber saldı, yaşlıların evlerine telefon etti.

"*Marı* bi yabancı türist karı gelmiş. Tee uzaktan, İngiliz miymiş? Yok Zelandalı galiba. Neyse ne *marı* işte. Bizim köye bi haber getirmiş diyolar, sabahleyin erken kaaveye geliverin hele *marı*... Bakalım ne diyecektir?"

Son model cip sabah onda Eceyaylası Köy Meydanı'na vardığında, köy kahvesinin önünde sandalyelere oturmuş sekiz-on köylü sigara içip, çaylarını yudumlamaktaydı. Cipten önce uzun at kuyruklu saçı ve tek halka küpesiyle genç rehber Mehmet, ardından da sarışın, ince uzun yabancı kadın indi. Köylüler kendilerine benzemeyen herkese baktıkları gibi onlara da baktılar. Köylüler onlara uzun uzun baktılar. Dışarıdan bakınca bomboş görünen, düz ve kımıltısız bakışlarla onları süzdüler. Türkiye köylüleri çok konuksever, alçakgönüllü ve kalenderdir, ama kendilerinden olmayan herkesi 'yabancı' sayar; yabancılara da asla güvenmezler. Köylüler ayrıca hem zamanı, hem de kendi bedenlerini donduran özel bir güce sahiptirler. İstedikleri zaman bu güçlerini kullanır ve hiç kımıldamadan çevrelerinde kendi dokunulmazlıklarını sağlayan bir etki yaratabilirler. İşte Eceyaylası köylüleri böyle serin ve kımıltısız bakışlarla süzdüler iki yabancıyı. O sırada hareket eden yalnızca köy meydanında tek başına dolaşan bembeyaz bir horoz ve ağaç dallarından yaptıkları atlara binmiş, dört nala koşturan okul öncesi yaşta iki oğlan çocuğuydu.

Rehber Mehmet, bir bakışta 'teşhis ettiği' Köy Muhtarı'na yaklaşıp, elini sıktı. Biraz havalar-sular ve patronunun hatırı sohbeti yaptıktan sonra yanında huzursuzca gülümseyerek bekleyen yabancı kadını Muhtar'a tanıştırdı. Muhtar, yabancı kadının elini çekingen bir ifadeyle sıktı ve göz göze gelmekten çekinerek, başıyla utangaççа selamladı onu.

"Günaydın!" diye yüksek sesle selamladı köylüleri Mehmet, en sevimli gülümsemesiyle.

"Günün aydın olsun! Hayırlı sabahlar! Sana da günaydın olsun," diyerek onun selamını aldı köylüler.

Yaşlılar gülümseyerek başlarını salladı, gençler sözün devamını bekledi. Bazılarının ellerinde tespih, bazılarında bir günlük gazetenin iç sayfaları vardı. Tek bir gazeteyi sayfalarına ayırarak dönüşümlü okuyorlardı. Gençler kasket, yaşlılar yün takke, bere giymişlerdi. Kahvedeki bütün köylüler ve Muhtar erkekti. Birçoğu mavi gözlüydü.

Bu sırada Arıburnu Koyu'nda denize girdiği kadar tedirgin görünen yabancı kadın, köylülere heyecanlı bir sesle, "Mar- haba!" dedi.

Köylüler kadınla göz göze gelmemeye özen göstererek hep bir ağızdan, "Merhaba, hoşgelmişsin!" diyerek onu selamladılar. Sonra hep beraber kahveye girdiler, masaların etrafına oturup beklediler.

"Bu yabancı hanım bugün size bir şey açıklamak istiyor. Kendisi Türkçe bilmediği için ben size onun dediklerini tercüme edeceğim. Artık elçiye zeval olmaz, di mi amcalar, kardeşler?" dedi Mehmet, en profesyonel ses tonuyla. Köylüler gülümseyerek başlarını salladılar. Son derece dost ve sıcak bir ilgiyle yeniden beklediler.

Yabancı kadın dönüp Mehmet'e İngilizce olarak bir şeyler anlattı.

"Diyor ki; acaba Yeni Zelanda ile yoğurt arasında ne fark vardır?"

Çıt çıkmadı.

Köylüler münasebetsiz buldukları her şeye karşı verdikleri yüzyıllık tepkiyi hemen verdiler: Tepkisiz kaldılar! Yok saydılar. Duymamış gibi baktılar. Dünyanın bütün köylülerinden kat kat daha iyi verdikleri kayıtsızlık tepkisiyle Türkiyeli köylüler dümdüz ve en şeffaf bakışlarıyla bu münasebetsiz soruya karşı direndiler. Kendilerine bu soruyu sormak için dünyanın taa dibinden kalkıp gelen ve sabah sabah kendilerini kahveye toplayan -hoş zaten başka işleri de yoktu ama- bu yabancı kadına uzun uzun ve tepkisiz baktılar. Sigaralarının külleri uzadı, bardaklardaki çayları soğudu, tespihleri parmak aralarında dondu. Ama onlar hiç kıpırdamadılar.

Kadın onların bu tepkisizliğini ilgisizlik sandı ve telaşlandı. Onun beden dilini son bir haftadır Arıburnu Anzak Koyu'ndaki sabah ritüelleri sırasında bir parça söken Rehber Mehmet hemen yardımına koştu ve soruyu bir yarışma sunucusu edasıyla bağırarak yineledi:

"Nedir acaba Yeni Zelanda ile yoğurt arasındakiiii farkk?"

Kadın panik içinde yanıtı Mehmet'in kulağına fısıldadı. Oysa orada onlardan başka İngilizce bilen yoktu.

"Hah hah ha!!! Yoğurdun kültürü vardır!" diye kahkahayla yanıtı açıkladı Mehmet.

Köylüler bu yanıta da hiç tepki vermediler. Onların bu ince espriye çok güleceklerini sanan kadın, bu sessizlik çölünde soldu, yüzüne yorgun bir umutsuzluk yayıldı.

"Eee, şey... İşte böyle bir fıkra varmış onun ülkesinde..." diye toparlamaya çalıştı Mehmet.

Köylüler öylece baktılar. İçinde altı-yedi masa, bir çay ocağı ve bir köşesinde küçük bir sobanın bulunduğu köy kahvesinde duvar saatinin tiktaklarından başka ses yoktu. Aslında köylüler de bu durumdan rahatsızdı, ama kendilerini korumak için rahatsızlıklarını belli etmemekte nesiller boyu ustalaşmışlardı. Bu ülkenin tarihine ve geleneklerine yabancı olan yerli ve yabancı hiç kimsenin kolay kolay anlayamayacağı derin bir kayıtsızlık görüntüsü içinde beklediler. Kadın sabırsızca ve çaresizce dudaklarını kemiriyor ve kendisine yardımcı olacak bir şey arıyordu. Bu bekleme anı o kadar derin ve rahatsız ediciydi ki, nefes alamaz olmuştu. O zaman karşı duvarda çok amatör bir özenle hazırlanmış Atatürk köşesini gördü. Büyük ahşap çerçeve içinde, babacan bir gülüşle kahveye tepeden bakarak, bütün yaramazlıkları bildiği halde görmezden geldiğini söyleyen çok zeki bakışlı, yakışıklı bir Atatürk portresi asılıydı.

Türkiye'ye ayak basan Batılı yabancıların daha ikinci günde heykelleri, büstleri ve resimleriyle tanıdığı Atatürk. Adını bilen, tanıyan yabancılar, onun insanlara zorla kabul ettirilmiş bir diktatör olduğunu okullarında okumuş olsalar ve buna inansalar da, berber dükkânlarından, turizm acentalarına, taksi durak kulübelerinden, internet kafelere ve manikür-berber salonlarına kadar her yerde aynı adamın resimlerini asılı görünce bunun ancak kişisel istekle yaşatılabilecek bir efsane olabileceğini düşünmeye başlıyorlardı. Bir Batılının artık anlayamayacağı kadar duygusal olan bu bağlılığı önceleri pop şarkıcıları ya da sinema yıldızlarınınkiyle karşılaştırmaya çalışsalar da onlar bir kahramana gereksinmeyi yalnızca buluğ çağlarında yaşayıp sonra kalplerinden bu duyguyu söküp atmış kültürlerin insanlarıydı. Batılı yabancılara Türkiye'deki yetişkinlerin ölmüş birinin temsil ettiği değerlere coşkulu hayranlık ve bağlılık hissetmesi artık tanıdık gelmiyordu. Çocuksu ve fazla hamasi buldukları bu coşkulu hayranlığı kendilerince haklı olarak küçümsüyorlardı. Fakat kendileri de bir daha asla bu duyguyu yakalayamıyorlardı. Ne terapi, ne yoga, ne pembe haplar...

Atatürk fotoğrafının çevresi mor oyalı bir yemeni ve kurutulmuş çiçeklerle süslenmiş, iki yanına Çanakkale Şehitler Anıtı ve yine Atatürk'ün Anafartalar Cephesi'ndeki ünlü fotoğrafları asılmıştı. İlk bakışta çocukların hazırladığı düşünülecek kadar saf görünen bu köşe, dikkatle bakılınca varlığı ve konumuyla ancak bir sivil inisiyatifin işareti olarak da algılanabilirdi. Tam bu köşenin altında mavi gözlü, beyaz saçlı, nur yüzlü, göğsünde Çanakkale madalyası olan bir köylünün fotoğrafı asılıydı. Bu fotoğrafın altında, 'Çanakkale Kahramanı Gazi Alican Çavuş' yazıyordu. Yabancı kadın o fotoğrafı görünce derin bir nefes aldı ve fotoğrafı işaret ederek bozuk, kırık dökük bir Türkçe'yle haykırdı:

"Ben bu El-yi JohnTaylor oz torun olu-yo-rum!"

İşte bu cümle sessiz kalabalığın ortasına bomba düşmüş gibi bir patlama etkisi yarattı. Önce herkes irkildi. Bir süredir sigaraların uçlarında sallanan küller düştü, tespihler hızla çekilmeye başladı. Hayret dolu sesler büyüyerek, uğultulu titreşimlere dönüştü. Titreşimler köy kahvesinin duvarlarına çarptı, tek katlı küçük bina sarsılmaya başladı. Köylüler şimdi, biraz önceki sessizliklerine tamamen zıt bir ihtirasla konuşuyorlar, tartışıyorlardı. Köylülerle beraber oturan Muhtar ayağa fırlayıp Rehber Mehmet'i kolundan yakalamıştı. Mehmet, Muhtar'ın söylediklerini kahvedeki gürültüden ötürü duyamıyor, zoraki gülümsemelerle ılımlı davranarak ortalığı yatıştırmaya çalışıyordu.

Yabancı kadın bu kez de gürültülü tartışmalar arasında kendisini unutan Çanakkale köylüleri arasında yalnız kalmış, onları seyrediyordu. Yüzünde pek de keyifli bir ifade olduğu söylenemezdi. Tedirgin görünüyordu. En sona sakladığı asıl sözünü en önce söylemiş olmaktan çok, köylülerin nasıl olup da o muhteşem yoğurt esprisini anlamadıklarına canı sıkılmıştı.

Çanakkale köylüleri tam olarak yerini bilmeseler de Yeni Zelanda'nın adını duymuştu. Ama yabancı kadın Türklerin yoğurdu Yeni Zelandalılar gibi kültürden değil, mayadan yaptıklarını hiç duymamıştı.

Gelibolu eşrafından, Çanakkale Savaşı Gazisi, yiğitlik hikâyeleri Gelibolu Yarımadası dışına taşmış bir Türk kahramanı olan Gazi Alican Çavuş, 1985'te ölmüştü. Karısı Meryem de onun arkasından ancak bir yıl daha yaşamıştı.

Eceyaylası Köyü'nün gururu, Atatürk'ün bizzat elini omzuna koyup, "*Vatan, uğrunda savaşmak ve üzerinde yaşamak isteyeceğimiz topraktır,*" dediği söylenen, cesur vatan evladı Gazi Alican Çavuş, Çanakkale Savaşları sırasında yarattığı kahramanlık efsaneleri kadar, barış yıllarında yörenin gelişmesi için gösterdiği çabayla da hemşerilerinin takdirini kazanmış bir köylüydü.

Çanakkale Savaşları sırasında çektiği inanılmaz acılar ve işkenceler nedeniyle yaşamı boyunca bir savaş gazisi olmaktan öte saygı ve hoşgörüyle onurlandırılan Gazi Alican Çavuş, uzun boyundan ötürü 'uzun' lakabıyla da anılırdı. Aslında Ali olan adına özellikle karısı Meryem'in sık sık 'cânım efendim' diye ünleyişleri nedeniyle kendiliğinden bir 'can' eki takılmış ve yıllar içinde adı Gazi Alican Çavuş olarak yerleşip öylece kalmıştı.

Sıcak cephe savaşına katılan yetişkin erkek nüfusunun tamamını Osmanlı İmparatorluğu'nun Birinci Dünya Savaşı; Balkan, Trablusgarp (Libya), Kanal (Süveyş), Sarıkamış, Çanakkale ve Anadolu Cepheleri'nde yitiren Gelibolu köylüleri, Gazi Alican Çavuş'un burnu bile kanamadan geri dönüşünü 'Allah'ın bir lütfu', kendisini de Tanrı'nın seçtiği sevgili bir kulu olarak kabul etmişlerdi. Çanakkale Savaşları'nda yanıp yıkılmış, hayalete dönmüş Eceyaylası Köyü'ne geri dönen 'kadınlar ve çocuklar' Tanrı'nın bir armağan olarak onlara kolları ve bacaklarıyla beraber geri yolladığı tek genç erkek Gazi Alican Çavuş'u karşılarında bulunca çok sevinmişlerdi. Olağandışı zamanlarda mucizelerin ve işaretlerin anlamı normal zamanlardan daha önemlidir. Bu da Eceyaylası köylülerinin genç Gazi Alican Çavuş'a canı gönülden sahip çıkıp, onu bir yadigâr gibi korumaları ve baş tacı etmeleri için yeterliydi. Öyle de yaptılar.

Hasta olmadığı zamanlarda darda kalan herkesin yardımına koşan, cömert ve iyi yürekli genç Gazi Alican Çavuş dürüst ve barışçıl bir insandı. Ölene kadar da böyle kaldı. İşte bütün bu nedenlerden ötürü, onun Çanakkale Savaşları sırasında yaşadığı uzun esaretinden başlayarak, bütün yaşamını karartan, kimi zaman açıklaması olanaksız çok garip durumlara yol açan bunalım ve krizleri daima hoşgörüyle karşılanmış, birçoğu da görmezden gelinmişti.

Gazi Alican Çavuş, Çanakkale Savaşları sırasında İngilizlere esir düşerek, sonradan ruhunda derin yıkıntılara neden olacak feci 'İngiliz İşkenceleri'ne maruz kalmış, buna rağmen vatanına ait tek bir sır vermemiş, her türlü acıya direnerek hiç konuşmamıştı. İşte Gazi Alican Çavuş'u, sıcak cepheden sağ salim geri dönüşü kadar, bu cesur ve yiğit direnişi bir savaş kahramanı yapmış, cesaretinin öyküsü dillerde dolaşmıştır. Onun ağzından işkenceyle laf almaktan umudu kesen İngilizler, atlardan iyi anladığını görünce Gazi Alican Çavuş'u bir İngiliz subayının seyisi olarak çalıştırmışlardı. Soyadı kanunu çıktığında kendisine ve ailesine 'Taylar' soyadını seçmesi de bu yüzdendir. Üzerinde konuşmayı hiç sevmediği esaret günleri sırasında kendini hayata bağlayan da atlara olan bu sevgisi olmuştur.

İngilizlere esir düştüğü aylar boyunca, İngilizceyi derdini anlatacak kadar öğrenen Gazi Alican Çavuş, barış zamanında da -Latin harflerinin kabulünden sonra- bu bilgisini silah arkadaşı İstanbullu subay Ali Osman Bey'in ailesi tarafından yollanan bazı yabancı tarih kitaplarını okuyup, köylülere aktarmakta, ilerleyen yıllarda yerel turist rehberleri yetiştirmekte kullanmıştır. Fakat İngilizceyi en fazla kullandığı yer, hiç kuşkusuz okumaya çok hevesli olan tek kızı Beyaz'ın eğitiminde olmuştur. Buna rağmen, köylerine ve Çanakkale Milli Parkı'na ziyarete gelen yabancı turistlerle İngilizce konuşmayı daima reddetmiştir. Onun bu davranışı esaretinin kötü anıları kadar, milliyetçiliğiyle de açıklanarak, köylülerin gönlünde yeniden taht kurmuştu.

Sekiz buçuk ay içinde pek çok ulustan beş yüz bin genç erkeğin yaşamının ve geleceğinin yok olduğu Çanakkale Savaşları sırasında bütün ailesini kaybeden Gazi Alican Çavuş, kollarında can çekişerek ölen ağabeyleri ve arkadaşlarının acısına eklenen uzun ve çileli esaret döneminin etkisiyle hayatı boyunca çekeceği bazı hastalıklara yakalanmıştı. Savaşta bütün akrabaları ve arkadaşları öldüğü halde bir tek kendisinin sağ kalması elbette bir suç değildi, ama o suçluluk duygusundan hiçbir zaman kurtulamadı. Bu suçluluk illetiyle, İngiliz işkencesinin ruhunda açtığı yaralar birleşince, yirmi yaşından başlayarak yaşamı boyunca yakasına yapışan ani titreme nöbetleri, kısa süreli kısmi felçler, uzun süreli hafıza kaybı, dil tutulmaları, şiddetli baş ağrıları, gündüz kâbusları ve uykusuzluk hastalığıyla beraber yaşamak zorunda kalmıştı. Gelibolu köylüleri, sevecen, gani gönüllü, yiğit kişiliğiyle bağırlarına bastıkları Gazi Alican Çavuş'un son nefesini verdiği doksan yaşına dek, sık sık yaşadığı krizleri, tüm geçmişini haftalar boyu unutuşunu, günlerce süren baş ağrılarıyla eve kapanışını, dilinin tutulup sadece işaretlerle konuşmak zorunda kalışını, şiddetli depresyonlar sonunda bağıra bağıra yabancı şarkılar ve marşlar söyleyişini, çoluk çocuğun önünde aniden hüngür hüngür ağlayışlarını, normalde dinine bağlı bir Müslüman olmasına karşın, buhran dönemlerinde Çanakkale Savaşı'nda ağabeylerinin ve arkadaşlarının şehit düştüğü yerlere gidip, su gibi rakı içerek, sabahlara kadar Conkbayırı'nda kalışlarını, bir anlamda şimdiki özgür yaşamlarının bedelini ödediğini düşünerek hüzünlü bir anlayışla karşılıyordu. Çünkü mavi gözlerinde sık sık karanlık ve uzak gölgelerin dolaştığı bu 'Tanrı'nın sevgili kulu' onlara geçmişlerinin ne kadar zor, şimdiki özgürlüklerinin ne büyük bedellerle kazanılmış olduğunu gösterir bir hatıraydı.

Savaşın hemen ardından köye geldiği ilk günlerde hiç konuşmadan uzaktaki dağlara saatlerce dalıp gidişleri, gündüz vakti kâbuslarla kasılıp cinnet geçirişleri sırasında köyün kadınları onun bu hallerinden önce korkmuş, çocuklar da eğlenmişti. Ama köydeki yaşlı erkekler dışında yaşayan tek yetişkin erkek oydu ve ona ihtiyaçları vardı. Olağandışı zamanlardı ve bu krizler örtbas edildi. Bir süre sonra genç Gazi Alican Çavuş'un krizlerine alışıldı, 'Nöbeti tuttu garibin' dendi ve sonunda da bunlar 'normal' kabul edildi. Öyle ki, eğer bir gün iyileşse, düzgün konuşan, hatırlayan ve iki günü birbirine uyan birisi olsa, asıl o zaman onu hasta sanacaklardı. Ama o, 'gâvur işkencesi'ne direnmiş bir savaş kahramanıydı ve bu kadar tuhaflığına da katlanılacaktı.

Bir an önce iyileşmesi, ruhunun huzura kavuşması için adaklar adayan, Kuran okuyup tespih çeken kadınlar, onun çileli yüreğine bu yoldan bir şifa bulamayınca, evlenmesi gerektiğine karar verdiler. 'Evlenirse iyileşir,' dediler. 'Evlilik her derde devadır!' diye gülüşüp kıkırdaştılar. Genç köylü kadınlar kendi aralarında evlilikten konuşunca mutlaka güler, müstehcen bakışlarla anlamlı anlamlı göz süzerler. Yaşlılarsa yaka silker, suratlarını asar, ağızlarını bıçak açmaz. Türkiye'nin bütün köylerinde, bütün yüzyıllarda, kadınlar kendi aralarında...

Evlilik söz konusu olunca akla gelen ilk ve tek aday Meryem'di. Aslında Eceyaylası Köyü'nde gelinlik çağına gelmiş Meryem'den çok daha uygun ve güzel kızlar vardı, ama Gazi Alican Çavuş'u bir taze mezar başında aklını Tanrı'ya emanet etmiş olarak, yarı baygın bulup köye getiren Meryem'di. Oysa ortada genç erkek kalmayışı kadar, Gazi Alican Çavuş'un dikkat çekecek kadar yakışıklı bir delikanlı oluşu da köyün kızlarını fazlaca heyecanlandırmıştı. Her ne kadar biraz deli, biraz tuhaf olsa da köyün bütün genç kızları bu yakışıklı delikanlıya talipti. Halbuki, tamamen yanıp yıkılarak yok olan Ecebayırı Köyü'nden Sünnetçi Muhammet'in kızı Meryem, onu alıp Eceyaylası Köyü'ne getirdiğinde çoktan Gazi Alican Çavuş'a karasevdalanmış, ürkütücü bir aşkla onun tiryakisi olmuştu. Meryem son nefesini verene kadar Gazi Alican Çavuş'a aynı ihtiraslı aşk ve düşkünlükle bağlı kaldı. Onunkisi karasevdaydı.

Meryem'in aşkı ne hastalık dinledi, ne işgâl yılları, ne Kurtuluş Savaşı sırasında ve sonrasında yaşanan iç burkucu yoksulluk, ne de Gazi Alican Çavuş'tan yaşça büyük ve çirkin olduğu konusunda çıkan dedikoduları. Meryem, Gazi Alican Çavuş'u bir kadının bir erkeği en fazla sevdiği o en üst noktada hep yaptığı gibi kendini unutarak, ona adadı. Sınırsız özveriyle çoğalan kadınsı şefkat ve sabırla üstüne titredi. Ona hem çok güvendi, onu bütün erkeklerden farklı kabul etti hem de onu çok kıskandı.

Evliliklerde kadınların erkeklerden daha genç olması geleneğini adeta dini bir emir gibi kabullenen köylüler, Meryem'in Gazi Alican Çavuş'tan birkaç yaş büyük olmasını önceleri hiç hazmedemediler. Kimilerine göre Meryem, Gazi Alican'dan üç, kimilerine göre on üç yaş büyüktü ve bu günah değilse bile çok ayıptı. Ama savaş sonrasının kıtlık yıllarıydı, 'birlik ve dayanışma ruhu' hayatta kalabilmek adına zorunluydu. Küçük çocuklar babasızlık, yaşlı anne-babalar oğulsuzluk, ülke yokluk ve nekahet sancılarıyla kıvranırken, barış zamanlarının skandal sayılabilecek olayları anlam ve önemini yitiriyordu. Barış zamanlarında hor görülen pek çok şey, savaş zamanlarında hoş görülebiliyordu. Ayrıca Meryem'in Gazi Alican'ın buhran dönemlerinde gösterdiği özveri, şefkat ve sabır da her babayiğitin harcı değildi. Meryem, bu fedakârlığıyla 'yaşının evleneceği erkekten büyük olması ayıbı'nı örtüyordu.

Çabucak kıyılan bir imam nikâhından birkaç yıl sonra, evlilik de Gazi Alican Çavuş'un hastalıklarına şifa olmayınca, çözümün çocuk yapmak olduğuna karar verildi. Köylü kadınlar Meryem ve Gazi Alican Çavuş'a 'çabuk ve çok çocuk' yapmalarını şiddetle tavsiye ettiler. Onlar işi ağırdan alınca da baskı yaptılar. Meryem beş çocuk doğurdu. Bunlardan üç tanesi yaşadı. İlk iki oğlan, Gazi Alican'ın silah arkadaşına sevgisi nedeniyle Ali ve Osman adlı bebeklerdi, ama ikisi de bebekken öldü. Meryem, bu ölü bebekler nedeniyle kocasının ondan soğuyacağı, onu bırakacağı korkusuna kapıldı ve üç çocuk daha doğurdu. Meryem, Gazi Alican'ın kendisini terk etmemesi için her şeyi, ama her şeyi göze almıştı. Onunkisi bir aşktan çok farklı ve fazla bir tutkuydu. Meryem üçüncü bebeğine hamileyken, kocası bir rüya gördü. Rüyasında Gazi Alican Çavuş, Gazi Mustafa Kemal Hazretleri'ne rastlamıştı. Mustafa Kemal Paşa, bir elini Gazi Alican Çavuş'un omzuna koymuş ve, "Üç çocuğun olacak, adlarını sırayla Uzun, Beyaz ve Bulut koyacaksın. Tıpkı Gelibolu'nun bulutları gibi," demişti.

Bu rüyanın hikâyesini Meryem köylülere anlattı. Bir süre sonra Gazi Alican Çavuş'un rüya hikâyesi köylüler arasında o kadar çok konuşulur oldu ki, sonunda her biri bu rüyayı bizzat gördüklerine inanacak hale geldiler. Bu rüya, zaten 'Tanrı'nın sevgili bir kulu' olarak seçildiğine inanılan Gazi Alican Çavuş'un saygınlığını daha da arttırmış ve perçinlemişti. Çünkü gerçekten de adları Uzun, Beyaz ve Bulut konan son üç çocuk sağlıklı doğdu ve uzun yaşadı.

Meryem'le Gazi Alican Çavuş'un oğulları Uzun ve Bulut hareketli, sıcakkanlı, yaramaz çocuklardı, ama Beyaz, ağırbaşlı, soğuk, çok zeki ve lafını esirgemez bir kızdı. Köyün öteki kızlarına hiç benzemezdi, hiç de benzemedi. Ona 'erkek gibi' diyeceklerin sözünü yalanlayacak kadar güzel bir kızdı. Beyaz o kadar güzeldi ki, bakan bir daha bakmak isterdi. Bütün güzel kız doğuran çirkin anneler gibi, Meryem de zaman zaman Beyaz'a bakıp şaşardı. Babası Beyaz'ı hiç yanından ayırmaz, kucağından indirmez, bir dediğini iki etmez, pek şımartırdı. Kız çocuklarına oğlan çocukları kadar değer ve önem vermeyen köylüler onun bu -yine- tuhaf tutumunu garipseseler de, yalnızca ona karşı geliştirdikleri özel hoşgörü nedeniyle bu çok yersiz kız çocuğu sevgisini de hastalıkları gibi görmezden geldiler. Ayrıca, Beyaz büyüyüp, babasıyla arkadaşlık edecek yaşa geldiğinde, Gazi Alican Çavuş'un kâbus ve titreme krizlerinde gözle görülür bir azalma olmuş, bu da kızının ona uğur getirdiği şeklinde yorumlanmıştı.

Aynı yıllarda Gelibolu'nun geleneksel sazlarından klarnete merak salan Gazi Alican Çavuş, klarnet çalmayı kendi başına öğrenmiş, çok güzel türküler ve şarkılar çalarak köylülere umut dağıtmaya başlamıştı. Fakat bu klarnet ustalığı, bazı gece yarıları bütün köyü uyandırıp ayağa kaldıracak konserler verdiğinde hiç de hoş karşılanmıyordu.

Gazi Alican Çavuş, üç çocuğuna da İngilizce konuşmayı öğretmek için aylarca uğraştı. Ne var ki, oğulları bundan hiç hoşlanmamıştı. Onlar sokaklarda koşmayı, top oynamayı, tarlaları, kuşları, uçurtma uçurmayı seviyorlardı. Halbuki Beyaz, öğrenmeye aç bir çocuktu ve babasını daha fazlası için zorluyordu. Gazi Alican Çavuş, hayatının amacını ve ilacını sonunda bulmuştu. Kızı Beyaz'a bildiği kadarıyla İngilizceyi öğretti.

Her yıl iki haftalığına gittiği İstanbul'dan getirdiği Yeni Türkçe ve İngilizce kitaplarla kızını okuttu, ona zamanın koşullarında ucuz ve gösterişsiz kalemler, defterler armağan etti. Beyaz, babasını hiç mahcup etmeden okudu, daima merak etti, sordu ve öğrendi.

Kocasının bir dediğini iki etmeyen, o leb demeden leblebiyi anlayan, onu her konuda aşk ve tutkuyla destekleyen Meryem, her türlü rekabet ve tehlikeye karşı cesaret ve başarıyla koruduğu konumunu bir tek kızının egemenliğinden koruyamamış, işte Gazi Alican Çavuş, kendi doğurduğu kıza herkesten -ve elbette Meryem'den- daha yakın, daha ilgili ve daha şefkatli olmuştu. Baba-kızın birbirine benzeyen karakter ve ilgi alanlarından ötürü çok iyi anlaşıyor olmasını doğru değerlendiremeyecek kadar gönül gözü körleşen Meryem, babalarla-kızlar ve annelerle-oğullar arasındaki o şefkat dozu yoğun özel bağı kavramamakta ısrarlıydı. Böyle bakınca da öz kızının, karasevdalısı Gazi Alican Çavuş'un bütün ilgisini ve zamanını çalması şeklinde gördüğü resmi, içi daralarak izledi, ne yapacağını bilemeden kıskançlıkla bekledi. Sıra kendisine geldiğinde de o hiç sözünden çıkmadığı, aşkından kölesi olduğu kocasını çok şaşırtacak ve üzecek bir söz söyledi. Meryem, Gazi Alican Çavuş'a bütün yaşamı boyunca bir tek kez 'hayır' dedi, onun yalnızca ama yalnızca bir tek kez, bir tek isteğini reddetti. Fakat onun bu tek reddedişi, onların bütün yaşamını etkiledi ve bir daha asla eskisi kadar yakın ve mutlu olamadılar.

Meryem kocasının fazla şımarttığını düşündüğü kızları Beyaz'ın köydeki okulda bir teneke buğday karşılığında okumasına karşı değildi. Kendisi de harf devriminden hemen sonra yeni alfabeyi öğrenmiş, okur-yazar bir kadındı. O yıllarda ilkokul eğitimi köylerde üç yıldı. Üç yılın sonunda okul öğretmeni Beyaz'ın çok zeki bir kız olduğunu ve daha yüksek okullara gönderilmesi gerektiğini söyleyince Gazi Alican Çavuş sevinçten havalara uçtu. Beyaz'ı öğretmen olması için Edirne'deki yatılı Kız Muallim Mektebi'ne yollamak üzere hazırlıklara başladı. İşte o zaman Meryem'in vakti gelmişti. Bir gün yemek esnasında ansızın, "Kızlar okumaz, kızlar gelin olurlar," dedi. Halbuki Beyaz'ın elinde köy öğretmeninin koskoca bir tavsiye mektubu vardı ve mektupta, 'Bu kız okuyup, başarılı bir meslek sahibi olacaktır,' yazıyordu.

Babasının Beyaz'ı Edirne'ye götüreceği günün sabahı erkenden abdest alıp namaz kılan Meryem, beyaz kefen kumaşına sarındı ve kapının eşiğine yattı. Orada öylece bekledi. Gün ağarıp da kızını Edirne'ye öğretmen okuluna götürmek için kapıya gelen Gazi Alican Çavuş, karısını orada yatar buldu. O zaman Meryem bütün Gelibolu Yarımadası'nın duyacağı bir çığlık attı:

"Bu kız bu evden ancak gelin olarak çıkacaktır. Yoksa kendimi öldürürüm!!!"

Meryem'in feryadı o kadar kederli, o kadar yanıktı ki, içindeki acı dalga dalga Eceyaylası Köyü'ne, oradan ovaya dağıldı, uzadı gitti ve Conkbayırı'ndan Arıburnu Koyu'nda denize düştü. Meryem'in çığlığı denize düştüğünde deniz sarsıldı, dalgalar kudurdu, Ege'nin suları öfkeden köpük köpük köpürdü. Meryem'in çığlığı insan sesinden uzaktı. Onun çığlığı dev metal bıçakların keskinliğinde, buz dağlarının çarpışma ürperticiliğindeydi. Gazi Alican Çavuş, bu sesin Ege'de tam da Anzak Koyu'ndaki yankısını duyunca kapının eşiğinde durdu. Meryem'e baktı. Biraz daha baktı ve Beyaz'ı okula göndermekten vazgeçti.

O günden sonra Gazi Alican Çavuş'un Meryem'in yüzüne hiç bakmadığı söylenir. O günden sonra Gazi Alican Çavuş'un, Meryem'le kızı Beyaz vasıtasıyla iletişim kurduğu, asla onunla direkt konuşmadığı söylenir. O günden sonra Gazi Alican Çavuş'un daha sık içtiği ve Conkbayırı'nda sık sık ağladığı söylenir.

Her ne kadar yıllar sonra küçük oğlu Bulut'u İstanbul'daki bir yatılı öğretmen okulunda okutan ve onu İstanbullu bir delikanlı gibi yetiştirmeye bizzat emek veren yakın silah arkadaşı şehit Teğmen Ali Osman Bey'in annesi Semahat Hanımefendi'ye minnetar olsa da Gazi Alican Çavuş, kızı Beyaz'ın okuyamamasını asla içine sindiremedi. Beyaz'a gelince;

Beyaz, öğretmen olmak için çıkamadığı evin eşiğinden, gelin olarak da çıkmamaya o sabah yemin etti.

Beyaz, o evden çıkmadı.

Beyaz, hiç evlenmedi.

Beyaz, babası ölene kadar onun yanıbaşında, onun en yakını olarak kaldı.

Beyaz, annesinin çığlığını hiç unutmadı.

Gazi Alican Çavuş 1985'te öldüğünde yüzünde nurlu bir gülümseme olduğu söylenir. Başında onu dua ederek yolcu eden karısı, hayatta kalan iki çocuğu, beş torunu ve yedi torun çocuğu bulunmaktaydı. Son yolculuğuna çıkmadan Gazi Alican Çavuş'un bir eliyle kızı Beyaz'ı, öbür eliyle de İstanbul'a yerleşen Bulut'un torunlarından avukat olanının elini tuttuğu söylenir. Meryem'in ağlayarak Kuran-ı Kerim okuduğu, ama ölürken bile kocasıyla göz göze gelmekten kaçındığı da söylentiler arasındadır.

Gazi Alican Çavuş, Eceyaylası Köyü'ndeki mütevazı mezarlıkta Çanakkale Savaşları'nda yan yana savaştığı en yakın arkadaşı şehit Teğmen Ali Osman Bey'in yanına gömülmeyi vasiyet etmişti. Ancak vasiyetinde her yıl Anzak Koyu'ndan getirilen bir maşrapa toprağın mezarları üzerine dökülmesi arzusu da vardı. Yine vasiyeti üzerine küçük, sade mezar taşında şöyle yazar:

"Uzun Beyaz Bulut, aslında Yeni Zelanda'nın adıdır!" diye heyecanla bağırdı yabancı kadın.

"Yeni Zelanda'nın yerli dilinde adı '*Aotearoa*'dır ve bu sözcük '*Uzun Beyaz Bulut*' anlamına gelir!"

Derdini anlatamamaktan bunalmış, çaresizlikten öfkeli, koyu İngiliz aksanıyla Rehber Mehmet'i azarlıyordu kadın. Onun bu sert tepkisini hak etmek için ne yaptığını anlamayan Mehmet, şaşkınlıkla aynı cümleyi ikinci kez Türkçe'ye çevirdi köylüler için. Fakat Yeni Zelanda yerlileri Maoriler'in* dilindeki o sözcüğe; '*aotearoa*'ya dili dönmedi bir türlü.

---

* Maoriler: Yeni Zelanda Adaları'nın Polonezya asıllı yerli halkı. İngiliz sömürgecilerle uzun yıllar savaşmış, ama sonunda topraklarını yitirmişlerdir. (y.n.)

"Aotearoa!" diye inledi yabancı kadın.

"A-o-te-a-ro-a!"

Mehmet yine denedi, yine beceremedi. Türkçe'nin fonetiğine hiç uymayan bu sözcük onu zorluyor, dili ağzının içinde büyüyor ve ille de yanlış telaffuz ediyordu.

"Çünkü Yeni Zelanda Adaları uzun beyaz bir buluta benzer ve oranın ilk sahibi olan yerli Maoriler, Yeni Zelanda'ya bu adı vermişlerdir. Maoriler hâlâ Yeni Zelanda'yı 'Uzun Beyaz Bulut' diye adlandırırlar!"

Eceyaylası Köyü'ne gündüz vakti bir UFO inse ve içinden çıkan yaratıklar aslen Gelibolulu olduklarını söyleselerdi, köylüler daha az şaşırırdı. Çanakkale Savaşları'ndan seksen beş yıl sonra, değerli bir Türk kahramanına, namuslu, saygın, dini bütün, güvenilir, hayatı savaştan kalan hastalıklarla çok sıkıntılı geçmiş, üstelik çoktan Allah'ın rahmetine kavuşmuş bir Gazi'nin torunu olduğunu söyleyen bu yabancı kadın bir UFO'dan daha yabancı, uzaylı yaratıklardan daha az inandırıcıydı.

Gencecik bir delikanlıyken savaşın ruhunda açtığı derin yaralara karşın, ömrü boyunca örnek bir insan olan, Çanakkale Savaş Madalyası sahibi Müslüman bir Türk kahramanına karşı işlenecek en büyük günah, ona bir yabancı, üstelik gayrimüslim bir kadının dedesi olmak konusunda atılacak iftiraydı. Hem de uğruna savaştığı vatan toprağını işgâl etmiş o zamanki düşmanın soyundan gelen birinin dedesi olma iftirası!

Yaşamı boyunca her yıl bir kez, o da yalnızca iki haftalığına İstanbul'a gitmekten başka Gelibolu Yarımadası'nın, haydi haydi Çanakkale il sınırlarının dışına çıkmamış, ailesine, namusuna, ırzına düşkün mübarek insan Gazi Alican Çavuş'a iftira atmak... Olacak şey miydi bu şimdi? Taa dünyanın dibinden kalkıp, bu iftirayı atmak için Gelibolu'ya gelmek yakışır mıydı yani?

Kahvenin içinde büyüyen tartışma kahvenin dışına, köy meydanına, sonra da bütün köye tam on dakikada yayılmıştı. Saat 10:40'da bütün Eceyaylası köylüleri bir yabancı turist kadının rahmetli Gazi Alican Çavuş'a yakışıksız bir iftira attığını konuşuyordu. Bir saat sonra bu haber bütün Gelibolu Yarımadası'na yayılmıştı.

İftirayı duyduğu anda şaşkınlıktan ağzı ve gözleri kocaman açılan köylüler ilk şoku atlattıktan sonra, ayıplayarak, dövünerek, kısa çığlıklar atarak, şiddetle reddederek, ama kesinlikle birbirlerini dinlemeden konuşmaya başlıyorlardı. Konuşmalar Gazi Alican Çavuş'un ne denli namuslu, cömert, iyi yürekli ve dini bütün bir Müslüman olduğu üzerineydi. Yaşlılar Gazi'nin soyunu sopunu sayarak, sülalesini uzun uzun övüyorlardı. Köylülerin hepsi çok rahatsız olmuş, çok incinmişlerdi.

En önce toparlanan Muhtar oldu. Rehber Mehmet'i kolundan tutup, kahvenin nispeten boş bir köşesine çekti.

"Bu türist hanımın, adı ne demiştin sen hele Mehmet Bey oğlum?"

"Adı Victoria, ama kısaca Viki dedirtiyor kendine Muhtar Amca," diye telaşla yanıtladı Mehmet. Hiç beklemediği bu durum karşısında onun da son derece tedirgin olduğu görülüyordu.

"İyi. Tam olarak nereli oluyor bu Viki Hanım *marı*?"

"Yeni Zelandalı oluyor kendisi. İşte... geçen yılbaşında internetten bizim seyahat acentasına başvurup rezervasyon yaptırmış. Patron da beni aradı, 'Özel bir tur var Mehmet, sen al bu işi,' dediydi... Ben de bu nedenle yani... Yoksa valla hiç tanımam etmem kendisini... İş gereği yalnızca..."

Onu dikkatle dinleyen Muhtar sordu:

"Nereden bilirmiş bizim Gazi Alican Çavuş'u peki?"

"Valla ben de bilmiyorum Muhtar Amca. Bana da daha önce hiç bahsetmedi. Ben de burada sizlerle beraber duydum adını, vallahi billahi... Belki onun kendi Anzak Dedesi bahsetmiştir, diyeceğim ama... Yani nereden bilsin ki... di mi? Olmaz tabii... Bu yabancılar, gidecekleri yerler hakkında araştırma yapmadan yola çıkmazlar, biliyor musun? Tonla kitap okur, internetten siteleri incelerler falan... Belki oralarda adına rastlamıştır..."

Muhtar, kafası karışmış köylüleri rahatlatacak bir bilgi edinememiş olmanın sıkıntısıyla içini çekerken, Mehmet de içinde bulunduğu durumun turistik bir olaydan çıkıp ciddiyet kazanmasından rahatsızdı. Olabildiğince konunun dışında kalmaya özen gösteriyor, ama ne yapacağını da bilmiyordu doğrusu.

"Allah Allah... Çok da iyi bir insana benziyordu..." diye geveledi.

"Öyle mi diyorsun?" diye sabah tıraş olduğu halde çıkmaya başlayan sakallarını okşadı Muhtar, dalgın dalgın.

"Yani... Bir haftadır burada, her gün Milli Park'ı gezdiriyorum, ama ille de hep aynı yerlere tekrar tekrar gitmek istiyor. Mesela her sabah Arıburnu-Anzak Koyu'na gidiyoruz. Dua ediyor... Yani... Ne bileyim işte... İyi bir insana da benziyor. Bana cömert davranıyor. Dün bana aniden, 'Eceyaylası Köyü'ne telefon et, onlara söyleyecek önemli bir şeyim var,' dediydi. Ben de buraya ülkesinden bir armağan, belki bir teşekkür borcu falan getirmiştir sandıydım. Hani dedeleri buralarda ölmüş diye bu Anzaklar bizim buralara düşkün oluyorlar ya..."

"Olacak şey mi *marı!*" diye mırıldandı Muhtar, Rehber Mehmet'ten umduğu ipucunu yakalayamamış olarak canı sıkkın. "Nereden çıkarttı bu kadın bu masalı şimcik? Deli midir nedir *marı*? Sen taa Zelanda'dan kalk, saçmalamak için bizim köye gel! Hiç işi gücü yok mu bunların canım? Enfilasyon, işsizlik yok oralarda tabii, eh canları sıkılıyor bunların da herhal... Toprak mahsulleriymiş, ürünün taban fiyatlarıymış, Ziraat Bankası faizleriymiş, hökümetin köylüye borcunu ödememesiymiş, neymiş yok tabii. Onların oralarda çiftçilerin sosyal güvenliği falan varmış, duyduydum ben daha önce başka bir türist rehberi arkadaştan, senden iyi olmasın, pek bi olgun bir adamdı o."

Bu son cümle Mehmet'in canını sıktı. Canı sıkıldığında hep yaptığı gibi duymazdan geldi. Akla yatkın bir açıklama işitebilmek için yavaş yavaş Muhtar'la Mehmet'in etrafına toplanan köylülerden biri, "Zelanda'da çiftçilerin sosyal güvenliği varmış, Muhtar söyledi, duydun mu?" diye sordu öbürüne.

"Vardır vardır, oralarda insan hayatı gıymetlidir," dedi bir tanesi.

Köylüler hep bir ağızdan 'cık cık cık' çektiler. Canlarının sıkkın, kafalarının karışık olduğu yüzlerinden belliydi, ama asıl konu artık alışkın oldukları kendi koşulları değil, Gazi Alican Çavuş meselesiydi.

"Biraz da... Nasıl söylemeli, biraz da tuhaf bir şey yapıyordu Viki..." diye mırıldandı Mehmet. Sanki içini dökmeye susamıştı.

"Tuhaf mı, nasıl yani?" diye bunun üzerine atladı Muhtar. Öyle yakıcı bir siyasi hırsı yoktu ama, belli de olmazdı tabii. Durum ne olursa olsun, ilk ipucunu yakalaması çok önemliydi.

"Yani... nasıl anlatmalı bilmem ki? İşte bir haftadır, her sabah, ama her sabah, güneş doğarken denize giriyor Viki ve sahilden taşlar topluyor."

"Tööbe tööbe... Bu havada çıplak mı?" diye sordu Muhtar.

"Hiç üşümez bu yabancılar valla..."

"Ağlıyor sonra," dedi Mehmet üzgün bir sesle.

"Tam güneş doğarken, orada, Arıburnu-Anzak Koyu'nda denizin içinde bekliyor, oradan taa yukarılara Conkbayırı'na doğru bakarak ağlıyor bu Viki ya..."

Mehmet'in sesindeki keder aniden köylülerin üzerine yayıldı. Viki'nin gözyaşlarından akan kederi onlara taşıyan Mehmet'in sesi hepsini etkilemişti.

"Ağlıyormuş. Türist kadın Arıburnu'nda her sabah ağlıyormuş..." diye fısıldadı köylüler birbirlerine. Her biri avuçlarının içi gibi bildikleri, çocukluklarında oyun oynarken bazen insan kemikleri, kurukafalar buldukları, o zamanlar birbirine karışmış Osmanlı ve İngiliz, Türk ve Anzak, Fransız ve Hintli mezarlıkların hemen aşağısında denizin içinde dikilmiş, ağlayan yabancı kadını düşündüler. O zaman bu yabancı kadının, kendi dedeleri saydıkları Gazi Alican Çavuş'a iftira etmesiyle aralarına yayılan düşmanca duygu yumuşadı, küçüldü, yerini bir acıma ve koruma duygusu kapladı. Düşünceli gözlerle birbirlerine baktılar. Üzüntüyle başlarını salladılar:

"Ağlıyormuş zavallı... Bir başına, yapyalnız, yabancı kadın ağlıyormuş... Bak şu işe *marı*..."

Dışardan bakınca bomboş görünen gözlerinde yabancıların asla anlayamayacağı 'yabancı kadının derdine bir çare bulmak' sıkıntısını paylaşıyorlardı.

Artık bir şeyler söylemesi gerektiğini düşünen Mehmet, "Bizim meslekte özel soru sormak yasaktır. Yani centilmenlik anlaşması gibi bir şeydir, Muhtar Amca. Şöyle ki, müşterimize özel hayatı hakkında soru sormayız," dedi.

Centilmenlik sözcüğünü sevmişti Muhtar.

"Gazi Alican Çavuş çok asil ve centilmen bir insandı. Allah gani gani rahmet eylesin," dedi.

"Amin amiiin..." diye koro halinde mırıldandı köylüler.

Onların kendi aralarında toplanıp, Türkçe konuşarak kendisini dışlamalarından sıkılan Viki, Mehmet'e yaklaşıp bir şeyler sordu. Şimdi yabancı kadına daha sakin ve alıcı gözüyle bakan Muhtar içini çekerek, "Hiç de olacak şey mi canıım... Olacak şey değil yani..." dedi.

"Muhtar Amca, Viki diyor ki, eğer kendisi de kabul ederse, Gazi Alican Çavuş'un hayatta olan en yakın akrabalarından biriyle bir görüşmek istermiş..."

Köylüler hep bir ağızdan tehlikeli tınılarla dolu derin bir 'ooooooh!' çekerek bakıştılar. Sonra endişeli bakışlarını birbirleriyle paylaşarak başlarını yukarıya doğru salladılar. Kaşlar havada, 'bu işten hayır gelmez!' bakışları...

"Gazi Çavuş'un kızı, Beyaz Hala hâlâ hayattadır, ama kattiyen olmaz! Hayatta olmaz!" dedi Muhtar.

Durdu, düşündü.

"Yok canım, olacak şey değil!" dedi.

"Heeç kabul olmaz!"

"Hepimizi kovar oradan!"

"Canımıza okur ki, ne okur!" diye korkuyla söylendi köylüler. Yine 'cık cık cık' çektiler.

Şaşkın şaşkın onlara bakan Mehmet'e derin derin içini çekerek açıkladı Muhtar:

"Bu bizim Beyaz Hala yaşlıdır. Seksen yaşında vardır, var mıdır?"

"Vardır, vardır," diye onayladı köylüler.

"Beyaz Hala yıllardır evinden heeç çıkmaz. Hani o büyük yangın var ya, ha ondan beridir küsmüştür hepimize, bütün dünyaya. Sonra o, rahmetli babasına benzemez. Nasıl demeli *marı* ? Yani... çok aksidir, valla demedi demiyesin bak! Di mi?"

Köylüler hep bir ağızdan, "Öyledir valla!" diye onayladılar.

"Bak şimcik, hakkını da yememek lazım. Beyaz Hala görmüş geçirmiş, tecrübeli, riyasız, yalansız, dirayetli, namuslu biridir. Di mi ama?"

Köylüler hep bir ağızdan, "Öyledir valla!" diye yeniden onayladılar.

"Efendi kadındır!"

"Kadın olmasına rağmen kılavuz insandır!"

"Tabii tabii... Hem soona adaletli, marifetli biridir."

"Emniyetli ve hünerlidir."

"Babası gibi arif, ayaklı kütüphanedir mübarek..."
"Babası kadar da milliyetçidir ha!"
"Kıymetli bir ihtiyardır."
"Yaa öyledir Beyaz Hala, amma işte aksidir, gariptir biraz. Bi şeyi istemezse kessen yaptıramazsın. Annesine inat olsun diye hayatta evlenmediydi."
"Valla öyle... İşte durum budur Memet Bey oğlum," diye bağladı sözü Muhtar.
"Şimcik Viki Hanım'ı hayatta almaz evine... Tersler felan. Soona ayıp olur Viki Hanım'a... Ne de olsa misafir sayılır köyümüzde... Yakışık almaz."
Mehmet, Muhtar'ın ve köylülerin anlattıklarını Viki'ye çevirdi, altını çize çize bu ziyaretin olanaksızlığını işaret etti, ama onu ikna edemedi. Muhtar ve köylüler, sanki Viki Türkçe anlayacakmış gibi ona dil döktüler ama nafile.
"Be-yazh Ha-la isti-yor ben!"
"Bu Viki Hanım da bizim Beyaz Hala kadar inatçıymış!" deyip pes etti Muhtar sonunda.
Hep birlikte köyün içinden yürüyerek Beyaz Hala'nın evine gittiler. Onlar geçerken, o gün tarlada çalışmaya gitmemiş olan köylü kadınlar evlerinin pencerelerinden Viki'yi seyredip, Gazi Alican Çavuş'un torunu olduğunu iddia etmesinden başka hakkında hiçbir şey bilmedikleri bu yabancı kadın üzerine kurulmuş onlarca farklı hikâye dinliyor ve anlatıyorlardı.
Taş, kerpiç ve beton evlerin arasında, daracık bir sokakta durdular. Taştan yapılmış, kendi gibi bembeyaz, pencere ve kapıları maviye boyalı iki katlı bir evin önündeydiler. Pencerelerde sardunya saksıları vardı. Sardunyalar yağ tenekelerine dikilmişti.
"Benden heeç haz etmez Beyaz Hala. Valla ben çalmam kapısını ha! Sen bi denesen diyorum Memet Bey oğlum?" diye geveledi Muhtar.

Öbür köylüler de kaşlarını kaldırarak geriye çekilmişti. Böylece köyün erkeklerinin ciddi ciddi çekindiği yaşlı bir ninenin kapısını çalma işi Rehber Mehmet'in üstüne kalmış oldu. Aksi, cadaloz, nadan, herhalde çirkin (nedense?) ve yaşlı bir kadın olarak düşündüğü Beyaz Hala'nın kapısının önünde tek başına kalmaktan hiç hoşnut olmayan Mehmet, çok sevdiği işini o an terk edebilirdi. Ama içini çekip derin bir nefes aldıktan sonra, bütün cesaretini topladı ve mavi ahşap kapıyı tıkladı.

"Haydeee... Gidin kapımdan!" diye bağıran gür bir ses duyuldu içeriden.

"Beyaz Hala, benim adım Mehmet!" diye seslendi genç rehber en tatlı sesiyle. "Bak, burada turist bir hanım var. Taa Yeni Zelanda'dan, dünyanın eeen dibinden kalkıp gelmiş Gelibolu'ya. Seninle Gazi Alican Dede hakkında konuşmak istiyor," diye sanki bir çocukla konuşur gibi yapay şekerli bir tonla konuştu.

"Haydeee... Gidin buradan *marı*!" diye daha sertçe bağırdı Beyaz Hala yeniden.

"Ben size demiştim!" diye bilgiç bilgiç başını salladı Muhtar. "Yıllardır torunları ve onların çocukları, o da yemeklerini, ihtiyaçlarını götürmek için evine girebilirler. Bir de İstanbul'a yerleşen kardeşinin avukat çıkan torunu vardır. Onu çok sever. Onunla konuşur. O kadar. Küstü bize. Yıllardır çıkmaz evinden. Ancak... ancak bir derdimiz felan olursa, o vakit akıl danışırız, ama son yıllarda onu da pek yapmaz oldu..."

"Sen milliyetçidir demiştin bu nine için di mi Muhtar Amca?" diye sevinerek sordu Mehmet.

"Çoook, babası gibi o da çoook milliyetçidir valla."

O zaman Mehmet zafer kazanmış bir sesle bir kez daha şansını denedi:

"Beyaz Hala, bak bu turist hanım misafir sayılır burada. Hani Türk konukseverliği yaa?"

"Haydeee... Gidin buradan dedim size be!" diye azarladı aynı ses.

"Benden bu kadar! Yeter," diye çaresizlikle ellerini iki yana açtı Mehmet.

"Bööle olacağı belliydi," dedi Muhtar. Merakla kapının önüne biriken köylüler başlarını salladılar. İçini çekti Mehmet ve Viki'ye dönerek, "Let's go Viki!" dedi. Ama Viki, Mehmet'i kenara itip, kapının önüne dikildi ve bağırdı:

"I am Alistair John Taylor's great-grand daughter. My name is Victoria Taylor. I came to talk to you from a very long way up to Gallipoli. Please let me talk to you. Please?"

Viki'nin sesi titriyordu. Zamanın donduğu kısacık bir an yaşandı. Sanki bir mucize olacak, titreyen bir sesle çığlık atarcasına İngilizce bir şeyler söyleyen bu yabancı kadının sözleri kapıyı açacak sihirli bir güç yaratacak ve beyaz taş evin mavi ahşap kapısı aniden açılacaktı. Köylüler nefeslerini tutmuş, küçük bir mucize bekliyorlardı. Beklediler. Beklediler. Ve gerçekten de öyle oldu. Önce ayak sesleri duyuldu, sonra mavi kapı usulca aralandı. Viki hemen aralanan kapıdan içeriye süzüldü. Mehmet de onun arkasından davrandı, ama kapı yüzüne kapandı.

"Eeeee?" diye bozularak sordu Mehmet, "Ben olmadan nasıl anlaşacak bunlar?"

Muhtar onun sorusunu duymamıştı bile. Düşünceli bir suskunlukla Beyaz Hala'nın kapısına takılı kalmıştı gözleri. Mehmet'i yeniden hatırladığında canı sıkkın bir ifadeyle ona baktı.

"Ne dedi bu Viki Hanım, Beyaz Hala'ya bakiiim?"

"Ben," dedi, "Ben, Alistair John Taylor'ın torununun çocuğu olurum. Yeni Zelanda'dan seninle konuşmak için geldim. Lütfen benimle konuş."

Köylüler aralarında homurdanarak Muhtar'dan bir açıklama beklercesine ona bakıyorlar, Beyaz Hala'nın kapısından ayrılmaya niyetli görünmüyorlardı. Kalabalık giderek artıyordu.

"Sende bu Viki Hanım'ın bir kimlik belgesi felan var mı Memet Bey oğlum?" diye sordu Muhtar.

Giderek daha da karmaşık ve tuhaf bir yola giren bu turistik hikâyenin orta yerinde ne yapacağını kestiremeden kalan Mehmet, telaşla cebinden bazı kâğıtlar çıkarttı. Köylüler ve Muhtar merakla başına üşüştüler. Muhtar okumaya başladı:

Adı: Victoria Taylor.

Doğum yeri: Wellington-Yeni Zelanda

Doğum Tarihi: 25.03.1970

Mesleği: Klinik Psikolog

"Aamaaaan canım," diye rahat bir nefes aldı Muhtar.

"Heeeç ilgisi yokmuş *marı*."

"Bizim rahmetli Gazi Alican Çavuş'un soyadı Taylar'dı. Bununkisi Taylor'muş be *marı*. Hayydii gelin, çaylar benden..." diyerek köylüleri ve Mehmet'i önüne katıp kahveye doğru yürüdü. Hepsi derin bir nefes aldı, rahatlamış oldukları görünüyordu. Bir tek Mehmet, kafası arkaya dönük kalmış gibi ters ters yürüyordu ve müşterisi Viki için hâlâ endişeliydi.

"*My father was a hero! My father was a great wise man!*"* dedi Beyaz Hala koyu İngiliz aksanıyla.

İkinci katta, beyaz dantel süslemeli tül perdelerin loşlaştırdığı sade döşenmiş bir oturma odasında karşılıklı kanepelere oturmuşlardı. Viki'nin rengi baygınlık geçirmekte olan biri kadar solgundu. Nefesinin ritminden çok heyecanlı olduğu anlaşılıyordu. Karşısındaki kanepede bağdaş kurmuş yaşlı bir Türk köylü kadını oturuyordu. Bembeyaz uzun saçlarını bir saç örgüsüyle başının arkasına simit gibi yusyuvarlak tokalayarak topuz yapmış, beyaz pudrayla kat kat pudralanmış kadar beyaz yüzü, yüzlerce derin çizgiyle oya gibi işlenmiş, mavi gözlü yaşlı bir kadındı bu. Sıska

* "Babam bir kahramandı. Benim babam büyük, bilge bir adamdı!" (y.n.)

denecek kadar zayıf, yüz yaşında kadar yaşlı, genç bir insan kadar çevikti. Çiçekli pazenden dikilmiş şalvar ve aynı kumaştan bluz üzerine el örgüsü yün bir yelek giymişti. Omuzlarında yaprak desenli bir eşarp başa örtülmeye hazır bekliyordu. Ayaklarında el örgüsü yün çoraplar vardı. Çorapların üzerine lale desenleri işlenmişti. Elinde akik taşından dizilmiş bir tespih vardı, yavaş yavaş tespih çekiyordu.

Viki, köydeki erkeklerin bile kendisinden çekindiği bu yaşlı kadının kendisini evine kabul ettiğine bir türlü inanamıyordu. Hiç konuşmadan onu önüne katıp ikinci kata çıkartan bu kadının, yüzyıl öncesinin sözcükleriyle katıca sınırlanmış, koyu aksanlı ve akıcı bir İngilizcesi vardı. İleride sık sık yapacağı gibi sözcüklerin arasına 'marı', 'hele', 'heç', 'yani', 'maşallah' ve 'inşallah' gibi Türkçe sözcükleri karıştırsa da söyledikleri anlaşılıyordu. Viki yaşlı kadını gözleriyle adeta emerek seyrediyordu. Uzun yıllar boyu yaşamayı şiddetle arzuladığı bu anı şimdi gerçekten yaşarken gizlice ürktüğünü, heyecanının yarattığı fiziksel baskıyla ezildiğini hissediyordu. Çocukluğundan beri hayatının en önemli meselesi, belki de amacı haline dönüştürdüğü 'büyük dedesinin sırrı' konusunda merak etme duygusunun bastırdığı endişe ve heyecan tam şimdi burada, Gelibolu'daki bu evde bedenini fiziksel olarak yoran bir yüke dönüşüvermişti. Kendini çok ama çok yorgun hissetmeye başlamıştı. Aniden, "Heç kimse babamın anısını, neyin ama neyin adına olursa olsun, asla ama asla kirletemez! Buna izin vermem *marı*!" dedi Beyaz Hala tespih çekmeyi sürdürürken.

Konuşurken Viki'nin yüzüne bakmıyordu. Sözlerindeki keskin ve sert anlama karşın son derece sakin görünüyor, yavaş yavaş tespih çekerken, Viki'nin Türkçe olduğunu sandığı Arapça dualar okuyordu. Bir yandan da ağzından kararlı bir tonda İngilizce cümleler çıkıyordu. Bu yaşlı kadın gerçekten çok soğukkanlı biri olmalıydı.

Söyleyecek çok sözü olanların söze nereden başlayacaklarını bilemedikleri zamanlardan biriydi. Ağzını açsa sanki sesi çıkmayacak sanıyordu Viki. Oysa böyle bir karşılaşmayı uzun, çok uzun yıllardır düşleyen yine kendisiydi. Gerçekleşmesinden gizlice korkulan bütün rüyalar gibi bu da ürkütücüydü. Burada, Gelibolu'nun Eceyaylası Köyü'nde, her şeyiyle kendine yabancı bir ortamda, yabancı bir evde ve yabancı bir yaşlı kadınla karşılıklı oturuyordu işte. Evet işte buradaydı sonunda. İşte böyle... İşte... Ama bu durum ona huzur vereceğine, aksine huzursuzluğunu arttırıyordu.

'Ya hepsi... bütün düşündüklerim, bütün 'eğer'lerim doğruysa?' diye düşündü. Düşünür düşünmez de içine bir yıldırım düştü ve iç organları yanmış gibi bir hisle içi acıdı. Ani bir acıyla küçük bir çığlık atarak yerinden zıpladı. O bağırınca Beyaz Hala tespih çekmeyi bıraktı, başını kaldırıp Viki'ye baktı. O zaman genç kadının elektrik çarpmış gibi titreyen bedenini ve tedirginlikle bakan mavi gözlerini gördü. İki kadın bir süre göz göze kaldılar. Viki, Beyaz Hala'nın nazar boncuğu mavisine benzeyen gözlerinde öfke bulamadı. Keder ya da heyecan da yoktu bakışlarında. Tedirgin miydi? Hayır. Bu yaşlı kadın çok serinkanlıydı. Çok. Sayısız çizgilerle çizilmiş karışık bir haritaya benzeyen bembeyaz yüzü sanki özel bir ışıkla aydınlatılmış gibi aydınlıktı. Teninin beyazlığından oluşan aydınlıktan öte bir parlaklık vardı yüzünde. Belki de Viki'ye öyle geliyordu. Ama iyi geliyordu. Beyaz Hala'nın aydınlığı Viki'ye iyi geliyordu. Bu aydınlık yüz ve öfkesiz bakışlarla biraz yatıştığını, rahatladığını hissetti Viki.

"Bekliyordum *marı,*" dedi Beyaz Hala, bakışlarını Viki'den ayırıp yeniden tespih çekmeye başlayarak, "Bir gün birinin Zelanda'dan felan kalkıp geleceğini ve onu soracağını bekliyordum."

İçini çekti, tespihini çekmeye devam etti.

Beş dakika sonra yeniden durdu:

"Bunu hep bekledim ben *marı.*"

"Ben de..." demek için ağzını açtı, ama vazgeçti Viki. Onun yerine Beyaz Hala'ya bakarak onun gibi bağdaş kurdu kanepeye. Geleneksel yaşayan Türklerin evine girerken ayakkabıların antrede çıkartılması gerektiğini daha Türkiye'ye gelmeden turistler için yazılmış rehber kitaplardan okuyup öğrenmişti. Şimdi kanepede bağdaş kurup oturunca kendini Tibet'te meditasyon yapan bir keşişe benzetti, ama Gelibolu'daydı ve belki de büyük halasıyla karşılıklı oturuyordu.

"Biz seninle akraba olabiliriz?" diye çekinerek fısıldadı Viki, sesi heyecandan titriyordu.

Beyaz Hala sakin ve kararlı tespih çekişini hiç bozmadan söylendi:

"Babam onursuz hiçbir şey yapmadı. O onurlu bir insandı. Onuruyla yaşadı ve onurlu öldü."

Aynı gün Eceyaylası köylüleri, muhtarı ve Rehber Mehmet, Viki'nin Beyaz Hala'nın evinden çıkması için saatlerce beklediler. Bazen kahvede, bazen Beyaz Hala'nın evinin önünde, bazen köy sokaklarını arşınlayıp dolaşarak. Zaman zaman Beyaz Hala'nın zilini çaldılar, evine telefon ettiler, ama bütün çabaları sonuçsuz kaldı. Bir defasında Viki üst katın penceresinden görünüp, kapıyı yumruklayan Mehmet'e, "Ben iyiyim. Her şey yolunda Mehmet. I am O.K.," dedi.

Köyün kadınları Beyaz Hala'nın evinin önünde toplanmış, aralarında fısıldaşarak bu tuhaf buluşmanın sonucunu bekliyorlardı. Kendisine yemek getiren, rahmetli ağabeyinin torunu Havva ve onun kızları dışında evine hiç kimseyi almayan Beyaz Hala'nın bu yabancı kadını kabul etmesi hepsini meraklandırmıştı. Yabancı kadının iddiasına değil inanmak, üzerinde düşünen tek bir kişi yoktu köyde, ama yine de meraklanıyorlardı tabii.

Saatler ilerledi, yavaş yavaş koyunlarla inekler ahırlarına, tavuklarla horozlar kümeslerine, çocuklar evlerine döndüler.

Hava karardı, serinledi. Akşam oldu. O zaman Viki'nin saatler önce girdiği mavi pencereli evin üst katındaki bir pencerede ufak tefek bir gölge belirdi ve otoriter bir sesle bağırdı:

"Muhtaaar, çabuk gel bakeyiim hele. Bu türist kadın bayıldı burada *marı!*"

Muhtar'dan önce kapıya atılan Mehmet, açamayınca kapıya vurmaya ve bağırmaya başladı:

"Aç şu kapıyı aksi kadın! Bak Viki'ye bir şey olursa göstereceğim sana gününü... Bıktım artık senin havalarından be! Açsana şu kapıyı yaa!"

Muhtar, Memet'in kolundan tuttup, onu yatıştırmaya çalıştı:

"Dur hele Memet Bey oğlum, telaş etme bakalım, Beyaz Hala'nın yanındaykene bi şeycik olmaz insana."

"Nedenmiş o? Yoksa bir de doktor mu bu sizin Beyaz Halanız ha? Bak Muhtar Amca, bu kadın yabancı, eğer başına bir şey gelirse diplomatik skandal çıkar valla, ben bile kurtaramam durumu o zaman işte..."

Muhtar güldü.

"Beyaz Hala'yı bilmiyyon sen oğlum, onun yanındayken heç bi şeycik olmaz senin yabancı kadına."

O sırada kapı açıldı, çok solgun ve yorgun görünen Viki evden dışarı çıktı. O çıkar çıkmaz da kapı arkasından kapandı ve içeriden kilitlendi. Mehmet abartılı bir ilgiyle Viki'nin koluna girdi, onu bir bebekmiş gibi teselli etti.

"Ben iyiyim Mehmet. Biraz başım döndü, ama Bey-azh Ha-la bana şekerli su içirdi, şimdi iyiyim. Merak etme sen."

"Şekerli su içirmişmiş..." diye söylendi Mehmet.

"Sen burada bekle, ben cipi getireyim Viki," dediyse de, Viki ağır ağır yürüyebileceğinde ısrarlıydı. Mehmet'in koluna yaslanarak yürümeye başladı.

O sırada küçük bir kız çocuğu Viki'nin yanına geldi:

"Beyaz Hala benim büyük halam oluuuur!" diye nazlı nazlı gülümsedi.

Sonra Viki'nin kül gibi yüzünü gördü:

"Anneeee, bu turist kadın hastalanmış kıızz, yüzü bembeyaz olmuş beee!" diye seslendi.

"Bırak onu Meryem. Dedeme iftira atarmış dediler. Bırak Beyaz Hala gelsin hakkından."

Konuşmaları anlamasa da, küçük kızı çekiştirerek oradan uzaklaştıran genç kadının dostça bir şeyler söylemediğini sezen Viki, "Let's go Mehmet," diye inledi.

Gerçekten hasta görünüyordu. Cipe kadar zar zor yürüdü. Eceabat'a varınca kendini doğruca Dost Anzak Pansiyonu'ndaki odasına attı ve sonraki iki gece ve bir gündüz ateşler içinde yattı. Rehber Mehmet ve pansiyonun sahibi telaş içinde bir doktor buldular ve ilaç peşinde koşturdular.

"Fena halde üşütmüş, ayrıca hava değişimi ve yorgunluk da vurmuş olmalı," dedi doktor. "Yirmi dört saat içinde ateşini düşüremezsek Çanakkale Hastanesi'ne kaldırırız."

Müşterisine iyi bakamadığı ve onu şimdiden cani olarak damgaladığı Beyaz Hala'ya teslim ettiği için büyük bir suçluluk duygusuyla yanıp kavrulan Mehmet öfkeliydi:

"Viki'nin kapsamlı bir seyahat-sağlık sigortası var. Hemen İstanbul'un en iyi özel hastanesine kaldırabiliriz. Sigortası helikopteri bile kapsıyor Doktor Bey. Hatta bunlar Yeni Zelandalı olduklarından İngiltere'ye bile tedavi için yollatmak mümkün yani..."

"Dur yahu, panik yapma hemen öyle genç arkadaşım," diye onu yatıştırmaya çalıştı doktor.

"Geçer yarına. Bu yabancılar bizim buraları bilmezler. Gelibolu'nun ayazı yamandır. Hiç acımaz, çarpar insanı. Güneşe kanar, anlamaz bile insan. Sonra yedikleri de dokunmuş olabilir.

Bunlar memleketlerinde feci steril yaşıyor, bizse burada her şeye karşı felaket bağışığız. Ne oluyor tabiii, bizim yiyecekler bunları takk vuruyor hemen."

"Ben onu uyarmaya çalıştım, ama hiç dinlemedi ki... Sabahın ayazında denize giriyor, ıslak ıslak Arıburnu'nda bekliyor falan... Al başına belayı şimdi tabii," diye dertli dertli söylendi Mehmet.

"Tabii buradaki tarihi birikim de onlara ağır geliyor olmalı. Ne de olsa yakınlarını bu topraklarda kaybetmişler. Manevi olarak da yorgun düşüyorlar," dedi doktor toy bulduğu rehbere.

"Yok yok onu, o aksi, yaşlı kadın hasta etti!" diye yeniden keşfetti Mehmet, "şu Beyaz Hala denen cadaloz. Bak eğer Viki iyileşmezse, gidip o şeytana bir çift laf edeceğim ama!"

Doktor ve pansiyonun sahibi bakışıp güldüler. Genç olmak, onları artık gülümsetecek kadar yaşlanmışlardı.

"Beyaz Hala'yı tanımıyorsun sen," diyerek, eliyle Mehmet'in omzunu patpatladı pansiyonun sahibi.

"Umarım hiç de tanımam!" dedi Mehmet.

Viki'nin ateşi ertesi gün de düşmedi. Doktor onu öğleden sonra hastaneye yatırmaya kararlıydı. Korkuyla ve kendisine bile tuhaf gelen bir şefkatle onun başında bekleyen Mehmet zaman zaman Viki'nin sayıkladığını görüyor, ama ne dediğini bir türlü anlayamıyordu. Sonunda dayanamadı ve pansiyonun resepsiyonisti genç kızı yukarıya çağırıp, Viki'nin sayıklamasından ne anladığını ona sordu. 18 Mart Üniversitesi'nde okuyan ve yarım zamanlı olarak Dost Anzak Pansiyonu'nda çalışan genç kız Gelibolu'luydu.

"Bu kadın durmadan sanki 'Beyaz Hala,' diye sayıklıyor," dedi gülümseyerek.

Viki'nin hasta yattığı yirmi dört saat içinde Gelibolu'nun Eceabat İlçesi sokaklarında İstanbul ve Ankara'dan Yeni Zelandalı bir kadını aramaya gelen gazeteci ve televizyoncular görülmeye başladı. Dost Anzak Pansiyonu'na elektronik posta, faks ve telefonlarla hep aynı soru soruluyordu: "Sizin orada, bir Çanakkale Gazisi'nin torunu olduğunu iddia eden Yeni Zelandalı bir kadın kalıyormuş. Kendisiyle görüşebilir miyiz acaba?"

İki gün sonra skandal haberlerle gündemi oluşturan birçok gazete ve televizyon kanalında saldırgan ifadelerle konu çoktan incelenip sonuca bağlanmıştı:

'Haydar Paşa'nın ya da son Osmanlı Prensleri'nin torunu olduklarını söyleyerek Türkiye'de ünlenmeye heves eden yabancı kadınlar furyasına bu kez uzaklardan bir torun eklendi: Şimdi de Anzak Kızı, şerefli bir Çanakkale Gazisi'nin torunu olduğunu iddia ediyor!'

'Yapma Anzak Kızı!'

'Şehit ve gazilerimize dil uzattırmayız! Aman Anzak Kızı dikkat!'

Derken medya, kameraları, fotoğraf makinaları ve mikrofonlarıyla Gelibolu'ya akın etmeye, konunun özü araştırılmadan, üstünkörü sakız gibi uzatılıp sündürülmeye başladı.

Küçücük bir köyde, bir avuç insanın arasında geçen bir konuşmanın nasıl olup da basına sızdığına bir türlü akıl erdiremeyen Rehber Mehmet, bu 'medya-ajanlığı' konusunda Eceyaylası Köy Muhtarı'ndan kuşkulanıyordu. Köyünü meşhur etmek istemiş olmalıydı. Televizyonlara çıkmak, ünlenmek istemişti belki de? Beyaz Hala'dan sonra şimdi de köy muhtarına kızmaya başlamıştı. Oysa Eceabat'a dönüp, Viki'ye doktor bulduktan sonra bağlı olduğu turizm acentasının İstanbul'daki merkez bürosunu arayarak, olayı anlatan kendisiydi.

Yıllardır evinden hiç çıkmayan, biri köyde, öbürü İstanbul'da yaşayan kardeş torunlarından başka hiç kimseyle konuşmayan Beyaz Hala, günlerden bir gün, Gelibolu köylerinde adına *terlik* denen, el dokuması siyah uzun pardösüsünü giydi, yün şalını sırtına dolayıp, yapay deriden ayakkabılarını ayağına geçirdi, Mehmet'in cipine bindi ve Eceabat'a gitti. Eceyaylası köylülerinin en çok şaşırdıkları gün, o gündür.

Halbuki Mehmet o gün hastaneye kaldırılacak olan Viki'yi hangi şeytani sözlerle hastalandırdığını sormak için gelmişti Beyaz Hala'nın evine. Cipini köy meydanına park etmiş, kahvedeki köylülerin selamını yarım yamalak almış ve adeta koşarak Beyaz Hala'nın evine gitmişti.

"Aç kapıyı Beyaz Hala!" diye bağırarak yumruklamıştı mavi kapıyı. "Aç kapıyı da anlat bakalım, ne yaptın o zavallı turist kadına? Ona neler söylediysen biz de bilelim artık, ne dersin?"

Mehmet bağırarak Beyaz Hala'nın kapısını yumruklarken, köylüler şaşkınlıkla evin etrafına toplanmaya başlamışlardı. Kendi halinde, küçük, sessiz bir Gelibolu köyünde kendi sorunlarıyla sakin yaşayıp giderken, önce uzun saçlı, tek küpeli bir erkek turist rehberiyle beraber bir turist kadın gelmiş, köyün en kıymetli simalarından rahmetli bir Çanakkale Gazisi'nin anısını lekelemeye kalkmış, ardından da daha önce köylerinin adını bile duymamış onlarca gazeteci ve televizyoncu köye doluşmuştu. Şimdi de köyün yaşayan en saygın ve önemli yaşlısına neredeyse saldırılıyordu.

"Heeeç uğraşma Memet Bey oğlum. Dün iki gazteci, bi tane de kameracı geldiydi de cevap bile vermedi," diye kıs kıs gülerek Mehmet'in yanıbaşında köy muhtarı belirdi.

"Tonla para teklif eden oldu da başını bilem çıkartmadı pencereden Beyaz Hala!" diye ekledi bir köylü kadın gururlu bir sesle.

Kapının önüne biriken köylü kadınlar bu sözün ardından kıkır kıkır güldüler. Onların, erkeklerin itip kakamadığı, küçümseyemediği, hatırı sayılan, güçlü, sözü önemsenen tek tanıdıkları köylü kadın Beyaz Hala'ydı. Gerçi -zavallı- hiç evlenmemiş, hiç ana olamamıştı, ama işte bu da erkekler tarafından küçümsenmemenin bir zekâtı olmalıydı, herhalde... Belki de... İşte bak, sonunda şehirli adamların, gazetecilerin ve muhtarın bile çekinip, kapısında sıraya girdikleri bir kadındı o.

"Bırak bu karizmaları Beyaz Hala!" diye bağırdı Mehmet.

"Beyaz Halam'a bööle bağırma abi! Talih sana küser, kısmetsiz kalır, sevdiklerinden uzak düşersin valla!"

Şaşırarak dönüp bakınca karşısında önceki gün Viki'ye Beyaz Hala'nın kendi büyük halası olduğunu söyleyen küçük Meryem'i gördü Mehmet. O zaman kendine geldi, çevresinde toplanan köylüleri ve Muhtar'ı fark etti. Derin bir nefes aldı. Hava tertemiz, gök masmavi, ama soğuk, çok soğuktu. Ayaz yamandı. Gelibolu'nun ayazı gerçekten çok yamandı. Küçük Meryem tatlı tatlı gülümseyerek Mehmet'i süzüyor, ayakları üzerinde dans eder gibi yaylanarak özellikle küpesine bakıyordu. Mehmet kendisine dostça bakan küçük kızın maviş gözlerindeki iyi duyguyla öfkesini yatıştırmak istese de Viki'nin iki gündür ateşler içinde yatıyor olmasına bir suçlu arayan kalbi, ona hep bu mavi kapılı evin adresini gösteriyordu. Hem Viki iyi bir insandı. Evet, esrarengizdi, tuhaf şeyler yapıyor, tatsız tuzsuz fıkralar anlatıyor, densiz iddialarda bulunuyordu, ama misafirdi burada işte. Ayrıca hoş bir kadındı ve...

"İki gün önce buraya gelen o yabancı kadın," diye seslendi Beyaz Hala'ya yeniden. Bu kez sesi daha kontrollü ve bir hesap sorucudan çok bir haberci tonundaydı.

"Viki. İşte o şimdi ateşler içinde hasta yatıyor Eceabat'ta. Ne ailesi, ne akrabası var yanında! Sen ne dedin, ne söylediysen hasta ettin onu işte. Aferin sana Beyaz Hala. İyi marifet ettin yani! Sevinirsin şimdi artık!"

"Sus oğlum, Beyaz Hala'yla ööle konuşma, günahtır bak!" dedi Muhtar.

"Vaay, hastalanmış türist kadın ha? Vah vah vaahhh!" diye üzüldü köylü kadınlar. "Ah yazık garibin heeç kimsesi de yokmuş buralarda, heeç."

"Yabancı memlekette bir başına ne yapar kıız?"

"İyi olmuş!" diye bağırdı küçük Meryem'in annesi Havva.

"O da ne demeye büyük dedemgile iftira atmak için teee Zelanda'dan mı nedir, oralardan kalkıp geliyo buralara? İftira etmek günahtır."

"Sus kız, hastalanmış bak, tööbe tööbe..."

Konuşmaların gidişatından fenalık geçiren Mehmet son bir kez daha şansını denemek istedi.

"Bir tek senin adını sayıklıyor, bir tek Beyaz Hala deyip duruyor zavallı Viki. Bak bugün Çanakkale'ye hastaneye yatıracaklar. Ne dedin, ne söyledin bu kadına sen Beyaz Hala, Allah aşkına yaa?.."

"Bak Beyaz Hala'nın adını sayıklar dururmuş zavallıcık."

"Yaa... Vah vah vah, Tanrı misafiridir ne de olsa zavallı."

İşte o sırada mavi ahşap kapı açıldı ve kapıda giyinmiş olarak Beyaz Hala belirdi. Onu görünce herkes sustu. Farkında bile olmadan hepsi bir adım geri attı. Muhtar dahil, herkesin ağzı açık kalmıştı. Yıllardır ilk kez yüzünü görüyorlardı. Mehmet o sırada köy sokaklarında mutlu seslerle oynayan çocukların ve sereserpe dolaşan tavuk, horoz ve köpeklerin bile sustuklarını sandı. Bu şahane bir şok tablosuydu, etkilenmemek olanaksızdı. Mehmet de etkilendi.

Kapının eşiğinde ışıktan gözleri rahatsız olan Beyaz Hala, mavi gözlerini kırpıştırarak kalabalıkta Mehmet'i aradı ve buldu. Ona dikkatle baktı. O zaman Mehmet, Beyaz Hala'nın ne kadar güzel bir yaşlı kadın olduğunu hayretle gördü. Yaşlı, hatta çok yaşlı bir kadının bu kadar güzel olabileceğini hiç düşünmemişti. Hem zaten yaşlı kadınlar üzerine kim düşünürdü ki? Yaşlı bulduğu kadınların yüzlerine hiç bakmamıştı ki...

Yaşlı kadının yüzüne baktı kaldı. Baktıkça içinde sevinç taşıyan bir şaşkınlıkla doluyordu içi. 'Bu yaşlı kadın, masallarda anlatılan 'nur yüzlü nine' olmalı,' diye düşündü Mehmet. Kaşları, kirpikleri, yün şalından görünen saçları bembeyazdı. Mavi gözleri öyle genç ve ferli bakıyordu ki, gerçekten nazar boncuğuna benziyordu. Yüzünde insana derin bir huzur veren inanılmaz bir güzellik vardı ve insanı büyülüyordu. Dantela gibi çizgilerle işlenmiş bembeyaz yüzünde dünyada bu kadar uzun kalıp da saflığını koruyabilmiş olmaktan ötürü eşsiz bir güzellik vardı. Ancak bebeklerde görülecek denli saf, insana iyiliği hatırlatan bir güzellik. Işıkla saflığın, iyilikle gururun yan yana bu kadar güzel resmedildiği dünyadaki tek yüz onunki olmalıydı. Klişelerin aksine iyilikle yumuşaklık yan yana durmuyordu bu güzel yaşlı kadının yüzünde. O yüzde iyilik, tatlı ve yumuşak olmadan da var olabileceğini, en kötülere bile rahatlıkla anlatacak kadar apaçık görünüyordu. Hayır, sevecen, şekerli bir yumuşaklık yoktu bu yüzde. Aksine dik dik bakan, gururlu bir ifade hâkimdi orada. Küçülmüş, yaşlanmış bedenine karşın kafa tutan, dipdiri bakışlarla karşısındakinin dosdoğru gözlerine bakan bu kadın, duru, temiz ve güvenilir olan iyiliğin, boyun eğmezlikle birleşmesiyle belki de bu kadar etkileyici bir güzellikteydi.

"Hadi bakayım, götürüver beni *marı!*" dedi ince, ama buyurgan bir sesle. Elini uzattı.

Mehmet hipnotize olmuştu. Gözleri, bakmaya doyamadığı Beyaz Hala'nın yüzüne yapışıp kalmıştı. Farkında bile olmadan kendine uzatılan bembeyaz, kırış kırış küçük eli tuttu. El yumuşak ve sıcacıktı. Bir çocuk eline benzese de Mehmet onu şifa dağıtan bir ermişinki gibi görüyordu. Ele baktı ve kendini aniden bu eli öpüp, başına koymamak için zorlukla tutarken yakaladı. Oysa yıllardır kimsenin elini öpmemişti. Hele o aksi babaannesinin her gün zorla öptürttüğü elinden sonra yeminliydi el öpmemeye. Elini öpmediği için babasına şikayet edip, sık sık dayak yemesine neden olan kötü kalpli babaannesinden beri el öpmüyor, el öpmek geleneğinden de nefret ediyordu. Ama o şimdi küçük bir oğlan çocuğuydu ve kendisini hiç sevmemiş, sevse bile bunu hiç belli etmemiş cadaloz babaannesi, sihirli bir değneğin dokunuşuyla elleri yumuşak ve sıcacık Beyaz Hala'ya dönüşmüştü. Hiçbir zaman doya doya yaşayamadığı, ama hep özlemle içine attığı büyükanne eksiklenmesi böylece hiç beklemediği bir anda pattadanak dışarı fışkırıvermişti işte. Aynı sihirli değneğin kendisine dokunmasıyla kendisi de sokakta kadınların 'bir makas almak' için çevirdikleri tombul yanaklı, sevimli ve uysal küçüklüğüne dönmüştü.

Mehmet'le Beyaz Hala el ele cipe kadar yürüdüler. Daha doğrusu, Mehmet paha biçilmez bir mücevheri elinde tutarmış gibi özen ve hayranlıkla Beyaz Hala'yı cipe götürdü. Cipin sağ kapısını açtı, Beyaz Hala'nın ön koltuğa çıkıp yerleşmesine yardım etti. Emniyet kemerini taktı, kemer boynunu acıtmasın diye kontrol etti, sonra kendisi de sürücü koltuğuna yerleşti ve cipi çalıştırdı. Beyaz Hala, "Bismillah!" dedi ve birlikte Eceabat'a gittiler.

Onları cipe kadar takip eden Muhtar ve köylüler arkalarından bakakalmışlardı.

Yol boyunca Mehmet konuşmak istese de cesaret edemediğinden hiç konuşmadılar. Beyaz Hala ellerini karnında kavuşturmuş, çiçek açan ağaçlara, Milli Park'ı gezmeye gelen yerli ve yabancı turistlere dikkatle baktı, çevreyi seyretti. Hiç konuşmamalarına karşın cipin içindeki sessizlik tedirgin edici, serin ve kokusuz değildi. Aksine on beş dakikalık sessizlik, rahatlık veren, ılık ve yumuşak bir karakterdeydi. Mehmet'in, 'Bu da rezene kokuyor,' diye keyifle fark ettiği koku da sessizliğin kokusuydu.

'Dost Anzak' Pansiyonu'nun önünde park edip, Beyaz Hala'yı cipten indirirken yaşlı kadın sordu:

"İyi yıkar, yunar mısın saçını sen bakeyim hele?"

"Haftada en az iki kere, kaliteli şampuanla yıkarım," diye yanıtladı Mehmet. Sesinde komutanına hesap veren bir askerden çok, annesine yaranmaya çalışan bir çocuk heyecanı vardı.

"Aferim sana. Gözelmiş saçların *marı*. Hemi de yakışmış sana. Aslan gibi olmuşşun maşallah!"

Beğendiği kızlar, sevgilileri bile saçlarını övdüğünde bu kadar sevinmeyen Mehmet neredeyse havalara uçacaktı.

"Sağ olasın halacığım, teşekkür ederim," dedi ağzı kulaklarında sırıtarak.

"Eee, hani nerdedir bu Viki Hanım bakeyim?" diye çıkıştı Beyaz Hala.

Pansiyona girdiklerinde öğle yemeği vaktiydi ve görünürde pek gazeteci, televizyoncu kalmamıştı. Resepsiyonist genç kız Beyaz Hala'yı tanıdı, koşup elini öptü. Beyaz Hala, ona kısacık baktı, başını okşadı, hiç konuşmadan ve gülümsemeden geçip gitti. Zaten Mehmet, Beyaz Hala'nın özel koruma görevlisiymiş gibi sahiplenmişti onu. Kollarıyla havada bir koridor açarak yürüyor, olmayan bir kalabalıktan koruyordu onu.

Viki'nin ikinci kattaki odasına asansörle çıktılar. Oda loştu, hafiften hasta-kolonya kokusu duyulsa da Viki'nin o kendine has rezene kokusu hâlâ hissediliyordu. Bu küçük ve çok yalın pansiyon odasına girer girmez dudaklarını hızlı hızlı kımıldatarak dua okumaya başlayan Beyaz Hala'yı yatağın başucundaki sandalyeye oturttu Mehmet. Sonra ev sahibi refleksiyle limon kolonyası ikram etmek istedi. O sırada okuduğu duaya cebinden çıkarttığı tespihle eşlik eden Beyaz Hala, Mehmet'in yüzüne bakmadan koluyla itti onu. Ne yapacağını bilemeden odada bir süre dikilen Mehmet'e yine hiç bakmadan başıyla kapıyı işaret etti.

Kuzu uysallığıyla onun isteklerini yerine getiren ve bundan da keyif aldığını hisseden Mehmet odadan çıkarken, Beyaz Hala'nın bir elini uyuyan Viki'nin alnına koyup, koyu bir İngiliz aksanıyla, "Hadi uyan bakalım akıllı genç Bayan Taylor," dediğini duydu.

Bir köylü ninenin yabancı dil konuşmasından çok, nasıl olup da bu kadar koyu İngiliz aksanıyla konuşuyor olmasına kafası takılmış olarak odadan çıktı, sessizce kapıyı çekti.

O çıktıktan sonra Beyaz Hala fısıldayarak sordu Viki'ye:

"Bana okuduğun mektupları iyi bi yere saklamadan hastalanmadın di mi Viki Hanım?"

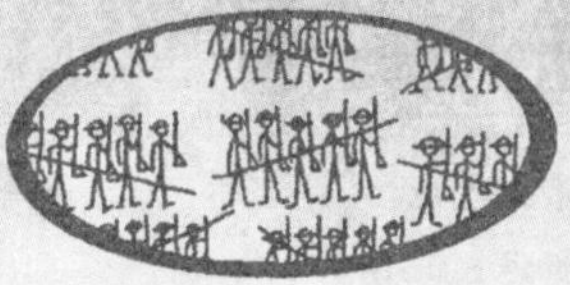

19 Ocak 1915. Salı
Zeytûn Askeri Kampı- Mısır

Sevgili Anne ve Baba, Çok Sevgili Helen ve Küçük Stuart,

Yolladığınız Noel paketini ve mektuplarınızı aldık. Sizden gelen her satır ve paket cennetten gelmiş kadar güzel bir duygu yaratıyor bizde.

Hayatımda Noel'i çölde geçireceğimi rüyamda görsem inanmazdım. Aslında hiç çöl görmediğim için rüyalarımda da çöl görme ihtimalim yoktu tabii. (Tamam tamam, bu tip şakalarımdan pek hoşlanmadığınızı unutmadım!) Ama 1914 Noel'ini çölde geçirdik işte. İnanabiliyor musunuz buna? Gelecek Noel'de eve döndüğümüzde anlatacak bir dolu çöl hikâyemiz olacak. Umarım bu yıla ait bir diğer anımız da Fransa'da Paskalya kutlamak olur.

Son mektubumda uzun uzun anlattığım bezdirici deniz yolculuğuyla sizi sıkmamış olduğumu ümit ederim. Aslında sizlere diğer çocuklar gibi sık yazmadığımı biliyorum. Bunun temel sebebi ağabeyim Will(iam)'in size ayrıntılı ve sık yazdığını bilerek biraz tembellik etmemdir. Fakat sizleri ve Yeni Zelanda'yı unuttuğumu düşünmenizi istemem. Oradaki pek çok şeyi ve insanı daha şimdiden özlüyorum. Hatta oradayken sıkıcı bulup şikayet ettiğim ragbi maçlarını, hokey oynamayı, kürek çekmeyi, bazen fazla sıkıcı ve taşralı bulduğum yaşantımızı bile özlüyorum. Özlüyorum tabii, ama ben yazmayı Will kadar çok sevmiyorum. Hem onun kadar da sabırlı değilimdir, bilirsiniz. Ayrıca Will'in yazısı ve imlası düzgün, anlatımı akıcıdır. Ne de olsa ağabeyim din felsefesi okulunda okuyor(du) ve benden tam dört yaş büyük.

Mısır'a ulaşmak için yaptığımız yolculuk çok uzun ve yorucuydu. Beni deniz tutmaz biliyorsunuz, ama savaş gemilerinde durum farklı. Yani bu yolculuk sırasında yaşadıklarım bir kâbustu, hayatımda ilk defa deniz tutmasının ne bela bir şey olduğunu öğrenmiş oldum. Fakat Mısır'a varmak heyecanlıydı. Çünkü Mısır nihai amaca ulaşmak yolunda önemli bir adımdı. Asıl amaç: Avrupa! Bunu ne çok düşlediğimi biliyorsunuz. Şimdi burada Mısır'da Avrupa'ya biraz daha yakın sayılırız. Ah Avrupa! Bu seyahate (pardon sefere) çıkmamın asıl sebebi Avrupa'yı görmekti. Şimdi anlıyorum ki, bizim çocuklar arasında hiç de azımsanmayacak kadar başkaları da aynı duyguyla yola çıkmışlar, savaş biraz da bahane sanki. Ne yani, maceranın M'sinin olmadığı bizim sakin, uysal Yeni Zelanda'da gençlerin biraz Avrupa, yani medeniyet, yani serüven ve heyecan yaşamak istemeleri çok mu sakıncalı?

Sevgili Anne ve Baba, beni yanlış anlamanızı asla arzu etmem. Şurası kesin ki; sizin gençlik yıllarınızda durum oldukça farklıydı. O zamanlar sizin sık sık anlattığınız gibi henüz yeni göçmenlik ruhu hâkimmiş. İngiltere'den, İskoçya, İrlanda ve Hollanda'dan Yeni Zelanda'ya göçen sizler, yeni ülkenize yerleşmek, orayı imar etmek, 'taaa dünyanın dibi'ne medeniyet taşımak gibi kutsal amaçlar ve heyecanlar yaşamışsınız. Fakat benim kuşağım farklı. Biz, özellikle de ben, dünyayı, en çok da dünyanın merkezi olan Avrupa'yı görmek, tanımak istiyorum. Avrupa! Büyük medeniyet!

Benim anavatan İngiltere ve Kral'a karşı bağlılığımdan hiç kimse kuşkuya düşemez. Elbette ben de her Yeni Zelandalı gibi İngiltere'ye ve Kral'a yürekten bağlıyım; fakat aynı zamanda kendime ait hayallerim de var.

Burada, bizimle birlikte Auckland'li bir çocuk var. Adı Russell. Kendisi tarih öğretmeni ve benden tam yedi yaş büyük. Özellikle Will'le iyi anlaşıyorlar ve üçümüz beraber takılıyoruz. Bize sık sık Büyük Britanya İmparatorluğu'nun bir parçası olmaktan nasıl gurur duyduğunu anlatıyor. Bazen Britanya tarihini öyle uzun ve ayrıntılı anlatma krizine tutuluyor ki, İngiltere'nin şanlı geçmişindeki birçok savaşa bizzat kendisi katılmış, her şeyi gözleriyle görmüş gibi kanlı canlı bir heyecana kapılıyor. Bazen anlattıklarından en çok kendisi etkileniyor ve gözleri doluyor, sesi titriyor. Sanırım sesinin titremesine sebep olan kişisel bir heyecandan çok, milliyetçi bir gururun ateşiyle yanan ruhu. Doğrusu Russell'ı anlamakta güçlük çekiyorum, çünkü benim içimde yanan ateş farklı bir tutkuyu alevlendiriyor. Ben uzaklara gitmek, keşfetmek, Avrupa Medeniyeti'ni daha yakından tanımak, macera yaşamak istiyorum. Russell'ın milliyetçiliği elbette gurur duyulacak bir şey, ama bana biraz, nasıl demeli, içinde şiddet saklayan bir heyecan duygusu veriyor. Anavatana ve Kral'a bağlılığından söz ederken gözlerinde bana ölümü çağrıştıran ürkütücü pırıltılar dolaşıyor. Bu pırıltı ona kendini kaybettirecek ve korkarım, onu kontrol edecek kadar güçlü. Bu bana tehlikeliymiş gibi görünüyor. Oysa Will de milliyetçi bir insan, ama biliyorsunuz ağabeyim dindar ve romantiktir. Onun milliyetçiliği pastoral. Yeni Zelanda'nın kırları, ovaları, dağları, ormanları, okyanusu ve kuşları... Onun vatan sevgisi aşk gibi barışçıl. Ayrıca Will, tarihimizde ilk kez Yeni Zelandalı olarak uluslararası bir olayda aktif olarak yer almamızın önemini hatırlatıyor. Zaten orduya yazılabilmek için birbirimizle yarışmamızın altında bu öneme gereksinmemizin yattığını söylüyor. İşte onun milliyetçilik anlayışı.

Benim milliyetçiliğime gelince; bizler tabii ki Büyük Britanya'ya borcumuzu ödemeli, ayrıca şu Allahın belası domuz Almanlar'a da hadlerini bildirmeliyiz. Buralarda benim de biraz ağzım bozuldu, kusura bakmayın!

Öte yandan burada tuhaf bir durumu gözlemekten kendimi alamıyorum. Burada Mısır'da Araplar bizi İngiliz sanıyorlar, ama İngilizlerin gözünde biz dışarlıklı, uzak, onlardan olmayan insanlarız sanki. Belki çok şaşıracaksınız, ama İngilizler bizi kendilerinden saymıyorlar. Will benim bu düşünceme karşı çıkıyor. Bir süre önce bizi Avustralya –Yeni Zelanda Kolordusu olarak birleştirip, adına da kısaca ANZAK dediler. Böylece burada bulunan Kanadalı, Hintli ve İngilizlerden iyice ayrılmış olduk. Fakat bana sorarsanız, Avustralyalılar da bizi hor görüyorlar, bizi disiplinsiz ve dikkafalı olmakla suçluyorlar. Kibirlerini görseniz sanki onlar İngiliz de yalnız biz taşralıyız. Fakat bir sorun çıktığında onlara ilk olarak biz Yeni Zelandalılar yardım ediyoruz, İngilizler değil. Tuhaf değil mi, insan kendi ülkesindeyken farkına varmadığı bazı gerçekleri oradan uzaklaşınca görebiliyor.

Size biraz da Mısır'dan bahsetmek istiyorum. Mısır bizim ilk 'Doğu' tecrübemiz. Ve hepimiz 'Doğulular'ın bize hiç benzemediğini adamakıllı anlamış bulunuyoruz. Bir kere Doğulular fazlaca romantik insanlar. Şimdiye kadar gördüğümüz iki şehir Kahire ve İskenderiye büyük, karmaşık ve çok renkli yerler. Mesela, bizim Yeni Zelanda'daki bütün şehirleri toplasak, bir Kahire etmez. Aynı zamanda sadece Kahire'deki dağınıklığın, esrarengizliğin, hırsızlık, dolandırıcılık ve kirliliğin barınacağı tek bir kasaba, köy, ev bulamazsınız. Tam bir çelişki işte. Bir yabancı, bir ziyaretçi olarak geçici bir süre için eğlenceli sayılan bu Doğu Kültürü'ne cevabım: "Teşekkürler, ben daha fazla almamayım!" No Thanks!

Araplar gerçekten çok fakirler. Zenginlerinin zevk ve sefa içinde yaşadığı söyleniyor, ama biz hiç görmedik. Sokaktaki çocukların ayakları çıplak, ayakkabıları bile yok. Erkeklerin başında fes denen kırmızı silindir, kovaya benzer şapkalar, üzerlerinde de 'potur' denen entariler var. Kadınlar tamamen kapalı ve örtülü gezmek zorundalar. Simsiyah kumaşlara özensiz sarınarak siyah, yuvarlak figürler olarak dolaşıyorlar. Burada bir isyanımı belirtmek istiyorum. Araplar kendi kadınlarını sanki esir almışlar. Arap kadınları özgür değil. Bizim Yeni Zelanda'nın kadınlarını düşününce, bunlara acıyorum inanın. Öte yandan rastladığım bazı Arap kadınlarının gözlerine yükledikleri öyle açık-saçık ve edepsiz bir anlam var ki, üstlerine örttükleri siyah çarşaflara rağmen bir erkekte çırılçıplaklarmış gibi bir duygu yaratıyorlar. Bunu nasıl yaptıklarını bilmiyorum. Beni bağışlayın ama bu cinsel çağrışımlı bakışları bizim kadınların başarabileceklerini hiç sanmıyorum. Onların dillerini anlamıyorum, ama seslerini inanılmaz cilveli, baştan çıkartıcı olarak kullandıklarını duyuyorum. Will, baskı altında insanların farklı yeteneklerini ortaya çıkartabileceklerini söylüyor. Belki de haklıdır?

Will dönüşte size getirmek için buradan hediyelik küçük antik bir biblo satın aldı. Fakat antikayı satan Arap meğer Will'e sahte bir biblo satmış. Çünkü o 'tek şahaser'in aynısından birkaç tane daha dolaşıyor bizim çocukların elinde. Aldatılan bir Avustralyalı asker Arap satıcıyı bulursa öldüreceğini söylüyor. Arapların hileci olduklarına karar vermek için bu olay yeter mi, bilmiyorum, ama biz ANZAKLAR arasında bu önyargı tamamen yerleşti desem yalan olmaz. Will, böyle düşünmenin günah olduğunu söylüyor, ama ona gülüp geçiyorlar. Yoksulluktan hile yapıyor olabilirler, ama bu kadar pis olmalarının sebebini bulmuş değilim. Araplar yemeklerini elleriyle yiyorlar, evet çatal, bıçak ve kaşıkları olduğu halde her şeyi elleriyle yiyor ve sonra ellerini üstlerine siliyorlar. Bizimkiler Araplara Abdül adını taktı, Abdül fıkraları ve karikatürlerinin haddi hesabı yok. Başkalarıyla uğraşmak, kendinle uğraşmaktan daha kolaydır, diyor Will.

Mısır'daki günlük yaşantımız böyle geziler ve gözlemlerle geçmiyor elbette. Her gün tam yirmi dört mil tam teçhizatlı olarak yürütüyorlar bizi. İlerde Zeytûn Askeri Kampı'nı aramızda güzel anılarla hatırlayan olacağını sanmıyorum.

Noel'den iki gün önce bizim süvari birlikleri Kahire sokaklarında nefis bir resmi geçit yaptı. Hepimiz tıraşlı, pırıl pırıl giyinmiş, İngiltere'nin evlatları olarak sokaklarda yürüdük. Anne ve Baba, bu resmi geçidi görseydiniz, bizimle ve Yeni Zelanda'yla gurur duyardınız.

Şimdi anlatacaklarımı küçük Stuart ile Helen okumasın, çünkü bu haber pek onlara göre değil. Aslında Anne ve Baba'ya da biraz ayıp olacak, ama bizim Yeni Zelanda'da aklımızın ucuna bile gelmeyecek bazı şeylerin Mısır'da günlük hayatın içinde normal kabul edilişi hakkında çok çarpıcı bir örnek olarak yazacağım. (Aman Will duymasın, keser beni!)

Beni şimdi anlatacaklarım için bağışlayın, ama burada 'o evler' serbest. Yani hani parayla bazı şeyler yapılan 'o evler' demek istiyorum. İnanın şaka yapmıyorum. Kahire'de Vezir adı verilen semtte bu evlerden oluşan bir mahalle bile var. Düşünebiliyor musunuz? Polisin de bu işten haberi var, hatta vergi aldıkları bile söyleniyor. Sakın aklınıza yanlış bir şey gelmesin, ben ve Will yalnızca Russell'ın merakı sebebiyle Vezir'e gittik. Yoksa asla... Zaten bazıları bulaşıcı hastalıklardan söz ettiğinden beri eskiden sık sık gidenler bile dikkatli olmaya başladılar. Fakat bu kadar çirkin bir ticaretin serbest olduğu ve polisin buna hiç ses çıkartmadığı bu memlekette, aynı polis hoşuna gitmeyen birini sokak ortasında kırbaçlayabiliyor. Buna kimse engel olmuyor. Yani Arap polisi istediğini dövebiliyor. Düşünebiliyor musunuz, 1915 yılına geldik ve dünyada neler olabiliyor!

Vezir semtinde ayrıca alkollü içki satan birçok dükkân var. İzin günlerinde buranın nasıl kalabalık olduğunu artık tahmin edebilirsiniz. Biz üç kafadar sıkıntıdan bazen gidip dolaşıyoruz oralarda. Bizim çocuklarla Avustralyalılar ya da Araplar arasında sık sık sokak kavgaları çıkıyor. Bazen alkol satan dükkânların yağmalandığı bile oluyor. Rezalet tabii. Geçenlerde büyük bir yangın çıktı. O malum evlerde çalışan kızlar korkudan kendilerini damlardan attılar. Ölenler, yaralananlar oldu. Yangını fırsat bilip yağmaya kalkışanlar, sokak kavgaları, çığlıklar... Derken yangını söndürmeye gelen itfaiye araçlarını deviren

Avustralyalı ve ne yazık ki, bizim çocuklardan bazıları utanç verici bir duruma sebep oldular. Ortalık o kadar karıştı ki, sonunda İngilizler gelip, ateş açtılar ve böylelikle olay duruldu. Ve ne yazık ki bu arbedede ölen askerler oldu. Her şey vahşi ve utandırıcıydı. Olaylar patlak verince saklandığımız iyiliksever bir Arap'ın dükkânından seyrettiklerimiz gerçekten üzücüydü. Sanırım buradaki aşırı sıcak hava, yabancı bir kültür ve aslında en çok da ne zaman ve nereye gönderileceğimize dair o berbat belirsizlik duygusu hepimizin huyunu suyunu değiştirdi. Yeni Zelanda'dan yola çıkan saf ve idealist çocuklar değişti. Daha savaşı görmeden vahşileştik, hoyratlaştık sanki... Yoksa içimizde saklanan şiddet mi uyandı? Bir de şunu merak ediyorum: Acaba İngilizlerin ortalığı yatıştırmak için açtığı ateşte yanlışlıkla ölen Yeni Zelandalı ve Avustralyalı askerlerin ailelerine, çocuklarının savaşırken öldüğü mü söylenecek? Yoksa İngilizler kendi yavru vatan evlatlarını öldürdüklerini açıklasalar buna inanan bir tek Yeni Zelandalı olur mu?

Mektubumu biraz neşeli bir anıyla bitirmek istiyorum. Böylece burada eğlendiğimizi de görecek, endişe etmeyeceksiniz. Şimdi anlatacağım eğlenceli olay bir rüya değil, bizzat bizim başımızdan geçti ve çok eğlendik. Bir akşam biz üç kafadar, Kahire'nin tanınmış otellerinden Sheperd's Hotel'in önünde aylak aylak dolaşıyorduk. O sırada bir falcıya rastladık. Sokakta bir falcıya rastlamak size tuhaf gelecektir, ama burada çok alışılmış bir durum. Mısır'da her köşe başı falcı kaynıyor. Fakat bizim o gece rastladığımız falcı daha önce gördüklerimizden çok daha fakir, daha yaşlı ve çoktan 'uçmuş' (anlarsınız ya!) biriydi. Burada uyuşturucu kullananların sayısı hiç de az değil hani... Falcının, kaba kilimden cübbesi vardı, ama sanki uzun cübbesinin içi boştu, hatta kapüşonunun içinde bir başı falan da yoktu. O sadece esmer bir yüz üzerine oyulmuş bir çift göz deliğinden ibaretti. Karanlık ve derin bir çift çukur. Ürkütücü, esrarengiz ve etkileyici. Akşam sıcaktı, sıkıntıdan ve bilinmeyen geleceğimizin yarattığı boşluk duygusundan öyle bezmiştik ki, "Hadi gırgırına fal baktıralım!" dedik. Bilirsiniz bizim Will dindardır, hemen karşı çıktı bize. Ama Russell ve ben bunun sadece bir oyun olduğu konusunda öyle çok ısrar ettik ki, sonunda o da pes etti. Falcı önce Russell'ın falına baktı. "Sen yakında savaşa katılacaksın," dedi. Biz kahkahadan kırılıyoruz tabii. Yahu biz askeriz, anavatan İngiltere ve Kral için savaşa gitmek için buradayız ve bunu da bütün dünya biliyor zaten! Falcı da bize fal bakıyor göya. "Sen savaşta fena yaralanacaksın, ama ölmeyeceksin. Sen sonunda vatanına döneceksin," dedi. Biz hâlâ gülüyoruz.

Sıra bana gelince iyice dağıttı, "Sen de savaşa gideceksin," dedi. Artık gülmekten karnımız ağrıyor bizim. "Senin yaran kansız olacak, ölmeyeceksin. Fakat sen bir daha vatanına geri dönmeyeceksin," dedi. "Peki ben nereye gideceğim Bay Falcı?" diye gülerek sordum. Bir de ters ters bakmaz mı bana? İyi mi?

Will falcının bana söylediklerine bozulmuştu. Adama kötü kötü baktı ve kendi falını öğrenmek istemediğini söyledi. Falcı da ondan intikamını almakta gecikmedi tabii. "Senin falına bakamam zaten oğlum. Bunu yapamam. Senin falına bakılmaz!" diye haykırdı. Russell'la benim sinirlerimiz iyice gevşemişti, hayatımda hiç o kadar güldüğümü hatırlamıyorum. Biz böyle gülerken, Will'in nedense canı sıkılmıştı. Zaten o sırada falcı da Kahire'nin karanlık sokaklarında kaybolmuştu. Öbür falcıların aksine para bile istememişti bizden. Buharlaşmıştı sanki. Yok oluverdi birden, Alaaddin'in cini gibi... İşte 'Doğu'da böyle şeyler oluyor ve bütün bunlar burada olağan sayılıyor.

Artık elim yoruldu. Zaten tatbikat saati de yaklaştı. Mektubumu burada bitiriyorum. Burada bu berbat belirsizlik ve sıcak dışında bir sıkıntımız yok. Bizi Fransa cephesine sevk edeceklerini söylüyorlar. Umarım, gerçekten umarım ki, öyledir. Çünkü Fransa Avrupa'dır. Ve Avrupa...

Will nasılsa size uzun ve daha ayrıntılı olarak yazıyor ve günlük hayatımızı anlatıyor. Onun varlığı bana ve birçoklarına iyi geliyor.

Sağduyusu ve insancıllığı bizim huzursuz ruhlarımızda ilaç etkisi yaratıyor. O olmasa ne yapardım, hiç bilmiyorum.

Bizi merak etmeyin. Vatanımız bize gereksindiği için buradayız. Geri döndüğümüzde serüvene doymuş erkekler bulacaksınız karşınızda. O zaman ancak haftada bir gazete gelen ve postaneye çok uzak olan babamın koyun çifliğinde çalışmak yerine şehirde kendime bir iş kurmayı düşünüyorum. Belki de çocukluğumdan beri herkesin söylediği gibi çok yatkın olduğum marangozluk işi kurar, hatta bunu büyütürüm. Bu konuda ilerici fikirlerim var. Ama önce gidip şu savaşı bir kazanalım hele.

Hepinizi özlüyorum. Anneciğim bizim için dua et. Küçük Stuart, benim olta takımımı dikkatli olmak kaydıyla kullanabilirsin. Baba, ragbi sonuçlarını benim için saklıyorsun değil mi? Tanrı hepimizi korusun.

Sizi çok seven oğlunuz,
Alistair John Taylor

Kız kardeşim Helen'e özel not: Helen, Keri'den hiç haber alamadım. Lütfen benden ona selam söyle. Unutma sakın. Tamam mı?

Mektubu okuyup bitirdiğinde Viki yorgun görünüyordu. Beyaz Hala'ya döndü, "İşte büyük dedem Alistair John Taylor'ın bana kalan mektuplarından biri budur," dedi.

Beyaz Hala takma dişli çenesini bir şeyler emer gibi kımıldatıyor, sakin sakin tespih çekiyordu. Sanki Viki'nin okuduğu mektubu hiç duymamış, ya da anlamamıştı. Yüzünde yaprak kımıldamıyordu.

"Büyük dedemin ağabeyi William, Gelibolu'da öldü. Arkadaşları Russell bir bacağını Gelibolu'da kaybetmiş malul bir gazi olarak Yeni Zelanda'ya geri döndü. Arap falcı onların yazgısını bilmişti. Yalnızca büyük dedem Alistair John Taylor kayıptı. Ondan hiç haber alınamadı. Cesedi de hiçbir zaman bulunamadı. Asla bulunamadı. Onun adı kayıplar listesindeydi ve hep orada kaldı. Ama benim büyük dedem yaşıyordu. O burada Gelibolu'da yaşıyordu. Yani Arap falcı bu konuda da haklı çıkmıştı. Elimde kesin bir kanıt yok Bey-azh Ha-la, ama bana bu hikâye anlatıldığı günden ve bu mektupları okuduğum çocukluk yıllarımdan beri ben şuna inandım: Benim büyük dedem Gelibolu Savaşı'nda ölmedi."

Beyaz Hala gözlerini pencereye dikmiş, dudaklarını kımıldatarak tespih çekiyor, çok sakin görünüyordu.

Viki yorgun bir sesle ekledi:

"Keri'ye gelince. O bir Yeni Zelanda yerlisi, yani Maori'ydi. O sırada evlilik dışı bir ilişkinin ürünü olarak, Alistair John Taylor'ın oğluna hamileydi. O bebekse, daha sonra benim dedem olacaktı."

Beyaz Hala'yı tam o sırada hıçkırık tuttu.

26 Kanûnuevvel 1330*
Kudüs, Filistin
Numero: 8

Muhterem Valideciğim, Muazzez Biraderim Salih,

Şefkat ve nasihatle dolu mektubunuzu aldım. Bin defalarca öptüm, başıma koydum. Mektup; İstanbul, evim, siz ve biraderim gibi kokuyordu. İçim açıldı. Allah sizden razı olsun Valideciğim. Umarım sağlık ve afiyettesinizdir. Her ne kadar mektubunuzda nezaket gösterip bahis etmemiş olsanız da vatanın ve milletin hâli âşikardır. Ben yine de daha beterinden koruması ve mesut günler nasip etmesi için Allah'a duacıyım. Beni merak buyurmuşsunuz. Sakın endişelenmeyiniz. Bir Türk genci vatanının müdafaası için göreve çağrıldığında maneviyatı bütün olarak bu göreve hazırdır ve daima da öyle olacaktır. Sizi temin ederim ki, kutsî görevi başındaki evlâdınız sağ ve salimdir. Rahmetli pederim ve sizin yüksek terbiyenize borçlu olduğum faziletler, zaman zaman hayatın sürprizleri karşısında tökezlediğim, ayağımın takıldığı yerlerde yolumu aydınlatmaktadır. Henüz yirmi yaşıma intikal etmemiş olsam da mukaddes bir vazifenin parçası olduğumun şuurundayım (bilincindeyim).

* 8 Ocak 1915 Cuma.

Zaman su gibi akıyor. Sizlerden, evimden ve güzel Şehr-î İstanbul'umdan ayrılalı neredeyse üç ay oldu. İnsan hayatının ne kadar nâzik, kısa ve Allah'ın bizlere bir hediyesi olduğunu bu genç yaşımda idrak edebilmek, zannımca yine Allah'ın bir lûtfu olmalı. Şimdi siz bu kanaatime iştirak edecek misiniz bilmem ama, artık bir Türk Zâbiti olan mahdumunuz Ali Osman, geçen sene bu vakitler Hukuk Fakültesi talebesi olan mazideki kendi suretine, sanki acemi ve saf başka bir çocuğa bakar gibi şefkatle gülümsemektedir. Bir sene içinde bu kadar büyümek doğru mudur? Bunun cevabını ben bilmiyorum; ama hayat verecektir. Fakat edindiğim kanaate göre, beşer (insan) denen varlık, zannettiğimden de zayıf, çaresiz ve yalnızmış meğer Valideciğim.

İzninizle size bir hatıramı nakletmek istiyorum: Biliyorsunuz rahmetli pederim Gümüşsuyu Hastanesi'ndeki vazifesinden vakit bulduğunda benimle Beylerbeyi'nde yürüyüş yapardı. Son yürüyüşlerimizde bana şöyle demişti:

"Oğlum, kanaatimce yakında Avrupa'da büyük bir harp çıkacaktır. Bu muharebenin umumî bir şekil alması çok muhtemeldir. Beşeriyetin felaketine sebep olabilecek bu harb-i umumi, çok temenni ederim ki, senin tahsilini yarıda bıraktırmasın."

Rahmetli pederim bu konuşmamız esnasında Paris'ten getirdiği ve şimdi benim burada gözümden bile sakınarak kullandığım piposunu tüttürerek, gelecekte (Osmanlı) İmparatorluğun adamakıllı küçülüp, münevver Türk gençliği tarafından medenî ve fennî kâidelere uygun bir devlete transforme olacağına işaret etmişti. Ben bu yürüyüş ve sohbetlerimiz esnasında pederimi seyreder, onun nice hayat kurtarmış güçlü ellerine bakar ve sanki vakitsiz vefat edeceğini hissedermiş gibi her jest ve mimiğini hafızama kaydederdim. Onun ileri fikirliliği, muazzam kültürü ve akl-ı selim sahibi oluşuna hep hayrandım, daima hayran kalacağım.

Rahmetli pederimin endişelerinde bir bir haklı çıktığını görürken, Allah'tan âgâh (bilgili) pederimi milletimiz hakkındaki hayırlı kehanetlerinde de haklı çıkartmasını temenni ediyorum.

Sevgili Valideciğim, bu çileli ama mukaddes seferimize dair müşahadelerimi (gözlem) itina ile sizlere yazmaya devam ediyorum, fakat daha önceki mektuplarımın hangileri elinize geçmiştir, tam olarak kestirememekteyim. Bu sebeple yazdıklarımda rastlayacağınız bazı tekrarlar tamamen evvelki mektuplarımın istikbâlinden şüphelenmem sebebiyledir.

Seferberlik ilan edildiği günü hatırlar mısınız? Benim tahsilimi bırakıp, orduya ihtiyat zâbit namzeti (yedek subay adayı) olarak yazılmak isteğimi duyunca beni alnımdan öperken saklamaya çalıştığınız kederli gözyaşlarınız... Sonra Harbiye Mektebi'ne adeta uçarak gittiğimde karşılaştığım o muhteşem tablo! Kayıt muamelesi için Harbiye'nin önünde münevver (aydın) Türk gençliğinin meydana getirdiği o muazzam kalabalık hâlâ gözlerimin önündedir. İtiraf etmeliyim ki, o kalabalığı ve bende uyandırdığı heyecan duygusunu düşününce bugün bile huşû içinde tüylerim diken diken olmaktadır. Fakat tam olarak tarifi mümkün olmasa da kalabalığa o vakte kadar âşina (tanıdık) olmadığım huzursuzluk dolu vahşi bir sevinç hâkimdi. Ben de dahil olmak üzere, içine yuvarlandığımız heyecan selinin sebebinin farkına varmamak için mübalağalı (abartı) gürültü yapan çocuklardık sanki. Seviniyorduk, ama sebebini unutmuştuk. Eğer sevincimizin sebebini fark edersek, acıdan kahrolacak, kederden ölecektik. Derindeki endişe ve hüznü bastırmak için satıhtaki heyecanı gürültüyle örtüyorduk. Hepsi bu. Zannımca, o vahşi sevinç aslında trajik bir durumu şuursuzca bastırma çabasıydı. Oysa sarsılıyorduk. O ne sarsılıştı öyle Valideciğim. Ruhum şiddetli bir lodosta bir kıyıdan öbürüne çarpıyor ve her çarpışta derin yaralar alıyordu. Bir kıyıda vatanın müdafaası için verilmeye hazır taze can, öbür kıyıda gençlik, yaşanacak bir ömür, hayaller ve ümitler Valideciğim...

Biliyorum ne kadar uğraşsam da hislerimi sizin kadar mükemmel tarif etmem mümkün değildir. Siz, Hüsnü Paşazade Semahat Hanımefendi Hazretleri, siz Fransız ve Rus dadılarla büyümüş, her iki lisânın büyük edebiyatını sular seller gibi hatmetmiş, beri yandan Şark Efsaneleri'ne de Şeyhülislam anne dedenizden vâkıf birisi olarak benim kifayetsiz ifademi maruz görüp, umarım beni bağışlarsınız. Sizin yüksek kültür seviyeniz, sosyete âdâbınız ve dillere destan güzelliğiniz, rahmetli pederim kadar muhitimizin de hayranlığına mazhar olmuştur. Siz benden daha iyi hatırlarsınız, küçücük bir çocukken dahi sizin hayranlarınızı kıskanır, hayranlıkla karışık bir öfke hissiyle cemiyet içinde daima surat asardım.

Kaldığım yerden mevzuya devam etmem gerekirse, Harbiye Mektebi'ne koştuğum o ilk günden hatırımda kalan mühim bir hadise de; Harbiye Nazırı Enver Paşa Hazretleri'nin oraya bizzat teşrif buyurarak, heyecanımızı artırmalarıydı. Kendisi düşündüğüm kadar azametli, uzun boylu biri değildi, fakat çok yakışıklı ve tesir gücü yüksek bir şahsiyetti. Duruşunda insana tesir eden bir heybet, bakışlarında güven telkin eden bir kıvılcım mevcuttu. Bunu bildiğinden olacak, kendisinden son derece emin, vakur yürüyordu. Hemen akabinde, Maslak ve Kağıhane'deki tatbikatlar esnasında mübarek Ramazan'ın başlaması üzerine zâbitlerin ve hocaların 'seferî' sayılacağımız için oruç tutmamamızı nasihat etmelerine rağmen talimler sırasında oruç bozmaya vakit bulamadan normalden çok daha uzun süren gizli oruçlar tuttuğumuzu da size şimdi itiraf ediyorum. İstanbul'daki tatbikat boyunca her biri sivil hayatta farklı mesleğe sahip olan avukat, mühendis, fen adamı, şair veyahut benim gibi talebe yüzlerce münevver gencin asker ocağında buluşmalarının hüzünlü sevincini yaşadık. Tatbikatlardaki sıkı disipline rağmen sivri kahkahalarla, etimizi ısıran nüktelerle, dönüşte yapılacak planlar, verilen randevularla kendimizi meşgul tuttuk. Dünyada büsbütün Darülfünunlulardan (üniversiteli) mürekkep (oluşan) bir asker ordusu bulundu mu hiç? Bizimkisi böyle işte. O zaman aramızda bizim ordunun adı olsa olsa 'irfan ordusu' (kültür ordusu) olur diye bir nükte doğdu ve hepimiz bunu sevdik. Allah göstermesin bu ordu yok olursa, memleketin istikbâlini düşünebiliyor musunuz? Memlekette münevver kalmaz Alimallah! Aman Allah o ihtimali hiçbirimize göstermesin İnşallah!

İhtiyat zâbit namzetleri olarak her gün Harbiye'den Maslak'a doğru marşlar söyleyerek yürürken Şişli Caddesi'nde pencerelerden bizlere hülyalı gözlerle bakan genç kızların üzerimizde meydana getirdiği tesiri size anlatmış mıydım Valideciğim? O esnada genç kalplerimizden fışkıran vatan aşkına, genç kızların gözlerinden dökülen hayranlık ve hülya dolu bakışları karışır, aniden dünyevî heyecanlarımız uyanır, karışık, güçlü hislerle gerilmiş olarak ter içinde Maslak'a varırdık. Yollarda bilhassa bizi bekleyip, alkışlarak destekleyen halkın heyecanı da düşünülürse, tatbikata başlamadan ruhen yorgun düşmüş sayılabilirdik. O esnada (Osmanlı) İmparatorluk henüz harbe girmemişti ve hâlâ istikbâlle (gelecekle) ilgili müspet (olumlu) hislerimiz kuvvetliydi.

Derken Şam'daki ordumuzun emrine sevk ediliş haberinin gelmesi ve siz Sevgili Valideciğim, sizin Bekirağa Bölüğü'ne teşrif buyurmanız. Elime verdiğiniz çamaşır ve 'lâzım gelen eşya' çantasına sanki sizin yüreğinizi taşırmış gibi dikkatle ve sımsıkı yapışmam. Ve sonra o kelime, artık hayatımda en çok duyacağım o kelime:

Sevkıyat!

"Efendiler sevkıyata gidiyoruz!"

Sevkıyat, ayrılık demekti. Sevkıyat, realiteyle göz göze gelmek, sevkıyat hakikatin suratımıza attığı tokat demekti. Artık İstanbul sokaklarındaki genç kızların hayranlık dolu bakışlarının romantik tesiri bitmiş, halkımızın yüreğinden yükselen muhabbet seli anılarda kalmış, ayrılık zamanı gelmişti.

Sevkıyat!

Aile ocağından, sevdiklerimizden, istikbâlle ilgili mesleki ve manevi hayallerimizden şimdilik ayrılıyorduk. Birbirimizden ayrılıyorduk. Bu eşsiz İstanbul'dan ayrılıyorduk. O güne kadar yapmayı sevdiğimiz, elimizde olduğu için değerini hiç düşünmeden kabullendiğimiz bütün nimetlerden ayrılıyorduk. Temiz çamaşır, sıcak yemek, İstanbul silüeti'nden ayrılıyorduk. Ayrılıyorduk işte... Hattâ... hattâ kollarımız, bacaklarımız ve gözlerimizden, belki de bu dünyadan ayrılıyorduk.

Artık sizin akşamüzerleri piyanoda Dede Efendi ve Chopin çalışlarınızla şenlenen Fatih'teki konağımızdan, Âtıfet Kalfa'nın seher vakti pişirdiği az şekerli nefis kahvesinden, Salih'le at biniş keyfimizden, Beylerbeyi'ndeki yalıda yaptığımız sandal sefalarından, arkadaşlarla Tünel'de Zeuve Birahanesi'nde viski-sodayı limonata kamışıyla içip, Fransızca, Almanca ve İngilizce gazeteleri takip edişlerimizden, Büyükada'da çamlar altında sabahlayışlarımızdan, Fatih'teki konağın muhteşem kütüphanesinden ayrılmak... Ah insan sahip olduğu güzellikleri neden kaybettiğinde fark ediyor Valideciğim?

"Efendiler! Sevkıyata gidiyoruz!"

Ortalık ağarmadan çalan kalk borusu sesiyle İstanbul'dan Şam'a, şimdi de yakında sevk edileceğimiz (Süveyş) Kanal Cephesi'ne doğru yolculuk başladı.

Önce Sirkeci'ye, oradan römorklarla Haydarpaşa'ya geçtik. Trenlere binerken zâbitimizden de ayrıldık. "Efendiler Allah selâmet versin!" diye uğurladı bizi. Onu genç olmasına rağmen baba gibi sevmiştik. Garda kampananın acı haykırışı, hıçkırıklar içinde sallanan mendiller ve eller. Toplu halde ağlamaktan çekindiğimizden olacak, toplu halde marşlar söyleyerek bu son derece azap verici ruhiyattan kurtulmaya çalışmıştık. Kızıltoprak, Göztepe, Kartal derken üçüncü sabah Pozantı'ya vardık. Sonra zifiri karanlık gecede, rüzgârın sesiyle ürkütücü hayvan iniltilerine benzeyen karartısıyla üzerimize abanan Toroslar. Toros Dağları'nı sabah olup, gün ağarınca tırmanmaya başladık, tabii yayan olarak. Demiryolu oraya kadar!

Toros Dağları, muhakkak görmenizi gerektirecek kadar ürkütücü bir cazibeye sahip. Sis, kar, uçurumlar, yarlar. Beğenin beğendiğinizi... Sisle perdelenen meçhul yolumuza devam etme mücadelemiz... Fakat zirveye varınca bütün bu meşakkate (zorluk) değecek kadar mükemmel bir manzarayla karşılaştık. Şahane, insanı kıskandıracak, heyecanlandıracak bir manzara. Büyüleyici! Sizi bir gün mutlaka buraya getireceğim Valideciğim. Bu tabiat mucizesi karşısında insan sevinçten ağlayabilir. C'est magnifique!

Tarsus'ta bizi halk karşıladı, misafir etti. Candan alâka ve muhabbet gördük. Fakat yolun bundan sonrası daha da meşakkatliydi. Günlerce yürüdük. Artık iyice güneyde olduğumuzu hem tabiat hem de iklim bize acımasızca hatırlatıyordu. Balçıkla, taşlar ve dikenlerle devamlı mücadele ederek, yarı aç yarı susuz yürüdük. Yolda bazen iskeletlere rastlıyor, herhalde korkudan olacak, onları görünce büyük bir azimle yürümeye devam ediyorduk. Bu kısımları sizi üzmemek için böyle kısaca kesiyorum. Fakat şu kadarını söylemek zorundayım: (Osmanlı) İmparatorluğun 'doğu' ve 'güney'inde kalan kısımlarında durum tahmin edebileceğimizden çok daha müşküldür. Burada gördüğümüz tahammülfersa fakirlik ve cehalet, biz münevver gençleri derin yeise (keder) boğdu. Halk burada ıstırap çekiyor. İdarecilerin çoğu kayıtsız, devlet idaresi kötü. Asıl büyük düşman olan cehalet ve ilimsizlikle mücadele edilmiyor. Halkın konuştuğu Türkçe anlaşılmadığı gibi, İstanbul Türkçesini anlayan da pek az.

Valideciğim, sizin Avrupa seyahatlerinizden dönüşünüzde bize Sevgili İstanbul'umuzun Paris ve Berlin'in gerisinde bulunan taraflarını anlatırken yüzünüzde beliren keder, benim İmparatorluk'un güney ve doğusunda gördüklerim esnasında hissettiğim kedere benziyor.

Hedefe varmadan önce İslahiye'de Kaymakam Efendi'nin yardımlarını anmadan geçemeyeceğim. Hedefimiz Şam'dı, lakin oraya varır varmaz İmparatorluk'un harbe girdiğini öğrendik. Bunu bekliyorduk, ama yine de kederlendik. Harpten korktuğumuzdan değil, ama harbin beşere iyilik getirdiği pek görülmediğinden olacak. Harp, yalnızca vatan işgâl edildiğinde düşünülecek ihtimal olmalıdır. Çünkü vatan işgâl altındaysa yapacak tek şey vardır: Koşup işgâlcileri geldikleri yere geri yollamak.

Şam'da yetmiş kadar münevver genç merak içinde bundan sonra nereye tayin edileceğimizi merak eder olmuştuk. Yolculuğumuz üç hafta kadar sürmüştü, ama öyle müşkül ve mahrem hislerimizi yan yana yaşamıştık ki, sanki bütün ömrümüzü beraber geçirmiş kadar kaynaşmıştık. Bu zaman bakımından kısa, ama değeri büyük kader yolculuğu esnasında kaynağı bizatihi (kendiliğinden) hayatlarımız olan cesaretimiz bizleri birbirimize bağlamıştı. Ama tayinler bildirildiğinde hepimiz ayrıldık. Bir daha birbirmizi görebilecek miyiz, Allah bilir?

Tayinlerde benim kaderime Amman çıktı. Bir müddet Amman idaresinden sorumlu oldum. Civarda Bedeviler ve Çerkes köyleri vardı. Oraları büsbütün çöl ve ahalisi fena halde cahil bırakılmış Valideciğim. Telefon nedir, bu vakte kadar duymamışlar bile. Onlara bir telefon tesisatı kurdum. Ah o sevinç ve şaşkınlıklarını görebilseydiniz Valideciğim. Beni bir ermiş, bir evliya yerine koydular. Vallahi de billahi de latife etmiyorum. Ah Valideciğim, bu cehalet ne hain bir düşmandır ki, cahil beşeri ileri yaşlarda bir çocuk kadar naif, bir arızalı gibi eksik ve bir yoksul kadar muhtaç bırakmakta, zavallı duruma sokmaktadır. Cahillikle yan yana yaşayan beşerin köle olmaktan başka kaderi yoktur. Buna da kader denmez, lâkin...

Köylüler telefon tesisinden beri beni görünce, 'İstambollu Bey, Ya Selam!' diye saygı gösterip, yerlere kadar eğiliyorlar. Halbuki onların manevî bir kudret sandıkları şey, insan aklının bir mahsulü olan ilim ve fennin bir neticesidir. Allah'ın izniyle bu harpten sağ olarak çıkarsam Valideciğim, hayatımın kalan kısmını vatanımın ve halkımın yegâne ve en büyük düşmanı olan cehalet ve hurafetle mücadele etmeye vakfedeceğim. Tarih içinde diğer büyük imparatorluklara nispeten en hümanist imparatorluğun bizimkisi olduğuna kalpten inanmış biri olarak Osmanlı İmparatorluğu'nun ve halkımızın başına gelen bütün felaketlerin müsebbibini cehalet ve hurafet olarak görmekteyim. Bu gayeyle sağ kalırsam ben, şehit olursam başka Türk evlâtları bu büyük illetle MUHAKKAK mücadele edecektir. Vatanımızın aydınlık ve müreffeh istikbâli tek tek her ferdimizin ancak ve ancak ilim ve fennin, her türlü kötü kaderi yeneceğine inandığı gün bir hayal olmaktan çıkacaktır.

Şimdi biraz da neşeli havadisler nakledeyim. Mesela Amman dolaylarında deveye 'hecin' dediklerini öğrendim. Bedevi eşkiyalarla, jandarma arasında çıkan müsademelerde (çatışma) bendenizi 'hecin' üzerinde jandarmaya emirler verirken resmedebilecek misiniz acaba? Vaktim kalsaydı, eğlenecektim, ama kalmıyordu. Yine Amman dolaylarında halk başımdaki kalpağı şapka sanarak, "Frenk bu Frenk," diye fısıldaşıyordu. Fakat arkamdan gelen jandarma halka, "O bir Türk zâbitidir!" diye bağırıyordu. Amman Belediye Reisi'nden gördüğüm izzet ve ikramı da sizi memnun eder düşüncesiyle mektubuma kayıt düşüyorum.

Amman'dan sonraki görevimin Kudüs'e gitmek olduğu tebliğ edilince emrimdeki jandarma ve develerle yeniden yola çıktım. Yolda münasebetsiz ve komik olaylar birbirini takip etti. Şeria Vadisi'ni ve Bahr-i Lut'u geçişimiz tamamen maceralarla doludur. Susuzlukla mücadele etme kaygısı, Lut Gölü'nün güzelliğini doya doya hazmetmemize engel olduysa da bunu aklımızın bir kenarına kaydettik. Belki başka bir zaman, yeniden...

Yolda Yafa'dan portakal taşıyan merkepli (eşek) kafileler bu nefis meyveden bol bol hediye ederek hayatımızı kurtardılar. Susuzluktan ölmek üzereyken portakalları yiyişimizi düşünürseniz, artık bu meyvenin gözümüzde hurma kadar kutsal olduğunu tahmin edebilirsiniz. Sonunda çok şükür, limon, hurma, muz ve portakal ağaçlarıyla çevrelenmiş güzel Kudüs'e vardık. Fakat Valideciğim, bu Kudüs denen şehir ne kadar zengin ve muhteşem bir yermiş meğer. Sanki bir masal şehri. Manzarası, binalarının ve caddelerinin temizliği ve ferahlığı bize, hele o meşakkatli yolculuktan sonra büsbütün tesir etti. Sadece güzel değil, Kudüs aynı zamanda medeni bir şehir de. Yafa'ya şimendiferle (tren) bağlı Kudüs'te akşamları kadınlarla erkeklerin yan yana gezinti yapabildikleri kadar medeni bir hayat hüküm sürmektedir. Kudüs'te bizi mesut eden hadiseleri saymakla bitmez, ama akla ilk gelecek olanı dehşetli bir hamam sefası yaparak, yunup, yıkanıp, paklanmamızdır, şüphesiz.

Ayrıca Mescid-i Aksa ve Hacer-i Musalla'yı ziyaret edip, rahmetli pederimin ruhuna, sizin ve Salih'in iyiliğinize, memleketin de hayrına dualar ettim. Allah kabul etsin.

İşte Sevgili Valideciğim ve Aziz Biraderim Salih, hâlen pek beğendiğim güzel Kudüs'teyim, ama kulağıma çalınan havadislere göre yakında (Süveyş) Kanal'a hareket emri verileceği anlaşılıyor. Siz bu mektubu aldığınızda zaten durum çoktan belirlenmiş olacaktır.

Burada yeni tanıştığım, yaşı benden büyük bir zâbit bana ağabeylik etmekte, bilgisi ve görgüsüyle beni şimdiden kendine bağlamış bulunmaktadır. Üsküplü İskender lâkabıyla anılan bu zâbit, terakkiperver (ilerici) ve milliyetçi fikirleri kadar, cesareti ve gözükaralığıyla da dikkatleri üzerinde toplamış, lider vasıflı bir kişi. Onunla yakınlık kurmak için zâbitler birbirleriyle yarışırken, o daha çok benimle ilgilenerek beni bahtiyar ediyor.

Elimize geç olarak ulaşsa da bize gelen yabancı gazetelerden İngilizlerin kendi müstemleke (sömürge) memleketlerindeki gençleri de harbe soktuklarını öğrendik. Bunlar arasında taa Pasifik Okyanusu'ndaki Östralya, adını yeni duyduğumuz Zelanda, sonra Kanada ve Hindistan varmış. Desenize yine yedi düvel (devlet) Hıristiyan bize karşı savaş açıyor. Ne yapalım, biz memeleketimizi müdafaa edeceğiz. Onlar da aynı şeyi yaparlardı.

Saatlerdir yazmakta olduğum bu mektubumu izninizle burada nihayetlendiriyorum. Yeni istikamet Kanal Cephesi. Sonrası meçhul. Bu saatten sonra adres değil, vatan ve hürriyet daha mühimdir.

Valideciğim, sizin mübarek ellerinizden, Salih'in yanaklarından öperim. Âtıfet Kalfa ve Müeyyet Hala'ya da saygılarımı, selamlarımı söyleyiniz. Çamaşır falan istemem. Paralarım duruyor. Bana sık sık mektup yazınız. Benim için ve vatan için dua ediniz. Allah sizlerden râzı olsun.

Oğlunuz
İhtiyat Zâbiti (yedek subay)
Ali Osman

Beyaz Hala bir yandan sık sık burnundan kayan yakın gözlüklerini titreyen elleriyle iterek, bir yandan da ağzından tükürük saçmasına neden olan takma dişlerinin engellemelerine cesaretle direnerek uzun mektubu okudu, bitirdi. Her halinden yorgun düştüğü anlaşılsa da o bunun üzerinde durmazmış gibi görünüyordu. Sık sık itiştirdiği gözlüğünün saplarından biri kırıktı ve seloteyple yapıştırılmıştı, ama o gözlüğünü pahalı bir markaymış gibi özenle tutuyordu. Okuduğu mektup bir fotokopiydi ve sayfalar boyuna çizgilerle üç sütuna bölünmüştü. Her sayfanın en sağında Osmanlıca olarak Arap alfabesiyle yazılan orijinal mektup, ortasında Latin alfabesiyle Türkçesi, üçüncü sütunda da İngilizcesiyle kaydedilmişti. Türkçe bölümler, Osmanlıca sözcüklerin yanlarına Türkçe karşılıklarının yazıldığı onlarca parantezle bir nota sayfası görüntüsü kazanmıştı. Zaman zaman Türkçesini kontrol ederek, İngilizcesini okuduğu mektup bittiğinde, Beyaz Hala yorgun, ama gururluydu. Oturduğu kanepenin önünde duran küçük sehpanın üzerindeki bir bardak suyu yavaş yavaş içti, el örgüsü yeleğinin cebinden çıkarttığı kumaş mendille ağzını sildi, mektubu kutsal kitap sayfalarıymış gibi saygıyla katlayıp, zarfına yerleştirdi. Zarfı pencerenin nişinde duran Kuran'ın içine besmeleyle yerleştirdi. Kuran'ı yine pencerenin içine bıraktı.

Zaman zaman okuduklarının duygusal yüküyle incecik ve yaşlı bedeni sarsılmış, bembeyaz kirpiklerle çevrili mavi gözleri dolmuş, ama ağlamamıştı. Ağlayan Viki'ydi. Başı ağrıyan, ateşi çıkmış gibi bedeni ısınan, kendini fena hisseden Viki'ydi. Beyaz Hala denen yaşlı kadın taş gibi sağlam, buz gibi soğuk, keçi gibi inatçı ve kedi kadar sakindi. Yorgun görünse de bağdaş kurduğu kanepede dimdik oturuyor, bacaklarının yerini değiştirerek rahatlıyor, yerinden kayan takma dişlerini sık sık oynatarak yerleştirmeye çalışıyordu. Halbuki bir şok sonrası sendromu yaşamakta olan Viki kendini toplamakta zorlanıyordu.

"Onu bulduklarında babam aklını yitirmişti," dedi Beyaz Hala aniden.

"İngilizlere esir düştüğünde çok çekmişti zavallıcık *marı*. İşkenceden kaçıp, günlerce aç, susuz kalmıştı. Daha yirmi yaşındaydı. Şuncacık bebeymiş daha! Onu bulduklarında gözleri kaymış, elleri sürekli titrermiş, dili tutulmuş garibin. Anam Meryem onu ilk gördüğünde 'aklı uçmuş, melaikelere karışmış' diye düşünmüş, öyle anlatırdı bize."

Viki baş ağrısının bir çember gibi sıkıştırdığı yüzünü acıyla buruşturdu, zor duyulur bir sesle, "Birinci Dünya Savaşı sırasında uzun süre strese maruz kalmış askerlerin, kendilerini geçici bir süre için cepheden uzaklaştıracak körlük, felç, dil tutulması, hafıza kaybı gibi rahatsızlıklar geçirdiği bilinmektedir. Kaynaklar bu rahatsızlıkların organik bir nedene bağlı olmadığını yazarlar. Ama 'geçici bir süre için', bir ömür boyu değil," dedi.

"Başkalarını bilmem, ben babamın durumuna bakarım *marı*," diye kestirip attı Beyaz Hala.

"Babamın üzerinden de üç mektuptan başka şey çıkmamış. İşte sana okuduğum bu ilk mektuptur. Sonadan Türk alfabesine geçtiytik, rahmetli Atatürk sayesinde, mekânı cennet olsun, hepimiz okuryazar oluverdik böylecene... O vakitler köylerde okullar üç yıldı, ama o okuldan başka heeç okumayanlar yetmiş yaşında hâlâ gazte okur, yazı yazabilirler köylerde. Yaa.. Neyse. Ne diyodum ben marı? Haa, babam da iyileştiği zamanlarda mektubunu önce yeni harflere sona da İngilizlerden öğrendiği dile çevirmişti. Bana onların lisanını öğretirdi. Bak hakketten bana öğretirken iyileşirdi babam."

Viki dinlediği mektupta bir Osmanlı aydınından, varlıklı ve soylu bir burjuva aileden bahsedildiğini rahatlıkla anlıyor, ama aynı adamın neden köylü Beyaz Hala'nın babası olduğunu anlayamıyordu. Mektubun sonunda yedek subay Ali Osman yazıyordu, ama köylüler ısrarla bu adama Alican Çavuş diyorlardı. Acaba Beyaz Hala yaşlılığından ötürü, olayları, adları ve mektupları mı karıştırıyordu? Beyaz Hala Alzheimer hastası olabilirdi pekâlâ. Ya da aralarındaki yabancı dil engelinin yarattığı bir yanlış anlama mı söz konusuydu? Veya taa Gelibolu'ya, kapısına gelip dayanarak babasının anısıyla oyun oynamaya çalıştığını düşündüğü bir yabancıya ders vermek için mi böyle yapıyordu? İyi de... Peki o zaman neden Beyaz Hala'nın konuşmalarında hiçbir mantık boşluğu, zaman ve anlam kayması yoktu? Ayrıca İngilizcesi, çocukken öğrenilmiş bütün yabancı diller gibi son derece akıcı ve anlaşılırdı. Yalnızca artık kullanımdan kalkmış çok eski sözcükler, araya sıkıştırdığı Türkçe sesler (marı, hele, felan ve tabii her Türk gibi bol bol, maşallah, inşallah, çok şükür, Allah korusun'lar) ve antik sayılacak bir İngiliz aksanı vardı ki, bütün bunlar onun karizmasını ve gizemini iyice arttırıyordu. Öte yandan bu yaşlı kadın gördüğü öbür Türk köylü kadınlara o kadar benziyordu ki, mavi gözlerine karşın Doğu'ya yerleşen Batılılara dendiği gibi bir Levanten de sayılamazdı.

Doğrusu Viki normal şartlar altında burada bulunsaydı aklını Beyaz Hala'nın okuduğu mektuptaki soylu ve duyarlı Osmanlı gencinin sonunda nasıl olup da hayatını bu köyde tamamladığına takar ve bunun üzerine giderdi. Fakat Viki bambaşka bir ruh halindeydi. Yıllardır aradığı defineye tam ulaştığını düşündüğü anda define sandığının boş çıktığını gören bir korsan kadar aldatılmış ve bir o kadar da hırsız ruhlu hissediyordu kendini. Hırsızdı, çünkü bir başkasının babasını çalmaya çalışıyor ve saf köylülerle, inatçı ve soğuk, ama yaşlı bir kadını üzüyordu. Bozguna uğramıştı, çünkü başından beri ona inanan hiç kimse olmadığı gibi, kendini göz göre göre aptal durumuna düşürmüştü.

Yıllardır bulduğu her izin ve her işaretin uyandırıp, körüklediği merakıyla, yarı Maori atalarından miras kalan keskin sezgilerini birleştirerek vardığı 'tek istikamet Gelibolu' takıntısı yoksa tamamen romantik bir düş müydü? Büyük dedesi Alistair John Taylor da binlerce Anzak askeri gibi Gelibolu'da savaşırken ölmüş müydü sahiden? Gelibolu kahramanı Gazi Alican Çavuş'un dedesiyle hiçbir ilişkisi yok muydu gerçekten? Bu İstanbullu entelektüel subay Ali Osman da kimdi ve annesi Semahat Hanımefendi (miydi adı?) nasıl da ilginç bir kadındı öyle?

"Gel al şunu bakeyim hele!" diye buyurdu Beyaz Hala.

En tatlı sesinde bile sultanlara yakışır bir 'emir etme' tonu saklı olan bu yaşlı kadının Viki'ye karşı ne duygular beslediği hâlâ bir sırdı. Kadınların kahvelerde erkeklerle beraber oturup tavla oynayarak çay-kahve içemedikleri yirmi birinci yüzyıl Türkiye köylerinde Muhtar dahil bütün köylüler üzerinde saltanatını kurmuş bu bilge kadın, aniden karşısına dikilip, egemenliğinin asıl nedenini çürütmeye çalışan, saltanatını tehdit eden bir yabancı kadınla karşılaşmıştı. Beyaz Hala akıllı bir kadındı ve elbette bütün kozlarını tek tek oynayacaktı. Belki de oyunun galibi olduğunu en başından bilenlerin muzaffer edası ve duygusuyla tadına vara vara...

"Al bakeyim şu limon kolanyasını hele. Doldur avcuna bol bol, sürün, kokla. Betin benzin soldu senin *marı*!"

Viki bu buyruğu yerine getirdi ve hayret, o otobüste, umumi tuvaletlerde, her yerde ama her yerde ikram edilen keskin Türk limon kolonyası ona ilk kez burada kötü gelmedi. Hatta, söylemesi tuhaf ama burada, Beyaz Hala'nın evinde kolonya kokusu iyi bile geldi. Kendini görünürde ferahlamış hissetti. Belki de Beyaz Hala'nın doğaüstü güçleri olduğuna inanmak istediğinden böyle hissediyordu.

"Kaave yapmasını bilin mi sen *hele*?" diye biraz küçümseyerek sordu Beyaz Hala.

"Kahve mi? Kim bilmez ki canım?"

"Türk kaavesi, Türk!" diye azarladı onu Beyaz Hala.

Sonra onun yanıtını beklemeden, "Bismillah," diyerek kalktı kanepeden. Şalvarını, yeleğini düzeltip, paytak paytak sallanarak mutfağa yöneldi. Ama durdu ve Viki'nin kendini takip etmesini buyuran bir bakışla bekledi. Buyruklarının daima yerine getirileceğinden emin görünüyordu. Viki kalktı ve onu izleyerek mutfağa gitti. Bu sırada Beyaz Hala kendi kendine ama Viki'nin de duyacağı bir sesle çok yoğun İngiliz aksanlı, eskimiş sözcüklerle söyleniyordu: (acaba yalnızken hangi dilde söyleniyordu?)

"Yok büyük dedesi harpte ölmemişmiş de, acaba benim babam onun dedesi olabilir miymiş de... Vıdı vıdı vıdı... Sen kalk taa dünyanın dibinden buralara gel, ama daha Türk kaavesi pişirmeyi bilme! Hey Allahım, sen bana sabır ver. Tööbe tööbe. Olacak şey mi *marı*? Büyük dedesi Zelandalı mıymış da, yok Türk müymüş? Neyse ne? Bana ne? *Hem aynı adam iki memlekette de kahraman olur mu hele? Aynı adam iki kere kahraman olacakmış, bak şimcik marı*... Ne rüyalar görür bu kadın uyanıkken bööle? Hem insanın dedesi, ninesi, atası nereliyse oralıdır. Artık ölüleri rahat bırakcaan. Neyse ne. Ama kalk taa buralara gel, Türk kaavesi pişirmeyi bilme! Tööbe tööbe."

Onu gülümseyerek dinlediğini fark edince suç işlemiş gibi toparlanan Viki mutfağa girdiğinde bu küçük ve mütevazı köy evinde son model buzlanmayan derin donduruculu bir buzdolabı ve turbo fırın görünce şaşırdı.

"İstanbullu küçük torunum, Bulut kardeşimin torunu olur, o aldı bana bunları. Okudu, böyük adam oldu. Kıymetli bi avokattır şimcik," diye gururla açıkladı Beyaz Hala.

"Al şu cezveyi bakeyiim."

Beyaz Hala'nın biraz da hoyratça eline tutuşturduğu, minyatür bir tavayla, küçücük bir süt kaynatma kabı arasında bir şeye benzeyen cezveyi evirip çevirdi Viki.

"Jez... ve," diye öğrenmek istediğini gösterir biçimde tekrarladı sözcüğü.

"İşte fincanlar, doldur şuradan iki fincan su bakeyiim."

"Jez-ve!" diye tekrarladı Viki. Beyaz Hala'nın öfkesini bir köşesinden zayıflatıp çatlatırsa, içinden biraz şefkat akacağını hesaplıyordu. Taş değildi ya bu kadın! Ayrıca onun kendisine karşı öfkeli ve hoyrat davranışlarının altında babasını paylaşmak istemeyen bir çocuğun kıskançlık duygusu da olabilirdi pekâlâ. Eğer bu yaşlı kadın söylendiği gibi Türk kadar güçlüyse, kendisi de bir İngiliz kadar sabırlı ve diplomat karakterli, ama bir Maori kadar inatçıydı.

O sırada alt kattaki giriş kapısının zili çaldı, sonra da kapı yumruklanmaya başladı. Mehmet endişeli ve öfkeli bir sesle bağırıyordu:

"Vikiii, hey Vikiii!.. İyi misin? Bir şeyin yok ya? Daha kalacak mısın orada? Vikiiii!"

"Sustur şu keratayı bakeyim çabuk!" diye azarladı Beyaz Hala Viki'yi.

Viki mutfağın penceresinden Mehmet'e seslendi:

"Ben iyiyim. Her şey yolunda Mehmet. I am O.K."

Mehmet isteksizce yeniden köy kahvesine döndü.

"Bak hele, bu kavanozdaki ince çekilmiş kaave Türk kaavesidir. Nedir adı onun, dur bakeyim? Arabika galiba. Rahmetli babam, gâvurların buna Arabika cinsi dediklerini söylemişti bana. Neyse ne."

"Gâvurlar mı? Onlar da kim?"

"Boş ver gâvurları da sen şincik her fincan için iki çay kaşığı, amma iyi bak, bizim çay kaşıkları minnacıktır, ööle tatlı kaşığıylan felan karıştırmayacaksın Viki Hanım!"

Viki Hanım?

Bu iyiydi işte. Beyaz Hala onu ne Ms. Viki, ne de Türklerin yabancı kadınlara seslendikleri gibi adının başına 'bayan' ekleyerek Bayan Viki diye değil, onu Türklerin birbirlerini çağırdıkları gibi çağırıyordu. Hanım diyordu. Viki Hanım. Evet, bu iyi bir işaretti.

"Kaave az şekerli olcek. Şinci her fincan için yarım çay kaşığı şeker koycen. İki fincan ne eder? Bir çay kaşığı. Haa, öyle işte. Evet, karıştır bakeyim bunları iyicene cezvede. Yook ööle hızlı olmaz. Yavaş yavaş karıştıracaksın. Yoksa tutmaz. Türk kaavesi aceleylen yapılmaz. Hafif ateşte, sabırlan, yavaaş yavaş olcek. Yak şu ateşi bakeyim."

Elektrikli ocaklara alışkın olan Viki ocağı nasıl yakacağını bilemedi.

"Viki Hanım, bak şu çıtçıta bascen, hemencecik yanıverir ocak. Bak ne moderen ocaktır bu, ha? Öyle eskisi gibi kibrit çakmak ney yok artık. Küçük torunum aldı bana, İstanbollu küçük torunum, yaa..." diye yeniden gururla hatırladı o besbelli en makbul torununu.

"Aferin bak öğrenceksin Viki Hanım. Ha şööle. Sabırlı olmak çook mühimdir. Bizim memlekette her şeycikler sabırlan olur. Sen annamazsın. Burada bööledir işler. Kaave için bile sabretçen. Kaavenin üzeri köpüklenince usulca fincanlara yarım yarım doldurcen, kalanını iyice fokurdattıktan sona yavaşcana koycen. Haa, evet ööylee. Aferim."

Viki nefesini tutarak, bir sınav dikkatiyle takip ettiği efsanevi Türk kahvesi pişirme dersini tamamladı. Mutfak kahvenin mucizevi kokusuyla kutsanmıştı. Bu koku Viki'ye günlerdir ilk defa evini, Yeni Zelanda'yı özletti.

"Şincik heeç dökmeden yavaş yavaş onları odaya getir bakeyim. Köpüklerini dökersen evde kalırsın bak! Koca bulamazsın ha! Senin kocan, nişanlın var mı Zelanda'da?"

İki elinde dökmemeye çalıştığı kahve fincanlarıyla çayda çıra oynayanlara benzeyen Viki, bu köpük ve evde kalma şakasını duyunca kendini tutamayıp güldü. Gülünce kahvelerden birinin köpüğü tabağına döküldü. Birden korktu Viki. Suç işlemiş gibi korktu. O zaman Beyaz Hala'dan çekindiğini anladı.

"Ver ver, onu ben içerim. Bu yaştan soona koca bulcek değilim ya," dedi Beyaz Hala, ama sesinde hiç de şaka rengi yoktu.

Biraz sonra ellerinde fincanlar karşılıklı kahve içiyorlardı. Daha doğrusu Beyaz Hala ağzını şapırdatarak, büyük bir zevkle, adeta törensel bir hazla kahvesini yudumluyor, zavallı Viki kendisine çok sert ve acı gelen kahveyi içmekte zorlanıyor, ama ayıp olmasın diye içiyormuş gibi yapıyordu. Keşke kendi kahvesine daha çok şeker koysaydı. Ya da kahvenin dibindeki o acı telveyi süzseydi de biraz İtalyan espressosu gibi idare etseydi.

Onun kahveyi fazla sert, acı olduğu için sevmediğini anlayan ve sanki bu sonucu gözle görünür bir zevkle planlayıp, beklediği anlaşılan Beyaz Hala gururlu bir sesle sordu:

"Sen bunu acı buldun amma benim babam Gazi Alican Çavuş sade kaave içerdi. Heeç şekersiz kaave. Babamın ağız tadı buydu. Peki senin Anzak büyük deden kaaveyi nasıl severdi Viki Hanım?"

3 Mayıs 1915 Pazartesi.
Gelibolu.

Sevgili Anne, Baba, Helen ve Küçük Stuart,

Hayaller bitti. Fransa ya da anavatan İngiltere'ye gitme hayallerimiz yok oldu. Mektubun üst köşesindeki nottan da anlayacağınız gibi size bu satırları derin bir hayal kırıklığıyla çetin şartlar altında Gelibolu'dan yazıyorum. Bizi Fransa yerine Gelibolu'ya yollamaları anlaşılır gibi değil, ama gerçek şu ki, biz Gelibolu'dayız!

Mısır'daki monoton hayattan sıkılıp, "Haydi Beyler bu kadar gösteri yeter, artık biraz erkek işi hareket, biraz tehlike!" diye hava atanlarla birlikte, bencileyin Fransa'da bir 'Avrupa Tecrübesi' yaşamak isteyenleri, hepimizi gemilere doldurup Batı yerine Doğu-Akdeniz'e yolladılar. Dokuz gündür buradayız.

Oysa daha iki hafta önce Russell'la ben İskenderiye üzerinden Marsilya'ya kaçıp, orada Almanlarla savaşmayı düşünüyorduk. Ne olacaksa artık olsun, yeter ki bu çölde bir dakika daha kalmayalım, tek arzumuz buydu. Ayrıca İngiltere'nin yüksek menfaatlerine hizmet etmek için hepimizin nasıl can attığını düşünürseniz, durumumuzun vehametini anlardınız. Yalnızca çöldeki monotonluk değil, ayrıca belirsizlik denen baş belası da hepimizi asabi ve huzursuz yapmıştı. Olur olmaz şeye sinirlenen, kavga çıkartan insanlara dönüşmüştük. Bir tek bizim Maoriler hariç. Bizim Anzak Ordusu'nda bulunan Maori askerler Mısır'da olmaktan hiç şikayet etmedikleri gibi, aralarında çöl ikliminin yapış yapış ve boğucu havasını beğenenler bile vardı. Bizim çocuklar bile bu duruma şaşırdılar, fakat ben Maoriler'i anladığımı sanıyorum. Ne de olsa yüzyıllardır Yeni Zelanda'dan dışarı çıkmamışlardı ve Mısır bu bakımdan düşünülünce, son derece ilginç bir kültüre sahip elbette. Bizim Maoriler'in iriyarı, güçlü kuvvetli bedenlerinden hiç beklenmeyen rahatına fazla düşkün, yufka yürekli tabiatları da İngiliz kumandanları şaşkınlığa uğrattı. İngiliz kumandanlar önceden sandıkları gibi Maoriler'in boylu poslu endamlarının ardında demirden yapılmış askerler olmadığını keşfedince, "Savaştan önce yollarda ölür bunlar," diye endişelenmeye başladılar.

Bize gelince, Yeni Zelanda'dan ayrıldığımızdan beri gittiğimiz yol hesaplanırsa, şimdiye kadar tarihte hiçbir askeri kuvvet savaşmak için bizim kadar yol katetmemiştir. Bu yol o kadar uzundu ki, aramızda Russell, gibi, "Biz savaş meydanına varana kadar savaş çoktan bitecek," diye üzülenler bile vardı. Fakat bu konudaki bütün kaygılar boşa çıktı. Hayır, savaşı kaçırmamıştık. Hatta savaşın en koyu ve kanlı sahnesini biz başrol oynayalım diye bekletmişlerdi bile...

Sevgili Anne, Baba, dikkafalılığına her zaman hayran olduğum kızkardeşim Helen ve küçük, akıllı Stuart, burada Gelibolu Cephesi'nde hayatın bambaşka ve acı bir yüzüyle karşı karşıyayım, fakat bu durum kendimde şimdiye kadar hiç bilmediğim bambaşka yönlerimi keşfetmeme sebep oluyor. Olayları meydana getiren sebeplere farklı yönlerden bakmaya ve anlamaya çalışıyorum. Bunu yapacak yeteneğim ve sabrım olduğunu bilmezdim. Yani tamamen hazırlıksız olarak içine düştüğümüz bu güç şartlar hepimizde kendimize ait bazı tuhaf keşiflere yol açıyor. İnsan zor ve tehlikeli durumlarda kendisini daha iyi tanıyormuş desem, beğenir misiniz?

Oysa 10 Nisan'da İskenderiye Limanı'nda yüzlerce savaş gemisini yan yana görene kadar her şey sanki bir şakaydı ve bizler şortlarıyla pikniğe yollanmış izcilerdik. Telaffuz etmeye çekinsek de İskenderiye Limanı'nı ürkütücü bir azametle dolduran o savaş gemilerini gördüğümüz anda birbirimizin yüzüne bakamayacak kadar çok korkmuştuk. Bir limanı dolduran yüzlerce savaş gemisini gözünüzde canlandırabilir misiniz? Bunu yapabilir misiniz? Birazdan o gemilerden birine binip, savaşmaya gitmek anı? O an. Hani artık kâbustan sıkılıp, uyanmak istediğiniz o tehlikeli an gelmiştir de bunun bir rüya olmadığını tam da o sırada anlamışsınızdır. Öyleydi... Galiba öyleydi. Sonra o gemilerden birine bindirildik. Fakat bindirildiğimiz savaş gemisinin güvertesinde uyurken hâlâ varış yerimizi bilmiyorduk. Yani binlerce genç asker nereye gittiğimizi bilmeden bir savaş gemisinde yol alıyorduk. Bunu anlamak zordur. Çok zordur. Belki de yaşamadan anlaşılmayacak o durumlardan bir tanesidir. En iyisi anlamaya hiç uğraşmayın. Fakat o sırada hâlâ kendi aramızda şakalaşmayı ful istim sürdürüyorduk: "Ohh be Mısır'dan kurtulduk ya sen ona bak!" Neresi olursa olsun Mısır'a göre daha kuzeye ve batıya gidiyorduk. Hurrah!'

Bazıları Filistin'e ya da Gelibolu'ya yollandığımızı söylüyordu ama bu adlar bizde egzotik bazı imajlar dışında hiçbir duygu, asıl önemlisi gerçeklik duygusu yaratmıyordu. Filistin neyse ama Gelibolu da neyin nesiydi? Yunanistan'la Küçük Asya arasında, Avrupa Kıtası'nda bir yarımada olduğunu haritadan biliyorduk, ama o kadar. Bir de savaşmaya can attığımız Almanlarla müttefik olan Türklere ait topraklar olduğunu...

Biz Yeni Zelandalı ve Avustralyalıların batıya ve kuzeye gitmek konusunu neden bu kadar önemsediğimizi ve bu konuda neden heyecanlandığımızı İngilizler pek anlamıyorlar. Bu heyecanımıza şaşırdıklarını da gizlemiyorlar. Doğrusu ben de İngilizlerin bizi neden pek çok konuda anlayamadıklarına şaşırıyorum. Halbuki bu yolculuktan, aman pardon ya, bu seferden önce demek istiyorum, bir İngilizle bir Yeni Zelandalının arasında anlayış veya kültür farkı olacağı benim aklıma bile gelmezdi. Yeni Zelanda'da yaşarken Kral ve anavatan bize yüreğimiz kadar yakındı. Kral: Büyük Britanya Kralı, anavatan: İngiltere. Bu elbette Avustralya için de böyle. Fakat gerçeğin bir de öteki yüzü varmış. Şöyle ki; İngilizler bizi taşralı olarak küçümsemekten hiç çekinmiyorlar. Ayrıca topluca Anzakları disiplinsiz, eğitilemeyen, asi bir insan topluluğu olarak gördüklerine dair dedikodular yayıldıkça huzursuzluğumuz artıyor.

Oysa bizim Yeni Zelanda okul gazetesinin: "(Britanya) İmparatorluk sizlere ihtiyaç duyduğunda, sorumluluk ve güçlükleri yüklenmeniz için size güveniyor," diye yazdığını daha bugünmüş gibi hatırlıyorum. Sonra *New Zealand Herald* gazetesi editörünün, "Biz asla askeri bir toplum olmadık, biz donanma insanlarıyız. Biz dört yüz yıldır savunma ve güvenliğimiz için donanmamıza güveniyoruz," diye yazdığını unuttunuz mu? Peki orada bahsettiği BİZ kimdir Tanrı aşkına? Biz Yeni Zelandalılar mı, İngilizler mi? Yoksa benim sandığım gibi hep beraber oluşturduğumuz bir BİZ mi? Artık emin değilim. Editörün yazısında 'BİZ donanma insanlarıyız' dediği insanlara Yeni Zelandalılar'ın dahil olduğundan kuşkuluyum. Donanma insanları? Biz mi? Buna belki Russell gibi yüreği aşırı milliyetçilik sebebiyle sağır ve kör olmuş ya da ağabeyim Will gibi aklının nerdeyse tümünü Tanrı'ya teslim ettiği için kendisi düşünemeyen Yeni Zelandalılar inanır. Bana gelince, ben bu yolculuğa, pardon 'sefer'e çıktığımızdan beri gördüklerimden sonra, *New Zealand Herald* editörünün Yeni Zelanda'yı Britanya'nın denizaşırı bir şubesi gibi gördüğünü düşünmeye başladım. Bu tıpkı, Yeni Zelandalı kadınların en önemli varoluş sebebinin (Britanya) İmparatorluk için daha sağlıklı bebekler yetiştirmeleri olduğunu düşünmek kadar sömürgeci bir tutumdur. Biliyorsunuz bize bunlar da söylenmişti, ama ancak 'ev'den millerce uzakta ve savaş alanında bunları fark etmeye başlamış olmam pek ironik değil mi?

Evet Yeni Zelanda'nın şehirleri küçüktür, fabrikaları azdır. Bizler hâlâ çiftliklerde yaşarız ve köylü sayılırız. Ormanları, kırları severiz. Buna karşılık hayattaki en büyük idealimiz, Yeni Zelanda'yı İngiltere'yi besleyecek büyük ve verimli bir çiftlik yapmaktır. Sakın kızmayın bana, ama öyle değil mi yani? Yalan mı sanki? Bu düşüncelerim özellikle Gelibolu denen yerde bana dokuz yıl gibi gelen sadece dokuz gündür yaşadıklarımdan sonra sanki uzun zamandır deniz dibinde saklı bekleyen birbirine bağlı büyük bir batığın aniden su yüzüne çıkması gibi önüme diziliyor. Ben hiçbir şey yapmasam da yaşadıklarım beni ister istemez batığı görmeye itiyor. Ve bu düşünceler ruhuma acı veriyor. Will dua etmemin ruhumu huzura kavuşturacağını söylüyor. Russell bir Yeni Zelandalının İngiltere'ye ve Kral'a bağlılığını sorgulamasının bozulmuşluk, ahlaki bir çöküş olduğuna inanıyor ve yoldan çıkmamam için kendince hamasi nutuklar atarak yardımcı olmaya çalışıyor. "Eğer birkaç Türk öldürürsen rahatlarsın," diyor. Keşke haklı olsaydı. Bunları düşündüğümde romancı Anthony Trollope'un eskiden muhalif ve fazla gururlu bularak kızdığım(ız) sözleri geliyor aklıma. "Biz Yeni Zelandalılar kendimizi Britanya İmparatorluğu'nun kreması ve İngilizlerden daha fazla İngiliz sanıyoruz," dediğinde haksız mıydı acaba? Baba sen anlatmaz mıydın, yirminci yüzyılın başında on dört-otuz yaş arasındaki bütün Yeni Zelandalı erkeklerin zorunlu olarak askerlik eğitimi almasına ses çıkartmamıştık, diye... Sonra askerlik karşıtı pasifistlere hapis cezası verildiğinde yine toplum sessiz kalmıştı. Peki, İngiltere'de bile henüz geniş çaplı ve sert bir askerlik sistemi yokken bizim bu hevesimiz, bir şeyi kanıtlama çabası değil de neydi?

Oysa bizi İskenderiye'den Limni Adası'na getirdiklerinde hâlâ masum bir Yeni Zelandalı'ydım. Dardanelle'e (Çanakkale Boğazı) elli mil uzaklıkta, Mısır'da geçen monoton günler ve çöl ikliminden sonra Ege Denizi ve bu Yunan adası bize çok iyi gelmişti. Fazla ağaçlıklı olmasa da yağmurların etkisiyle toprak yeşil bir bitki örtüsü ve sarı-kırmızı çiçeklerle donanmıştı. Bizde sonbahar olan nisan ayı kuzey yarımkürede ilkbahar demekti, fakat bizim buna alışmamız hiç de zor olmadı. Limni Adası'nın tabiatı ve iklimi moralimizi düzeltmişti. Will bize Limni Adası toprağının antik çağda yılan sokmasına ve vebaya karşı ilaç olarak kullanıldığını anlattı. Ayrıca Ege Denizi'ndeki bu adalar ve Gelibolu'nun oralarda bir yerde bulunan Truva, mitolojinin, Odiseus ve Afrodit'in anavatanıymış. Yani antik çağın Tanrı ve Tanrıçalarının evindeyiz ve onlar gibi biz de savaşacağız diye gülümsüyorduk. Henüz Gelibolu'ya varmamıştık, gülümsüyorduk...

Russell bize Limni Adası'nda katılan müttefikler arasında Fransızların Afrika'daki sömürgelerinden getirilen zenciler, İngilizlerin Hindistan'dan getirdikleri Gurka ve Sih paralı askerleri ve Filistin'den gönüllü olarak gelen Siyonist birliklerin de olduğunu söyleyerek moralimizi yükseltiyordu. Oysa Mısır'dayken (Britanya) İmparatorluk Hükümeti'nin sömürgelerindeki yerli halkları Avrupa'daki savaşlarda kullanmaya isteksiz olduğunu duymuştuk. Ama gerçek öyle değildi, bu güzel Ege Adası'nda Hintli Sih ve Gurkalar bizimle beraber İngiltere adına Almanlar ve Türklerle savaşmak için bulunuyorlardı. Bu Hintlilerin arasında Müslümanların da olduğunu düşünmek tuhaf bir duygu veriyor bana. Ya da yakın zamana kadar Osmanlı İmparatorluğu'nun bir eyaleti olan Müslüman Mısırlıların, Türklerle savaşmaya giden bizlere kollarını açmaları Türkler için hazin olmalı... Bu tıpkı bir gün bizim İngiltere'yle harp etmek isteyen bir Müslüman orduya yardım etmemiz kadar mantıksız ve tedirgin edici bir duruma benziyor.

24 Nisan akşamı gemiler bandolar eşliğinde sanki bir festivale gidermişçesine Limni'den ayrılmaya başladı. Biz kendi gemimizin güvertesinden gidenleri seyrettik. Bir İngiliz savaş gemisi yanımızdan süzülüp geçerken yan tarafına büyük harflerle yazdıkları yazı dikkatimizi çekti.

'ÖNCE KONSTANTINOPOLİS'E SONRA HAREMLERE HÜCUM!' Çok güldük tabii. Gülmekten karnımız ağrıdı. Fakat şimdi düşünüyorum, İngilizlerin asıl amacı Konstantinopolis'i mi almak sahiden? Biz şimdi Gelibolu cehenneminde bunun için mi bulunuyoruz yani?

Avustralyalılar gece karanlığında, bizse sabah 06'da Limni'den ayrıldık. Acaba burayı tekrar görebilecek miyiz? Bu kaygı hepimizin içini sessizce kemiriyordu. Yolculuğumuzun ilk saatleri unutulmayacak kadar güzeldi. Sabah 08'den itibaren top gürültüleri ve uğultuya benzer sesler duysak da biz daha çok Ege Denizi'ndeki manzaranın güzelliğiyle büyülenmiştik. Ege Denizi'nin rengi maviyle yeşilin çok özel miktarlarda karışımından meydana gelmiş. Rengi... nasıl desem, insanı coşturan bir tılsıma sahip. Bizim Okyanus'un ne kadar şahane renklerle oynaştığını bilen birinin Ege Denizi'ne övgüde bulunabilmesi, bu denizin bütün o mitolojik hikâyeleri hak ettiğini gösteriyor. Ege'nin insan ruhu üzerinde pozitif ve yatıştırıcı bir tesiri var.

Bir süre sonra bizim gemilerden gelen heybetli top sesleri ve uzaktan görünmeye başlayan Gelibolu tepelerinden yükselen toz bulutları artık dikkatimizi Ege'den kopartmıştı. Bu manzaraya bakınca Türk Ordusu'nun zaten erimeye başladığını düşünüyor, bize fazla iş kalmayacağını sanıyorduk. Üzerimizde bizim uçaklar, gözetleme balonları uçuyor, savaş gemileri top ateşiyle nakliye gemilerini koruyordu. Kendimizi güvenli ve güçlü hissediyorduk. Sakindik. Hâlâ sakindik. Hatta bazıları güvertede uzanmış kitap okuyordu. Kimisi roman, kimisi de Will gibi İncil.

Kahvaltıda karnımızın iyice doymasına aşırı itina gösteren komutanların şefkatli ilgisi beni huzursuz etmekle beraber, bunu ne Will'e ne de Russell'a belli ediyordum. Bulunduğumuz gemi Gelibolu'ya yaklaştıkça tepelerden yükselen dumanlar artıyor, makinalı tüfek sesleri çoğalıyordu. Fakat biraz daha yaklaştığında dikkatle bakınca gördüğüm manzarayı hayatım boyunca asla ama asla, unutamayacağım. Donup kalmıştım. İlerde Avustralyalılarla dolu filikaların Türklerin hunharca ateşi altında öylece, dosdoğru Gelibolu sahiline ilerlediğini görmüştüm. Filikadaki askerler *Avustralya Orada Olacak* marşını bağırarak söylüyordu. Sonradan, o mesafeden ve o kadar gürültü içinde bunu duymamın imkânsız olduğunu düşünsem de yemin ederim, o sırada duymuştum. Filika ilerlerken askerlerden bazıları Türklerin kurşunlarıyla vuruluyor, sapır sapır suya düşüyordu. Askerler, yani bizim ANZAKlar vurulup ölüyorlardı. Orada, Gelibolu sahillerinde. Ve sahilde... aman Tanrım, sahilde yüzlerce ceset yüzüyordu! Buz gibi oldum. Ürkmüştüm. Çok ürkmüştüm. Kar yağıyormuş gibi üşümeye başladım.

Gemimiz ilerledikçe arkada üzerleri tek tük çalılarla kaplı sarp tepeler ve dik kayalıkların yer aldığı bir plaj gördüm. Gelibolu bu muydu? Biraz ileride tepelere tırmanmaya çalışan Avustralyalılar, Türklerin acımasız kurşun yağmuru altında sapır sapır dökülüyorlar, ama sağ kalanlar kahramanca yeniden tırmanmaya devam ediyorlardı. İleri giderken, arkadan kendi arkadaşları tarafından yanlışlıkla vurulanlar oluyordu.

Türklerin canavar ruhlu ve sineklerden daha miskin olduklarını duymuştuk. Mısır'da İngilizce olarak yayımlanan *Egyptian Gazette*'de Türklerin Anadolu'da (Asya'daki toprakları demekmiş) yaşayan bütün Hıristiyanlara işkence ettiklerine dair sık sık haberler çıkardı. Avustralyalı askerlere yollanan *Argus Gazetesi*'nde Türklerin işkence ve eziyet etmeyi seven, cani ruhlu insanlar olduğu yazıyormuş. İşte o kayalık Gelibolu sahillerinde Avustralyalılara ateş açan bu Türklerdi. İyi de bu Türklere karşı bizi neden bu koydan karaya çıkartıyorlardı? Sahilde çıkarma yapmak için çok daha müsait plajlar varken bizi neden bu zor ve kayalık yere çıkarttıklarını anlamıyordum. Bu bir yanlışlık olmayacağına göre belki bizim kafamızın yetmeyeceği bir askeri strateji meselesiydi. Yine de yüksek tepelerin arkasına saklanan Türklerin bizleri kumara (tatlı patates) toplar gibi vuracağını bir er rütbesinde olan ben bile anlıyordum ama... Aklıma bir generalin hatalı kararının bedelini bizzat canımızla ödeyeceğimiz gibi korkunç bir ihtimal geliyordu, ama çabucak kovuyordum onu oradan. Çünkü birazdan filikalara konup, o sahile biz de yollanacaktık. Gerçi hiçbirimizde savaşacak hal yoktu. Biz bunun artık bir tatbikat, bir prova olmadığını kavramıştık. Bu savaştı. İşte savaş buydu! Oyun veya şaka değildi, savaş: Ölmek ya da öldürmekti. Çirkindi, mantıksızdı, ilkeldi. Bu güzel havada, bu güzel Ege Denizi'inde, bu güzel yaşımızda, tanımadığımız birilerinin memleketinde ölmek akıllıca bir şey değildi. Hiç değildi. Dönüp Will'e baktım. Sakin görünüyordu, ama yüzü bembeyazdı. Birkaç saat önce, "Bugün hayatımın en büyük günü olacak!" diye gürleyen Russell'a baktım, göğsü hızla inip kalkıyor, çene kasları titriyordu. Yumruklarını sıkmış, nefretle başını sallıyordu.

Sonra bizler de filikalara bindirildik ve Gelibolu sahiline doğru ateş altında dosdoğru yol aldık. Saate baktım; yerel saatle 09:30 idi. Yeni Zelanda'da saat 19:30 olmalı diye düşündüm, çay vakti çoktan geçmiştir. Doğru hesapladım mı bilmiyorum, ama Gelibolu'nun Mısır saatiyle aynı olduğunu daha önce bize söylemişlerdi. Zaten ne fark eder? O sırada ne yaptığınızdan çok, benim sizi nasıl hayal ettiğim önemliydi ve ben sizi çay içip, bisküvi yerken düşünmeyi arzu ediyordum. Bunu çok arzu ediyordum. Çünkü aynı sırada biz savunmasız, filikalar içinde, Türklerin talim hedefi gibi Gelibolu sahillerine ilerliyorduk. Her taraftan üzerimize kurşun yağıyordu ve biz sanki bundan etkilenmiyormuşuz gibi o cehennem sahile doğru ilerliyorduk. Donmuştuk. Kaderimize boyun eğmiş bir halimiz vardı. İçimizde bir an önce sahile çıkıp düşmana haddini bildirmek heyecanıyla yanıp tutuşanlar çoğunluktaydı, ama korkarım onlar da artık burada bulunmamızın nedeni konusunda konuşmaktan çok, 'ne olacaksa olsun, bize ateş açan her kimse onunla savaşalım, bitsin bu iş' noktasına gelmişlerdi. Açıkçası soru sormak için çok geçti. Biraz önce hepimizi romantik hayallere, derin bir ruh huzuruna kavuşturan Ege Denizi'nin üstü cesetlerle doluydu ve tarifinde zorlandığım o muhteşem mavi-yeşil rengi artık kıpkırmızıydı. Hatta sonunda filikayla kıyı arasında cesetlerden bir iskele oluşmuştu. Hayır, yanlış yazmadım; suyun üzerinde yüzen cesetler yan yana dizilerek bir iskele inşaa etmişlerdi. Deniz, Türklerin üzerimize attığı bombaların şarapnelleriyle köpük köpüktü. Biraz önce bize güzelliklerini sunan Ege Denizi, Gelibolu'da öfkeden kudurmuş, kıpkırmızı kesilmiş, sanki bizi reddediyordu. Bizse sanki topluca intihar ediyorduk. Bizi Türkler değil, o yanlış sahile çıkarma emri verenler öldürüyorlardı. Durum o kadar akıl dışı ve çıldırtacak kadar acıtıcıydı ki, ben aniden sağır oldum. Bütün o top tüfek, bağrış sesleri kesildi. Ve boşalan kulaklarım birden *Ave Maria* ilahisiyle doldu. *Ave Maria...* Birisi, bir kadın söylüyordu ve çok güzeldi. İçim açıldı, biraz soluk aldım. Endişeyle kasılmış yüzüme huzurlu bir gülümseme yayılmıştı ki, Will bağırarak beni, kolumdan çekiştirmeye başladı. Onu duymuyor, ama ağzının hareketlerinden bağırdığını anlıyordum. Ona sadece gülümsüyordum. Çünkü bu ilahiyi o sırada benim için söyleyen kişiye minnettardım. Ömrümün sonuna kadar da minnettar kalacağım. Tanrı ondan razı olsun. Filikamız şiddetle sarsıldığında dönüp baktım, bizim filikanın içinde dört askerin öldüğünü o zaman gördüm. Üzerime kan sıçramıştı, filikadakilerin ağızları açık ve hareket halindeydi, ama ne çığlıkları ne de sesleri vardı. Kulaklarım çevremdeki sesleri duymuyordu. Kulaklarım yalnızca muhteşem bir sopranonun sesinin en fazla yükseldiği tepeden söylediği *Ave Maria* ilahisiyle çınlıyordu. Bu çınlamayla başım dönüyordu. Olup biteni ben değil de başkası yaşıyormuş gibi izliyordum sanki. Sonra taze ölülerin hazırladığı ceset iskelesinden atlayarak sahile çıktık. Kan kokusunun böyle güçlü olduğunu bilmezdim. Toprağa ayak bastığımda ilahinin sesi kesildi. Savaşın sesini yeniden duymaya başladım. İlahi bitti, savaş başladı. Gelibolu topraklarına ayak bastığımızda artık bütün masumiyetim Ege Denizi'nin derinliklerine gömülmüştü. Bütün masumiyetim.

Dokuz gündür buradayız ve Tanrı'nın bir mucizesi olarak hayattayız. Bize söylenen tek şey, "Kazın, toprağı daha çok kazın!" O kadar. Bu 'kazmak' emrini bize yollayanın açıkta demirlemiş gemisinde bulunan Amiral Hamilton olduğu, ama asıl patronunun Londra'da rahat rahat çayını yudumlayan Donanma Bakanı Bay Churchill adında birisi olduğu söyleniyor. Bakan Churchill'in buralarda çok sevildiğini söyleyemeyeceğim. Ayrıca dört yüz yıllık muzaffer geçmişiyle övünen İngiliz Donanması'nın çıkarma yapmak için bu kadar elverişsiz bir sahili seçmesinin sebebi bize hâlâ açıklanmış değil. Burası tam anlamıyla cehennem tepeleri denecek bir yer. Buraya çıkartılmamız ancak bir donanma gafı olabilir. Çünkü burada tamamen birer av pozisyonundayız. Kimbilir, belki de bizler büyük bir donanma hatasının kurbanları olarak tarihe geçeriz. Fakat bu tarih yazılana kadar hayatta kalmak ve kazmak zorundayız. Dokuz gündür siper kazmaktan ve Türklerin karşı saldırılarından korunmaya çalışmaktan başka düşündüğümüz bir şey yok. Düşünmek burada çok tehlikeli bir şey. Gündüzlerin çabucak bitmesi için dua ediyoruz, çünkü gece olduğunda hayatta kalabilmek daha büyük şans. Geceleri düşman ışıldaklarına yaptığımız atışlarsa, aya ateş etmek kadar hayali geliyor bana.

Fısıltı gazetelerine göre ilk yedi günde yedi yüzden fazla Yeni Zellandalı ölmüş. Bu sayı doğruysa Avustralyalıların kaybı iki-üç kat daha fazla olmalı. Garip değil mi, bize miskin, tembel, beceriksiz, artık iyice çözülmüş ve silahları eskimiş, dökülmüş durumda olduğu söylenen Türkler, günlerdir tam tersine donanımlı, cesur ve atak dövüşüyorlar. Yoksa biri bize durmadan pis şakalar mı yapıyor? Moralimiz pek de yüksek sayılmaz. Bulunduğumuz koyda bir kapana sıkışmış gibiyiz. Tepelerin eteklerinde kıvranan böceklere benzediğimizi düşünüyorum. Ağzımızda toprak tadı, kum parçaları. Russell çok küfürbaz ve inanılmaz asabi birine dönüştü. Will ise iyice içine kapandı. Onu yaralıların sahra hastanesi çadırlarına taşınması işine verdiler.

Sedyecilik yapıyor. Bazen da ölü taşıyor. Kimi zaman bana baktığında beni gördüğünden şüpheye düşüyorum. İşin bir başka tuhaf yanı, bu kadar çok insan ölmesine rağmen ortada tek Türk görünmüyor. Hangi yöne ateş edeceğimizi bile bilmiyoruz. Her yerde, her tepede ve çalının arkasında bir Türk olabilir. Bize hiç beklemediğimiz zamanlarda ateş yağdırıyor, sanki bizimle alay ediyorlar. Ortada düşman yok; ama ölü çok. Bu Türkler Doğu'nun bütün gizemini kendilerinde mi topladılar? Hayalet mi bunlar yoksa? Gerçek şu ki, Gelibolu'nun dağları Türk doğuruyor! Ayrıca bu Türklerin işin ucunu bırakmaya hiç niyetli görünmeyen zorlu savaşçılar olduklarını düşünmeye başladık. Onlar şimdi bizde olmayan bir güce sahipler. Çünkü, Türkler memleketlerini savunuyorlar.

Russell Türklerin bizim dilimizi anlamadıklarını söylüyor ve onlara küfrediyor. Türklerin kendi komutanları olmadığını, ordularını Alman generallere teslim ettiklerini söylüyor. Ona, "İyi ama bizim ordumuzu da İngiliz generaller yönetiyor," deyince bana çok kızıyor ve ikisinin aynı şey olmadığını iddia ediyor. Bunu ne zaman konuşsak, kavga ediyoruz. Ama sonuçta hepimiz Almanlardan nefret ediyoruz. Biz buraya onlarla savaşmaya geldik.

Çevremizdeki bütün kaos ve huzursuzluğa inat burada dağ taş kırmızı gelinciklerle dolu. Çadırımızın içi ve dışı, parlak kırmızı rengiyle yaşamın güzelliğini ve çoktan unuttuğumuz aşkı bize hatırlatan gelinciklerden halılarla döşenmiş durumda. Sizin için bir tane kurutup, bu mektubun arasında yollayacağım. Ama sakın kuruyunca oluşan bordo renge aldanmayın, o renk ölü gelinciğin rengi. Siz onu burada, Gelibolu'da yaşarken görmelisiniz. Burada kendi topraklarında, yeşil çimenler üzerinde parlak kan damlası renginde pırıl pırıl yaşarken. Gelibolu gelincikleri güzellikleriyle içimi acıtarak sevindiriyor beni. Tıpkı şu anda dünyanın başka yerlerinde sevgilileriyle elele dolaşıp, bira içen yaşıtım gençlerin varlığını düşünmek gibi bir duygu bu... Evet, Gelibolu gelincikleri böyle bir duygu işte...

Çadırımı Will ve Russell'la paylaşıyorum. Bitişik çadırda Auckland'den ragbi oyuncusu iki çocuk var. Nick ve Vic. İkisi de kırmızı saçlı, galiba kuzen oluyorlar. Neşeli çocuklar, hemen her şeye gülüyorlar. Her gün kaç Türk öldürdüklerini anlatırken, sanki o gün kaç tane koyun kestiklerinden bahsedermiş gibi bir halleri var. Bana geçenlerde Norman Lindsay adlı bir asker tarafından çalakalem çizilmiş bir karikatür gösterdiler. Karikatürün çizildiği kâğıt elden ele dolaşmaktan kırışmış, paçavraya dönmüştü. Karikatürde burada savaşan memleketleri birer hayvan temsil ediyor. Kepi ve ragbi topuyla bir kivi kuşu tahmin edileceği gibi bizi simgeliyor. Karikatürün ilk karesinde şapkasında Avustralya yazılı bir Avustralya ayısı koala ile kivi kuşu ragbi maçında oynuyorlar. Maçın skoru: Avustralya:3, Yeni Zelanda:20 ve koala, bizim kiviye, "Keşke kriket oynamayı bilseydin!" diyerek laf yetiştirmeye çalışıyor. Sonraki karede kivi kuşu silah takınıp, kepini asker şapkasıyla değiştirmiş olarak yola düşmüş görünüyor ve, "Bir Hindi (Turkey) ile döğüşmeye gidiyoruz, anlaşılan," diyor. Üçüncü karede yara bere içinde kalmış kivi kuşuna silah kuşanmış koala katılıyor ve, "İşte bu BİZ'iz," diyor. Kivi, "Doğrusu da bu," diye yanıtlıyor onu. O sırada karşılarında dev bir hindi onları bekliyor. Koala, kivi kuşuna dönüp, "Benim bildiğim kivi kuşunun kolları yoktur," diyor. Kekeleyen bizim kivi, "Evet, şeyy... ama savaş halinde bizim de kollarımız vardır," diyor ve ikisi birlikte Hindi'yi pataklamaya girişiyorlar. Beni hüzünlendiren bu karikatür, onları nedense çok güldürüyor. Aslında benim dışımda herkes bu çizgi hikâyeye kahkahalarla tepki verdi, diyebilirim.

Bu sabah Nick ve Vic'i ortalarda göremeyince onların nerede olduklarını Will'e sordum. Gözlerini kaçırarak, "Nerede olduklarını Tanrı bilir John," dedi. Gelibolu'da bu sözlerin bir tek anlamı vardır, o da ölümdür. Ne garip değil mi, kısa zamanda buna alıştık. Yoksa çıldırır insan. Yoksa çıldırdık mı? "Nasıl?" diye sorduğumda ağabeyim sustu. Ben de sustum. Ağlamak istedim

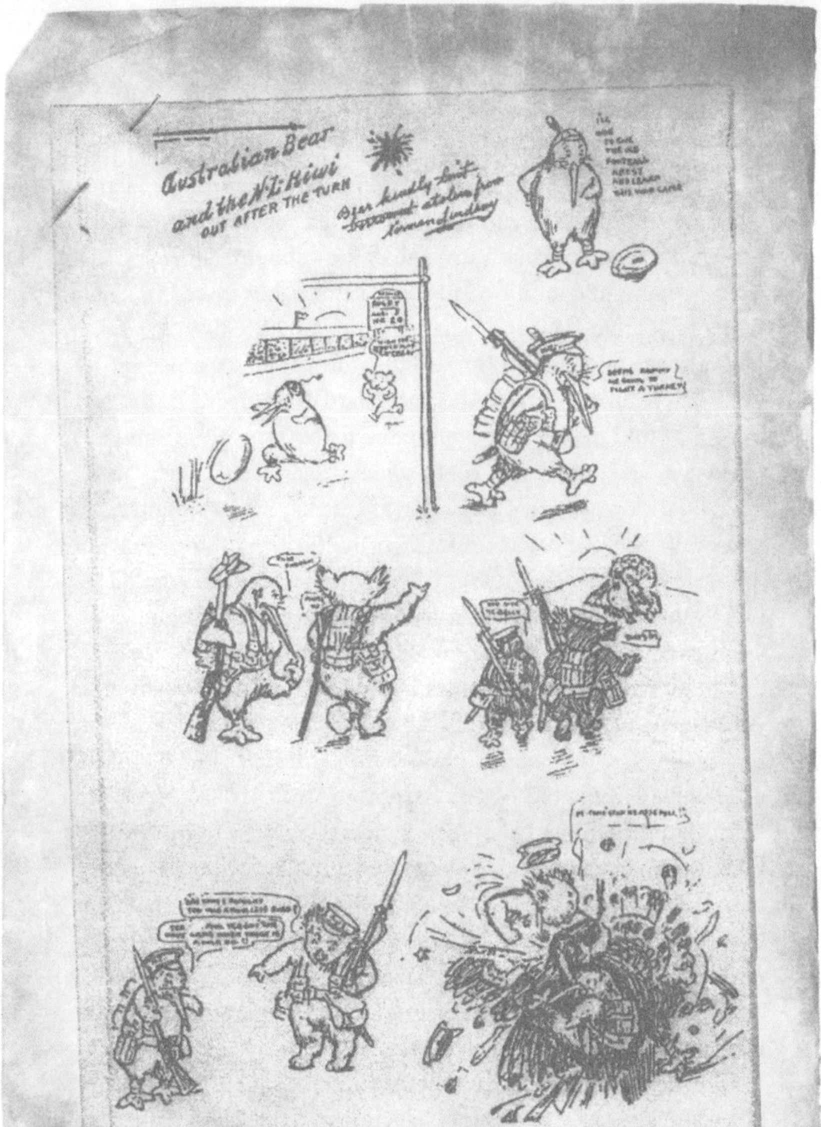

* C. Pugsley'in *Gallipoli – New Zealand Story* adlı kitabından alınmıştır.

Ama ağlayamadım. İçimde tek bir duygu yoktu. O kadar. İşte o kadar. Artık o iki delikanlı yok. O kadar basit.

Size anlatmayı çok istediğim bir tepe var burada. Ona bir tepe, bir kayabaşı demek bana eksikmiş gibi geliyor, çünkü ilk gördüğümden beri onu canlıymış gibi düşünüyorum ben. Tam çıkarma yaptığımız koyun karşısındaki dik tepenin en yüksek ucundan aşağıdaki plaja, yani bize doğru kükremiş bir baş misali uzamış mahmuz gibi bir çıkıntı var. Bu kayabaş tıpkı Mısır'daki insan başlı aslan figürüne benzediğinden ona Sfenks adını taktık. Dağın tepesinde mağrur bir şekilde oturmuş bu kaya parçası, sanki koyu gözetliyor ve onu yabancılardan koruyor. Ya da, ne bileyim, sanki insan eliyle yontularak tepemize yerleştirilmiş bir bekçi. Bizi gözetliyor. İnsan ondan kaçamıyor. O hep bizi gözetliyor. Hayır, bu da değil, bu Sfenks kayası bizi tehdit ediyor. Will Mısır'dayken eski Mısır kültürü ve mitolojisine göre Sfenkslerin Piramitleri kötü güçlerden koruması için yapılan birer simge olduklarını öğrenmişti. Bunu bana söylediğinde, Gelibolu'da çıkarma yaptığımız koyun tam karşısında doğal olarak bir Sfenks bulunmasının ne anlama geldiğini anladım. Bu bir tesadüf olabilir miydi? Bence burada yabancı ve kötü güç bizlerdik ve bu topraklarda biz istenmiyorduk. Russell benim bu açıklamamı saçma buluyor ve bana kızıyor. Fakat başımı ne zaman kaldırsam o Sfenks kaya oradan bana bakıyor. Uyuyabildiğim kısacık zamanlarda rüyalarıma giriyor. Orada mağrur ve güçlü başıyla kükreyerek bir şeyler söylüyor. Bu koya Türkler ne diyor bilmiyorum, ama buraya çıkarma yapmamız sebebiyle biz burayı Anzak Koyu olarak anıyoruz. Anzak Koyu bana çok romantik, ama aynı zamanda yapay bir isim olarak görünüyor. Bence burası tarihe Kanlı Gelibolu Koyu olarak geçmelidir.

Şimdi biraz uyuyacağım. Mektubumda saygısız ve kibirli bulacağınız satırlar ve düşünceler için beni bağışlayın. Belki benim de Will gibi daha sık ve daha mutlu mektuplar yazmamı tercih ederdiniz, ama maalesef gerçek buna müsait değil. Üslubumun sertliği tamamen şartların tesiriyle olmuştur. Yoksa sizlere ve vatanım Yeni Zelanda'ya karşı hislerim ve bağlılığımdan bir an için dahi kuşkuya düştüğüm yok, böyle bir şey olmadı, olamaz da. Beni düşünün ve bana dua edin. Hiç kuşkunuz olmasın ki, ben bu savaşta ölmeyeceğim.

Hepinize Gelibolu cehenneminden derin sevgilerimi gönderiyorum.

Oğlunuz ve kardeşiniz,
Alistair John Taylor.

Not: Helen, Keri'ye birkaç kere mektup yazdım, ama cevap alamadım. Umarım kendisi iyidir. Lütfen onu bul, ona kendisini sık sık düşündüğümü ve buradan mutlaka sağ çıkacağımı da söyle.

Mektup bittiğinde ağlamaktan kızarmış gözlerini elindeki kâğıtlardan kaldırmadan öylece kaldı Viki. Bıraksalar, sanki yaşamının kalan kısmını bu pozisyonda, öylece sürdürecekmiş gibi adanmış ve acıyla kutsanmış bir hali vardı. Bu halinin son derece samimi olduğu, hatta bu acıdan gizlice zevk aldığı dahi düşünülebilirdi. Onun okuduğu mektup da orijinal değil, fotokopiydi.

Seksen beş yıl önce şimdi bulundukları coğrafyada yazılmış bu mektup, onu dinleyen iki kadın arasına neredeyse gözle görülecek kadar koyu bir sis bulutu gibi çökmüştü. Kadınlardan biri tespih çekerek, öbürü elindeki mektuplara saklanarak uzun süre sessiz kaldılar. Kimbilir kendi ara sokaklarının hangi karanlık çıkmazında dolaşmaktaydılar. Birden fazla insanın uzun süre yan yana sessiz kalmasıyla esneyip uzayan boşluk içinde eşyaların yoğunlukları azalmış, nesneler birazdan havada uçmaya hazırlanır gibi hafiflemişlerdi ki, Viki kendi kendine konuşur gibi mırıldandı:

"Büyük dedem Alistair John Taylor, Gelibolu Savaşı'nda ölmedi. Onun ölmediğine hayatları boyunca inanan üç kadın vardı ve o kadınlar hep beklediler; annesi Victoria, kız kardeşi Helen ve sevgilisi Keri."

Sustu. Birlikte sustular. İkisi de neyi beklediklerini çok iyi bilen bir kararlılıkla sustular.

Zamanı gelince Viki yeniden konuştu.

"Keri bir Maori'ydi ve o zamanlar bir Maoriyle bir beyazın evlenmesi hoş karşılanmazdı. Yani o zamanlar olmazdı öyle şeyler, toplum hazır değildi buna. Şimdi Yeni Zelanda'da kültürler arası evlilikler, evlat edinmeler son derece doğal, ama o zamanlar başkaymış... Bu mektup yazıldığında Keri hamileydi ama Alistair John Taylor'ın bundan haberi yoktu. Keri bütün yaşamı boyunca çocuğunun babasının Gelibolu'dan dönüp geleceğine inandı ve onu bekledi. Güçlü Maori sezgileri ve büyüleri ona savaş bittikten sonra da John'ın ölmediğini söylüyordu. Ama ne yazık ki kendisi kısa yaşadı. Keri'nin erken ölümünden sonra onun oğlunu büyüten Helen Hala oldu. Helen Hala da tıpkı Keri gibi kardeşinin bir yerlerde yaşadığına inanıyordu. Komşuların ve ailenin bir kısmının aksine Helen Hala küçük John Jr.'ın öz yeğeni olduğunu kabul etmişti. İşte bu mektuplar Helen Hala'dan John Jr.'a ondan da onun oğlu William'a kaldı. William bu mektupların asıllarını İkinci Elizabeth Müzesi'ne bağışladı. O da dedesi Alistair John Taylor'ın Gelibolu'da savaş sırasında ölmediğine inanarak bulduğu bütün ipuçlarını topladı. Sonunda mektuplar William'dan bana geçti. William benim babamdır."

Onu havalar üzerine bir konuşmayı dinler kadar sakin ve ilgisizce dinleyen Beyaz Hala, tespihini çekmeyi sürdürerek bekledi. Sonra başını kaldırıp, Viki'yi dikkatle süzdü: "Acıktın mı sen *marı*?" diye sordu.

"Ne?" diye irkildi Viki. "Ne dedin?"

"Acıktın mı diyorum, kaç saattir heeç bişeyler girmedi midene senin *marı*."

Nerede olduğunu hatırlayıp, hayallerinden uyanmasına neden olan bu hiç beklenmedik yemek muhabbeti Viki'nin canını sıkmıştı. Oysa o, açlık, susuzluk, uykusuzluk gibi dünyevi ihtiyaçlardan kopmuş, bambaşka bir boyuta geçmiş hissediyordu kendisini. Başının ağrıdığını hissetmesine bile daha zaman vardı. Henüz trans halindeydi. Çocukluğundan başlayarak üzerine hayaller kurduğu efsanevi Gelibolu'da, büyük dedesinin ayak izlerinin üzerindeydi. Elindeki ipuçları ve bugüne kadar topladığı bilgiler ona mezarı asla bulunamamış büyük dedesinin üzerini örten esrar perdesinin hemen burada, elinin altında olduğunu gösteriyordu. Çok yakınında, elini uzatsa dokunacağı kadar yakınındaki sırların üzerine örtülmüş seksen beş yıllık incecik bir perde bulunuyordu. Uzanıp dokunsa, perde düşecek ve o... Ama elini ne zaman uzatsa bu yaşlı kadın karşısına dikiliyor ve o zamana kadar kurduğu bütün yolları, köprüleri ve düşleri yıkıveriyordu. Sakin, umursamaz, anlamaz, kalın ve inatçı bir yaşlı kadın! Güçlü, sabırlı, direngen ve akıllı bir yaşlı kadın! Beyaz Hala. Viki ona karşı benzer bir silah kullanmak, onu önemsemezmiş gibi davranmak ve kendi tezini daha güçlü savunmak istiyor, ama her denemesinde onun büyük bir bilgelik ve milimetrik bir teknikle oynadığına inandığı mükemmel oyununda mat oluyordu. İşte bu son derece hassas ve önemli mektubu dinlerken yine hiç etkilenmemiş, sanki bir romandan alınmış kurgu bir mektup dinler gibi onu dinlemiş, şimdi de acıkıp acıkmadığını soruyordu. Bunlar oyununun bir parçası da olsa Viki'yi etkiliyor, elbette Beyaz Hala da amacına ulaşıyordu.

"Hayır, acıkmadım, susamadım ve yorgun da değilim!" diye tersledi onu Viki. Sesindeki öfke kendini de şaşırtmıştı.

"İyi ya," dedi Beyaz Hala umursamaz biçimde dudaklarını bükerek.

O sırada telefon çaldı. Arka arkaya sekiz dokuz kere çaldı, sonra sustu.

"Yok, bu o değil. O üç kere çaldırır," dedi Beyaz Hala.

Telefonu üç kere çaldıranın kim olduğunu hiç merak etmedi Viki. Bu arayanın Mehmet olduğunu ve meraktan çatladığını biliyordu nasılsa.

"Akıllı adammış," dedi Beyaz Hala başını sallayarak, "Şu senin Zelandalı büyük deden diyorum, akıllı bi adammış toprağı bol olsun, beğendim aklını, fikrini rahmetlinin."

Bir an için nefesini tuttu Viki.

"Lakin, o benim babamın düşmanıydı, buralara babamın memleketini elinden almak, onu esir etmek için gelmişti ve babama kurşun sıkan silah onun elindeydi."

Bir an için boş bulunup, Beyaz Hala'nın tuzağına düşen Viki yüzünde acı bir gülümsemeyle donakaldı. Bu yaşlı kadını sevmeye kendini zorlasa bile, yaşlı kadın buna izin vermiyordu.

"Hakikatleri değiştirmek imkânsızdır Viki Hanım. Amma hakikatleri öğrenmek mutlaka şarttır, biliyon mu?"

Yeniden acı sarı gülümsedi Viki.

Beyaz Hala ona hiç aldırış etmeden pencerenin nişinde duran işlemeli kumaş kaplı Kuran'ı besmeleyle alıp, içinden büyük bir özenle çıkarttığı zarfı titreyen elleriyle açtı. İkinci mektubu okumak için kırık sapı selobantla yapıştırılmış yakın gözlüğünü taktı, takma dişlerinin iyice yerleşmesi için çenesini birkaç kez oynattı, "Bismillah," diyerek okumaya başladı. Viki kendini kılıç kullanmakta çok usta ve deneyimli bir şövalyeyle ölümüne düello yapan acemi ve romantik bir gence benzetti. O zaman başının çatlayacak kadar ağrıdığını fark etti.

10 Temmuz 1331* Cuma.
Çanakkale
Numero: 1

Muhterem Valideciğim ve Kıymetli Kardeşim Salih,

Sizlere bu mektubu yazarken Kocaçimen Tepe önlerindeyim. Hava çok sıcak, vakit ikindi vaktidir. Allah'ın bir cennet parçası olarak yarattığı Çanakkale'de, güneşin muazzam güzellikte battığı Gelibolu Yarımadası'ndayım. Bir tarafımda dik kayaların eteğinde Ege Denizi'nin o maviyi yeşille en güzel miktarda buluşturan turkuaz renkli engin sularını, diğer tarafta Çanakkale'nin bereketli ovalarını görmekteyim. Bu tabiat mucizesinin ortasında pek kanlı muharebelerin cereyan ettiğini düşünmek insanı şiddetle isyana sürüklemekte, veyahut da derin bir melankoli hali meydana getirmektedir. Mümkünü yoktur ki, bu ikisinin arası olsun. Ya isyan, ya melankoli!

Burasının güzelliği, tarifinde kelimelerin kifayetsiz kalacağı kadar mükemmeldir Valideciğim. Dünyanın en zalim, en canavar ruhlu insanı dahi tabiatın buradaki mükemmel ahengi karşısında yüreğinde beşerî duyguların filizlendiğini hissetmek mecburiyetinde kalacaktır. Tabiat Ana, Çanakkale'deki cömertliğiyle insan ruhunun cimriliğine adeta bir ayna tutarak,

* 23 Temmuz 1915

onu sarsacak kadar ihtişamlıdır. Çeşit çeşit kuşların, böcek, envai (çeşitli) türden yılan, kemirgen ve yüzlerce farklı şifalı otun, "Olmaz böyle lezzet..." dedirten sebze ve meyvelerin yan yana kavgasızca yaşadığı bu cennette harp etmek ancak insan denen canlı çeşidine mahsus bir kusur, bir büyük zaaf, emsalsiz bir talihsizlik olsa gerektir.

Valideciğim, bu harp zaferle bittiğinde, Allah'ın izniyle geri dönersem, sizi buralara getirip, dünya gözüyle bu cennet mekânı size de gösterebilmek en büyük arzumdur. Buraları pek beğeneceğinizi kuvvetle zannetmekteyim. Siz ki, memleketin müdafaası için asker doğurmakla şerefli bir Türk anasısınız, benim naçizâne bir hediyem olarak mutlaka buraları göreceksiniz. İnşallah Allah o günleri bizlere nasip eder.

Burayı size daha iyi tarif edebilmek için, sulhün sembolü zeytin ağaçlarının, bu civarlarda uğurlu sayılan çok lezzetli bademlerin, mitologyada kahramanların başlarına taktıkları çelenkleri yapraklarıyla süsleyen defnelerin, sadece Havva Anamız ve Adem Babamız'ı değil, onların evlatlarını da baştan çıkartacak kadar baygın râyihalı incirlerin, memleket çocuklarının ilk bilye oyununda tanıştıkları cevizlerin bolluk ve bereket içinde salındığı bir cennet resmetmeliyim. Fakat bu resmin sesini unuttuğumu sanmayınız. Çanakkale'nin sesi, hiç şüphesiz ki bülbüldür. Buraya geldiğimden beri, ömrümde daha evvel bu kadar güzel mahlûkat sesi duymadığımı anladım. Burada seher vakti öten bülbüllerin sanki musiki dersi almış birer sanatkâr olduklarını fark ettim. Bu küçücük kuşların bu kadar hünerli hançerelerinin (gırtlak) olduğunu neden daha evvel keşfetmediğime yanıyorum. Güzel İstanbul'a geri döndüğümde evimize bülbül kuşu almak niyetindeyim. Bu kuşların ancak yavruyken kafese girdikleri, aksi halde öleceklerini söyleniyor. İşte Valideciğim her ne kadar şimdi harp sebebiyle toz toprak içinde kalarak harap olsa da, buranın asıl manzarası böyledir. Zaten böyle cennet bir yerde harp etmek durumu değil midir ki, ruhumu büyük bir acıyla derinden sarsmaktadır.

Düşüncelerim bu noktaya gelip, öfke, yeis ve manasızlıkla düğümlendiğinde, Allah'ın kendi yarattığı cennetin içine kendisinin bilerek bir cehennem tohumu olan beşer adlı mahlûkatı yerleştirdiğini düşünmekten kendimi alamıyorum. Cihânı cehennem, hayatlarımızı bedbaht kılan bizzat bizleriz. Biz kendi kendimizin düşmanıyız Valideciğim. İnsan denen aklı yüce mahlûkat, maalesef şeytandan hain, akbabadan beter, cellattan acımasızdır.

Harp mıntıkasının göbeğinde, ateş yağmuru ve bomba fırtınası içinde emir tebliğlerini yetiştirmek için canımı dişime takmış koşarken, aklımdan bu çeşit fikirlerin geçmesi askeri bakımdan zayıflık emaresidir (belirtisidir), farkındayım. Fakat elimde değil. Ben bir asker olmayı değil, hukukçu olmayı seçmiştim lâkin vatan müdafaası söz konusu olunca hepimiz askeriz işte. Velâkin, benim askerliğim de bu kadar demek ki. Önce erkek mi, yoksa önce insan mı doğulur, bu da bambaşka bir münakaşa konusu tabii... Bu sebeple Çanakkale'nin cennet güzelliğine büyük bir tezat olarak gürül gürül akan bu şehit, hattâ düşman kanı bile beni çıldırtıyor. Bir taraftan mukaddes vatan müdafaasının en ateşli vakitlerinde kanla imtihan ediliyoruz. Keza gelen havadisler de pek can sıkıcıdır; Ruslar Muş'u, Van'ı, Ağrı'yı işgâl etmişler, Kafkas Cephesi'nde yenilmişiz, Irak'ta İngilizlerin hezimetine uğramışız, İngilizler Mezopotamya'yı işgâl etmişler ve Van'da Ermeni isyanı patlak vermiş, Ermeniler için tehcir (göç ettirme) kararı verilmiş. Koskoca (Osmanlı) İmparatorluk alev alev yanıyor. Bunlar sadece Çanakkale Cephesi, 5. Ordu'ya vâsıl olan havadislerdir. Siz kimbilir daha neler biliyorsunuz. İşte vatanın dört bir yanından hücum eden havadislerle birlikte harbin orta yerinde fikirlerim bir noktada kilitlenip, neyin rasyonel, neyin 'irrationel' olduğunun yolunu şaşırınca -artık kan kardeşim olan- Üsküplü İskender, derin tecrübe ve üstün zekâsıyla inşaa ettiği kâmil (olgun) görüşleriyle imdadıma yetişiyor. Allah ondan razı olsun. Bu talihsiz şartlarda ona rastlamam ne talihli bir tesadüf.

Hafızanıza yardımcı olmak için Üsküplü İskender'in geçen baharda (Filistin-Süveyş) Kanal Cephesi'nden dönüşte ellerinizden öpmek için (Beylerbeyi) yalıyı ziyaretim esnasında yanımda bulunan genç zâbit olduğunu hatırlatmak isterim. Daha sonra pek kısa da olsa kendisini beğendiğinizi mektuplarınızda ifade buyurarak beni bahtiyar ettiğiniz Üsküplü İskender ziyadesiyle realist ve vatanperver bir münevver olup, tahmin ettiğiniz üzere yaşça benden büyüktür.

Zannımca, onun fikrî hayatında küçük yaştan itibaren üzerinde tesiri olan ağabeylerinin rolü mühimdir. Üsküplü İskender'in biraderleri evvelce Vatan, sonra da İttihat ve Terakki Cemiyetleri'nin (Birlik ve İlerleme Derneği) azası (üye) olup, Trakyalı bir Türk ailesine mensupturlar. Üsküplü'nün İttihatçılarla ilgili fikirleri özde her ne kadar rahmetli pederiminkine benzese de son kertede daha keskin ve inkılapçıdır. Bilirsiniz, rahmetli pederim pek temkinli ve itidâlli bir insandı. Üsküplü İskender ise tam tersine cüretkâr ve gözükara bir gençtir. Bu sebeple pederimden dinlediğim İttihatçılarla Üsküplü'nün anlattıkları arasında ciddi farklar bulunmaktadır.

Üsküplü İskender, İttihat ve Terakkicilerin aslen vatanperver fikirler ve hislerle yola çıktıklarını, lâkin şimdi ferdi ihtirasları ve kahramanlık hayalleriyle karakterlerinin zayıfladığını düşünmektedir. İktidar zaferiyle sarhoş olan hayalperest İttihatçılar artık birer despot kesilmişlerdir. Bu sebeple Üsküplü onları sert bir lisanla tenkit (eleştirmek) etmektedir. Bana sık sık tekrarladığı ve kime ait olduğunu bilmediğim, fakat her defasında beni sarsan veciz sözünü size nakletmeden edemeyeceğim: "Her ihtilâl imha etmek için kan döktüğü zorbaların yerine en evvel kendi ihtilalcilerini oturtur." Bu bir hakikat değilse, bir göz dağı mıdır Valideciğim? Hakikaten, hürriyet için mücadele edenlerin kendileri sonunda bizzat birer despot mu oluyorlar? Büyük bir heyecanla okuyup, tesirinde kaldığımız Fransız İhtilâli de böyle neticelenmedi mi?

Üsküplü, Almanlarla ittifak ederek bu büyük harbe girişimize tamamen İttihatçıların maceracı mizaçlarının sebebiyet verdiğini düşünüyor. Vatan ve milletin refahı, ordunun ıslahı gayesiyle çalışmak yerine, ordumuzun bütün sırlarıyla Almanlara teslim edilmesi bir tragedyadır! İşte bu tragedyaya İttihatçı sergüzeştliğinin sebep olmasından dolayı evvelâ fevkâlâde hiddetleniyor, akabinde (ardından) pek müteessir oluyorum. Dahası, Harbiye Nazırı (Milli Savunma Bakanı) Enver Paşa'nın, Dahiliye Nazırı (İçişleri Bakanı) Talat Bey'in ve Sadrazam (Başbakan) Sait Halim Paşa'nın yaldızlı salonların göz kamaştırıcı ışıkları altında şanlı planlar hazırlayarak millete kan kusturduklarına kanaat eden Üsküplü İskender eğer haklıysa, tarihimiz bunları mutlaka yazmalı, genç jenerasyonlar aynı hatalardan korunmalıdır. Eğer Üsküplü haklıysa bir gün bu memleketin şairlerinden biri çıkıp, "Enver Paşa, hürriyet kahramanı Enver Bey'i öldürmüştür,"* diyecektir.

Ben bu düşüncelerle kahrolurken, Sarıkamış'ta binlerce memleket evladının yine Enver Paşa'nın kibri ve tecrübesizliği sebebiyle donarak şehit olduğu rivayetleri geliyor kulağımıza. Benim hiddetim, Üsküplü'nünkinin yanında neşeli kalır. Fakat bütün hataları ve yıkımları tek bir şahsiyet üzerine yıkmak ne kadar doğruysa, böyle şahsiyetleri kahraman yapmak da o kadar yanılgıya düşmek sayılmaz mı?

Diğer taraftan yine Üsküplü'nün naklettiği bazı hayırlı havadisler de yok sayılmaz hani. Mesela, Balkan Türkleri arasında münevver gençliğin 'Kızıl Tilki' lâkaplı despot Sultan Abdülhamit'in saltanatı esnasında yasaklanan Voltaire, Rousseau, Hobbes ve John Stuart Mill'i el altından okuyup, hararetle tartıştığını ben bilmezdim. Üsküplü bana bunu anlatınca, ben de rahmetli pederimle Gümüşsuyu'nda Rousseau'nun *İçtimai Mukavele*'si (Toplum Sözleşmesi) hakkında konuşarak yaptığımız mesûd yürüyüşleri yâd ettim. Şimdi anlıyorum ki, ben pederimle

---

* Şair Süleyman Nazif

hususî ve genel irade üzerine fikir yürütürken Selaniktekilere nazaran pek mücerret (soyut) kalmaktaymışız.

Kan kardeşim Üsküplü İskender hakkında noksansız bir fikir verebilmek için; onun (Osmanlı) İmparatorluğa 'hasta adam' yaftası yapıştıran Haçlı zihniyetine karşı hissettiği öfkeyi, milletimizin kanını hurafelerle emen tekke ve camilerde vatanın lehine bütün yenilikleri dinimize karşıymış gibi gösteren hocalara ve dahi padişahımızın* ehliyetsizlik (yetersizlik) ve dirayetsizliğine (kavrayışsızlık) karşı da aynı şiddet ve kararlılıkla hissetmekte olduğunu ilave etmeliyim. Fakat bana soracak olursanız, onun en fazla hırslandığı grup, mutaassıp (tutucu) ve pasif kalarak kendilerine bağlanan ümitleri yok eden İttihat ve Terakkicilerdir.

Bu kanlı harbin ortasında bir cigara veyahut bir kahve içimi soluklandığımızda Üsküplü'yle yaptığımız bir çoğu ateşli müzakereler (görüşmeler) esnasında zaman zaman ihtilafa (anlaşmazlık) düşsek de vardığımız ortak neticede hiçbir problemimiz yok. Biz Türk Milleti'nin dâhili ve hârici kâbuslardan ancak kendi iradesiyle, şaşaalı hayallere kapılmak yerine kesin hedefler tesbit etmekle kurtulacağına kanaat etmekteyiz. Bunun için mümtaz (seçkin) şeflere, bu şeflere yardım edecek münevver, ihtilalci kadrolara ihtiyaç bulunmaktadır. Burada Çanakkale Cephesi'nde harp eden zabitlere zaferden sonra memleketin istikbâli bakımından çok mühim vazifeler düşeceğini görebilmek için müneccim (falcı) olmak gerekmiyor elbette. Bütün mesele bu münevver gençliğin ne kadarının buradaki kanlı savaştan salimen çıkacağıdır. Allah yardımcımız olsun. Çünkü ancak akıllı ve dirayetli milletler, büyük idareciler ve şefler yetiştirirler.

Değerli Valideciğim, size bu uzun mütalaalarla (düşünce) sıkıntı verdiysem, beni bağışlayınız. Büyük ihtimalle, lâzım geldiğinde vatan müdafaası için gözünü kırpmadan canını vermeye hazır olan Türk Gençliği'nin aynı zamanda münevver

---

* Sultan V. Mehmet Reşat

olmanın mesuliyetlerini de idrak ettiğini size bildirmek arzusuyla bunları yazmış bulundum. Yine bu vesileyle size bizim burada Çanakkale Şimâl Cephesi'nde adı sıkça hayranlık ve heyecanla anılan bir başka kıymetli zâbitten de mevzu bahis etmek isterim. Bizim Üsküplü'nün biraderleriyle Selanik'ten tanışıklığı olan bu yiğit ve gözüpek zâbit hakkında dilden dile dolaşan kahramanlık hikâyeleri hepimize yüksek moral tesiri etmektedir. Bahis konusu olan Miralay Mustafa Kemal Efendi adında münevver bir komutandır ve Balkan Harbi esnasında Gelibolu'da harp ettiğinden bu civarı avucunun içi gibi bildiği, yanında daimi olarak çok detaylı haritalar taşıdığı söylenmektedir. Şimâl Cephesi'nde Miralay Mustafa Kemal adı anıldığında mübarek ve müjdeli bir ses duyulmuş kadar içimiz ısınmaktadır.

Muhterem Valideciğim, mektubumu nihayetlendirmeden evvel, burçlara pek rağbet etmeyen rahmetli pederimin aksine, sizin seyyale (gezegen) hareketlerinin ruhlarımız üzerindeki tesirine inandığınızı bilerek hakkında daha müsbet (pozitif) kanaat edinmeniz için kan kardeşim Üsküplü İskender'in Esed (Aslan) burcunda doğmuş olduğunu da yazmak istedim. Allah'ın överek yarattığı, çok yakışıklı, dalyan boylu, münevver ve vatanperver bu genç adamın haksızlıklar mevzu bahis olunca bir aslan gibi kükremesi belki de Esed Burcu'na mensup olmasıyla irtibatlıdır. Kolay kolay parlamayan, sakin ama kararlı, sizin tabirinizle 'saklı inatçı' bir mizaca sahip olan bendenizin Seretân (Yengeç) burcunda doğmuş olmamsa belki sadece bir tesadüftür.

Kıymetli Valideciğim,

Mektubuma birkaç gün fasıla vermek durumunda kaldığım için kusuruma bakmayınız. Burası çok sıcak ve cephede ne zaman ne olacağı hiç belli olmuyor. İçinde bulunduğumuz çetin şartlar ve zaruretler sebebiyle daha evvelden bildiğimiz pek çok mevhum (kavram) altüst olmuş durumdadır. Bunlar arasında en mühimi 'zaman' ve 'sürat' mevhumlarıdır. Ömrümün cephelerde geçen son bir senesinde aynı (Osmanlı) İmparatorluğun farklı mıntıkalarında (bölge) birbirine asla ve kat'a benzemeyen sürat ve zaman mevhumlarının yaşanmakta olduğunu ibretle idrak etmiş bulunmaktayım. Payitahtta (başkent) saat ve takvim ile takip edilen zaman ve sürat, cenup (güney) ve şark (doğu) memalikinde (ülke) bambaşka kıstaslara (kriter) göre ayarlanmaktadır. İmparatorluğun cenubî şarkında sabır ve tevekkül, saat ve takvim yerine kullanılmaktadır. Zannımca, aynı imparatorluğun içinde birbirinden bu kadar farklı zaman mevhumlarının kullanılması şimdi içinde bulunduğumuz vahim ve hazin tablonun baş müsebbibidir.

Cepheye gelince; cephede zaman, hayatta kalabilmek, sürat, hayat kurtarabilmektir. Gece ve gündüzün yegâne farkı, karanlık ve aydınlıkta hayatta kalabilmenin avantajlarıyla sınırlanmıştır. Sürat, katedilen yol ve zamanla bağlantısını kaybetmiş, tamamen bağımsız duruma gelmiştir. Zaman denen mevhum farklı mahaller, durumlar ve mekânlarda bu kadar farklılık arz ediyorsa, tamamen izafî (göreceli) sayılmaz mı Valideciğim? O vakit sürat de yeniden tarif edilmesi gereken bir mefhumdur. Gelecekte zaman mühendisliği ve zaman fenni konularında mütehassıslar yetiştirilirse şaşmamak gerekir.

İşte aramızda bulunan zaman ve sürat farkı sebebiyle sizi daha evvel haberdar edemediğim müjdeli bir havadisi de şimdi yazıyorum. Kanal Cephesi'nde ihtiyat zâbiti (yedek subay) olan askeri rütbem Çanakkale'de mülâzımı evvel'e (asteğmen) terfi olunmuştu. Mektubuma ara vermek durumunda kaldığım son beş gün zarfında komutanından neferine kadar bütün efrâdın göstermiş olduğu yiğitlik ve fedakârlık sebebiyle bazı yeni terfiler geldi. Bendeniz de dün mülâzımlığa (teğmen) terfi ettim.

Asker olmamı hiç istemeyen rahmetli pederim, Harp Okulu'na gitmeden mülâzım rütbesinde bir zâbit olduğumu duysaydı bunu nasıl karşılardı kimbilir? Kıymetli bir hekim ve vatanperver bir şahsiyet olan pederimin bana sık sık, "Askerlik harp ve sulh esnasında farklı olan tek meslektir," dediğini hatırlıyorum. Vatanın müdafaası mevzu bahis olunca, bilhassa şimdi burada karşı karşıya bulunduğumuz gibi birleşmiş Hıristiyan Âlemi'nin memleketimize tecavüzü durumunda bu milletin her ferdi bir asker olmak zorunda bırakılmıştır. Diğer taraftan Üsküplü İskender'in istihbaratına göre, İngilizler kendi müstemlekelerindeki (sömürge) Müslümanları da Çanakkale'ye getirmiş ve biz Müslüman kardeşlerine karşı harp ettirmekteymişler. Bu istihbaratın doğruluğu henüz kesinleşmedi, ama Mısır'daki Müslüman Arap kardeşlerimizin İngilizlere kucak açarak, Müslüman Türklerin kanını dökmelerine bilhassa yardım ettikleri kesindir. O halde bize asırlardır bellettirilen bir Müslüman Ümmet Birliği'nden bahis etmek sadece bir hayâl mahsulüdür veyahut da riyâdır. Müslümanlar da tıpkı Hıristiyanlar gibi birbirlerinin kanlarını dökmeyi, ırzlarına göz dikmeyi mübah (günah olmayan) saymaktadırlar. Demek ki dinler, farklı milletten insanlar arasındaki kardeşlik bağını sağlayacak kadar büyük güce sahip değildir. Demek ki, Müslüman Müslümanı öldürmektedir. Halbuki, aramızda hâlâ Zafer-i Nihayî'den sonra Arap kardeşlerimizin İngilizleri kovup, Osmanlıyla birleşeceği hayâlini kurmakta olanlar mevcut. Bu durumda, ancak aynı milletten olmak aynı ülkülere sahip olmaya sebep teşkil etmektedir, denilebilir. Bu mühim noktanın illâ bu kadar kanlı bir ibretle öğrenilmesi zarurî midir (şart mıdır)? Lâkin aynı milletten gelen bazı Avrupalıların da farklı Hıristiyanlık mezhepleri sebebiyle birbirlerini otuz yıl kestikleri bize Galatasaray İdadisi'nde (lise) tarih derslerinde öğretilmemiş miydi? O halde yeni dünya nizamında (düzen) ancak aynı memleket hudutları içinde ikamet eden halkına müsavi (eşit) hürriyet ve refah vaat edebilen milletler, din ve ırk ülküsünden daha kuvvetli olan kardeşlik bağını kurabileceklerdir. Zannımca, böyle olacaktır Valideciğim.

Tarihçilere gelince; gelecekte tarihçiler bu harp hakkında ne yazacaklar bilemem, ama Çanakkale Muharebeleri'nin Türklerin bir nefs-i müdafaa mücadelesi olduğu kadar, kardeşlerini artık körü körüne sadece Müslümanlık bağlarına dayanarak seçmemeleri gerektiğinin de kanlı bir hikâyesi olduğu kesindir. Benim arzum, bu milletin çektiği çilelerin, Çanakkale'de pek çetin şartlar altında geçen bu muharebelerin gelecekteki Türk gençliğine ibret olmasıdır. Yoksa yazık olur! Çok yazık olur.

Malûmunuz mübarek Ramazan ayındayız. Oruç zamanıdır ve burası cehennem kadar sıcaktır. Gerek cephedeki hocalar, imamlar, gerekse biz münevver zâbitler olsun, mukaddes dinimizde asla ve kat'a zorlama olmayacağını, vatan görevi sebebiyle 'seferî ' sayılacağımızdan oruç ve namazın farz olmadığını efrâda sık sık anlatmaktayız. Tek tük oruç tutan mevcutsa da sayıları pek fazla değildir.

Çanakkale Cephesi'ne ilk geldiğimiz vakit, İstanbullu sivilleri –bilhassa benim gibi yabancı diller konuşan, yemek seçerek, dadılarla, kalfalarla büyümüş yüzlerce Paşazâde genci- 'muhallebiciler' diyerek alaya alan efrâdla şimdi artık can kardaşı olduk. Zaten bizim fırkada artık muvazzaf ve ihtiyat (yedek) diye bir taksimat kalmadı. Yoluna seve seve canımızı koyduğumuz bu şerefli mücadelede hepimiz et ve tırnak kadar kaynaştık. İstanbul'da daha evvelden pek mühimsemediğimiz İzmir'in al yanaklı Efeleri ki, bayılırcasına sevdiğim zeybek havaları oynayarak beni mest ettiler, Ankara'nın mert Seğmenleri ki, onların yürek kabartan misket havaları var, Anadolu'nun dört bir yanından çoluğu çocuğu bırakıp Çanakkale'ye koşmuş Anadolu yiğitleri, Uşakları, Dadaşları, Kürtleri, Can-Kurban'ları burada yakinen tanıyıp, kalpten sevmeyi öğrendim. Bu memleketin fertleri aynı ülküyü paylaşmaktadır. Bu vatan bizimdir ve onu birlikte müdafaa etmekteyiz.

Değerli Valideciğim, son mektubunuzun hemen her sahifesinde cephe hayatımdan bahis etmeyişime sitem ederek, bu mevzuyu şiddetle merak buyuruyorsunuz. Oğlunuzun hayatı hakkında fikir edinme hakkınız elbette bâkidir, fakat size gündelik cephe hayatımı bilhassa anlatmayışımın sebebi, güzel canınızı sıkmamaktır. Şiddetli ısrarınız karşısında sizi rahatlatmaktan çok, endişelendirecek bu çileli cephe hayatımı bir miktar hülasa (özet) edeceğim.

Burada neferle (er) birlikte toprağın içine kazdığımız daracık yollar ve siperlerin içindeki zeminliklerde geçen hayatımız pek de iç açıcı değildir. Zeminlik, harp sahası gerisinde toprak altında meydana getirilen yerlere denmektedir ve bunların hayatî ehemmiyeti mevcuttur. Zeminlikler hava almadığından esasen rutubet içinde çukurlar olup, insana buram buram ter döktüren, diğer taraftan da kendisini ruhen köstebek gibi hissetmesi için bire bir, mükemmel zindanlardır. Benim terfi ederek bu zeminliklerden kurtulmuş olmam on binlerce vatan evlâdının oralarda meşakkât çektiği realitesini değiştirmemektedir. Aslında ter dökmek için zeminliklere ihtiyaç yoktur. Arabistan çöllerinde yaka silktiğimiz cinnet sıcaklarıyla Çanakkale Cephesi'nde de karşılaşacağımızı evvelden tahayyül bile edemezdik.

Dün sabaha karşı dörtte uzun bir topçu düellosu vardı. Bizim siperlere müsademeli (karşılıklı) şarapnel atıldı, kum torbalarımız tamamen mahvoldu. Obüs mermileri (top mermisi) sağ cenapta bütün haşmetiyle patlıyordu, gün daha ağarmamıştı. Bizler lağıma sığınarak kendimizi kurtardık. Fakat daha sonra bir düşman torpidosu lağımı patlattı. Yer fena halde sarsıldı. Lağım patlatmak bu harp vesilesiyle düşmandan öğrendiğimiz bir azap silahı oldu. Evvelden hazırlanan lağımı düşman siperlerinin altında patlatmak etrafa tahammülfersah yakıcı bir gaz kokusu yayıyor. İnsan zehirlenmekten kurtulup, sadece fenalaşmış olarak canını kurtarırsa, bacadan fırlamış gibi kapkara ve öksürük nöbetine tutulmuş olarak kaçıyor. Zaten bu kaçışı bekleyen düşman da yağmur gibi tüfek ve makinalı tüfek kurşunu yağdırıyor üzerimize. İşlerini sağlama alıyorlar yani.

Merak buyurmayınız, biz bir telâfat vermedik, ama kurşunlar çekirge sürüleri gibi üzerimizden uçarken insan pek de neşeli olamıyor. Sonradan açıkta abdest bozan (işeyen) iki neferin bu esnada yaralandığını, birinin de şehit olduğunu öğrendim. Açıkta abdest bozarken dikkatli olunması hakkında efrâda tenbihat verdim. Zannımca bu müessef vakadan sonra işi ciddiye alacaklardır. Daha sonra da tayyare hücumuna maruz kaldık. Ah düşmanın cephanesi bu kadar çok, bizimki de bu kadar az olmasaydı görürürdü onlar günlerini! Türk Milleti'nin bu yoksulluktan ne vakit kurtulacağını kara kara düşünüyorum Valideciğim. Bizim sadece cephanemiz değil, doktorumuz, hemşiremiz, ilacımız ve aşımız da yok denecek kadar azdır. Ah bu milletin burada ettiği fedakârlıklar bir gün yazılsa, tarihin en büyük destanlarından biri meydana gelir!

Yavaş yavaş gün ağarıyordu. Düşman susmuştu. İşte o vakit benim pek sevdiğim bülbüller ötmeye, ruhumu derin bir aşk ve huzurla doldurmaya başlamıştı yeniden. Zafer-i Nihayî 'den sonra sizinle buralara geldiğimizde sulh içinde bu bülbülleri dinleyeceğiz İnşallah Valideciğim. Sabahleyin çay içmemiştik. Düşmanın susmasını fırsat bilerek biraz hurma, kuru üzüm ve peksimetle kahvaltı ettik. Artık tabur komutan vekili rütbesine terfi eden kan kardeşim Üsküplü İskender bana ziyarete gelmişti. Bunu bahane edip, mangala ateş getirttim. Sade kahve ile ben pipo, Üsküplü nargile keyfi çattık. Böyle zor zamanlarda insan hem kendini hem de dostlarını hakiki karakterleriyle tanıyor. Zannımca çok meşakkatli durumlarda birbirlerine katlanabilen ve destek olan insanlar gelecekte de hakiki dost olurlar. Üsküplü İskender üstün cesareti, istikrarlı, dirayetli ve vakur karakteriyle sadece benim değil, bütün efrâdın güvenip, takdirle karşıladığı bir komutan vekili olmuştur. Kendisine olan hayranlığım her geçen gün daha fazla artmakta, varlığı bu zor şartlarda kararan ruhumu bir güneş gibi aydınlatmaktadır. Bana biraz babalık, biraz ağabeylik, biraz öğretmenlik yapsa da, o daha ziyade en hakikatli can dostumdur.

Öğle yemeğinde bölük karavana yedi. Bana konserve çorba getirdiler. Afiyetle içtim. Hep böyle fakir olduğumuzu düşünmeyiniz. Geçen hafta mesela, yemekte imambayıldı vardı. Bazen Gelibolu köylüleri kendi rızıklarından kesip, bize süt getiriyor. Taze süt içmek meğer ne büyük nimetmiş. Hele Çanakkale'nin sütü bambaşka lezzetli. Burada Allah'a şükür aç değiliz. En fazla eksikliğini çektiğimiz iki şey: sirke ve şekerdir.

Dün tifo aşısı vurulmuştum. Pek ziyade sıtma (titreme) yaptı. Gece de biraz hastalandırdı. Fakat şimdi iyiyim. İnanınız iyiyim Valideciğim.

Fakat bu iş böyle olmayacak ki... Şimdi siz istediniz diye anlattığım bazı cephe detaylarını okuyunca yeise (üzüntü) kapılıp, dertleneceksiniz. *Zannımca, size bu cephe hayatını anlatmam doğru olmayacaktır. Hayır, Valideciğim hayır, bunu yapmamalıyım.* Ben size daha iç açıcı havadisler yollamalıyım. Meselâ Çanakkale'ye ilk geldiğimde Kolordu karargâhında çadırlarda devam eden hayatımın, şimdi cephede küçük bir kovukta ama harp şartlarında şaşalı (görkemli) sayılacak bir şekilde devam ettiğini yazmalıyım. Neferlerin kaputlarını (asker paltosu) yatak olarak kullandıkları düşünülürse, benim ot yastığım, kilim yatağım, kristal kandil fenerim, kahve takımım ve teneke mangalımdan meydana gelen fevkalâde muhteşem lüksümü takdir edersiniz. Bundan iyisi can sağlığıdır. Elhamdüllillah Ya Rab!

Siz elbette benim tereyağının en katıksızı, güllaçın en katmerlisi, kahvenin en köpüklüsü, hünkârbeğendi'nin hakkıyla pişirilmişi konusunda pek müşkülpesent (titiz) ve müşteki (şikayetçi) bir adam olduğumu iyi bildiğinizden, şimdiki şartlarıma şükredişimi şaşkınlıktan küçük dilinizi yutarak okuyorsunuz. Haklısınız Valideciğim. Bir sene evvelinde kolalı beyaz örtüsüz, gümüş çatal-bıçaksız, Bohemiya porselensiz bir masaya oturmayı kendine yakıştırmayan oğlunuz, vatan müdafaası gibi mukaddes bir görev mevzu bahis olunca birçok i'tiyad (alışkanlık) ve keyfinden gözünü kırpmadan vazgeçmiş bulunmaktadır.

Yanımdaki kovukta posta neferim Hüseyin kalmaktadır. Kendisi Ege köylüsü, temiz kalpli, itaatkâr bir neferdir ve beni size mektup yazarken her gördüğünde daima saygı ve hürmetlerini yollamaktadır. Onun kadar cevval ve zeki binlerce vatan evlâdının okur-yazar olmaması inanılır gibi değil. Biz zâbitlerin yüreği harbin ateşi kadar memleketin bu cehalatiyle de yanmaktadır. Bu memleketin bütün evlatları, kadın-kız, köylü-şehirli ayırmadan okutulmalıdır. Acilen
okutulmalıdır. Ah cehalet kadar büyük bir düşman yoktur!

Fakat şimdi öyle zor şartlar altındayız ki, cehalet meselesi Zafer-i Nihayî'den sonra mücadele edilecek bir düşmandır. Burada çoğu zaman saç sakal uzamış, uykusuzluğun üzerine çöken ağır mesuliyet (sorumluluk) hissinin tesiriyle yüzler esmerleşmiş, yorgun erkekler olarak yaşamaktayız. En fecisi pek fena kokuyoruz. Halbuki iki deniz arasındayız. Sağımız ve solumuz billur gibi su, lâkin yıkanamıyoruz. Leş gibi olduk. Bunun sebebi cephede su ve vasıta eksikliğidir. Halbuki motor ve makine asrındayız, ama biz burada hâlâ kazma kürek asrında yaşıyoruz. İçme suyunu kazma kürekle iptidai (ilkel) metodlarla kazarak elde etmeye çabalıyoruz. Halen var olan bulaşıcı hastalıkların bu pislik sebebiyle artacağı endişesindeyiz. Bir de bitlenme kâbusu var ki, var!

Balaban (gürbüz) delikanlılar kifayetsiz (yetersiz) gıda sebebiyle sıska, yorgun ve hastadırlar. Ah şimdi rahmetli pederim olacaktı da, Bahçekapı'daki Hasan Eczahanesi'nden şişeler dolusu Hasan Kuvvet Şurubu gönderecekti cepheye! Bu şuruplar kansızlık, zafiyet-i umumî (yorgunluk), asabiyet gibi burada pek fazla görülen dertlere deva olacaktı. Fakat şişesi 18-20 kuruş olan bu şuruplara bu zamanda ayıracak para yoktur.

Neferin maneviyatını (moral) yüksek tutabilmek için biz zabitler her gün mutlaka tıraş oluyoruz. Açlık, susuzluk, pislik gibi dertlerle pekâlâ baş edebilen evlâdınız, tahmin edeceğiniz üzere uykusuzluk denen tabii âfete karşı mütehammil (dayanıklı) değildir. Uykusuzluk belasıyla başa çıkabilmek için sık sık siperleri gezip, efrâtla sohbet ediyor, kendimi meşgul ediyor, bulabildiğim her nargile, pipo tütünü, cigara ve kahveyi içiyorum. Hattâ aynı gazeteleri defalarca okuyorum. Fakat yine de uyku benden zorlu çıkıyor, uyku beni çekiyor. Uykusuzluk beni can evimden vuruyor. Sağ kalır, evime dönersem günlerce rahat döşeklerde uyuyacağımı hayal etmekteyim. Gazete dedim de, cephede muntazam gazete bulmak mümkün değil, ama gecikerek de olsa *Tanin, İkdam* ve *Turan* gazeteleri bize ulaşıyor.

Geçen hafta efrâda maaş tevzii ettik (dağıttık). Benim iki buçuk liram arttı. Müsadenizle onu size yollamak isterim. Hin-i hacette (gereksinildiğinde) lâzım olabilir. Valideciğim şimdi posta neferim Hüseyin geldi, dışarıda kopan kıyametin topçu bombardımanı olduğunu bildirdi. Hemen koşmam lâzım.

Valideciğim, tam da mektubumu tamamlamak üzereyken neferimin verdiği haber sebebiyle size yazmaya yeniden ara verdim. Atıma atlayıp muharebe alanına vardığımda bir zamanlar birer servet ve güzellik kaynağı olan ve dünyanın en nefis üzümlerini yetiştiren bağ kütükleriyle dolu o vadiyi kesif (yoğun) bir toz bulutu içinde buldum. Yüksek şöhretli üzüm kütüklerinden eser kalmayışından ziyade dehşet verici olan, oraya vardığımızda gördüğüm manzaraydı. Harp esnasında pek çok keder verici, insanı derinden sarsan manzara gördüm, fakat Kanlısırt'ta gördüğüm bu son manzara kadar dehşet vereni ne gördüm, ne de bir daha görmek isterim. Allah kimseye göstermesin. Hatırasıyla insanın tüylerini ömrü billah diken diken edecek, dehşetiyle bir daha katıksız saadet yaşamaya imkân vermeyecek kadar kanlı bir manzara. Bu kadar geniş alana yayılmış vaziyette parçalanmış insan eti ve kopmuş insan uzvuna (organ) bakıp, et ve yanık kokusuna karışan feryat ve inilti seslerini duyunca insan evvelâ sersemliyor. Kulakları uğulduyor, gözleri kararıyor. Donup kalıyor. Şuurunu (bilinç) kaybediyor. Kendine gelince de insanlığından utanıyor. Ve o aradaki zamanda ne olduğunu asla hatırlamıyor. Bunu takiben intikam hisleriyle yanıp kavruluyor. Bu yangın insanın aklını başından alacak kadar kuvvetli, bu yangın insanın vücudunu sarsacak kadar müşahhastır (somut). İntikam yangını çok acıtır Valideciğim. İnsan o an cinnet geçirmenin hududunda için için ağlayarak bekler. O an, insanın tıpkı doğduğu ve öldüğü an kadar yalnız olduğu andır. Sonra ya cinnet geçirir, ya da kurtulur. Çünkü insanın insana ettiği zulmün en büyüğünü gören yürek o an iflas etmiştir. Ümidin bittiği andır o an. Ve insan bu manzarayı gördükten sonra bir daha asla aynı insan olamayacağını çok iyi anlamıştır.

Bu manzara nasıl tasvir edilir Valideciğim, ah Valideciğim! Sanki bir kıyamet tablosu. Delik deşik kaputların üzerine düşüp kalmış gencecik insan vücutları, noksan uzuvlu, ama bunun henüz farkına varamamış şaşkın gençler... Meydanda tek renk var: Kırmızı! Hayatta kalanlar kaybettikleri uzuvlarına bakıp, ölümden kurtulduklarına üzülüyorlar. Sağlam kalanlar şaşkın, bitkin, kabzalarından kan damlayan süngüler ellerinde, sersemlemiş olarak uykuda gezer gibi hareket halindeler... Kanlı tüfek taşıyan onbaşılar, parçalanmış portatif çadırlar, siperlerde neferin yatak olarak kullandığı ve şimdi kana bulanmış koyun postları, yerlere saçılmış bazı mektup sahifeleri... Mümkünü yok, bu sırtın adı Kanlısırt olmuştur artık!

Siperler en üst kısmına kadar ölülerle tıka basa dolu olduğundan, buraları temizlemek üzere müfrezeler yol açıyordu. Bu sırada cesetleri dışarıya çıkartan neferlere dahi düşman ateş açmaktaydı. Hava sıcak, çok berbat sıcak, vaziyet pek kritik. Bu kadar elemli bir temizlik esnasında bize hâlâ şarapnel infilaklarıyla hayatî tehlike yaşatan düşman nasıl biridir? İnsan mıdır, cin midir? Şaşırıp kalmıştım... Hemen ayaklarımın dibinde yepyeni postalları, az kullanılmış süngülü tüfeğine sımsıkı yapışmış olarak şehit düşmüş, besbelli cepheye yeni gelmiş gencecik bir çocuk yatıyordu. Ona bakınca, aynı şeyin her an başıma gelme ihtimalinin ne kadar yüksek olduğu fikri bana vız geldi. Cesur veyahut kahraman olduğumdan değil, aklımın beni koruyamayacak kadar uyuşmuş olmasından dolayı pervasızlaşmıştım. Havadan gencecik kollar ve bacaklar yağarken insan aklını kaybediyor. Aklının yerine, büyük bir intikam hissiyle düşmanın kol ve bacaklarını kopartmak arzusu doluyor insanın kafasına. Bu intikam arzusunu böyle şehvetle hissettikten sonra insanın masumiyetini koruyabilmesi mümkün değildir. Sıtma nöbetine (titreme krizi) tutulmuş gibi zangırdamaya başladım. O sıcakta, soğuktan donar gibi titriyordum. Kendimi fena, çok fena hissediyor, iyileşmek için hiçbir şey yapamıyor, galiba yapmak da istemiyordum. Ama bir mucize oldu. Bir ses duydum. Yaşlı ve sevgi dolu bir kadın sesi. Bu sesi hemen tanıdım. Ninemdi bu. Bir şarkı söylüyordu. Dikkatle dinledim. Ninem ilahi söylüyordu. Ninem cephede bana ilahi söylüyordu. Titremem durdu. Ter içinde kalmıştım, ama muntazam (düzenli) nefes almaya başlamıştım. İntikam arzusuyla yıldırım çarpmış gibi titreyen vücudumu, nereden çıktıysa aniden zemzem suyuyla yıkar gibi huzura kavuşturan, ninemin bana ninni yerine söylediği ilahiler zaptetmiş. Başkası söyleseydi güler geçerdim, ama bizzat tecrübe ettikten sonra küçük mucizelerin ancak inananların başına geleceğine ben de gönülden iman ettim. Ninemin ilahileri Kanlısırt'ta beni bir çılgınlık yapmaktan korudu Valideciğim. Kardeşim Salih'in aksine bir türlü uykuya dalamayan bana sabırla ilahiler söyleyerek saçlarımı okşayan ninem, bu dar zamanımda beni cephede buldu ve kulağıma ilahilerini söyledi. Ninemin sesiyle kulağıma söylediği Yunus'un şiirleri ateş gibi yanan, fırtınada ağaç gibi sarsılan vücuduma merhem oldu, ruhum şiddetle ihtiyaç duyduğu huzura kısa da olsa, orada kavuştu. *'Aşkın aldı benden beni,/Bana seni gerek seni,/Ben yanarım dün ü günü,/ Bana seni gerek seni."* Valideciğim, ninemin kabrine gidip, benim için ruhuna Fatiha okutturur musunuz? Cephede ilahileriyle aklımı koruduğuna göre Fatiha istedi rahmetli ninem. Cennet mekân olsun.

Bugünkü muharebeden sonra Merkeztepe'ye şiddetli bombardımanı devam ettiren düşman maalesef muvaffak olmuş, Kanlısırt işgâl edilmiştir.

Muhterem Valideciğim, zannımca size bunları anlatmam doğru olmayacaktır. Hayır, Valideciğim hayır, bunu yapmamalıyım, size bu mektubu göndermemeliyim. Gitgide uzayarak bir kanlı harp günlüğüne benzeyen bu mektubumu tıpkı daha önce yazıp yollamakta tereddüt ettiğim bazı mektuplarım gibi ya yırtıp atacağım, ya da saklayacağım. Çünkü ben sizin aklınızı başınızdan alacak kanlı ve çok kederli cephe hikâyeleriyle üzülmenizi değil, bilakis romantik kahramanlık hikâyeleri hayal ederek beni beklemenizi yeğlerim. Bu sebeple bu mektubumu yollamamalıyım. Çünkü hakiki cephe hikâyelerinde kahramanlık yoktur. Kahramanlık ancak tarih kitaplarında ve romanlarda bulunur. Belki Zafer-i Nihayî'den sonra birlikte okuruz bu satırları... Kimbilir...

Mamaafih (bununla birlikte) zaman zaman pek tuhaf hadiseler de yaşanmıyor değil.

Mesela düşman, bombardımanı her vakit bombalarla yapmıyor. Hayal gücü yüksek, enteresan başka teknikleri de mevcut. Düşman, aralarında sadece on nefer boyu mesafecik bulunan siperlerimize bazen sardalye konserveleri veyahut reçel kutuları fırlatıyor. Bizimkiler de sigara paketleriyle mukabele (karşılık) ediyorlar. Düşmanlar arasında hem de sıcak cephede böyle şakalaşmak cihanda duyulmuş şey midir?

Bu şakacı düşmanın İngiliz veyahut Fransız değil, Okyanus'taki müstemleke (sömürge) adaların ahalisinden toplanan; Östralyalı, Zelandalı, hattâ Kanadalı gençlerden meydana getirilmiş ANZAK Ordusu'na mensup askerler olduklarını artık biliyoruz. Bu milletler, zannımca İngiltere'nin müstemlekesi olmak hasebiyle (nedeniyle) İngilizceyi anadil edinmiş bulunmaktadırlar. Fakat Üsküplü İskender bunların İngiltere'de istenmeyen aslen İngiliz, İskoç, İrlanda soyu-sopundan efrâd olduklarını, uzak memleketlere kaçarak oralara yerleştiklerini söylüyor. Vallahi benim bu cihan milletleri hakkında onunkisi kadar derin ilmim yok. Maşallah Üsküplü ayaklı bir kütüphane mübarek! Benimse naçiz (önemsiz) birkaç ecnebî lisânım (yabancı dil) var işte. İngilizcem, Fransızcam ve Almancama göre zayıf sayılsa da burada onların sözlerini çat pat söken bir ben varım. Yazdıkları notları bazen Fransızcaya benzeyen kelimelerden çıkartarak, anlamaya çalışıyorum. Fakat yine de işe yaramak fevkâlâde güzel.

Bundan başka şakalar da mevcut. ANZAKlar bazen uzun sırıklar üzerine kâğıt ve bezlerden yaptıkları kuklaları takarak, siperlerden uzatıp, sağa sola dans ettiriyorlar. Bizim çocuklar kâh (bazen) el çırparak, kâh kahkakalar atarak onları seyrediyorlar. Bilmesem, Çanakkale'de beynelmilel (uluslararası) bir eğlence tertip edilmiş sanacağım. Üsküplü İskender'in "Maskaralık!" diye hiddetlendiği bu tuhaf eğlenceler, nadir sulh zamanlarında, iki tarafın yemek yediği sıralarda cereyan ediyor. Bıraksalar beraber eğlenmeye pek hevesli olan bu gençlerin arasında hiçbir ferdî husumet (kişisel düşmanlık) yoktur. Gençliklerinin baharında böyle cennet bir mekânda ve bir cehennem sıcağında harp etmenin can sıkıntısını böyle garip eğlencelerle giderdikten sonra yeniden ama bu sefer top ve tüfekle şakalaşmaya(!) başlıyorlar. Sardalye konservesi, reçel kutusu ve sigara paketlerinin yerine bombalar savurarak... Hiçbir mantıklı izahı olmayan bütün vahim durumlar gibi bu harp de canımı sıkıyor. Sıcak ve harp devam ettikçe, asabiyet ve şiddet artıyor. Şiddet insanı vahşileştiriyor.

Dünkü muharebede Üsküplü'nün posta neferi Hasan Efendi şehit oldu. Daha birkaç gün evvel de amcaoğlu şehit düşmüştü. Her ikisine de Allah rahmet eylesin. Hasan Efendi'yi hepimiz severdik, Karadenizli civan bir adamdı, yüreği vatan sevgisiyle çarpardı. Cansız vücudu sedye içinde taşınırken, dudakları sımsıkı kapanmış, sanki derin bir uykuya dalmış gibi bir hali vardı. Ama sedyeden yere kan damlıyordu. Normal şartlarda yürek parçalayacak bu manzara, içinde bulunduğumuz durumda kanıksadığımız (alışmak) âdi (sıradan) bir vak'a haline gelmişti. Kanıksamak tehlikeli bir histir Valideciğim. Çünkü insanın yüreği kabuk bağlamaya, derisi kalınlaşmaya başlayınca artık insan olmaktan vazgeçmiş sayılır ve başına her türlü musibet (felaket) gelebilir. Candan sevdiği posta neferi şehit olan Üsküplü İskender'in mavi gözleri, dışarıya akıtamadığı yaşlarla kan çanağına dönmüştü. Sımsıkı sıktığı dişleri yüzündeki ıstırap ifadesini fenaca sertleştirmiş, çeneleri seyriyordu. Bu Allah'ın sevgili kulu, cihan yakışıklısı, allâme-i cihan (dünya çapında üstat), aklın ışığına imân etmiş vatanperver insan gözlerimin önünde mum gibi eriyordu ve ben onu teselli etmek isterken sesim bile çıkmıyordu. Halbuki elini omzuma koyup, beni teselli eden o oldu. Sonra kulağıma, "Üç yaşında bir bebesi vardı rahmetlinin," diye fısıldadı. O anda kan kardeşim ve ahretliğim Üsküplü'ye sarılıp, hüngür hüngür ağlamak, cihandaki bütün harplerin müsebbiblerine lânet okuyarak, küfretmek için dayanılmaz bir arzuyla sarsıldım. Âsabım çok bozulmuştu. Mukavemetimin (direnç) zayıfladığını hissediyordum. Dokunsalar binbir parçaya bölünüp, tuzla buz olacaktım. Üsküplü bu durumumu gözlerimden okumuş olsa gerek, omzuma koyduğu eliyle beni öyle sımsıkı sıktı ki, canım yandı. Fakat bu hareketiyle vücudundaki gücün ve imânın bir kısmı aramızda kurulmuş bir irtibat (bağlantı) hattıymış gibi asılı duran kolundan bana doğru aktı; yorgun düşmüş kalbime ve mukavemetsiz bedenime can doldu. Sonra maneviyatı bozulmuş neferlerin ve zâbitlerin duyacağı kadar yüksek davûdi sesiyle: "Ademoğlu cihanda irade gücüne sahip yegâne canlıdır Mülâzım Efendi!" diye bana seslendi. Sesi o kadar kuvvetli, kararlı ve vaatkârdı ki, efrâd dikkat kesildi. Üsküplü devam etti: "Sadece insana mahsus olan o irade gücüdür ki, yüce Allah'ın bizlere en büyük lûtfudur Mülâzim Efendi. İnsan denen canlı bu sebepten dayanıklıdır. Çünkü arzularına kavuşabilmek için sabredebilir, dayanır, sebat eder. Türk Milleti'nin memleketine tecavüz eden düşmanın bir tek tanesi bu toprak üzerinde kalmayıncaya ve gerekirse bu uğurda hepimiz Hasan Efendi gibi şehit olana kadar bu harp devam edecektir. Bundan hiç kimsenin şüphesi olmasın! Bize sevinçten gözyaşı dökmek, halay çekmek ve beşerî (insanca) hislerimizle, ferdî hayatlarımızı yaşamak şansı ancak Türk'ün zafer, işgâlcilerin hezimet (yenilgisi) gününde nasiptir. Bundan bir saat öncesinde bile yıkılmak, ümidsiz olmak haramdır!"

Bu sözlerin asker üzerindeki tesiri fevkâlâde güçlü oldu. Üsküplü'nün sözleri ninemin Yunus İlâhisi kadar tesirliydi, ama nineminínki insana huzur, onunkiyse mücadele kuvveti veriyordu. Yenilginin, yoksulluğun ve ölümün ağırlığıyla ezilip dağılmış yüreklerimize ümit doldu ve beklenmedik bir şekilde toparlandık. Üsküplü İskender, lider vasfıyla (özellik) doğan insanlar gibi nerede ve nasıl konuşması lâzım geldiğini bilen ve buna muvaffak olan, tesir gücü yüksek şahsiyetlerden biri. Onun etrafına yaydığı hayranlık ve güçlülük hissini bazen sanki gözle görecek, elle tutacak kadar yakınımda hissediyor ve bundan ürküyorum. Daha önce kendimi ailem dışında hiç kimseye karşı bu derece yakın hissetmediğimi bildiğimden olacak, Üsküplü'ye olan bağlılığım ve müfrit (aşırı) derecede hayranlığım zaman zaman beni fevkâlade şaşırtıyor. Zannımca içinde bulunduğumuz gayri tabii şartların meydana getirdiği aşırı hassasiyet ve bir çeşit mübalağa (abartma) hissiyle onu fevkâlbeşer (insanüstü) biri gibi görmeme sebep olmaktadır. Onun sağlam ve muteber (saygın, güvenilir) şahsiyeti, erken yaşta öksüz kalmamın bende meydana getirdiği noksanlık duygusunu tamamlamaktadır belki de... Bilmiyorum...

Muharebe alanında bir eli omzumda, askerlere yaptığı kısa ve özlü konuşmasından sonra ona minnetle baktım. Baktım ve aslında onu gördüm. O nikbin (iyimser) ve güçlü yüzünün arkasında ne kadar kederli ve yalnız, sert kabuğunun içinde ne kadar nazik olduğunu gördüm. Zannımca, görmeme müsaade ettiği için görebilmiştim. Onunla böyle uluorta yerde dertleşemeyeceğimi anladım ve kendi mıntıkama dönmek için atıma atladım. O zaman bana doğru yaklaştı, "Hem biz artık ahretlik değil miyiz Mülazım Ali Osman Efendi? Bu dünyada olmazsa, öbür dünyada dertleşiriz kardaş," dedi. Atımı sürmeden önce gülümsedim. Yüzümdeki gülümseme dondu. Vücudumda aniden tezahür eden (beliren) bir ürpertiyle yola çıktım.

Ah Valideciğim ah! Zannımca bu mektubu size yollamam büyük bir hata olacaktır. Hayır, hayır, bunu yapamam. Bu mektubu saklayacağım. Bu mektubu harp esnasında gönderilmesi sakıncalı diğer mektuplarla beraber saklayacağım.

Muhterem Valideciğim,

Biraz önce son mektubunuz geldi. Güzide (seçkin) el yazınızı doya doya, tekrar tekrar okudum. Detayları bir edibe (kadın şair) gibi lezzetle tasvir buyurmanızdaki letâfet bana çoktan unuttuğum medeniyeti özletti. İstanbul'un müstesnâ (üstün) havasını ciğerlerime doldurmak için mektubunuzu kokladım. Şimdi burada gece oldu. Hava felaket sıcak. Ortalık birkaç saattir durulmuş görünüyor. Kandil ışığında size yazmaktayım. Gökte nefis bir hilâl ay var.

Bana yollamak istediğiniz fanila ve don için hiç zahmet buyurmayınız. Her ne kadar bütçenizi sarsmadığını göstermek üzere ikişer adedini Karlman Pasajı'ndan, 88 kuruşa aldığınızı yazsanız da, sakın ha yollamayınız. Kardeşim Salih giyer onları. Burada bulunduğumuz şartlarda benim çamaşır ve eşyaya ihtiyacım yoktur.

Bu vesileyle, Salih'in Kemâni Ağa'dan satın aldığımız gramofonla Viyana Valsleri dinlediğini yazmanıza pek sevindim. O daha küçüktür. Harpten ve ümitsizlikten uzak kalmalıdır. Sizin *Taaşşuk-i Talât ve Fitnat* (Talât ile Fitnat'ın Aşkı) romanını yeniden okuduğunuzu öğrenmek de beni sevindirdi. Halbuki ben sizi daha çok *Eylül* romanını pek beğenerek okurken hatırlamaktayım. Tabii bir de elinizden hiç düşmeyen *Mai ve Siyah*... Siyah bir gecede İstanbul'dan ayrılan roman kahramanı Ahmet Cemil'in hüsranını mükemmel tasvir ettiği için Halit Ziya Bey'i methedişinizi görür gibiyim. Bunları düşününce okuma koltuğunuzun cebinde mutlaka *La Dame aux Camélias* (Kamelyalı Kadın) romanının bulunduğunu da hatırladım. Roman okumayı burada pek özledim. Dönüşümde Şemsettin Sami Bey'in *Taaşşuk-i Talât ve Fitnat* romanını ben de yeniden okumak isterim. Bu roman, gençlerin istemedikleri kimselerle izdivaç (evlenme) yapmalarını hicveden (yeren) bir eser değil miydi? Fakat benim şu sıralar aklımda ıssız bir adada yapayalnız yaşayan Robenson var. *Hikâye-i Robenson* romanını yanılmıyorsam Şemsettin Sami Bey tercüme etmişti. Yanılıyor muyum? Belki de bu romanı okuduğum seneler, ömrümün en mesûd çocukluk günlerine tekabül ettiğinden (denk düşmek) burada en fazla Robenson'u düşünüyorum. Belki de onun o tenha adadaki yalnızlığıdır aklımı üşüten, belki de medeniyeti özleyişimdir yüreğimi titreten... Kimbilir ki, kim bilebilir ki...

Allah'ın izniyle şehit olmaz da eve dönersem, sadece roman okumak değil, ayrıca sizinle Cadde-i Kebir'deki (İstiklal Caddesi) Moskof Sefarethanesi (Rus Büyükelçiliği) karşısındaki o müstesna sanatkâr Terzi Nurettin Bey'e giderek, nefis ipekli ve yünlülerden bana şık kostümler, size tayyörler diktirmek hayalleri de kurmaktayım. Oradan çıkar ve tıpkı eski günlerdeki gibi rahmetli pederimin, sahasında tek İslam müessesesi olarak önemsediği Selanik Bonmarşesi'ni ziyaret ederiz. Daha evvel orada görüp beğendiğim körüklü bir fotoğraf makinası vardı, onu almaya pek heves ederim. Tam burada, izniniz olursa Valideciğim, hayallerimi biraz daha büyütmek isterim. Gülümsediğinizi görüyorum. O halde buyrunuz efendim! Cadde-i Kebir'de alışverişimiz bitince, "Haydi!" deriz, Göksu'ya Müeyyet Hala'nın yalısına gitmek üzere önce bir atlı araba kiralar, devamında bir sandal ve yeniden atlı arabayla yalıya varırız. Siz yolda nefeslenmek için kışsa sahlep, yazsa şerbet içersiniz. Müeyyet Hala bizi muhabbetle karşılar, yedirir, içirir ve tabii bize gına getiren çocukluk hikâyelerini bininci defa anlatır. Siz ve ben gizlice gülerek ama şikayet etmeden dinler, toleransla bakışırız. Bir ara rahmetli pederimden ona yadigâr kalan seyis dürbünüyle Göksu Deresi'nin tertemiz güzelliğini seyreyleriz. Sonra yeniden yollara düşer, yazsa Beylerbeyi'ndeki yalıya, kışsa Fatih'teki konağa döneriz. Yazsa, yalının salonunda Âtıfet Kalfa'nın pişirdiği yorgunluk kahvesini (siz şekerli, ben sade) içtikten sonra, siz keyiflenip, piyanoda pek güzel meşk ettiğiniz Dede Efendi veyahut Chopin çalarsınız. Boğaziçi'nin her Allah'ın günü yeniden tazelenen güzelliğiyle coşup, sizin güzel râyihanızla (koku) bereketlenen evin huzurunu içime çeker, doldururum. Siz o zaman durup, bana bakarsınız. Ah o bakışınız, ah burada pek büyük hasretle andığım sevgi yüklü ana-oğul bakışma anları... Ancak bir ananın evlâdına baktığında gözlerini ağzına kadar dolduran tolerans, sevgi ve her fedakârlığa hazır olmanın o emsalsiz kuvveti. Bu kuvvet öyle emsalsizdir ki, dünyanın en kuvvetli, cesur ve tecrübeli askeri bile bir ananın bu kuvvetiyle rekabet edemez. Hayır, bir ananın ancak evlâdı için sakladığı ve onun uğruna her şeyi göze alan tabiatüstü kuvvetidir ki, erkeklerin bir kadınla asla başa çıkamayacağı iki şeyden biridir. (Kadınların diğer kuvveti hakkında henüz fazla tecrübeli değilim, ama her erkek çocuğu bu gücü ve onun büyüklüğünü daha kendi cinsiyetini fark ettiği en küçük yaştan itibaren idrak etmiştir.)

İşte siz Valideciğim, o bakışma ânında siz, burada geçen her gün daha derin bir hasretle andığım o zeytin renkli gözlerinizle bana sevgi yağdırırsınız. Ben de hangi yaşta olursam olayım, bakışlarınızdaki sevgiyi başka bir kadında asla aynı cömertlikte bulamayacağımı bilmenin açgözlü huzursuzluğuyla size gülümserim. Siz belki de büyüdükçe rahmetli pederime daha da fazla benzediği söylenen yüzümde hasret giderir, o yattıkça bana uzun ömür dileyerek, dua okursunuz. Ben bilmezmiş gibi yaparım.

Ah canınızı sıkmıyorum İnşallah? Lütfen izin veriniz de beni yazdıkça bu cehennemden kurtarıp, mesûd eden hayallerime devam edeyim.

Müteakiben (ardından) akşam çöker. İstanbul'un harikulâde renklerle akşama duruşunu haz içinde ruhumuzun derinliklerine saklar, ruhumuzu hazinesi altınlarla dolu mihraceler misali zenginleştiririz. Ve kapı çalınır, O gelir. Zâbit üniforması içinde o pek sarışın yakışıklılığı ve vakur duruşuyla Üsküplü İskender hânemize adeta bir güneş gibi doğar. Bir halk çocuğu olmasına rağmen sizin piyanoda çalmakta olduğunuz eserin Chopin tarafından bestelendiğini bilecek kadar kendisini yetiştirmiş, musikîden anlayan bir insandır. Salih'e bir Fransızca roman getirmiştir; muhtemelen bir Hugo. Size *Gala Peter* veyahut *Nestle* sütlü çikolata-bonbonlarından sunacak, Âtıfet Kalfa'ya bir lavanta losyonu, bana da *Kibar Ali* markalı cigara kâğıdı hediye edecektir. Yemekten evvel, rahmetli pederimin yıllarca sizi mide, sinir ve bütün organlara fevkalâde güç veren bir likör diye aldatarak içirdiği *Perfeksiyon* Viskisi'nden ikram etmek isteseniz de Üsküplü size buzlu rakı içmeyi tercih ettiğini söyleyecektir. Salih gazlı limonata içerken, ben *Olympos* birası, siz ve Âtıfet Kalfa ev yapımı ahududu likörü yudumlayacaksınız.

Artık vatan büsbütün bağımsız ve hür olduğundan, hepimiz memleketimiz ve milletimiz için maarif (eğitim) ve iktisat sahalarında yapılması zarurî reformlar üzerine derin bir sohbete dalacağız. Çünkü pek meşakkâtli ve kanlı bir tecrübeden, elbette Çanakkale'nin de dahil olduğu Zafer-i Nihayî'den sonra artık Türk Milleti'nin ancak ilim, irfan ve fen yolundan başka yolda ilerleyemeceği anlaşılmıştır.

Değerli Valideciğim, bu güzel hayallerimi sanki kıymetli varlığınız karşımdaymış gibi mutlulukla kâğıda dökerken dışarıda bombalar patlamaya başlamış bulunmaktadır. Yeniden bir fasıla vermeden, günlerdir devam eden bu uzun ve çileli mektubuma son verir, mukaddes ellerinizden öperim. Canım, hayâli daima yanımda dolaşarak beni koruyan, kokusu burnumda tüten çok sevgili anacığım benim. Salih'i de kucaklıyorum.

Sizi ebediyyen seven
Oğlunuz
Mülâzım Ali Osman
Çanakkale Cephesi.

Hamiş (ek): Bu mektubu size yollamakta mütereddit (kararsız) olsam da hemen elinize geçecekmiş gibi katlayıp, kalbimin üzerinde taşıyacağım.

Mektubu sık sık durup dinlenerek, takma dişlerini ve tek sapı selobantla yapıştırılmış gözlüğünü düzelterek, yanıbaşındaki sürahiden doldurarak tazelediği suyu yudumlayarak ve zaman zaman kumaş mendiliyle alnında biriken terleri silerek bazen okuyan, ama daha çok ezberinden tekrarlayan Beyaz Hala yorulmuştu. Fakat onu dinleyen Viki çok daha fazla yorgun görünüyordu. Ali Osman Bey'in yoğun duygu yüklü mektubu içini ezmiş, bugüne kadar yalnızca kendi ülkesinden insanların çektiği acılar ve çilelerle oluşan Gelibolu resmine şimdi 'karşı taraf'tan ilk defa kişiselleşmiş bir insan hikâyesi katılmıştı. Bu hikâyenin öznesiyse, Anzak ve İngiliz Gelibolu tarihinde hiç rastlamadığı türden bir Osmanlı asker tiplemesiydi. Bugüne kadar yüzlercesini okuduğu Yeni Zelandalı ve Avustralyalı gazilerin anılarında pek sık görmediği –acaba hiç görmediği mi?- kadar entelektüel ve modern bir askerin iyi ve dürüst savaşan, ama yoksul ve cahil olarak tanımlanmış Türkler arasından çıkması, üstelik kendi büyük dedesinin izleri arasında yoluna çıkması, kaderin bir cilvesi miydi? Büyük dedesini arama saplantısından vazgeçmesi için bir işaret olabilir miydi bu? Bilmiyordu, ama bu genç Türk askere karşı Viki'nin yüreği suçlulukla karışık bir sevgiyle ağırlaşmış, yorulmuştu. Ali Osman Bey'in genç heyecanına karışan saflığı da onda anaç duygular uyandırmıştı.

Ama Viki'yi asıl allak bullak eden ve hiç tanımadığı birisi için fazla sayılacak derecede duygulandıran, bu mektuptaki olağanüstü anne-oğul sevgisiydi. Belki de kendi annesini anımsayamayacak kadar küçük yaşta yitirmiş olduğundan, burnu sızlamıştı. Bu mektuptan taşan anne-çocuk sevgisi, tek bir gülüşünü, ya da bakışını bile anımsamadığı kendi annesine olan soyut özleminin yarattığı hırçın umursamazlığı kısacık da olsa bastırıp, son zamanlarda kendi anneliğini bir çocuğa sunmanın ona katacağı 'annelik mutluluğunu' yeniden düşünmesine yol açmıştı. Bir çocuğu severek büyütmenin, onun günbegün büyüyüp gelişmesine katkıda bulunmanın ne büyük bir zevk, ne heyecanlı bir deneyim ve ne ürkütücü bir serüven olduğunu düşündü. Bu düşünce ateş gibi yaladı içini. Son zamanlarda sık sık ziyaretine gelen bu düşünceyi şimdi kovmak istese de tanımadığı bir heyecanla gözlerini yumdu.

Öte yandan mektubu dinlerken anlamını tam olarak çıkartamadığı, kültürel olarak yabancı kaldığı bazı kavramları Beyaz Hala'ya sormak için içi gitse de mektubu bölmemek için susmuştu. Mektubun bütününden edindiği fikir ve duyguyu bozmaktan çekindiğinden neredeyse kımıldamamıştı bile. Mektubu çoktan ezberlediği besbelli olan Beyaz Hala, sanki bir kurgu kitaptan bir bölüm okumuş kadar soğukkanlı görünüyordu. Onu yoran daha çok mektubu ağdalı Osmanlı dilinde okumak ve kuru bir İngilizceyle aktarmak eylemiydi. Viki, öz babasının, yabancıları bile duygulandıracak kadar duygu yüklü mektubunu neredeyse duygusuzca okuyan Beyaz Hala'ya için için bozuluyordu. Bozuluyordu çünkü içinden geçen o, 'Beyaz Hala İngiliz soğukkanlılığını bir karakter özelliği olarak doğuştan taşıyor' tezini bir an önce doğrulatma dürtüsü onu yoruyordu. Çünkü Beyaz Hala'nın okuduğu her mektupla biraz daha çürüyen kendi tezi karşısında bir karşı tez dikilmiş, sırıtıyordu.

Bu karşı tez üzerinde fazla oyalanmaktan çekiniyordu. Çünkü artık elinde yalnızca bir tane okunmamış mektup kalmıştı. Aslında vardıkları noktada büyük dedesi Alistair John Taylor'ın son mektubunu okumasına da pek gerek kalmamış, kendi tezi iyice zayıflamıştı. Yine de Beyaz Hala'nın Ali Osman adıyla mektuplar yazan babasının İstanbullu aristokrat bir aileden gelip de yaşamını bu köyde başka bir adla ve bir köylü gibi sürdürerek sonlandırması, hâlâ bir soru işaretiydi, ama bu da sorulmasından korkulan o sorulardandı işte. Ortada belki kültürel farklılıktan, belki de Beyaz Hala'nın inadına yaptığı bir hile nedeniyle anlayamadığı bir durum vardı fakat ne olduğunu tam olarak kavrayamıyordu. Viki yorgun, umudu azalmış, midesi ve başı ağrır halde büyük dedesinden elinde kalan son mektubu açtı ama okumaya başlayamadı. Beyaz Hala oturduğu kanepede uyuyakalmıştı.

'Yaşlı, çok yaşlı bir kadın o,' diye düşündü Viki.

'Buralara kadar gelip onu üzmeye, kalbinin derinliklerine gömdüğü acılarını deşmeye hakkım var mıydı? Ne yapıyorum ben? Sahi neyin peşindeyim?.. Tarihi bir yanlışı düzeltmek mi, tarihi yeniden yazmak mı?' diye kızdı kendine.

"Yanlış yapıyorum..." diye mırıldandı, "I'm doing wrong! Wrong!"

Yerinden kalktı. Ama hareket edemedi. Bütün bedeni uyuşmuştu. Ani bir acıyla katılıp kaldı, öylece bekledi. Ancak kasları açılınca gerindi. Gerinince saatlerdir kapandığı bu köy evinde hastalanmaktan endişelenmeye başladı. Midesi ve başı çok ağrıyordu. Yine de gidip, yaşlı kadının üzerine kanepede duran pamuklu pikeyi örttü. Son mektubu da okuyup, öyle gidecekti bu evden ve bu Gelibolu'dan. Son mektubu okuyacaktı Viki. Ne pahasına olursa olsun okuyacaktı. Hastalanacaksa bile, bu son mektubu okumak için bekleyecekti ve sonra hastalanacaktı. Sonra ağır ağır ağıt yakardı yenilgisine. O sırada pipoyu gördü. Ali Osman Bey'in mektubunun yanında antika bir pipo duruyordu. Savaşı görmüş, yaşamış o pipo. Bir mucizeye dokunacakmış gibi ürkerek elini uzattı Viki. Pipoyu aldı ve hayranlıkla inceledi. Yüzüne sevecen bir gülümseme yayıldı. Ali Osman Bey'e dokunuyormuş gibi hissetti kendini.

"Babamın piposu!" diye söylendi Beyaz Hala hâlâ uyuklayan bir sesle. "Onu bulduklarında cebinden çıkmış."

Suçüstü yakalanmış gibi telaşla pipoyu bıraktı Viki.

"İçim geçivermiş, yaşlılık işte. Çok uyuyuverdim mi *marı*?"

"Yok Bey-azh Ha-la, hiç uyumadın. Daha şimdi bitirdin mektubu," dedi Viki.

"Yalan söylersin sen!" diye huysuzlandı Beyaz Hala, "Rüya gördüm ben *marı*, çok uzun bir rüya!"

"Ama daha demin..."

"Sus be hele! Benim gördüğüm rüyayı sen mi bilcen ben mi? İhtiyarladık, ama o kadder de değil hele."

Çekinerek sustu Viki.

"Seni gördüm rüyamda ben. Babamın mezarına yeşil yumurta gibi bir çiçek götürüverdin sen. Çiçeği kesince içinden çekirdek tohumları çıktıydı. Dışı kahvemsi renkte, tüylü çiçek. Mezara bırakıp dua ettin."

"Kivi bu!" diye sevinçle haykırdı Viki. "Kivi çiçek değil bir meyvedir."

"Neyse ne, bana ne *marı*!" diye tersledi onu Beyaz Hala.

"Ama hayatında hiç kivi görmeden ve hakkında bir şey dumadan rüyanda kivi göremezsin ki... Ben bir psikoloğum ve bu işlerden biraz anlarım Bey-azh Ha-la."

Onu dinlemiyordu Beyaz Hala. Sanki biraz önce uyuklayan kendisi değilmiş gibi dinç bir şekilde oturmuş, tespih çekiyordu.

'İşte açık verdin Bey-azh Ha-la. Kivili rüyanla açık verdin,' diye sevinçle düşündü Viki. Tam bunu ona uygun bir dille anlatacaktı ki, "Haadii okuycaksan oku şu son mektubunu da, soona yüreğini ferahlatıp, güle güle çek git evine," diye azarladı Beyaz Hala onu yeniden.

"O kivi mi diyosunuz siz ona nedir? Ha o kıllı şeyi heeç sevmedim ben. Eşki bir tadı var, amma tuz da eksen yenmiyo *marı!* Bulut kardeşimin İstanbullu torunu getirivermişti bana amma heeç yiyemediydim. Essahtan eşki geldi bana, ama o yaramaz pek seviyo, soyup kaşık kaşık yedi onları iştahla. Sen de yer misin ondan?"

"Yerim Bey-azh Ha-la, yerim!" diye derin derin içini çekti Viki. "Yerim."

10 Ağustos 1915
Gelibolu

Sevgili ve Bir Zamanlar Mutlu Ailem,

Gelibolu Cehennemi'nden hepinize merhaba!

Herhalde artık bütün kötü haberleri almış, bizlerin burada ne durumda olduğumuzu öğrenmişsinizdir. Fakat bir haber olsa olsa içi boşaltılmış bir sonuçtur ve ne yazık ki, sonuca ulaşılırken yaşananlar sonucun içine yansıtılmazlar. Bu sebeple Gelibolu'dan size doğru yola çıkan her haber size ulaştığında artık kuru, aptal, anlamsız bir şeydir. Haber, pislikten başka bir şey değildir. Haber dinlemek sadece aptallara mahsustur. Çünkü haberlerin içi boştur. Haberleri dinlemeyin. Haberlere inanmayın. Buradan size yollanan haberler sadece ölü ve yaralı sayılarıdır. Sadece anlamsız sayılar. O kadar.

Bu mektubu size yazmak niyetinde değildim. Aslında ben artık kimseyle konuşmak, kimsenin yüzünü görmek istediğimden de emin değilim. Sanırım ben artık hiçbir şey istemiyorum. Ama bu kadar karamsar olmaya da gerek yok tabii. Buradaki ceset, kan ve lağım kokusunu, sinek, bit ve dizanteri problemini, uykusuzluk belasını, konserveden başka yemek bulamamak, Mısır çöllerinden beter sıcakta boğulmak ve susuzluk dertlerini, daracık tepelere sonsuza dek sıkışmışlık duygusu ve monotonluk hastalığını da bir kenara bırakırsak, aslında Gelibolu güzel bir yer! Ah evet öyle! Çıkarma yaptığımız plaj normal şartlar altında çok güzel bir yer olmalı. Normal şartlar altında! Fakat biz bu plaja öncelikle kendi adımızı vererek normal şartları değiştirdik. Büyük ihtimalle Türklerin kendi dillerinde bir adı olan bu sahile Anzak Koyu adını verdik. Bu bana Keri'nin sözlerini hatırlattı. O bana, "Siz buraya Yeni Zelanda adını koymadan önce zaten buranın bir adı vardı. Burası Aotearoa: Uzun Beyaz Bulut'tur, çünkü Yeni Zelanda uzun beyaz bir buluta benzer," demişti. Öyle demişti Keri. Keri bana öyle demişti.

Hem siz benim buraya cehennem dediğime bakmayın. Siz aslında bana hiç bakmayın en iyisi. Burası hakikaten güzel bir yer. Üzerleri toz toprakla örtülmeden önce zeytin ağaçlarının bolluğu, savaşa aldırmadan her yanda pıtır pıtır açan kırmızı gelinciklerin neşesi, akşamları yarımadayı kızıla boyayarak batan güneşin insanın içini acıtan güzelliği ve bir de Gelibolu bülbülleri... Tanrım, bunları hâlâ görebiliyor oluşum bir mucize değilse nedir? Fakat buna sebep bülbüllerdir. Gelibolu'da hâlâ unufak olmadan kalan küçük bir ruh parçam mevcutsa, bunu bülbüller sağlamıştır. Onlar sanki benim hayatta kalmam için didiniyor, benim bir sayıya dönüşerek yok olmamam için çaba harcıyorlar. Belki de sadece onlar...

Gelibolu bülbülleri tarif etmesi imkânsız derecede usta müzisyenler. Tüyleri dikkat çekmeyecek kadar donuk, uçuşları dengesiz olan bülbüller ancak öttükleri zaman fark ediliyor ve bir kere fark edilince artık bütün gösterişli kuşlardan daha cazip ve etkileyici oluyorlar. Tan ağarırken- eğer top, tüfek sesleri yoksa ve o çok ender uyku anlarından birini yakalayabilmişsem- bülbül sesleriyle uyanıyorum. Hakikaten güzel ötüyorlar. Bazen Gelibolu bülbüllerinin kuş olduklarından kuşkuya düştüğüm oluyor. O zamanlar, bunların sanki kuş değil de hasretiyle ruhlarını alev alev yakan uzaktaki sevgiliye ağıt çalan flütçüler olduğunu düşünüyorum. Bu müthiş ağıtın bestesini yapan da aynı flüt ustaları. Gelibolu bülbüllerinin içinde bir tanesi var ki, ötüşüyle ağlıyor, ötüşüyle bir haksızlığı kana kana dile getiriyor. Aşka ve hayata dair bir haksızlık. Haksızlık başka neye dair olabilir ki zaten? -bilmiyorum... Bu bülbül hepsinden farklı ve ben onun sesini ötekiler arasından seçebiliyorum artık. Evet, resmen onu tanıyorum ben. Bu çok garip ve hüzünlü bir durum elbette. Beni Gelibolu'daki askerlerden ayırt edemeyen, büyük ihtimalle bir zamanlar onun mutlu ve huzurlu evi olan bu güzel yarımadayı cehenneme çevirdiğimiz için hepimizden nefret eden bir bülbülü, ben diğer bütün bülbüllerden ayırabiliyorum. Onun adını Anzak Bülbülü (TNA)* taktım. Bunu neden yaptım, bilmiyorum. Her gittiğimiz yere, her gördüğümüz şeye kendi adlarımızı takmak, oralara uygarlık götürdüğümüzü sanmak bize has bir hastalık mı, yoksa bütün milletler mi böyle? Bunu da bilmiyorum. Fakat yemin ederim bu bülbüle ad verişim, ona sahip olmak niyetiyle değil, onu şahsileştirmek, yalnızlığıma ortak etmek içindir.

TNA ile sanki randevulaşmış gibi buluştuğumuz zamanlar da oluyor. Şafak sökerken onun arkadaşlarıyla gelip öttüğü tepeye çıkıp bekliyorum. Eğer oradaysa onu ağaçlar arasında arıyor ve buluyorum. Acaba sahiden buluyor muyum? Acaba her defasında farklı bir bülbülü mü seçiyorum? Ama o bana bakıyor. Belki o da beni tanıyor -acaba deliriyor muyum? Yoksa bu mümkün mü? Nihayet ben buradaki binlerce askerden biriyim -işte yine sayılar değil mi?

Ve o sadece bir kuş. Fakat ne kuş! TNA'yı dikkatle ve defalarca dinleyince ötüşünde yirmiye yakın farklı ses buluyorum. Sesi bu kadar zengin bir başka kuş var mıdır? Kuş deyince, bizim Yeni Zelanda ormanlarında yaşayan rengârenk muhabbet kuşları, parlak renkli papağanlar ve sevimli kivi kuşları geliyor aklıma, ama hiçbiri değil. İlgisi yok. Gelibolu bülbülleri bambaşka, hele benim TNA daha da başka. O öterken, daha doğrusu şarkısını

---

* The Nightingale of Anzak (TNA)

yürek kanatarak söylerken, aylardır bir türlü beceremediğim, hem de çok isteyip de beceremediğim bir şey oluyor ve gözlerimden yaşlar boşanıyor. Yanaklarımdan akan o tuzlu su damlacıklarıyla ferahlarken, bu bülbüle karşı duyduğum şükran duygusunu kelimelerle anlatmama imkân yok. Aylardır burada yaşadığım vahşetin, parçası ve şahidi olmak durumunda kaldığım kanlı şiddetin, tarihin nasılsa anlatmaktan aciz kalacağı acının katılaştırdığı ruhum, ancak bir Gelibolu bülbülünün, TNA'nın ötüşünde yumuşayıp, onun muhteşem sesiyle uyanıyor. Ve ben ancak o zaman, adam gibi ağlayabiliyorum. TNA'nın sayesinde yeniden insan olduğumu hissederek ağlıyor ve buna seviniyorum. Ağlayabilmenin bir nimet, duygulanmanın bir insanlık belirtisi olduğunu burada anlıyorum. Bu bir şans mı, yoksa şanssızlık mıdır, yine bilmiyorum.

Bir de günbatımları... Eğer o sırada bir Türk öldürmüyor, ya da Türkler tarafından öldürülmüyorsak, ele geçirdiğimiz bir tepede oturup, Gelibolu'nun muhteşem gurubunu seyrediyoruz. Ege Denizi'nin içine gömülen güneşin biraz önce Pasifik Okyanusu'ndan yükselerek Yeni Zelanda'daki ertesi günü aydınlattığını bilmek insanın canını acıtıyor. Aynı güneşi, aynı dünya üzerinde apayrı şartlarda seyretmek! Bilmek bazen can acıtıcı olabiliyormuş, demek... Fakat bu acı hissi çok kısa sürüyor. Sonra yeniden katılaşıyorum. Artık saatlerce hiçbir şey hissetmiyor ve duymuyorum. Bu arada sadece bakıyor, saklanıyor, ateş ediyor, süngü takıyor, düşman öldürüyor, bit ayıklıyor, yemek diye verdikleri kuru bisküvi, kraker, kuru et parçalarını kemiriyor, zaman olursa yatıyor, çok ender olarak da uyuyorum. Ben artık sadece bir Anzak askeriyim. Alistair John Taylor'dan geriye yalnızca bu kaldı. Ne sevdiğim şarkılar, yemekler, kokular, ne sevdiğim insanlar, ne de hayallerim... Ben artık bir sayıyım. Yaşayan bir sayı. Ölürsem, o zaman da bir sayı olacağım. 'Vatanı uğruna kahramanca' ölmüş bir sayı. Kahramanca ve vatan uğruna! Kahramanlık mı? Haydi ya... Kahramanlık zorla olmaz. Vatana gelince... Burası Türklerin vatanı ve bu savaş bizim savaşımız değil. Bizler, İngilizlerin artık hiç çekinmeden yüzümüze karşı mağrurca söyledikleri gibi sadece 'hevesli oğlan çocukları'yız. Asıl kahraman olan Türkler. Çünkü Mısır'dayken Araplar'a taktığımız Abdül adıyla önceleri kendileriyle dalga geçtiğimiz, ama şimdi artık kendilerine 'Johnny Turk' dediğimiz Türkler vatanlarını savunmak için çok ağır şartlar altında bize karşı direniyorlar. Ve vatanlarını korumak için kahramanca ölen asıl onlar.

Geçen hafta ölüleri gömmek için karşılıklı ateşkes ilan edildiğinde ilk defa Türkleri yakından ve canlıyken gördük. Bu ateşkes ilanı, tıpkı ragbi maçlarındaki devre arasını andıran trajik bir şakaya benziyordu. Türkleri o zaman gördük. Türkler bize anlatılan canavarlara benzemiyordu. Onlar da gözlerinde endişe ve keder olan genç insanlardı. Tıpkı bizim gibi yorgun ve bıkkındılar. Onların da arkalarında bekleyen üzüntülü aileleri, yaşlı anne-babaları, karıları belki de sevgilileri vardı. Onlar da yaralanınca acı çekiyor, kanıyor ve onlar da gencecik hayallerini bırakıp ölüyorlardı. Türkler de insandı... Daha dikkatle bakınca ateşkes sırasında gördüğümüz Türkler güçlü, sağlam çiftçi görünüşlü askerlerdi. Başlarında adına Enver şapkası denen tuhaf üçgen şapkalar vardı. İçlerinde dilimizi anlayan yoktu, ama bazıları az Fransızca anlıyordu. Bize gülümsüyor ve Johnny diyorlardı. Bana sigara ikram eden iki Türke ben de konserve et verdim, ama kabul etmediler. Müslümanların domuz eti yemediklerini Mısır'dayken öğrenmiştik. "Bu sığır etidir," dediysem de anlamadılar. O zaman ellerimle kafama boynuz yapıp, bir öküz gibi böğürdüm. Güldüler. "Engliş mit," (İngiliz eti) dediler. "Ben Yeni Zelandalıyım, İngiliz değilim!" diye açıkladım. Yine güldüler. Ben de güldüm. Orada savaş meydanında etrafımız askerlerin cesetleriyle doluydu, biz düşmandık ve birbirimize gülüyorduk. Hayatımda bundan daha saçma, anlamsız ve feci bir şey daha yaşamamıştım ve o anda bir daha da yaşamamaya yemin ettim.

Bana sigara veren Türklerden biri, "Sen no İngliş?" diye şaşırarak sordu. "Ben İngiliz değilim," diye tekrarladım. "I-am-a-New-Zea-lan-der." Hecelersem sanki anlayacaklardı. "Haa Zelandalı bu!" dedi Türk, ama anladığından emin değildim. Sonra bana elini uzattı. "Ben Türk," dedi. O zaman Türklerin bize hitap ettikleri gibi yaptım, bana uzatılan eli tuttum ve, "Ben de Johnny Turk," dedim. "I am Johnny Turk." Orada Gelibolu'nun en kanlı savaşlarından birinin yapıldığı o tepede el sıkıştık. Türk'ün elleri güçlüydü. Elimi samimiyetle kavradı ve sıktı. Ben artık bu adamla nasıl düşman olabilirdim? Ben bu adama neden düşman olmuştum ki? Düşmanım o anda artık 'arkadaş Türk' olmuştu.

Bana verdiği sigarayı içerken, dostça bir şeyler söylemiş olmak için, 'Belki savaştan sonra Konstantinopolis'te karşılaşır, beraber Türk kahvesi içeriz,' dedim. Ama daha ağzımı kapatmadan yaptığım gafı fark ettim. Utanarak başımı eğdim ve özür diler gibi salladım. Türk acı acı gülümsedi. Belki İngilizce anlamıyordu, ama Konstantinopolis'in ne anlama geldiğini iyi biliyordu.

Sonra ölüleri gömme işi başladı. Allah kahretsin böyle işi! Ölüler yerlere uzanmış yatıyordu. Vücutları şişmiş, kararmış, parçalanmış, delik deşikti. Yaşayanların tek ortak arzusu kusmak, tek duygusu da hüzündü. Hayır, orada tek bir Anzak ya da Türk askerinde öfke, yeis veya intikam hissi yoktu. Hepimiz hüzünlüydük. Hepimiz yoğun ceset kokusundan kusmak üzereydik ve bazılarımız kusuyorduk. Orada, yerde tam ortadan bölünmüş bir Türk askeri gördüm ve bunu hayatım boyunca unutamayacağımı anladım. Türklerin yanında iki Alman ve bir Türk doktora rastladık. Ardından birkaç tane Türk subayı geldi. Türk subayları çok kibar, centilmen, Avrupalı tiplerdi. Rahatlıkla Fransızca ve Almanca konuşuyorlardı. İçlerinden bir tanesi uzun boylu mavi gözlü ve sarışındı. Bakışları güçlü, gururlu, kendisi yakışıklıydı. Etrafında koşturan askerlerin onu çok sevdikleri belli oluyordu. Türk subay bizleri dikkatle süzdü, başıyla selamladı, Fransızca olarak hatırımızı sordu. Sesi gururlu ve kalındı. O ve diğer Türk subaylar yanlarında Kızılay ve beyaz bayrak taşıyan askerlere büyük şefkatle davranıyorlardı. Onları görünce çok şaşırdığımızı saklayamadık. Türkler hakkında bize öğretilenlerden yanlış çıkmayan bir şey kalmış mıydı? Bu ateşkes gününden sonra onlarla nasıl savaşacaktık?

Ama ertesi gün hiçbir şey olmamış gibi yeniden ateşe başladık. Saldırdık, öldürdük, ateş ettik, ateş edildik ve öldürüldük. Sanki birer köleydik ve sahibimiz emrettiği için öldürüyorduk. Askerin kendi iradesi olmaz. Bu savaşa gönüllü olarak katılırken irademizi komutanlara vermiştik işte. O daracık siperlerde bitlerin ve sıcağın kemirdiği vücutlarımızın biraz daha hayatta kalmaları için didiniyorduk. Yemin ederim, eğer siperde ölen Yeni Zelandalı evlatlarını anneleri görebilseydi, bu savaş o anda biterdi. O anda! Ama bizler birer sayıydık, kahraman olmak için ölmesi gereken sayılardık. Bir savaşın en berbat tarafı hayatlardan çok, yaşayanların umutlarını yok etmesidir. Bu savaş artık umutlarımızı eritti. Anladım ki, hepimiz tek tek yok olana kadar bu katliam sürecekti. Kurtuluş yok. Ya da ölmek tek kurtuluştur!

Gelibolu Savaşı'nda haksızlığımız ve başarısızlığımız bu kadar ortaya çıktığı halde neden geri çekilmiyoruz? Neden Türklere, "Pardon Johnny Turk, biz hem sizi yanlış tanımışız, hem de bu savaşın sebebini yanlış anlamışız. Kusura bakmayın!" diyerek evlerimize geri dönmüyoruz? Ama bir dakika. Eve dönmek mi dedim ben? Saçmalık işte! Savaş insanı böyle saçmalattırıyor tabii. Eve dönmek ha? Dönsek ne olacak ki? Yeni Zelanda'daki hayat bizleri kabul edecek mi sanki? Bu cinneti yaşamış, arkadaşları yanında parçalanmış, ölümü günlük hayatın parçası olarak yaşamış insanlar nasıl normal hayata dönebilirler ki? Hem orada, bu şiddeti ve çirkinliği hayal bile edemeyecek normal insanlarla, hayallerini, vücut parçalarını, arkadaşlarını, akrabalarını ve masumiyetlerini Gelibolu'da, Ege Denizi'nde kaybetmiş bizlerin artık ortak neyimiz kalmış olabilir? Hangi ortak hayatı paylaşabiliriz bundan sonra? Hayır, böyle bir şeyin söz konusu olacağına inanmıyorum. İnanmıyorum. Hayır. Zaten ben artık hiçbir şeye inanmıyorum. Çünkü farkındayım. Çünkü yalanı, ikiyüzlülüğü ve ölümü gördüm. Gördüm bir kere.

Tek parça olarak Yeni Zelanda'ya dönsem bile artık asla uyumlu, mutlu ve huzurlu bir insan olamayacağımın farkındayım ben. Ruhumun kan ve şiddetle katılaşan yeni haliyle artık bir insan sayılır mıyım, bundan da emin değilim... Eski saflığım, neşeli ve umutlu ruhumla yaşadığım muhitte, çiftlikte ve memlekette artık nasıl yaşarım ben? Yok, hayır, hayır! Bunu aklıma bile getirmiyorum. Düşünmüyorum bile. Alistair John Taylor'ın o neşeli, haşarı, kızlarla şakalaşmaya bayılan, ailesine düşkün, ileride bir marangoz atölyesi ve aile kurma hayalleri olan suretini Wellington sokaklarında yürürken, ya da babamın çifliğinde ata binerken düşünemiyorum bile. Kendi hayalimi kaybettim ben. Kaybettim artık. İnsan çok eskiden ölmüş birinin imajını ve ona ait hayalleri nasıl kaybederse, ben de öyle kaybettim onu. Onu. Kendimi. Bu sebeple Gelibolu cehenneminden tek parça ve canlı olarak kurtulmayı hayal etmek bile kendimi eski hayatım içinde hayal etmekten daha kolay. Daha kolay... Ama öbürü... Geri dönüp, orada bu savaşı yaşamamış insanların arasında yapayalnız yaşamaya çalışmak... Artık hiçbir işe yaramam ben! Hayır, dönemem, bu imkânsız. Bunu yapmaya cesaret edemem.

Lafı ne kadar uzatırsam uzatayım, o Tanrı'nın belası konuya gelmek zorundayım. Bundan daha fazla kaçamam. Hem artık haber size ulaşmıştır nasılsa. Will hakkında. Yani Will'in haberi. O hiç acı çekmedi. Her şey birkaç dakika içinde oldu. Hemen yanımdaydı. Ve onu çabucak gömdük. Yani başkaları gömdü, ben öyle baktım. Tek damla gözyaşı bile dökmedim. Baktım kaldım. Baktım. O kadar. Sanki aylardır korku içinde beklediğim bir şeydi ve sonunda olmuştu. Size de bütün ölü asker ailelerine yollanan o mektuptan göndermişlerdir herhalde. Oğlunuz William Andrew Taylor'ın vatan, hürriyet ve zafer adına kahramanca öldüğünü bildiren taziye mektubu. Will'in yerine evde saklayacağınız bir standart mektup. O mektuptan binlercesi her gün ailelere yollanıyor. Will artık bir ölü sayı. Will artık birçok Anzak ve İngiliz askeri gibi Gelibolu'da tahtadan yapılmış bir haçın altında uyuyor. Sonsuza kadar.

Ertesi gün sıra Russell'daydı. O ölmedi, ama daha beter oldu. Russell iki ayağını birden kaybetti. Onu gencecik bir sakat olarak geri yolladılar. Sonsuza kadar yürüyemeyecek.

İkisi de gitmişti. Birer gün arayla Will ve Russell yok olmuştu. Ama siperlerde onlardan boşalan yerlere hemen yeniler getirildi. Şimdi sıra kimdeydi? Sıra belki de bendeydi. İşte Will öldükten iki gün sonra siperde onun yerine geçen askeri gördüğüm an kararımı verdim: Ben bu savaşta ölmeyecektim. Bu savaşta ölmeyi reddediyorum! Bu benim savaşım değil! Fakat yaşamak için de hiç isteğim kalmadı. Tanrım günahlarımı affet. Ne yaşamak, ne de ölmek istiyorum!

Sevgili Anneciğim, Babacığım, bir tanecik Helen ve küçük dostum Stuart, bu mektuptan sonra benden haber alamaz, savaş bittiğinde de mezarımı bulamazsanız, sakın üzülmeyin. Bilin ki, ben ölmedim. Bana bugüne kadar öğretilenlerin hepsini reddediyorum. Buradaki bülbüllerin, zeytinlerin, günbatımının ve beni daima ürküterek etkileyen aslan başlı Sfenks kayasının üzerine yemin ederim ki, bu savaşta ölmeyeceğim. Bunu benden haber almazsanız üzülmeyin diye değil, çıldırıp, kafayı dağıttığımdan hiç değil, ama kararlı olduğumdan yazıyorum.

Hepinizi seviyorum.

Keri'ye söyleyin, onu daima seveceğim.

Edebiyyen sizin,

Oğlunuz
Alistair John Taylor
Gelibolu. 1915

Not: Aotearoa-Gelibolu.

Sustu Viki. Çok yorgun görünüyordu. Yüzü kızarmış, vücut ısısı yükselmişti. Başı felaket ağrıyordu. Sanki aniden ateşi çıkmıştı.

"Büyük dedem Alistair John Taylor'dan bir daha haber alınamadı. Savaştan sonra yapılan bütün araştırmalara karşın mezarı da bulunamadı."

Sustu yeniden. Derin bir sessizlik oldu. Beyaz Hala okunan mektubu hiç duymamış, duysa bile anlamamış gibi serinkanlı oturmuş tespih çekiyordu. Belki de uyukluyordu.

"Sen şu mutfağa git de buzdolabından kendine tuzlu ayran al, bol bol iç. Heeç iyi gözükmüyosun bana Viki Hanım," dedi aniden.

"Ay-raan mı? O yoğurt içeceği mi? Yok yok, ben hiç sevmedim onu!" diye eliyle boşluğu itti Viki.

"Sevdin mi diye sorduk mu sana *marı*? Git ve iç, çok iyi gelir sana!" diye azarladı onu Beyaz Hala.

"Haa bak ne diycem sana... Sen daha toysun, bilmezsin. Sen sen ol, erkeklerin askerden, hele harp meydanlarından yazdığı mektuplardaki her şeye sakın inanma emi! Aman ha, Viki Hanım! "

30 Temmuz 1331*
Çanakkale
Numero:19

Kıymetli ve Pek Muhterem Valideciğim, Aziz Kardaşım Salih,

Mübarek ellerinizle yazdığınız mektupları aldım. Kusuruma bakmayınız ancak cevap verebilmekteyim. Merak buyurmayınız, Çanakkale'de Şimal Cephesi'nde ve sıhhatteyim. Şu anda kuşluk vaktidir ve buna rağmen hava çok sıcaktır. Burada değil mektup yazacak, son zamanlarda zarurî (zorunlu) ihtiyaçlarımıza dahi güçlükle vakit bulur olduk. Bilhassa Kanlısırt işgâlinden beri, Conkbayırı taarruzu ve Anafartalar muharebesi şiddetle devam etmektedir. Fevkalâde zor zamanlar, meşakkâtli haller içindeyiz. Çok meşgulüz. Vatanı ya kurtaracağız, ya da düşman çizmesi altında hepimiz, ama hepimiz ezileceğiz. Fakat vatanı kurtarmak için hararetle insan öldürmek ve ölmek zorunda olmamız çok fenadır. Kurban Bayramlarında kesilen koçlara acıyan oğlunuzun burada düşman üniforması giymiş her insanı vatanını ve hürriyetini korumak için hiç acımadan öldürüyor, süngülüyor, gırtlağını kesiyor olması hazin bir hakikâttir. Fakat aslen harbin kendisi çok katı bir hakikâttir Valideciğim. İnsana sert ve acımasız dersler veren kötü bir tecrübedir. Harp esnasında pek güzelce

* 12 Ağustos 1915 Perşembe

öğrenirsiniz ki, siz kesmezseniz onlar sizin gırtlağınızı keserler. Hem de sizin kendi memleketinizde sizin gırtlağınızı...

Burada 'Allah Allah!' ve 'Hurra Hurra!' sesleriyle uğuldayan harp meydanları mahşer günü kadar karışık, kalabalık, telaşlı durumdadır. Sanki kıyamet kopmuştur ve her iki taraf da düşman adlı canavarı yok etme kaygısı içindedir. Başka bir şansımız da var mıdır? Görünen şudur ki, öldüren hayatta kalmaktadır. Buna rağmen asla müsavi (eşit) değiliz. Bizim durumumuzu düşmanınkinden daha vahimleştiren hususiyet bıçağın kemiğe dayanmış, sadece hayatlarımızın değil, bizim ayrıca memleketimizin ve hürriyetimizin de yok olma noktasına gelmiş olmasıdır. Ateş, kan ve ter, sıcak, duman ve nem... Bunların üstüne serpilmiş ölüm kokusu arasında devamlı baş ağrısı çekmekteyim. Bu sıcak hava düşmanı bile uslandıracak raddededir. Gördüğünüz gibi bu durumda cephede hayatta kalmak sevindirici değil, hayrete düşürücü bir durum arz etmektedir. Hayattayım lâkin beni cinnet raddesine sürükleyecek kadar berrak bir şuurum (bilinç) ve devamlı baş ağrılarım mevcuttur. Bu berrak şuur beni kahrediyor. Keşke kaybetsem, şu hep uyanık ve tetikte, adeta beni yok etmek için bekleyen şuurumu kısa bir an için kaybedebilsem... Fakat olmuyor. Bu şuur hep açık; uyurken, uyanıkken, öldürürken, ölmek üzereyken, arkadaşlarım ölürken ve en çok da kısa huzur anlarında... Daima. Keskin ve berrak bir şuurun ezici yüküyle yaşamak fevkalâde yorucu. Ziyadece kan ağlayan yüreğim, şuurumun beni çıldırtacak kadar keskin şekilde kontrolü ve başımı şiddetle sıkıştıran devamlı ağrılara rağmen beni hâlâ ayakta tutan bir mucize var. Bir tek o mucize. Bir ümit ışığı! Zaman zaman parlayan bir ümit ışığı, bir tek o ümit ışığı beni hayata bağlıyor. Bu ümit ışığı bir nur gibi doğup, beşerî ıstıraplar, yokluklar, hasretler ve kahırlar arasında içimi ısıtıyor Valideciğim. Bu nur, kurtuluşun, hürriyet ve istiklâlin ümidine dair bir ışıktır ve burada vatan için ölmeye hazır bütün Türklerin güneşten daha fazla hissettiği bir aydınlıktır. Eğer Zafer-i

Nihayî ümidimiz olmasa topu ve tüfeği, aleti ve edevatı, ilacı ve yemeği bizden çok üstün olan birleşik bir dünya ordusuna karşı bir saat dayanamaz, yenilirdik. Bu meşakkâtli şartlarda böyle bir ümidi nasıl koruduğumuza gelince, bu da haksızlığa, yoksulluğa, despotizme ve işgâlciliğe karşı insan denen canlının sahip olduğu bir mucizedir Valideciğim. Bana bu fevkalâde kötü şartlarda mücadele azmi veren, haksızlığa karşı ruhumun direnişidir. Haklı oluşumuzun ümididir. Hür ve müreffeh bir Türk Memleketi ideali, bir aşk gibi ruhumu tazelemektedir. Bu kelâmım (sözlerim) hissetmeyene latife gibi gelebilir. Ancak içinde bulunduğumuz şartlarda şaşaalı kelam edecek, latife yapacak halim yoktur. Burada her şey fazlasıyla hakikîdir.

Ne tuhaf değil mi? Bu cennet tabiatın içinde size yazdıklarıma bakın hele. Hatırlarsanız sizinle İstanbul'un semâsından (gök) daha güzel bir gökkubbe hayal edemezdik. Hattâ üç sene evvelki Avrupa seyahatimizde Paris, Nice ve Viyana semâlarına bakıp, İstanbul ile mukayese (karşılaştırma) etmiştik. Yine hatırlarsanız, neticede İstanbul semâsını tercih etmiştik. Fakat Valideciğim, neredeyse İstanbul semâsı kadar güzel olan ve sanki yekpare (tek parça) maviye boyanmış Çanakkale gökleri altında size sevimsiz ve hayırsız satırlar yazmak ne büyük talihsizliktir, lâkin böyledir.

Birkaç gün evvel artık adına Kanlısırt denen mevkiiye şiddetle saldıran düşman, daha sonra dalgalar halinde Conkbayırı ve Anafartalar mevkiilerine çıkarma yapmaya başladı. Üç gün süren bombardımanda bizim mevziiler allak bullak oldu. Yer yerinden oynadı, dağ-taş insanlardan fışkıran ete ve kana bulandı. Günlerce süren bu son bombardıman benim cephede geçen hayatımın en kanlı günleri, bütün ömrümün de en büyük cehennemi, en fevkalâde cinnetidir. Hayatta kalır ve Zafer-i Nihayî'den sonra İstanbul'a dönersem, 1331 (1915) senesinin Çanakkale yazını asla ve kat'a unutmayacağımdan emin olabilirsiniz. Ve sizi temin ederim ki Valideciğim, burada ürkütücü olan ölmek değildir. Kaderde varsa ölür, vatan uğruna şehit oluruz. Bu konuda komutanından neferine kadar hiçbir Türk evlâdının tereddütü yoktur. Neticede bu harbi biz başlatmadık ve burada vatanımızı müdafaa ediyoruz. Ve inanınız ki, bu harbi kazanacağız Valideciğim. Kazanmasına kazanacağız da, bütün sırlarıyla ordumuzu teslim ettiğimiz Almanlar zaferimizi ya bir Alman zaferi olarak kutlarlarsa, ya tarih kitapları Çanakkale'yi bir Alman zaferi olarak yazarlarsa o vakit utancımızdan ölmeyecek miyiz? Ordumuzun başkomutanı Enver Paşa olarak görünse de Çanakkale'de şimdiye kadar hakkında hiçbir kötü havadis duymadığımız, babacan bir insan olan Liman (von Sanders) Paşa'dır.

Burada ölmekten kimsenin korkmadığını yazmıştım. "Ölümden korkulmaz mı?" demeyin. Çanakkale'de ölüm hayatımızın alelâde (sıradan) bir parçası olduğundan beridir, belki de korku hissimizin uyuştuğundan olacak, ölüm bize sivil hayatta göründüğünden farklı görünmektedir artık. Lâkin zor olan; pek zor olan, düşman bile olsa ölenleri görmek, onların can çekişirken haykırışlarını, inleyişlerini duymak, son nefeslerinde her lisândan 'anne'lerini ya da 'cânân'larını (sevgili) sayıklayışlarını, onları bir kere daha görmeyi arzu edişlerini, boğazlarından kopan hırıltıları işitmek, her lisandan Allah'ın adını telaffuz ederek dua edişlerine, kelimeyi şehadet getirişlerine şahit olmaktır Valideciğim. Yoksa obüs bombardımanlarının kulaklarımızı sağır eden patlamaları, süngü savaşları ve her an öleceğimizin şuurunda olmak artık bana o kadar zor gelmiyor.

Şu ana kadar bilhassa son muharebelerde binlerce neferimiz ve komutanımız şehit düşmüştür. Yer gök ceset doludur. Ceset kokusunun ne kadar ağır ve ümit kırıcı olduğunu kattiyyen tahmin edemezsiniz. Nefes almakta zorlandığımız zamanlar oluyor. Size durumumu olduğundan daha iyi göstermeye gayret etsem de siz anam olarak mutlaka ne kadar bedbaht (mutsuz) olduğumu fark etmiş bulunmaktasınız. Zaman zaman hayatta kaldığım için utandığımı, beşerî tarafımdan ve hissiyatımdan büyük zayiat (kayıp) verdiğimin şuurunda olduğumu sizden daha fazla saklamamın ne âlemi var? Ne yalan söyleyeyim, bazen şehit olanlara imrendiğim, kurtuldukları için onların yerinde olmayı arzu ettiğim bile oluyor.

Fakat Muhterem Valideciğim, bu kadar yeisle sizi üzmem zalimliktir. Ya bu mektubu size göndermeden kalbimin üzerinde sakladıklarımın yanına koyacağım ya da sizi biraz ferahlatacak havadisler yazacağım. Siz bilmiyorsunuz, ama size yazıp da yollamadığım bazı mektuplarım mevcuttur. Bunlar, daha ziyade sizinle dertleştiğim ve sizi üzmekten çekinmeden bütün çıplaklığıyla realiteyi anlattığım mektuplardır. Bu sebeple de bunları yollamaktan çekinir, burada, kalbimin üzerinde saklarım. Fakat durun, size mübarek bir haber vermeden duramayacağım. Aslında muhakkak bu haberi İstanbul'da almışsınızdır, lâkin gene de yazacağım. Çanakkale Cephesi'ndeki en ferahlatıcı, yürek coşturucu haber daha evvelki mektuplarımda mütaaddit defalar kendisinden bahsettiğim 19. Tümen Komutanı Miralay (Albay) Mustafa Kemal Bey'le ilgilidir. Mustafa Kemal Bey, Üsküplü İskender'in Selanik'ten aile dostu olmak hasebiyle benim ayriyeten yakınlık duyduğum bir zât olup, adı şimdiden Çanakkale'de bir efsane olmuş büyük bir kumandandır. Mustafa Kemal Bey hakkında anlatılan pek çok kahramanlık hikâyesi mevcuttur. Fakat bunların en mühimi 26 Temmuz* gecesi Anafartalar Komutanlığı'na terfi eden Miralay Mustafa Kemal'in düşmanın şiddetle taarruz edip aldığı Conkbayırı'nda cehennem gibi devam eden Anafartalar Muharebesi'ni büyük muvaffakiyetle neticelendirmiş olmasıdır. Mukabil (karşı) taarruzlara askerin önünde elinde kırbacıyla yürüyerek bizzat katılan Anafartalar Komutanı hakkında nevî şahsına münhassır (kendine özgü), ferâset (sezgi yeteneği), dirayet (zeki), askerlik, cesaret ve kararlılık hususiyetleriyle (özelllik) hakiki bir lider olduğu

* 8 Ağustos 1915

havadisi dilden dile dolaşmaktadır. Çöl sıcağında ve elverişsiz şartlar altında harp ederken, kaybettiğimiz binlerce askerimizin ve Balkan, Filistin ve Kafkasya mağlubiyetinin acısı içimizdeyken Miralay Mustafa Kemal Bey'in adı etrafında kurulan efsaneler ve onun şefliğindeki zaferler hepimizin yaralarına merhem gibi gelmektedir. Sanki onu bize Allah göndermiştir. Burada Türk Orduları'nın başında hakiki cesaret ve liderlik vasıflarına sahip bizden birinin adına ve şahsiyetine manen (tinsel olarak) büyük ihtiyaç vardır. Biz yüzlerce yıllık Osmanlı Medeniyeti'nin evlatları bunu hak etmekteyiz Valideciğim. Bizim Şimâl Cephesi'ndeki bu muvaffakiyetler Cenup (güney) Cephesi'ndeki efrâdın da moralini yükseltmekte, oradan da bazı hayırlı haberler gelmektedir.

Miralay Mustafa Kemal Bey'i şahsen görmek henüz bana nasip olmadı, ama onu görenler pek yakışıklı olan bu kumandanın bilhassa çok tesirli bakışları olduğunu söylemektedir. Bakışlarının bir bıçak kadar delici olduğunu anlatanların sayısı fevkalâde fazladır. Harp sırasında böyle mübalâğalara (abartma) rastlanması tabiidir, fakat Üsküplü İskender'in bana aylar evvel, Selanik'te ağabeylerinin arkadaşı olan bu muhterem kumandanın şiddetle tesir eden bakışları olduğunu anlatması bir tesadüf olmasa gerekir.

Çanakkale'de zâbitler arasında yayılan pek taze bir havadis de Miralay Mustafa Kemal'in evvelsi gece cebindeki köstekli saat sebebiyle ölümden kurtulduğu yolundadır. Hakikaten düşman şarapnelinin kalbine saplanmasına mâni olan mucize, tam o sırada kalbinin üzerinde bulunan saati miydi bilmiyorum, ben görmedim, ama daha şimdiden bir efsane haline gelen bu hadise doğruysa, Allah bu insanı Türk Milletine bağışlamıştır ve nihayet yıllardır bizim haysiyetimizi iki paralık eden basiretsiz (kavrayışsız), dirayetsiz (yeteneksiz) ve egoist mürşidlerden (kılavuz) bizi kurtarma şansı doğmuştur. Bu memleketin taşı toprağı, havası suyu, karakteri kuvvetli, şahsiyetli ve helal süt emmiş liderler yetiştirebilecek kadar bereketlidir Valideciğim. Miralay Mustafa

Kemal'in mucize saat hikâyesine gelince, burada ve bu anda bu hikâyenin hakikat olup olmadığının artık hiçbir ehemmiyeti yoktur. Hikâye, tarihî vazifesini yerine getirmiş bulunmaktadır. Gerisi istikbâlde tarihçilerin meselesi olacaktır.

Burada gazeteleri takip etmek kolay değil, fakat evvelsi gün zâbitlerin elindeki yakın tarihli bir *Tasvir-i Efkâr* gazetesiyle gülüp şakalaştıklarını görünce onlara yaklaştım ve ne olup bittiğini anlamaya çalıştım. Devamlı baş ağrısı, dalgınlık ve yorgunluktan muzdarip (rahatsız) olduğum için anlattıklarını doğru anlayıp anlamadığımdan emin değilim. Eğer yanlış anlamadıysam, zâbit kardaşlar İngiliz Kumandan Hamilton Paşa'nın yakında, bizim genç kumandanımız Mustafa Kemal'i kastederek, "Dünyada (bizim için) daha kötü olmayacak çok az kötü şey vardır," diyerek mağlubiyeti kabul edeceğini ve sessizce geri çekileceğini konuşuyorlardı. Ümit ederim ki, bu hayalleri çok yakında hakikat olur ve daha fazla şehit, hattâ düşman kanı da dökülmez.

Düşman deyince, son taarruzda siperlerimize kadar girip fakat tutunamayan düşman efrâdından yaralanıp, kaçamayan pek fazla esirimiz bulunmaktadır. Bu sabah bizim keşif kolunun yaralı olarak bulduğu kırmızı yüzlü, kirpikleri çipil çipil bir İngiliz delikanlıya rastgeldim. Yarasını sarmışlar, esir olduğu için geriye sevk edilmek üzere alay karargâhına yollanacakken, o ısrarla bir şeyler söylüyor, ama anlayan yok. Posta neferim Hüseyin, "Sen bunun dilini anlarsın Komutanım. Yazıktır esire, bi derdi var bu gâvurun!" diye almış bana getirmiş.

Tahminen benim yaşımda, esir olduğu için dehşetli korku içinde bana bakan bu kırmızı saçlı askere baktım. Biliyorsunuz İngilizcem her ne kadar Fransızca, Farsça, Arapça ve Almancam kadar iyi olmasa da üç sene evvel Paris'te rastladığımız Amerikalı yazarla kısa bir sohbet etmeye yetmişti. Esir askere ismini sordum. "Vat is yor neym solcir?" Beti benzi attı İngiliz'in. Söylemedi. Ben de rahatlasın diye, "Johnny?" diye sordum. Daha da rahatsız oldu. Sapsarı kesildi. "Korkma, şu andan itibaren bizim esirimizsin.

Sana kötülük yapılmaz," dedim. Biraz istirahat etmesi için oturttum. "Sit davn piliz," dedim. O zaman bana dikkatle baktı ama hâlâ korkuyordu. "Harp esnasında Türklerden korkmak gerekir, fakat bizler esire ve muhtaç olana şefkatliyizdir!" dedim. O bunu duyunca, "Biraz su," diye inledi. "Sam vatır." Zavallıcık saatlerdir su istiyormuş meğer. Bir bardak su getirttim. Önce benim içmemi istedi. Sonra kendisi içti. "Mor piliz," diye inledi. Bu defa maşrapayla su getirttim. O su içerken ben onu seyrettim. Bu kadar kırmızı suratlı olmasa bizim çocuklardan ne farkı vardı ki... Düşmanlık ne garip bir hadiseydi ki, bize birbirimizi tanımak fırsatını hiç tanımıyordu. Bu sırada esir asker bana ısrarla İngiliz olmadığını, İrlandalı olduğunu anlattı. Ben önce onu Östralyalı sandım. Anzak askeri yani. Ama o İrlandalı olduğunda ısrar etti. Yemek teklif ettim, istemedi, hemen uyumak arzusundaydı. Üç saat kadar uyumasına izin verdim, ama onu cephede daha fazla tutamazdım. Uyandırdım. Dinlenmiş olmaktan memnundu. Bu defa bana gülümsedi. Ardından da asker selamı çaktı. Selamını aldım. Onu neferlerin nezaretinde cephe gerisine gönderirken aniden geri döndü, bana doğru koşmaya başladı. Neferler bana bir kötülük yapacak sandı, ama o cebinden bir resim çıkarttı ve bana uzattı. "May fianse," dedi. Baktım, nişanlısı sarışın, sıska bir genç kızdı. Başımı salladım. Tekrar selam durdu ve "Tenk yu Sör," dedi. Gülümsedim. O zaman fark ettim ki, bende Üsküplü İskender'in hiç resmi yoktur.

İrlandalı esir asker, cephe gerisine götürülürken kurşunlar vızıldayarak üstünden uçuyordu. O farkında mıydı bilmem ama artık Türklerin değil, kendi arkadaşlarının attığı kurşunlarla ölme tehlikesi içindeydi.

Çok Sevgili Valideciğim, zaman hızla geçiyor, güneş iyice yükseldi ve ben her an mektubuma son vermek durumunda kalabilirim. Valideciğim, ah ağzımda ne kadar gevelersem geveliyeyim, kestirme gitmemek için ne kadar sapa yollara sapsam da nihayetinde o büyük felaket haberini size vermek zorundayım.

Bundan böyle nereye kaçarsam kaçayım, ne yaparsam yapayım tesirinden asla kurtulamayacağım, acısını daima kalbimde taşıyacağım bu derin yaranın ne ilacı, ne tedavisi ne de tesellisi mevcuttur. Ben artık eksik bir insanım, bir yanımı ebediyyen kaybettim. Burada Çanakkale'de kaybettim Valideciğim... Önce size anlatmak istemediysem de bu kadar büyük bir ıstırabı sizden başka kiminle paylaşabilirim ki? Kiminle?

Nasıl anlatsam? Anlatmaya dilim varmıyor, böyle bir kahır hangi kelimelerle dile dökülür hiç bilmiyorum. Daha dün şafak vaktine kadar Filistin-Kanal Cephesi'nden beri her derdimde ve sevincimde yanıbaşımda olup beni daima gözeten o cihan levendi, askerlerinin, komutanlarının ve benim çok sevdiğim, ancak adını böyle bir vak'ada telaffuz etmekten aciz olduğum... o kıymetli insan... Üsküplü İskender artık burada değildir. Ah yapamam ki... Dün şehit düşen askerlerimiz arasında Üsküplü İskender'in de bulunduğunu çıldırmadan telaffuz edemem ki... Teşebbüs ediyorum, kabul etmeye çalışıyorum. Lâkin olmuyor. Bu fikrin hakikât olma ihtimali bile kanımı dondurmaya yetiyor. Ayrıca, onun arkasında bıraktığı büyük yokluk ve boşluk hissiyatı nasıl anlatılır, hakikâten bilmiyorum. Dün şafak vakti kollarımın arasında son nefesini veren birisinden bugün nasıl bahis edilir, hakkında nasıl geçmiş zaman fiilleri kullanılır, aklım hafsalam almıyor. Bildiklerim, tecrübelerim, bana öğretilenler hiçbir işe yaramıyor. Hiçbir işe! Hiç bilmediğim, büsbütün bigane (ilgisiz) bir durumdayım. Çaresiz, devasız ve çok yaralıyım. Çanakkale'nin bülbülleri dahi sustu, ötmez oldu. Bana yakın olan tek şey yüzlerce defa neferlere söylettiğim, neferlerin her defasında yüreklerinden koparak söylediği o mâlum türküdür. Ah o türkü nasıl da söyler derdimi, nasıl da anlatır meramımı Valideciğim! Ah o türkü ki, Çanakkale'nin marşıdır, hepimizin acısına tercüman olmuştur, artık benim bütün Dede Efendi ve Chopin'lerden çok daha içime sinmiş, tamamen benim olmuştur. Bilmiyorsanız bu türküyü size söyliyeyim Valideciğim:

"Çanakkale içinde aynalı çarşı / Ana ben gidiyom düşmana karşı / Oofff gençliğim eyvah! Çanakkale içinde vurdular beni / Ölmeden mezara koydular beni / Oooff gençliğim eyvah!" Ahh ki ne eyvah...

Canımın parçası, ağabeyim, ustam, kan kardaşım, ruhumun yarısı, ah o civan adam... Kollarımın arasında son nefesini verirken bile ölüme kafa tutan, akıl ve yürek ışığıyla bulunduğu yeri aydınlatan, güzide insan, emsalsiz asker, yakın dost... Ah Üsküplü, ah kan kardaşım, ah ciğer parem ah nasıl bıraktın beni de... Aklım, benden ayrılmış, bir avuç bulut gibi uçup gidiyor, vücudum ateşler içinde yanıyor Valideciğim ama Üsküplü'nün bir daha geri dönmeyeceği hakikâtini kabul edemiyorum bir türlü.

Üsküplü'nün kaybıyla memleketimiz, onun aklının nûrundan, yüreğinin şefkatinden ve fikirlerinin hayrından nasipsiz kalmıştır. Şu anda donmuş bir taş parçası olan kalbimin metanetine (dayanıklılık) aldanmayınız. Onun gidişi ardından muharebenin orta yerinde o kadar çok ağladım ki, göz pınarlarım kurudu. Şimdiye kadar her emrimi ikiletmeden yerine getiren ve o sırada benimle ağlayan posta neferim Hüseyin, sonunda bana, "Yetti be komutanım, yetti be, yazıktır gençliğine!" diyerek isyan etti. Bu sebepledir, şimdi tek damla gözyaşım kalmadı. Artık acıyı da hissetmez oldum. Geride bir boşluk, devamlı baş ağrısı, göğsümde iri bir ayva lokması sıkışmış gibi bir sancı kaldı, o kadar. Biraz kendimden geçsem, azıcık uyusam, ah unutabilsem... Fakat mümkünü yok. Aklım beni nasıl terk edip gittiyse zalim şuurum da ete kemiğe bürünüp, en büyük düşmanım oldu. Kendi şuurum beni kemiren, beni yok etmeye çalışan bir düşmana dönüverdi. Buna inanabiliyor musunuz Valideciğim? Yoksa çıldırıyor muyum, ne dersiniz? Bakın size bu satırları yazarken, kendi öpöz şuurum karşımda âşikâr (apaçık) şekilde dikilmiş, müstehzi (alaycı) bir ifadeyle beni süzüyor, vicdanımı sorguluyor, ruhumu didik didik parçalıyor. Kendi şuurumun esiri oldum ben. Bu harp, yeri göğü kırmızıya boyayan bu oluk oluk insan kanı ve bu 1331 senesi beni çok harap etti. Üstelik, "Gelecekte mesud ve bahtiyar olacağız çocuk!" diyen Üsküplü İskender de yok artık. Yorgunum. Huzursuzum. Yüreğim taş parçası...

Anafartalar Cephesi'nde ağır yaralanmış olarak Üsküplü'yü bulduklarında yanında değildim. Emir eri çıldırmış gibi koşarak bana haber ettiğinde oraya, o ateş hattına nasıl vardım, hiç ama hiç hatırlamıyorum. Yanına gittiğimde, onu siperlerin arkasına çekmişler, yerde yatıyordu. Şafak vaktinde bile hava sıcak, çok sıcaktı. Koştum, başını kucakladım. Kan bulaşmış sarı saçlarını okşarken gözlerimden yaşlar boşanıyordu. O zaman gözlerini açtı. O deli bakışlı mavi gözlerinin feri sönmüştü. Beni tanıdı. Kendini zorladığı besbelli, gülümsedi. Bakışında dostluk, muhabbet, bakışında itimat vardı. O ölüyordu, bunu biliyorduk ve bu sırada en yakını bendim. O ölüyordu ve ben hiçbir şey yapamadan seyrediyordum. Bu nasıl büyük bir ıstıraptır ki, düşmanıma dahi tecrübe olsun istemem!

Ben bir aptal gibi ağlarken o kendisine acı verdiği besbelli olarak dudaklarını kımıldattı, "Kardaşım Ali Osman... kanımız... bizlerin kanı boşa akmayacak çocuk," dedi. Benim metanetli olup, onu teselli etmem gereken esnada, yazıklar olsun ki bana, ben ağlıyordum ve ölmek üzereyken bile Üsküplü İskender beni teselli ediyordu. Bana zaman zaman, "Sen asker olacak adam değilsin Ali Osman Bey kardaşım. Senden fikir, irfan, sanat adamı olur. Sen salonlarda, okullarda, konferanslarda, bildiğin bütün ecnebî dillerde ve güzel Türkçemizde nutuklar verip, yüksek kültürünle memelekete hizmet edeceksin, İnşallah!" derdi. "Zafer-i Nihayî'den sonra senin gibi fikriyatı, hissiyatı ve belâgatı (güzel konuşan) yüksek gençlere ihtiyacımız fevkalâde fazla olacaktır. Ancak biliniz ki, sizden asker olmaz!" Birlikte gülerdik. Haklıydı. Ben mecburi durumlarda ölüm kararı veremeyecek kadar hissiyatla hareket eden, geniş görüş kaabiliyeti Üsküplü kadar engin olmayan biriydim. İşte bu sefer de onu haklı çıkartmış ve onu muharebe meydanında şehit olmak üzereyken beni teselli etmek mecburiyetinde bırakmıştım. Bu münevver Türk evlâdı gözlerimin önünde son nefesini verirken ben sanki rahmetli pederimi ikinci defa kaybediyordum. Ayrıca hiç olmamış ağabeyimi, uzaktaki esrarengiz sevdiğimi, gençliğimi onunla birlikte ebediyete yolcu etmekteydim. Son gücüyle kolumu sıktı, "Hayatta kal, hayatta kal ve bu memleketin mesud ve hür günlerinde beni an," dedi. Sonra gözlerini kapattı. "Koyma kardaşım, koyup gitme beni burada... yapma Allah aşkına Üsküplü!" diye inledim. O gözlerini açmadan mırıldandı: "Allah'ın insanlığa en büyük lûtfu akıldır... Eğer akıl dininden büyük bir din olsaydı, Allah akıl yerine onu verirdi... Bu memleketin akla ihtiyacı vardır... akıl..." Bunlar son sözleri oldu. Sustu ve bir daha da hiç konuşmadı. Ama ben sessizce katılarak ağlarken gözlerini açıp bana gülümsedi. Vallahi de billahi de gülümsedi Valideciğim. Gülümsedi. Gördüm. Mukaddes bildiğim her şey üzerine yemin ederim ki, bana son bir defa gülümseyip, öyle gitti Üsküplü. Beni Anafartalar'da yalnız bırakarak, cennete gitti. O yakışıklı, muhteşem vücudunu kanlar içinde bıraktı, ama kendisi gitti. Gitti. Gitti işte.

Posta neferim Hüseyin gözlerinden yaşlar süzülerek dua okuyordu. "Duydun mu Hüseyin? Bana ne vasiyet etti?" diye sordum. Hüseyin bana baktı, burnunu çekti, "Vallah billah ben bir şey duymamışımdır komutanım," dedi. Nasıl olur? Yan yanaydık ve Hüseyin'in de benim duyduğum her şeyi duymuş olması gerekirdi. "İskender Komutan kelimeyi şehadet getirdi, başkaca bi şey duymamışımdır komutanım. Allah rahmet eylesin, başınız sağ olsun. Darısı başımıza komutanım!" dedi.

Üsküplü Allah'a inanırdı, ama dindar sayılmazdı. Sık sık, "Allah'ın dini akıldır! Yoksa neden bu şeytanı kafamıza koyarak yarattı bizi?" derdi. Fikrimce posta erim bunu duymuş ve ama korkmuştu. Bir gün o da anlayacak ve kendi aklından korkmayacaktır ki, o zaman aklın ışığı hepimizi aydınlatacak nurun kaynağı olacaktır. Aklıma mukayyet ol ey Allah'ım! O benim tek ümidim, aynı zamanda Üsküplü'nün bana vasiyetidir.

Değerli Anacığım, Güzel gözlü kardaşım Salih, ölümden korkmuyorum. Vallahi de billahi de korkmuyorum. Bilhassa

Üsküplü'nün şehit oluşundan beri artık ölüm beni korkutmuyor. Bu iyiye işaret midir, yoksa kötüye mi, bilmiyorum. Hiç bilmiyorum. *Bildiğim bir şey varsa bu mektubu size yollamayacağımdır. Hayır Anacığım, bu kan ve gözyaşıyla ıslanmış mektubu size yollayamam. Sanırım o da kalbimin üzerinde, burada cephede benimle kalacak.* Size yollamak üzere daha kısa ve ümit dolu bir başka mektup yazacağım. Yazıp, hemen postaya vereceğim.

Anacığım, bugün mübarek Ramazan Bayramı. Bayramınızı kutlar, ellerinizden, Salih'in gözlerinden öperim.

Oğlunuz
Mülâzımsâni (Teğmen) Ali Osman

“Aç gözlerini bakayım Viki Hanım. Aç da sana diyeceğim vardır *marı!*”

Üç gündür hasta olarak yattığı Dost Anzak Pansiyonu’ndaki odada aniden yanıbaşında beliren Beyaz Hala’yı gören Viki şaşkınlıktan küçük dilini yuttu. O kadar şaşırdı ki, tek kişilik, rahatsız somya yatağında sağdan sola dönecek kadar enerjisi bile yokken, Beyaz Hala’yı odasında görünce, etine iğne batmış gibi fırladı, dikilip oturdu.

“Sen taa buraya mı geldin Bey-azh Ha-la? Benim için mi geldin?” diye çekingen, yamuk bir gülümsemeyle sordu.

“Tabii ki gelecem *marı*, biz Türkler misafirperver milletizdir!” dedi, Beyaz Hala son derece sakin bir ifadeyle gülümseyerek.

“Velakin ben asıl seni almaya geldim. Sana diyeceğim bir sözüm vardır.”

"Söz mü?" diye şaşırdı Viki.

"Seni bize götürecem. Bilirim senin neden hastalandığını ben. Hadi kalk, kalk eylenme hele, kalk da bize gidelim. Sütlü tarhana çorbası yapcem elcağızımla sana. Bir içeceksin ki, heçbi şeyciğin kalmayacak *marı*!"

Yorgun, solgun ve bozguna uğramış bir halde yatağında oturan Viki, çekingen bir hayranlık ve gizlediğini sandığı bir öfkeyle Beyaz Hala'yı süzdü. Bu yaşlı kadın, kesinlikle bir 'kendi gözlerimle görmeseydim inanmazdım' vakasıydı. Bir kere gençlere taş çıkartacak bir hafızası vardı. Her ne kadar ağdalı ve eski moda da olsa İngilizcesi zengin ve anlaşılırdı. Kavramlar açısından profesyonel bir rehberden çok daha zengin bir sözcük hazinesi vardı. Kavrayışı şaşırtıcı derecede hızlıydı. Beyaz Hala'nın geçmişinde resmi olmasa da mutlaka bir eğitim birikimi olduğu anlaşılıyordu. Çünkü bu orta halli Doğu-Akdeniz köyü, bir peri masalı resmine hiç de benzemiyordu.

Viki, bu yaşlı kadının dünyadaki başka köylü büyükannelerle karşılaştırılamayacak kadar tuhaf, bilgili ve inatçı olduğunu düşünüyordu artık. Beyaz Hala özgün bir karakterdi. Onu tanıdıktan sonra etkilenmemek olanaksızdı. Hayran olmaya gelince... Bu konuda en büyük engel Beyaz Hala'nın acımasızlığı ve inatçılığıydı. O kadar acımasızdı ki, ta en başından beri bir kedinin fareyle oynadığı gibi oynuyordu Viki'yle. Eğer mektuplarını okuduğu Osmanlı subayı Ali Osman Bey savaşta öldüyse, Eceyaylası Köyünde seksen yaşına kadar bir savaş kahramanı olarak yaşayan ve sonunda eceliyle ölen Gazi Alican Çavuş kimdi? Yok eğer babası Gazi Alican Çavuş ise, o zaman Ali Osman Bey kimdi? Neden yalan söylüyor ve zaten karışık olan özel tarihini iyice bulandırıyordu Beyaz Hala? Yoksa gerçek sandığından daha korkunç ve tehlikeli bir köşeye saklanmıştı da bulanın yalnızca kendisini değil, çevresindekileri de mi yakacaktı?

Ayrıca yıllardır evinden ve köyünden çıkmadığı söylenen Beyaz Hala'nın, şimdi yabancı, üstelik babasının kahramanlıkla dolu geçmişini değiştirmeye çalışan bir kadın için kalkıp taa Eceabat'a gelmesi yalnızca ulusal konukseverlik duygusuyla açıklanabilir miydi? Hayır, açıklanamazdı. Başka açıklamalar, başka bir şeyler vardı, mutlaka olmalıydı... Viki bir dedektif romanının içine düşmüş bir karakter gibi hissetti kendini. İçi ürperdi. Oysa bir suçlu değil, bir kayıp arıyordu. Peki öyleyse aklına neden dedektif romanı gelmişti de bir gizem, fantazya romanı değil? Yoksa, yoksa bir suçlu mu arıyordu? Yok canım... Olmaz öyle şey? Olmaz tabii... Ama... ama ya olursa? Bu soruyu başka bir zamana doğru itip, biraz rahatladı Viki. Ama Beyaz Hala'nın bu sıradışı ziyaretinin asıl nedenini düşünmekten de vazgeçemedi. Düşünmekten öte, gönlü bu yaşlı kadının ziyaretinin büyük dedesiyle ilgili olmasını şiddetle arzu ediyordu. Bu yalnızca inatçı bir köylü nine olmaktan çok farklı ve özel kadının kalkıp ayağına gelmesinin önemli bir nedeni olmalıydı. Vardı bir nedeni. Vardı mutlaka.

"Çorbadan başka neyin var Bey-azh Hala?" diye sordu.

Sesinde bütün servetini oyundaki 'son el'e saklamış ve bütün riski göze almış bir kumarbazın manik cesareti vardı. Beyaz Hala yatağın başında oturduğu sandalyede tespih çekerek dua okuyor ve dualarını Viki'ye üfleyerek onun tezden iyileşmesini diliyordu. Ve elbette Viki'nin oyundaki 'hovarda el'ini ve jestini hiç görmemiş gibi sakindi. Yine bütün dualarını tıkabasa doldurduğu nefesini Viki'ye üflerken gözlerini açtı ve ilk kez neredeyse sevecen sayılacak bir bakışla ona baktı:

"Bizim sülalede inatçı insan boldur, amma karı kısmının inatçı olanı heç makbul değildir. Herif milleti kuzu gibi uysal, çocuk kadar saf, köyün delisi kadar salak karıları severler. Senin gidişatın heeç iyi değildir Viki Hanım. Senin sülalende de inatçı karılar var galiba..."

Güldü Viki. Bütün aksiliğine ve zalimliğine rağmen bu yaşlı köylü kadını bir şekilde... evet bir şekilde seviyor... ya da sevmek istiyordu. Sevmek mi? Yok daha neler? İyi ama bu sevmek değilse neydi? Hayranlık? Belki de onun kendi büyük halası olma olasılığının yarattığı bir duyguydu bu? Şimdi geldikleri bu noktada bütün bu olasılık ve 'belki'lerin pek de önemi yoktu aslında. İki haftadır yaşadığı bu tamamen kendine yabancı ve Doğulu kültürde fazla saf ve çocuksu olmasına rağmen şefkatli ve güvenilir bulduğu rehberi Mehmet'ten başka kendisine yakın bulduğu ikinci kişi Beyaz Hala'ydı.

"İyileştin mi, artık *marı* ?"

Bu soruya kahkahalarla güldü Viki. Üç gündür ateşler içinde yatıyordu ve bu yaşlı kadın üç dua, iki üfürük ve bir de adı neyse işte bir sütlü çorba vaadiyle onu hemen iyileştirdiğine inanıyordu, öyle mi? Ne yani kendini Şaman ya da Voodoo büyücüsü mü sanıyordu bu kadın? Kaldı ki, bu tür metafizik inançlara yalnızca folklorik öğeler olarak bakan Viki için iyileşmek, yalnızca ilaçla gerçekleşebilecek bir durumdu.

Yavaş yavaş rahatsız sandalyesinden doğrulan Beyaz Hala, hâlâ yatağının içinde oturan Viki'ye doğru uzandı. Üzerinde milyonlarca kırışıklığın şahane geometrik desenlerle dizildiği bembeyaz küçük elini onun alnına koydu.

"Maaşallah, bak dualarım ve sözlerim iyi geldi kızcağızıma. Düşmüş ateşin. Haydi giyin be bakalım, seni bize götürecem artık *marı*. Hem senin derdine asıl merhemi bi Allah bilir, bi de ben!"

Kızcağızım mı? Evet, 'Kızım'ın anlamını biliyordu. 'Benim kızım,' demekti bu. Sahiplenmekti. Ve Türk kültüründe olumluydu. Peki 'Kızcağızım', 'kızım' demekten daha mı samimiydi acaba? Beyaz Hala neden böyle hitap etmişti şimdi durup dururken? Şaşırdı Viki. Sonra aniden ateşinin düşmüş olduğunu hissetti. Elini alnına koydu, gerçekten de artık alev alev yanmıyordu. Kendini yorgun ve halsiz hissediyordu, ama çok acıkmıştı. Acıkmak mı? Günlerdir acıkmamıştı. Birden fark etti ki, kendini iyi hissediyordu. Halsiz, yorgun ama iyi.

"Büyücü bu kadın! Evet bir büyücü o!" diye öfkelendi.

Aslında neden öfkelendiğini bilmiyordu. Yavaş yavaş doğruldu ve söylenerek giyinmeye başladı.

"Büyücü, aksi, huysuz, zalim kadın!"

Onun giyinmesini beklerken gözlerini yummuş, yüzü huzurlu, sakin sakin dua okuyarak tespih çeken Beyaz Hala'nın dudakları kımıl kımıldı. Yani dışardan bakınca böyle görünüyordu.

Rehber Mehmet onları Eceyaylası Köyü'ne geri götürdüğünde öğle sonrasıydı. İki kadın Beyaz Hala'nın mavi kapılı evine girerken köylüler sessiz ve saygılı bir ilgiyle onları izliyordu. Havva ve akrabaları gün boyu Beyaz Hala'nın evine sütlü tarhana çorbası, sebzeli bulgur pilavı, tavuk yahnisi ve armut hoşafı taşıdılar. Köylüler turist kadının ne kadar iştahlı olduğunu gülerek konuşuyor, nazar değmesin diye işaret parmaklarının eklem kemiğini tahtalara vuruyorlardı. Bunlardan daha önemlisi, çiftçilerin, Beyaz Hala'nın yıllar sonra evinden dışarı çıkmasını bir bereket işareti sayarak, sevinmeleriydi.

Ertesi gün Mehmet, Dost Anzak Pansiyonu'ndan Viki'nin hesabını kestirdi ve onun bütün eşyalarını sırt çantasına doldurup Beyaz Hala'nın evine taşıdı. Mehmet, Beyaz Hala'yı tanıdıktan sonra Viki'nin onun evine taşınmasına pek şaşmamıştı. Onun şaşırdığı Viki'nin ona son günlerde sık sık sorduğu soruydu:

"Meh-met, Türkler Müslüman olmadan önce hangi dini kabul etmişlerdi? Türkler Müslümanlıktan önce Şaman mıydılar?"

"Ben ne bileyim yaa... Şaman maman... Hem bana ne?"

"Tam olarak Ağustos'un on ikisiydi..." dedi Beyaz Hala.

"12 Ağustos 1915'de hani o Gelibolu'nun meşhur bulutu vardır ya, hah işte bir tabur asker onun içinde kayboldu."

Viki, Beyaz Hala'nın evine taşınmış ve tamamen iyileşmişti. Çocukluğundan beri yakasını bırakmayan ve üzerine kara bir lanet, tedavisi olanaksız bir illet gibi yapışan o kâbus nihayet bu evde uykularından taşınıp gitmişti. İlk defa burada, Beyaz Hala'nın evinde doktorların 'kaliteli uyku' dedikleri sağlıklı uykulara kavuşmuştu. Hiçbir terapinin kurtaramadığı rüyalarını parçalayarak geceleri ona yakaran büyük dedesi bir haftadır onu rahat bırakmıştı. Yıllardır sık sık rüyasına giren büyük dedesi, Gelibolu sahillerinde kanlar içinde kıvranırken elini uzatıp Viki'ye yalvarırdı: "Beni sen bulacaksın Viki, beni aramaya sen geleceksin Viki..." Bu kâbustan kan ter içinde uyanmaya, bir hastalıkla beraber yaşamak kadar alışan Viki, bir haftadır rahat uyuduğunun ayırdındaydı. Sanki yüzündeki uykusuzluk gerilimi yumuşamış, sağlıklı uyuyanların huzurlu cildiyle güzelleşmişti.

Organik besinlerle hazırlandığı için çok değer verdiği, peynir, ev ekmeği, reçeli, serbest gezinen tavukların yumurtaları, sütlü tarhana ve tadına doyamadığı sebzeli bulgurla beslenmiş, şekersiz olduğu sürece içebildiği Türk çayından tıpkı Türkler gibi bir oturuşta onlarca bardak tüketerek ortama uyum sağlamış görünüyordu. Çok rahat ve estetik bulduğu Beyaz Hala'nın şalvarlarından birini giymişti. Üzerinde kendine bir bermuda kadar kısa gelen bu şalvara büyük bir zıtlıkla sırıtan bir tişörtle geziyordu. Bu tişört Eceabat'a ilk geldiği gün turizm acentasının bir armağanı olarak ona verilmişti. Tişörtün göğsünde *Lest We Forget-Anzac Day –Gallipoli 2000** yazıyordu. Elinde artık parmaklarını yakmadan tutmayı öğrendiği bilmem kaçıncı çayın bardağı, başında bir kurşun kalemi toka yaparak ensesinde topladığı uzun saçları, yüzünde ev içi hallerin rehaveti ve kaliteli uykuların yarattığı huzurla kanepeye bağdaş kurmuş oturuyordu. Onu tanımayanlar, rahatlıkla Eceyaylası Köyü'nden okumak için çıkıp, büyük şehirdeki okulu bitince evine dönmüş bir köylü kızı sanabilirdi. Rahatlıkla sanabilirdi.

"12 Ağustos 1915 sabahı Suvla Koyu'nda ekmek somununa benzeyen ha şööle yedi sekiz tane bulut vardı," dedi Beyaz Hala.

Sesinde 12 Ağustos 1915 günü bizzat kendisi oradaymış ve bahsettiği bulutları gözleriyle görmüş bir şahidin güveni vardı. Bulutları tarif ederken evin tavanına bakıyor, sanki tavan gökyüzüymüş de, şimdi bile o bulutları orada görüyormuş gibi tek tek yerlerini arıyordu.

---

* Anzak Günü-Gelibolu 2000; Unutamayız!

"Gün ağarıyodu. Güneyden pek bi kuvvetlen meltem esiyodu, amma velakin bulutlar heeç kımıldamıyodu. Gökteki bulut kümesinin altında, nerdeyse toprağa değecek gibi duran bi başka bulut daha vardı. Kendisi bi sis bulutuna benzemiyo, fakat sanki çook kaba kumaştan yapılmış gibiydi. Yere düşcekmiş gibi duran bu koyu bulut Suvla Koyu'ndaki İngilizlere yakıncacık bekliver-mişti. Allahın işi işte. Bak hâlâ sırrını hepten çözemedikleri o bulut azcik soona İngiliz askerlerini yutuverecekti. Yaa, aynen ööle. Hanii o meşhur İngiliz taburu var ya, o gün orada uygun adımlarla o bulutun içine girdi amma bir daha da içinden çıkamadı *marı!* Derler ki, o buluta giren iki yüzden fazla askercik varmış, ama onları bi daha ne ölü ne de diri gören kimsecikler olmamış."

"Aaa evet, şu meşhur Kraliyet Norfolk Taburu'nun hikâyesini anlatıyorsun sen Bey-azh Ha-la," diye doğruladı Viki.

"Bu hikâyeyi bizim oralarda duymayan yoktur. Norfolk Taburu savaş dışı nedenlerle oluşturulmuş bir taburmuş, hatta o zamanlar İngilizler bunlara 'tatil gecesi askerleri' diye takılırlarmış. Ama tutup savaşa da yollamışlar işte. Savaş bittiğinde İngilizler bu kayıp taburun iadesi için Türklere başvurmuş, ama Türkler yanıt vermemiş. İngilizler kayıp iki yüz altmış yedi askerin..." eğilip Beyaz Hala'ya fısıldadı, "...İngilizler bu iki yüz altmış yedi kayıp askerin Türkler tarafından öldürüldüğüne inanıyorlar, ya..."

Sustu, çayını yudumladı, ama aynı anda, 'Acaba Beyaz Hala'yı üzdüm mü?' diye bir düşünce içine düşüverdi. Halbuki Beyaz Hala sanki onu duymamış gibi tavanda gördüğü bulutları seyretmeye devam ediyordu.

"Geçen yıl, BiBiSi, yani... hani şu İngiliz Televizyonu var ya, işte o televizyon, bu konuda dizi film yaptı. Filmin adı *Kralın Adamları*'ydı galiba? Filmde Gelibolu'da kaybolan o taburun

Türkler tarafından imha edildiği anlatılıyordu; bir çeşit soykırım gibi... Hattâ babam, "*Geceyarısı Ekspresi*'nden sonra Türklerin bir de 'Gelibolu Ekspresi' oldu," diye takılmıştı. Yüzüne hiç söylemem, ama babam esprili adamdır, ha ha ha!"

O gülünce Beyaz Hala, gözlerini evinin tavanındaki bulutlardan çekti, dümdüz Viki'ye baktı. Viki bu bakışı görünce, yanlış yapmış bir çocuk gibi dudaklarını büzdü. Birini eğlendiren bir şaka başka birini rahatsız edebilirdi. Bir şaka birini ne kadar çok eğlendirirse, öbürünü o kadar çok üzebilirdi. Belki de üzmüştü... Bir kahkahayla bir iç çekiş aynı anda aynı atmosfere salınıvermişti. Pişman oldu Viki. Gerçekten istemeden yaptığı bu kazayı nasıl telafi edeceğini bilemeden, kararsız kaldı.

"Türkler Gelibolu'da adil ve dürüst savaştılar Viki Hanım. Onlar memleketlerini ve hürriyetlerini korumak için ölüyolardı. Ah aahh... Allah öğretmesin, ama ölmenin de çook değişik sebepleri vardır *marı*!" dedi üzgün bir sesle. Sonra yutkundu ve eski kararlı, dikkafalı sesiyle devam etti:

"İşgalciler haksızdır. Her kim olursa, her nerede olursa olsun, işgalciler haksızdır. İster İngiliz, ister Türk, ister Zelandalı, ister Östralyali olsun... Ve haksızlar daima lanetlenirler."

Kızmıştı Beyaz Hala. Yaşlı göğsü hızla inip kalkıyor, çok sevdiği tespihini sanki eline pis bir şey değmiş gibi iteleyerek çekiyordu. Düşüncesiz davrandığı için kendine kızan Viki, söyleyeceği her yeni sözcüğün durumu daha da ağırlaştıracağını düşünerek susuyordu. Beyaz Hala başını kaldırıp, evinin tavanına sakladığı o bulutlara baktı yeniden.

"Amma ne oldu soona? İngilizler silahla giremedikleri Çanakkale'ye kalemlen, antılaşma, sözleşmeylen neyse işte onu imzalayıp, gelip oturdular. İşte o zamanlarda bizim bu civarda birkaç tane yakaya takılır o nedir o? Hani iğnesi vardır? Desene adini hele?"

"Badge," diye atladı Viki.

"Haa o işte. İngilizler birkaç tane rozet bulmuşlar, üzerinde işte o askerlerin işareti varmış. Ne dersin onlara? Norfolk mu nedir? Bundan birazcik soona da bizim köylülerden biri az yukardaki bi çiftlikte cesetler bulmuş. Herifler bunu duyunca geldiler, kazdılar kazdılar kazdılar... Hiç bıkmadan deştiler toprağı. Sonunda yüz kadar ceset buldular. Ölçtüler biçtiler, dediler ki, bu cesetler Türklerin cephesinden uzaktadır. Geriye ne ihtimal kalır? Hı? Kalsa kalsa bu İngilizler çiftlikte öldürülmüştür, di mi *marı*? İyi de... O zaman geriye kalanlar nerde?"

"Gerçekten mi? Ben hikâyenin bu kısmını bilmiyordum Beyazh Ha-la... O zaman geriye... galiba yüz elli tane kayıp ceset kalır... Vay canına..."

"Yaa işine geleni bilirsin, gelmeyeni bilmezsin di mi?... Olmadı işte... Sen tee buralara kadar kalkıp gelicen, hem de kitaplarda, filmlerde ne varsa cuppadanak yutcan! Ama hikâyenin devamını bilmeyecen. Olmadı işte. Bak sana tavsiyem, ööle her duyduğuna, gördüğüne hemen inanma. Yoksa bööle yanılırsın *marı*. Sen git, o şakacı babana annat bunları. Gelsin benim misafirim olsun, çay içsin, sütlü tarhana içsin, ama gelsin de buraları görsün *marı*."

Güldü Viki. Ah şu her derde deva organik sütlü tarhana çorbası. Sonra, 'Neden olmasın?' diye düşündü. 'Aileden Gelibolu'ya gelmeyen kaç kişi kaldı zaten?..'

"İşte Viki Hanım durum böyle böyle böyledir. Kayboldu askercikler. Sen adını bilirsin, o bi yakışıklı İngiliz Paşa varmış, bütün düşman ordusunun komutanıymış kendisi. Şairmiş hemi de. Pek akıllı adammış da heeç asker kaabiliyeti yokmuş derler hani... Ne paşadır onun adı *marı* ?"

"Sir Ian Hamilton mu?" diye şaşırarak sordu Viki. "Ama bir generaldi o."

"Hah ağzına sağlık, o işte Hamilton Paşa. İşte o, demiş ki..."

Viki kendini tutamadı ve güldü. 'Doğulu' askerlerin fes-bıyık-esmer ten imgesiyle beraber dolaşan, keyfine düşkün, yarı diktatör 'paşa' kavramının uzun boylu, sarışın ve asil bir İngiliz generale yakıştırılması hoşuna gitmişti. Gülüşü karnından gelen çok samimi kahkahalarla kat kat açılınca Beyaz Hala ona kafa tutan bir sert bakış attı.

"Haaa, ne gülersin sen öööle? Ha paşa olmuş, ha general, ne fark etcek ki? Asıl möhimi iyi komutan olmasıdır kızım! Allah rahmet eylesin, mekânı cennet olsun, şuradaki var ya, şu Paşa... Ahh kızım ahh... o çook iyi bir komutandı. Bütüün askerler, hepicek millet onu severdi. Çok mübarek insandı. Nur içinde yatsın!"

Viki önce Beyaz Hala'nın şimdi kimden bahsettiğini anlayamadıysa da, onun özlemle yaşaran gözlerinin baktığı yöne dönünce televizyonun üzerinde salıncakta neşeli çocuk gözlerle sallanan yine o adamın fotoğrafını gördü. Bu fotoğraf köy kahvesinde kalpaklı ve sert bakışlı olanına hiç benzemiyordu.

"Bak o senin Hamilton Paşa var ya, tee o vakitler İngiliz askerlerinin bir bulutta kaybolup içlerinden hiçbirinin geri dönmediğini Kral'a rapor etmiş derler. Akıllı adammış. Hem baksana sen bana, eğer o askerler kaybolacak yerde harp ederken ölselerdi heeç kimse dertlenmeyecekti *marı*! Kahraman olacaklardı. Amma velakin, bu askerler hâlâ kayıptır, ne derler, ölüsü veyahut da dirisi bulunana kadar insanlık hakkın baki kalır. Yani bu mesele kapanmamıştır, annayacağın... yazık olmuştur günahsiz herifciklere be kızım..."

Viki onun düşman İngiliz delikanlılara gerçekten acıyıp acımadığını merak etti. Dikkatle yüzüne baktı. Vallahi üzülüyordu işte.

"Halbuki harpten sonra biz minnacık bebeyken kayıp İngiliz askerlerinden felan habersiz oynardık buralarda. Bazen kuru kafa, kemikler, boş kovanlar bulur, altın bulmuş gibi koşup büyüklere teslim ederdik. O kafaları inceleyip kimin kellesidir diye hemencecik bulurdu İngilizler. Amma o kuru kafalar arasında kayıp askerlere heç rastlamadık. Olsa mutlak bulunurdu. O vakitler çok normaldi bööle şeyler bulmak, toprağı kazsan insan fışkırırdı kızım. Fakat unutma sen, heçbir ölümün sırrı ilelebet saklı kalmaz *marı!*"

Ne? Ne dedi şimdi bu yaşlı kadın yine böyle? Hiçbir ölümün sırrı sonsuza dek saklı kalmaz mı? Neden söyledi şimdi bunu? Ne demek istedi? Bir şey ima ediyor besbelli. Yine başladı zalimliğine işte.

"Onlar buluta binip gittiler."

"Efendim? Buluta binmek mi?"

"Hee yaa. İngiliz askerler buluta binip gittiler."

"Şaka yapıyorsun Bey-azh Ha-la."

"Nedenmiş canım o? Bak bizim buralara İstanbul'dan Ankara'dan kocaman kocaman karılarla herifler geldiydi bir defasında biliyo musun hele? Gökte uzaydan gelenlerin yuvarlak uçakları varmış ya, OFFI midir, nedir işte?"

"UFO," dedi Viki, konuyu anlayamamış olarak.

"Haa o işte. Bu insanlar bizim buraya geldiler, UFO Birliği kurmuşlar. Onlar da İngiliz askerlerini o UFO'lar aldı felan diye ciddi ciddi konuştular. Soona da gaztede felan yazdıydı bunlar."

"Hadi canım sen de... Yok artık!" diye bozuldu Viki.

"Yok mok! Bak herkesler kendine göre bir hikâye söyler. Senin İngilizler, Türkleri öldürmek, memleketini ellerinden almak için buraya gencecik çocukları yolluyorlar, soona da bu askerleri Türkler imha etti diyolar, UFO'cular yuvarlak uçağa binip, Ay'a Venüs'e uçtular diyo, ben de buluta binip gittiler diyom. Ne var bunda? Zaten rivayet bi başladı mıydı, artık heeç bitmez."

Canının sıkıldığını belli etmemek için kendisine bir bardak çay daha koyma bahanesiyle mutfağa gitti Viki.

"Senin büyük deden Anzaklı er Alistair John Taylor da 12 Ağustos günü Suvla Koyu'ndaydı Viki Hanım."

Viki mutfakta olduğu için yanlış duyduğunu sandı, çıldırmış gibi oturma odasına Beyaz Hala'nın yanına koştu.

"Nee? Ne dedin sen Bey-azh Ha-la? Ne dedin şimdi?"

"Büyükdeden dedim, o meşhur bulut yere yaklaştığı sırada, orada, Suvla Koyu'ndaydı."

Gözlerini yine tavanda yalnızca kendisinin gördüğü o buluta dikmiş sanki her şeyi görmüş kadar emin anlatıyordu.

"Er Alistair John Taylor çıldırmış gibi koşuyodu. Nereye olduğunu bilmeden, kendi harbi olmayan Gelibolu Harbi'nden uzaklara kaçıyodu. Aklı başından uçmuştu. Hayattan beklediği heçbir şey kalmamıştı. İhtiyarlamıştı zavallıcık. Yirmi bir yaşında ihtiyarlamıştı oncağız. Koştu koştu koştu. Bir Türk nişancısının kurşunuyla ölmek istiyodu belki de? Gözü dönmüş, aklını başına devşirecek kuvveti yitip gitmişti. Bundan bööle kimsenin ona yardım felan edemeyeceğine kesinkes inanmıştı. Heçbir ümidi kalmamıştı. Ne kadar koştu, ne kadar yol gitti, kaç saat, kaç zaman susuz ve aç kaldı, nerede düşüp uyudu, Allah bilir. Çünkü kendisi bilmiyordu. Aklı kendinden ayrılmış, bundan bööle ancak zaman zaman dönmek üzere Gelibolu göklerine uçmuştu garibin. O sırada o bulutu ve ona doğru yaklaşan İngiliz askerlerini gördü ve durdu. Senin büyük dedenle beraber orada bulunan üç tane Zelandalı asker daha vardı. Bu üç asker daha sonra memleketlerine -haa sizin orayavarınca vicdan azabı içinde noterliğe gittiler, bi evrak imzaladılar."

Anlatılanları başı dönerek ve birbirinden kopuk olarak işiten, ama anlamayan Viki yutkundu, sakinleşmeye çalışarak, Beyaz Hala'nın karşısındaki sandalyeye ilişti.

"Kalk kalk, oturma hemen. Bak şoo televisyonun altındaki dolabı aç, içinden benim kara kaplıyı ver."

"Neyi vereyim?"

"Aç sen hele o dolabı... Haa bak işte en üstte duran siyah dosyayı ver hele bana."

Gerçekten de üstünde televizyonun bulunduğu küçük komidinin dolabını açınca üst üste dizili eski püskü dosyalar, birkaç kitap ve fotoğraf albümü buldu Viki. En üstteki siyah dosyayı aldı, uysalca Beyaz Hala'ya uzattı. Onu aceleye getirmemesi gerektiğini öğrenmişti. Yoksa ucunu gösterdiği ipi tamamen kesip atabilirdi.

"Ver bakayım gözlüklerimi de *marı.*"

Kırık sapı selobantla yapıştırılmış yakın gözlüğünü taktı, sağ işaret parmağını diliyle ıslatıp, besmele çekti, dosyayı karıştırmaya başladı. İçinde birazdan iyi ya da kötü, ama önemli bir şey öğreneceğine dair kuvvetli bir huzursuzluk duyan Viki nefesini tutarak bekledi.

"Hah bak işte buna hele..."

Daktiloyla yazılmış bir metindi bu.

"Ama bu Türkçe?" dedi Viki hayal kırıklığıyla.

"Haa sen arka sayfasına bakcen, aslen İngilizceydi, tercüme ettirtmişler."

'Er F. Reichardt, Er R. Revnes ve Er J. L. Newman şahadet etmektedirler ki, 4. Norfolk Taburu bir sis bulutuna girmiş ve kaybolmuştur.'

"Aaa biliyorum bu belgeyi ben. Büyük dedemle ilgili olarak Auckland'de, Waiouru Askeri Müzesi'nde araştırma yaparken rastlamıştım buna," dedi Viki şimdi daha ciddi bir ilgiyle.

Aslında Beyaz Hala'nın büyük dedesiyle ilgili sözlerinin bir alegori olup olmadığı konusunda meraktan çatlamak üzereydi, ama kendisine evini, şimdi de özel arşivini açan bu inatçı, zor ama zeki ve artık adil olduğunu anladığı yaşlı kadının sezgilerine güvenmek zorundaydı. Güvenmeye başlamıştı bile... Hem zaten kilidin anahtarı da ondaydı.

"Bak hele o şahit askerlerin noterde imzaladıkları belgede adresleri de vardır. Şaka değil bunlar... BiBiSi duysun bunları hele! Bir Türk Ninesi söylüyor bu lafları, masa başında tarih kitapları okuyup, cafcaflı filmler uyduranlar değil!"

"Biri Matata Bereket Körfezi'nde*, öbürü Cambridge'de, Newman da Tauranga'da oturuyormuş."

"Ne biçim adres bunlar bööle *marı* ?"

"Bunların çoğu Maori dilindendir Bey-azh Ha-la. Biz Yeni Zelanda'ya gelmeden önce, yerli halk Maorilerin mekânlara verdikleri adların çoğunu olduğu gibi kabul ettik ve koruduk," dedi Viki gururla.

"Biz mi?" diye homurdandı Beyaz Hala yerinden oynayan takma dişlerini yerleştirirken.

"Senin büyük ninen, hani mektupların sonunda selam eder dururdu büyük deden, neydi onun adı? O yerli kanından değil miydi? Yanlış mı annadım yoksa?"

"Keri... Aa tabii..." diye kızardı Viki. "Tabii ben de altıda bir Maori kanı taşırım."

"Haa... ben unuttun sandım da..."

"Ne cadı ama..." diye homurdandı Viki. "Ah ben de onun yarı Yeni Zelandalı olduğunu bir kanıtlasam, görür gününü o zaman."

"Öyle dersin ama Viki Hanım, sizinkiler, bizim kaç yüz senelik Arıburnu'nu Anzak Koyu yapıverdilerdi bir gecede? Hem zaten senin büyük deden, toprağı bol olsun... Allah günahlarını affetsin... mektubunda bunu yazmamış mıydı kendisi?.."

Sustular. Aralarındaki hava bozulmuş, ağırlaşmıştı. Bozguna uğramış, karşı atak için hazır bekleyen Viki, dilinin ucuna gelen sözleri yuttu. Canı sıkılmıştı ama direnecekti.

"Sen şimcik diyeceksin ki, Konstantinopolis'in adını da mı Yeni Zelandalılar değiştirdi? Haklısın. Ama ben sana ne dediy-

---

* Bay of Plenty (y.n.)

dim? Ha? Hatırla bakeyim... İşgalcinin iyisi olmaz, dedim di mi? Bak rahmetli babam bana derdi ki, -Allah gani gani rahmet eylesin- 'Kızım, adil olmak dünyanın en büyük eziyetidir. Ama bi defa muvaffak olursan, gözündeki perde kalkar, vicdanında körlük biter, artık hür olursun fakat bundan soona bütün namussuzları çıplak görmek zorunda kalırsın.' Annıyon mu bu lafın manasını sen hele?"

İşte Beyaz Hala'nın farkı buydu. Karizması burada saklıydı. O bir '*guru*'nun bütün özelliklerini taşıyordu. Kişisel hırslarından arınmış, saygıya değer, adil, manevi içgörüye sahip bir tinsel öğretmendi. Bütün '*guru*'lar gibi özeldi ve müritleri vardı. Gülümsedi Viki. Köylülerin ondan söz edişlerini unutmamıştı. Büyük olasılıkla bütün '*guru*' lar gibi yalnız bir çocukluk geçirmişti. Sonuçta kim olursa olsun, ister büyük halası, ister kendisiyle hiçbir bağı olmayan bir Türk köylüsü, artık hiç fark etmezdi. Ona hayat dersi veren bu yaşlı kadını çoktan sevmeye başlamış, onun bir *guru* olduğunu kabul etmişti. O da bir jest yapmak istedi:

"Doktor Livingstone'un keşfettiği şelalaye Viktoria adı vermesini hicveden bir roman okumuştum. Siyasi doğruluk ve ahlak üzerine ilk kez o zaman düşünmeye başlamıştım."

"O doktoru tanımam ben... Hayde bir çay doldurcan mı bana *marı*?"

Biraz sonra beraber atlattıkları fırtınanın daha fazla yakınlaştırdığı iki uzun yol denizcisi gibi güvenle bakışarak tazelenmiş çaylarını içiyorlardı.

"Bilir misin Viki Hanım, o üç Zelandalı er bulutun içine girip kaybolan askerlerle ilgili şahitlik için neden elli yıl beklemişlerdi?"

Hayır, bilmiyordu Viki. Doğrusu üç askerin Gelibolu'dan dönüşleriyle notere gidip bu mistik olaya şahitlik edişleri arasında elli yıl olduğunu hiç hesap etmemişti.

"Korkmuşlardı *marı*. Bi tanesi sahra birliğindeymiş, sen bak o yazıya, ben annamam bu işlerden... Çarkçıymış galiba zavallıcık. Korktular *marı*, alaya alınmaktan korktular be Viki Hanım. İki yüz küsur asker bir buluta binip gitti, dersen gülerler adama be kızım! Ama bunlar üç taneydi ve aynı rüyayı aynı zamanda üç adam birden görmez!"

Bir İngilizce gazeteden kesilmiş kupüre yeniden bakan Viki, yüksek sesle okudu:

"İstihkam eri 41165 künyeli er F. Reichardt, Birinci tabur, üçüncü bölükte asker olarak 12 Nisan 1915'te Gelibolu'ya sevkedilmiştir."

"Haydee neyse ne. Kalk kalk ben acıkıverdim. Havva torun yemek getirene kadar gel bakalım biz bişeycikler yiyiverelim hele."

Mutfağa giderken çok sık yapmadığı halde bastonuna dayanarak yürüdü Beyaz Hala. Viki de onun peşine takıldı.

"Aç bakeyim şu buzdolabı efendiyi. Şu ahmak gazteciler çekip gitse de sokak kapımızı da açabilsek... Memlekette yapacak işler birikmiş dururken onlar buraya üşüştüler *marı*!"

"Biraz beyaz peynir, yeşil- siyah zeytin, dünden kalan bul-gur var," diye dolaptakileri saydı Viki.

"Omilet yapalim. Sen buranın yumurtasını sevdiydin. Ne dersin ona sen hele?"

"Serbest gezinen tavuk yumurtası Bey-azh Ha-la. Çok değerlidir. Lezzetli ve organik!"

"Tööbe tööbe... Sen de benim İstanbullu torunum gibi konuşursun vallahi be Viki Hanım."

"N'aaparsın Bey-azh Ha-la, her şey sentetik, her şey yapay... Tavuk ne yerse yumurtası da öyle olur!"

"Hayde çok konuşma da şu omileti yapıver bakayim Viki Hanım. Ben de şu iskemleye oturayım hele."

Viki dört yumurta, zeytinyağı, domates ve peyniri mutfak tezgâhının üzerine koyduğu sırada Beyaz Hala sanki havadan sudan bahseder gibi anlatmaya başladı:

"Senin şu büyük deden var ya, haa o işte... O sis bulutunun içinden koşarak geçti, koştu koştu, koştu... Bu sırada Türk cephesine geçmişti, ama dedim ya, aklı başından uçmuştu çoktan. Bir kurşun tam beynine girmek üzere kanatlanmış ona doğru uçarken, hemi de tam kafasına girecekken yüce Allah'ın bir işi işte... büyük dedenin ayağı bir şeye takıldı ve yere düştü. O yere düşünce ona nişan alan asker onu öldürdüğünü sandı ve ikinci defa ateş etmekten caydı. Büyük dedenin ayağına takılan o şey, yaralı Türk Zâbiti Ali Osman Bey'di ve büyük dedenin hayatını kurtarmıştı."

Viki'nin omlet yapmak için kırdığı yumurta yere düştü. Yerdeki kilimin üzerine sapsarı dağıldı, yayıldı ve oraya yapıştı.

Rehber Mehmet, sanki yılların alışkanlığı gibi her gün Eceyaylası Köyü'ne gidiyor, orada Viki'yi ve artık hayallerinin ninesi olan Beyaz Hala'yı ziyaret ediyordu. Bu ziyaretler bir saat kadar sürüyor, çay veya kahve içiyor, bazen taze gözleme yiyor, onlara dışardan haberler getiriyor ve iki kadının sanki yıllardır beraber yaşarmış gibi uyumlu beraberliğini –ona neyse?- kendi başarısıymış gibi sevinerek izliyor, sonra da Eceabat'a dönüyordu. Bu ziyaretler onda sevilen bir akraba evinden cebinde birkaç günlük şımartılma stokuyla ayrılışın sevgi dolu etkisini yaratıyordu. Ayrıca bu sırada teknik olarak çalışıyor göründüğünden, turizm acentası da ona ilişmiyordu.

Bu ziyaretlerin birinden ağzında şımartılmışlığın o her yaşta aynı lezzetli çocuk gülüşüyle Eceabat'a döndüğünde acentanın bürosu önünde bekleyen birini gördü. Önce dikkat etmedi. Akşam oluyordu, alacakaranlıktı. Cipi park etti, büroya yöneldi.

"Baksana sen buraya!"

Büronun önünde bekleyen kısa boylu, gürbüz, yıllardır vücut çalıştığı belli, halterciye benzeyen, kısa saçlı, bıyıklı, kumral bir adamdı. Otuz yaşlarında gösteriyordu.

"Bana mı dediniz?"

"Sana sana!"

Mehmet etrafına baktı. Sanki sokak aniden boşalmış, bu hırlı mı, hırsız mı belirsiz adamla yapayalnız kalmıştı. Ürperdiğini hissetti.

Adam Mehmet'e yaklaştı. Tek ve kesin bir hareketle koluna girdi, onu kendine doğru çekti. Mehmet'ten kısa olmasına rağmen çok kuvvetliydi.

"Bak aslanım!" dedi Mehmet'i sürüklercesine yürüterek, "Şimdi sana söyleyeceklerimi dikkatle dinleyeceksin. Ben tekrar etmeyi sevmem. Şu senin müşterin yabancı kadın var ya... Hah işte o! Sen söyle ona, hanım hanımcık çenesini kapatsın. Yerli yersiz konuşmasın ortalarda öööle! Tamam mı koçum?"

"Bir dakika, ne çekiştiriyorsunuz beni? Ne demek istiyorsunuz siz?"

"Bak güzel kardeşim, vakitsiz öten, manasız şakıyan gagalar kopartılır!"

Adam bunu söylerken boşta kalan eliyle havada hayali bir kuşun hayali gagasını tuttu ve tek hareketle koparttı. Bunu o denli güzel canlandırmıştı ki, Mehmet gerçek bir kuşun gagası kopmuş gibi fena oldu, içi ezildi.

"Hele hele milli duygularla tehlikeli tangolara girenlerin sonu hiç hayırlı olmaz! Benden söylemesi. Tamam mı? Bu memleket sahipsiz değildir, o kadar!"

"Ne diyorsunuz siz ya? Hem kimsiniz siz?" diye dikeldi Mehmet.

Ama adam kolunu öyle kuvvetle sıktı ki, canı yandı Mehmet'in.

"Bak kardeşim, sen erkek adamsın, sana daha açık anlatayım. Ben buraların gözü kulağı, aynı zamanda da namusu olurum. Beni pek ortalıkta görmez, duymazsın; ama accaip hissedersin. Öyle vatandaşın etlisine sütlüsüne karışmam, kimsenin namusuna yan gözle bakmam. Hep beklerim. Sabırlı ve yerine göre accaip hoşgörülü, demokrat insanımdır. Amma bıçak kemiğe dayanınca ortaya çıkarım kardeşim! Bu senin yabancı karı, saçma sapan masallar anlattı, ortalığı karıştırmaya yeltendi, bekledim, hiç ellemedim. Sonra Beyaz Hala'yı rahatsız etti, yine sustum. Beyaz Hala'ya bilhassa saygımız sonsuzdur. O mübarek kadın, Türk Anası'nın en helalinden sembolüdür. Anladın mı? Ama sen kalk git, o evine kimseleri almayan mübarek kadının evine yerleş. Yok, bu hiç hoş kaçmadı. Yakışıksız oldu. Dikkat çekti. Söylentilere yol açtı. Tasvip etmiyoruz!"

"Siz kim oluyorsunuz? Size ne bundan?"

"Bak dostum, sen hâlâ olayı çakmadın. Ya jetonun geç düşüyor, ya başka bir durumun var. Güzel hatırın için son defa anlatayım. Bu senin müşterin yabancı kadın, büyük bir Türk Kahramanı, şerefli bir gazinin aslında Türk olmadığını söylüyor. Söylüyor mu ? Söylüyor! Haa, bak orada duracaksın ve bir noktalı virgül koyacaksın! Olmaz! Dünya yuvarlak değil desen, haydi belki dersin, ama bir Türk askerinin şerefiyle oynadın mı, olmaz dersin! Var mı böyle vatan haini tripler koçum?"

"Yaa siz de bunu ciddiye mi aldınız Allah aşkına? Ben de gerçekten bir şey var sandım. Besbelli birkaç şey duymuş, dedesinin de bir mezarı olsun diye böyle bir hikâye kurmuş zavallıcık, kendince eğleniyor işte. Gayet hoş bir kadın. Ne var bunda bu kadar bozulacak?" diye derin bir nefes aldı Mehmet.

Adam Mehmet'in bu sözlerini duyunca kolundan çıktı, yumuşamıştı:

"Bak arkadaş, sen şerefli bir Türk gencine benziyorsun. Kendimi tanıtayım. Benim adım Tahsin. Vücut Tahsin derler bana. Bak bi derdin falan olursa haber sal, hemen seni bulur, anında problemini çözeriz evvel Allah! Doğma büyüme bu mübarek toprakların insanıyımdır. Ne idüğü belirsiz bir kadının gelip, burada asayişi bozmasına izin verememem, izin verdirtmeyiz!"

Onun yumuşamasından cesaretlenen Mehmet dikeldi:

"Siz kimsiniz? Asayiş kuvvetleri mi? Benim bildiğim bu işe polis bakar."

Tahsin, Mehmet'in dikelmesine bozuldu, hemen bıraktığı yerden koluna girdi ve onu sürükleyerek arka sokaklara doğru yürüttü. Mehmet neye uğradığını şaşırdı. Hava iyice kararmış, sokakta in ve cin top oynuyordu. Onlar da oyuna dalmışlardı, Mehmet'i görmediler.

"Bak son defa söylüyorum Mehmet kardeşim. Senin müşterin olan o yabancı kadın en kısa zamanda, kazasız belasız memleketine dönecek. Başına bir kaza gelmesi turizmimiz açısından baltalayıcı olur, üzülürüz sonra..."

Durdu. Mehmet'i süzdü. Kolundan çıktı. Uzanıp Mehmet'in atkuyruğu saçını tuttu ve acıtarak çekti. Mehmet irkildi, bir adım geriye çekildi.

"Saçlar da pek hoşmuş ha!" dedi Tahsin, tehditkâr ve alaycı bir sesle. Sonra ağır ağır, omuzları havada askıya asılmış, birazdan çifte telli oynayacakmış gibi yaylanarak uzaklaştı.

Hayatı boyunca etliye sütlüye karışmamış olan Mehmet ilk defa ciddi bir tehditle karşılaşmış, haksızlığa uğramışlıkla, küçük düşürülmüşlüğün acısını ilk defa bu şiddette tatmıştı. Sözlü tacizin insanın içine işleyen ve asla unutulmayacak acısını iliklerine dek hissetti. O anda aniden, şimdiye kadar gülüp geçtiği 'Viki'nin büyük dedesi' hikâyesinin gerçek olabileceği olasılığı belirdi zihninde. Viki'nin büyük dedesi bir Türk gazisi olabilir miydi gerçekten? Belki de Viki refah toplumunda canı sıkılan genç kadının tarihi bir fantezisiyle değil, gerçek bir sırrın çözülmesi arzusuyla buralara gelmişti? Belki de Viki'nin hikâyesi gerçekti? Yoksa gerçek miydi? Tahsin'in sürüklediği dar ve ıssız sokakta durdu ve ilk defa bunu düşündü Mehmet. İlk defa.

Yavaş yavaş bir uykudan uyanır gibi kendine geldi ve o sırada sanki bu olayın bitmesini beklemişler gibi aniden sokakta beliren insanların arasından turizm acentasının bürosuna doğru yürüdü. Tam büroya girecekti ki, gördü. İçi cız etti. Şirketin kullanması için ona verdiği cipin kaportasına, astarboyası görünecek kadar derin bir çizik atılmıştı. Ulu orta soyunmuş gibi görünen cip, utanıp üzülmüş, küçülmüştü. Küçülmüştü sanki.

Yoksa Viki'nin hikâyesi sandığından da ciddi bir şeyler mi gizliyordu? Viki'nin hikâyesinde kendinin farkında olmadığı bir büyük sır mı saklıydı? Neden sertleşmişti ortalık birdenbire?

Ürperdi Mehmet. Sessizce büroya girdi.

"1915 senesinin Ağustos'unda, Birinci Cihan Harbi'nin Çanakkale Cephesi'nde Türk Teğmen Ali Osman Bey ile Anzak Er Alistair John Taylor iki gün iki geceyi başbaşa geçirdiler. İkisi de yirmi yaşındaydı.

"Bu iki gün Ali Osman Bey'in hayatının son günleri oldu. Aynı iki gün Alistair John Taylor'ın da yirmi yıllık hayatının bitişiydi.

"Aynı günlerde Eceyaylası Köyü'nden Sünnetçi Muhammet'in kızı Meryem saatlerdir ortadan kaybolan altı yaşındaki kardeşi İsa'yı aramakla meşguldü. Osmanlı Devleti, Çanakkale köylülerini harpten korumak için nisbeten emniyetli olan uzak köylere yerleştirivermişti. Eceyaylası Köyü'nün kadınları ve çocukları da şimcik adı Evreşe olan o zamanki Kadıköyü'ne gönderilmişti.

Köydeki Rumlarla birbirlerine heç bulaşmadan yan yana yaşar giderlerdi. Harp esnasında zati sığındıkları köy bilem tekinsizken, küçük İsa'nın köyden kaçması delilikti. Amma ne yapsın, İsa daha bebecikti. Köyün kadınları kardeşini bulmak için deli gibi koşturan Meryem'e köyden dışarı çıkmamasını söylediler se de heeç dinletemediler.

"Meryem, babası Sünnetçi Muhammet'in bile yola getirmediği dikkafalı, katır inatlı bir kızdı. Daha küççücükken gizlice babasının sünnetlerini seyreder, ağabeylerinin cigaralarından tüttürürdü. Hamarat ve becerikli, dayanıklı ve kuvvetliydi. Çok mu akıllıydı, yoksam deli mi? Bilinmez. Bunu bi Allah bilir... Sonunda Sünnetçi Muhammet n'iitsin adamcağızcık *marı,* attı Meryem'i atının terkisine, öteyki köylere sünnete giderken kızını da yanında götürdü. İşte yaşcağızları çeyiz düzer, tarlada, evde çalışırken bu Meryem kız bööle bööle bööle büyüdü...

"Önceleri milletin ağzı açık kaldı. Sen de sekiz ben diyeyim dokuz yaşında bir kız sünnetçi babasıylan köy köy geziniyo, sünnet aletlerini temizliyo, işleri yoluna koyuyo, köylülerin para yahut para yerine verdikleri hububatı, erzakı topluyo, işleri çekip çeviriyodu. Soonadan millet alışıverdi Meryem'e. Amma velakin alışamadıkları bi şeycik vardı. Meryem illa billa sünnet seyrediyodu. Babası ona sünnet ameliyatını seyretmemesi için ne nasihatler ettiyse, ne dayaklar attıysa da heeç bi işe yaramadı. Şincik karılar televizyonda filmleri nasıl seyrederse, küççük Meryem de saklanıp ööle seyrederdi babasının sünnetlerini. Heeç korkmazdı.

"Aradan yıllar geçti, Meryem büyüdü, amma kimsecikler le evlenmek istemedi. Zaten bu sünnetçilik sebebiylen pek de talibi yoktu *marı.* Sünnetçi Muhammet ve iki böyük oğlu harbe gittiler. İki oğul Sarıkamış Cephesi'nde donarak öldü, Sünnetçi Muhammet de Filistin –Kanal Cephesi'nden dönmedi. Meryem'in anası da onların acısından hastalandı, çabucak ölüverdi zavallıcık. İşte o vakit Meryem koskoca dünyada bi tek küççük kardeşi İsa'yla hem öksüz, hem de yetim kalakaldı. Kız olmasa sünnet yapmasına izin verirlerdi, ama kız doğmuştu zavallıcık *marı*. Şimcik kadınlar da sünnetçi oluyor, amma o vakitler yok ööle bi şey tabii. İşte Eceyaylası'nın kadınları ve çocuklarıylan beraber nisbeten emniyetli Kadıköyü'ne göçtüklerinde Meryem Kız'ın hayatta tek bi tane akrabası vardı, o da oyun oynamak için cepheye kaçmıştı.

"Meryem, babasıylan köy köy gezdiğinden artık Gelibolu'yu avucunun içi gibi bilirdi. Saklana saklana İsa'yı ararken taze bi mezar başında yarı baygın nöbet tutan genç bi Türk askerine rastladı. Önce çekindi, ağaçların arasına saklandı. Uzun zaman bu askeri seyretti. Genç adam garip sesler çıkartıyo, bi ağlayıp, hemen sonra gülüyodu. Mavi gözleri çakmak çakmak olmuş, uzaklara bakıp, ağıtlar yakıyo, gâvurca şarkılar söylüyodu. Taze mezarda yatan besbelli yakın arkadaşıydı ki, mezarın başından ayrılmıyo, toprağı okşayıp, seviyodu. Üstü başı perişan, asker pantolunun paçaları, ceketinin kolları çekmiş, kısa kalmıştı. Sarı sakalı ve bıyığı uzamış, çok yorgun, pek bi hasta görünüyodu. O vakte kadar harpte kolunu, bacağını kaybetmiş bi çok gazi gören Meryem, ilk defa aklını kaybetmiş bi malul gaziye rastlamıştı *marı*. Kafası karışmış, çekinmiş ama korkmamıştı. Meryem heeç korkmazdı. İşte genç Meryem, o saat kardeşi İsa'yı falan unutup oraya çakıldı. Gözlerini bu genç askerden ayıramaz olmuştu. Çünkü genç asker, her genç kızın aklını başından alacak kadar yakışıklı, Allah'ın boş vaktinde özene bezene yarattığı şanslı kullarındandı. Amma ööle bööle değil, çook çok yakışıklıydı. Bu adamı gören her kızın iflahı kesilirdi. Meryem'in de kesildi.

"Taze mezar başında nöbet tutarken çıldırmış halde bulduğu bu Türk askere rastladığında Meryem artık yirmi iki yaşında felan olmalıydı... Herhal o kadar kartlaşmıştı gayri... O vakit orada gönlü bedeninden ayrılıp, uçup gitmişti. Meryem o gün orada o saatte bu askere öyle bi sevdalandı, öyle bi bağlandı ki, artık ömrü boyunca gözü başkasını görmeyecek, yüreği başka heç kimseye açılmayacak, ağzından ondan başkasına tek güzel söz çıkmayacaktı. Bizim buralarda bu hastalığa karasevda derler. Tedavisi felan heeç yoktur. Bi kere yakalandın mı, iyileşemezsin. Meryem karasevda hastalığına tutulmuştu ve kalan ömrünün her saatini, her anını bu adama adayacak, onun kulu kölesi, karısı, anası, ninesi, onun her şeyi olacaktı. Taa ki bi kız bebe doğurana kadar...

"Anam Meryem, ne biri doğduktan bikaç ay soona ölen - Allah rahmet eylesin Ali Abim'i- ne de yaşayan biz üç çocuğunu, ne oyun oynamak için sık sık cepheye kaçan kardeşi İsa Dayımı, ne de torunlarını, torun çocuklarını sevdi. Anam Meryem heçbirimizi sevmedi. Sevmesinin mümkünü yoktu. 1915 senesinin Ağustos'unda o taze mezar başında karasevdaya tutulduğu Gazi Alican Çavuş'tan sonra gönlü artık kendine ait değildi. İradesi vücudundan uçup gitmişti. Kara büyü derler, çok fena bi şey vardır. O kadar fenadır ki, bak Kuran-ı Kerim onu yasaklamıştır. Hah! İşte aynen ööle bi şey. Meryem'in karasevdası kara büyü gibiydi. Çarpılmıştı. Ölene kadar da ööle büyülü kaldı.

"Anam Meryem karasevdalıydı, vurulmuştu, meftundu. Gönül gözü aşktan körelmişti. Ona rastladığı günden soona her şeyi Gazi Alican Çavuş olmuştu. Artık tek ışığı, erkeğiydi. Artık istese bile babam Gazi Alican Çavuş'tan başkasına şefkat, merhamet gösteremezdi. Göstermedi de. Anamın, babamdan gayrısını sevecek ne hali ne de vakti kalmıştı. Bu sebepten dolayı Anam Meryem bizi heç sevmedi, heç okşamadı, heç öpmedi. Gözü bizi heeç görmedi. Bizi, karasevdalısıylan arasına giren münasebetsiz mâni... nasıl demeli? Engeller, haa işte ööle engel diye gördü. Anam bizim varlığımızdan daima rahatsız oldu. En fazla da benimkinden *marı...*

"Küççükken bazı geceler kendi kendime derdim ki, "Acep babam bizi sevmeseydi, mühimsemeseydi anam ne yapardı?" Haa? Bunu ne zaman düşünsem pek bi korkardım. Korkudan ağlar, ertesi sabah erkenden babama koşar sarılırdım. "Yine kötü rüya görmüş küççük kızım," derdi babam. Sanırdım ki, babam ölse, anam bizi kapı dışarı atar. Şimdi sanki sırf babamın hatrına bize bakmaktadır. Bu sorumun cevabını heç bi zaman öğrenemedim... Babam öldüğünde eyice kocamıştı anam. Ona ben baktım. Zaten hemen senesine koştu gitti karasevdalısının yanına.

"Haksız da sayılmazdı amma... Bizim buralarda, köy yerlerinde hele o vakitler erkekler evlatlarını kucaklarına alamaz, sevmezlerdi. Ayıptı. Âdet öyleydi. Hele kız bebeler, onlar çocuktan bile sayılmazdı. Köy yerlerinde hâlâ, şimcik bile erkekler daha mühimdir. Çünkü kızlar nasılsa gidicidir. Başka bi eve hizmet etmeye, bebe doğurup, bebe bakmaya, tarlalarda, evlerde ve yatakta çalışmak için gelin giderler. Daha bikaç sene evvelsine kadar köy yerlerinde adamlar babalarının yanında bebelerini kucaklarına alamaz, sevemezdi *marı*. Amma benim babam, Gazi Alican Çavuş bambaşkaydı... Allah mekânını cennet etsin, nur içinde yatırsın... Ahh benim babam ne civan adamdı... Taa o vakitler, kim ne der felan takmaz, bizi, hele beni çok sever, kucağından indirmezdi. Saatlerce bizimlen oynar, İngilizlere esir düştüğünde öğrendiği İngiliz oyunlarını, şarkılarını öğretirdi. Uzun Abim'le Bulut kardeşim ufacıktı o vakitler, tekerlemelerden, şarkılardan çabuk sıkılırlardı, ama ben heeç sıkılmaz, heeç bıkmazdım. Yeter ki babamla daha fazla beraber olayım, yeter ki daha fazla öğreneyim. Öğrendikçe babam beni daha da fazla sever, gözlerinin içi gülerek, "Benim akıllı kızım!" diye saçımı okşardı.

"Bi gün oyun oynamaya dalmışız yine -yedi sekiz yaşlarında felandım-, anam gelmiş, dikilmiş başımıza, heç görmemişiz. Saatlerce bi köşede beklemiş, ööle seyretmiş bizi. Onun farkına vardığımızda yüzü taş gibiydi. Anamın o bize bakan taşlaşmış yüzünü heç unutmam. Bana bakışındaki kıskançlık, derisinin taş tutmuş hali, gözlerindeki korku, vücudunun yay gibi gerilmiş, atlamaya hazır duruşu... Anamın o taş yüzü hâlâ rüyalarıma girer. Hâlâ korkarım.

"Anam ne komşu karılarla, ne de bizimlen konuşurdu. Aslına bakecek olursan, anam heç konuşmazdı. Hep susar, hep gözlerdi. Onu çeşme başında köylü karılarlan çene yaparken heç görmedim. O vakitler çok fakirlik vardı. Harp yılları, kıtlık, yokluk... Pek bi zordu, ahh çook zordu *marı*. Allah bir daha göstermesin. Düşmanı bile açlıkla terbiye etmesin yüce Rabbim hele... Anam zengin çifliklere gündeliğe gider, hizmetçilik ederdi. Karşılığında bi okka arpa unu alır, eve gelir evde de yemek, temizlik yapar, durmadan çalışır, o harp kıtlığında bile babama sıcak yemek bulmak için didinirdi. Her evin bi-iki dane hayvanı vardı, bebeler sığırtmaçlık ederlerdi. O zamanlar bi matara sütü bi Osmanlı'ya satarlarmış. Anam buncağız işinin arasında babama yamalı da olsa her vakit temiz mintan giydirir, bizden çok ona bakar, bebekmiş gibi el üstünde tutardı. Babam bize analık ederdi, anam da babama analık, karılık... Eceyaylası Köyü'nde babamdan başka eli ayağı tutan, genç adam yoktu o vakitler. Herkesler şehit olmuştu, gaziler de sakattı. Babamdan sonra en genç erkekler sekiz yaşındaki oğlanlardı *marı*. Bu sebepten onun varlığı köylüler için çok möhimdi, çok...

"Tıpkı anamın Sünnetçi Muhammet Dedemi sünnet ederken gizlice seyrettiği gibi ben de bazı geceler, gizlice anamla babamı gözetlerdim. N'apçen çocuk aklı işte... O zaman gördüklerime inanamaz, ağzım açık kalırdı. Anam Meryem, babamla başbaşa kalınca bambaşka bi karı olup çıkardı *marı*! O taş suratlı, dili kilitli, kalbi kurumuş Meryem, Sünnetçi Muhammet'in katır inatlı kızı, beni bi kere okşamamış anam, babamla başbaşa kalınca ağzından bal damlayan, taş yüzü ateş gibi yanan, ela gözlerinden sevda akan, cilveli, oynak bi başka karı oluverirdi *marı*! Rüyamda görsem inanmazdım, ama uyanıkken, kendi gözlerimle görünce küçük dilimi yutardım. Meryem babama sarılır, yüzünü gözlerini öper, kucağına oturup, edepsiz şeyler yapardı. Babam güler dururdu. Babam çocuk gibiydi. Anamın cilvelerine dayanamaz, o da başlardı oynaşmaya. Soona babam onu ağzından öperdi. En çok buna şaşırırdım. Kimsenin kimseyi ağzından öpebileceğini düşünemezdim hele... Arkasından da soyunurlardı. Daha fazlasına dayanamaz, elimle gözlerimi kapardım. Tıpkı anamın beni kıskandığı gibi ben de aynı adamı anamdan kıskanırdım. O adam benim babamdı, beni çook severidi, amma gene de içim titrerdi *marı*. Anam onu benden alıp kaçıracak diye içim yaprak gibi titrerdi işte. Tek amma tek isteğim babamın sevgisini kaybetmemekti. Ne pahasına olursa olsun. Amma ne... Lakin anamın yaptıklarını ben yapamazdım. Hem ben daha çocuktum. Ama büyüyüp kadın olmaya da heç heves etmiyodum. Hele evlenip evden gitmek, babamdan başka bir adamla yaşamak felan... Allah korusun... Babamın kızı olmak bana yetiveriyodu. Babamın gözünün nuru, bi tane kızı olmak o kaddar böyük bi muhabbet tarlasıydı ki, artık başka heç bi ağaç bana yetmezdi. Yetemezdi. Deli gibi üzülür, korkuverirdim. Onlar uyuyana kadar nefes almadan bekler, soona da kendi yatağıma dönerdim.

"Babam onu seven iki kadını da kendine sevdalandırmakta ustaydı. Sonunda ben de babama karasevdalanmış idim zâhir... Çünkü babam bambaşkaydı, eşi emsali yoktu... Babam... Allah rahmet eylesin, iyi adamdı, çook iyi adamdı, gani yürekli adamdı... benim babam kahramandı... Babam... Ah babam ah..."

Birden konuşmayı bıraktı ve gözlerinden sağanak yağmurcasına yaşlar boşanarak ağlamaya başladı Beyaz Hala. Görünüşünde hiçbir değişiklik yoktu. Hatta yanaklarından akan yaşlar dışında ağladığına dair hiçbir iz yoktu. Huzur içinde oturmuş, bir başkasının çok ilginç hayat hikâyesini ya da bir serüven filmi anlatır gibi sakin sakin anlatıyordu. Sonra aniden babasını çok özlediğini hissedip, ağlamaya başlamıştı. Ama ağlayan sanki yalnızca gözleriydi.

Beyaz Hala'yı uzun zamandır büyük bir ilgiyle, heyecandan çıldırarak, nefesini tutup, bütün kulaklarıyla dinlemekte olan Viki, onun gözyaşlarıyla yüreğinin altüst olduğunu hissetti. Hemen yanına koşup, Beyaz Hala'ya sarılmak, onu teselli etmek istedi, ama yaşlı kadın Viki'yi eliyle itti, tesellisini reddetti. O zaman Viki karşısında bir an için Sünnetçi Muhammet'in katır inatlı kızı Meryem'i görür gibi oldu. Her ne kadar 'ben babamın kızıyım' diye tepinse de Beyaz Hala belki daha fazla annesi Meryem'in kızıydı ve aslında bunu görmekten korkuyordu. Bu gerçeği o anda keşfeden Viki, Beyaz Hala'ya mesafeli durarak aslında onu memnun edeceğini anladı. Tıpkı Meryem gibi Beyaz Hala'da da yabani bir yan vardı ve hayatı boyunca ancak çok az insana yakın olabilmişti. Belki de yalnızca tek bir kişiye. Bunu kavrayınca ürktü Viki. Çünkü bu özellikler aynı zamanda kendisini de tanımlayabilirdi. Evet, kendisini de. Durdu, derin bir soluk aldı, yutkundu. Artık vicdan azabı duymadan ve müdahale etmeden, ama içinde giderek büyüyen bir tehlikeli bir merakla yaşlı kadının ağlamasına şahitlik edecekti. Denedi. Sabırla ve sessizce bekledi. Sormak için deli olduğu o hayati soruyu ağzına kilitleyip sustu. O sustukça Beyaz Hala kendi içine döndü, büzüldü, ufaldı ve oturduğu yerde yüzünde tuhaf bir gülümsemeyle uykuya dalıverdi.

Yaşlıların aniden uykuya dalışları, doğanın küçük ölüm provalarıdır. Bu kısa dalışlar onları asıl uzun uykuya hazırlar. Beyaz Hala aniden uykuya dalınca Viki paniğe kapıldı.

Ya şimdi ölüyorsa, ya birazdan ölürse?.. Ya da tam gerçeği açıklarken ölecekse... Ya geride kalan son şahit de bütün sırlarıyla birlikte tarihe gömülürse? O zaman Sünnetçi Muhammet'in kızı Meryem'in taze mezar başında Türk asker üniforması içinde bulduğu adamın hangisi olduğunu kim bilecekti? O adam, Beyaz Hala'nın babası, Ali Osman Bey mi, yoksa büyük dedesi Alistair John Taylor mıydı? Gelibolu'daki köylülerin yarısı mavi gözlüyken, iki askerden hayatta kalanın Anzak mı Türk mü olduğuna neye dayanarak karar verecekti? Ya Ali Osman adındaki Türk subay, büyük dedesini öldürüp gömdüyse? Tabii ya, o sırada savaş devam ediyordu ve sonuçta dedesi de Türk subayı'nın ülkesini işgale gelen bir Anzak askeriydi. Evet Teğmen Ali Osman, Er Alistair John Taylor'ı öldürmüş olabilirdi. Sonra da geçirdiği duygusal travma nedeniyle hafızasını yitirip Gazi Alican Çavuş adıyla bu köye yerleşmiş, burada huzur içinde ölmüştü. Neden olmasın ki? O zaman kendi tezi yine çürüyecek, bir kez daha aptal durumuna düşecekti. Fakat... fakat ya değilse? Ah o 'fakat' ve 'ama'ların içine saklanan binde bir olasılıkların baştan çıkarıcı albenisi! Ah o aklımızı çelen küçük olasılıkların peşinde sürüklenirken esir olduğumuz duygu karmaşası! Ah bazen sonunda pişmanlıktan kıvranarak andığımız 'ya öyleyse?' yolculuklarımızın yüksek bedelleri! Fakat ya değilse? Binde bir de olsa hayatta kalan askerin büyük dedesi olma olasılığı vardı. Evet vardı! O halde Beyaz Hala ölmemeliydi. Şimdi değil. Bu kadar sabredip, bu kadar yol katettikten sonra gerçek acıtsa da Viki sonuna kadar gitmeliydi. Bunu yapmalıydı. Ya şimdi, ya da asla.

"Bey-azh Ha-la?" diye titreyen, endişe dolu bir sesle seslendi Viki.

"Bey-azh Ha-la, uyuyorsun di mi?"

"Ne var canım hele?" diye homurdanarak gözlerini açtı Beyaz Hala. "Accık içim geçivemiş *marı*, n'oolecek yani?"

"Sana çay hazırlayayım mı Bey-azh Ha-la?" diye rahat bir soluk alarak sordu Viki.

"Benim canım *erik hoşafı* çekti Viki Hanım. Şu Havva torunum'a telefon etsek de, accık hoşaf yapsa bize. Soona *lokma* da yapsın tazecik, sıcak sıcak, bol şerbetli. Acıkmadın mı sen hele? Bak sıska sıska gezersin. Sana da *peynir helvası* yapıversin Havva torunum, iyi gelir, biraz serpilip, eyice güzelleşirsin."

"Acıkmışsın sen Bey-azh Ha-la," diye güldü Viki.

Adlarını anlamasa da Beyaz Hala'nın ağzını şapırdatarak anlatışından yemekten bahsettiğini anlamıştı. Zaten şimdiden hoşaf, pilav, helva, ekmek, su ve çorbayı biraz da mecburen öğrenmişti. Ayrıca hem organik, doğal olmaları hem de lezzetleri açısından o da bu bölgenin yemeklerini sevmeye başlamıştı. Telefonu açtı ve çoktan ezberlediği komşu evde oturan Beyaz Hala'nın ağabeyinin torun çocuğu Havva'nın numarasını çevirdi.

"Mar-ha-ba Ha-va Hanim, Ben Viki. Bey-azh Ha-la ko-nuşur," diyerek telefonu Beyaz Hala'ya uzattı.

Önceleri Viki'den hiç hoşlanmayan Havva, Viki'nin onlardan biri gibi şalvar giyip, pişirdiği yemekleri övmesi, severek yemesi ve birkaç kelime de Türkçe öğrenmesinden sonra ona ısınmış ve dostça davranmaya başlamıştı. Köylüler Havva vasıtasıyla Viki'nin az buçuk Türkçe öğrendiğini duyuyor ve özellikle son yıllarda içine kapanan mübarek Beyaz Hala'ya yarenlik ettiği için onu seviyorlardı. Bu topraklarda misafir sevilir. Belki de misafir sonunda evine döneceği için, ama içtenlikle sevilir. Yüzyıllardır bu böyledir. Bu topraklara dostça ayak basan herkesi misafir saymakla başlayan o dillere destan Türk konukseverliği bir efsane değildir. Bu memlekette yaşayan ve buraya konuk olmuş herkes bunu iyi bilir.

Gelibolu Yarımadası'nda yaşayan köylüler bir an için bile Çanakkale Gazisi Alican Çavuş'un Türk kimliğinden kuşkuya düşmediği için, Viki'nin 'Anzak büyük dedesi' hikâyesinden de rahatsız olmamışlardı. Köylüler arasında Viki'ye düşmanlık besleyen yoktu. Ama Beyaz Hala ve Viki'nin evden dışarı çıkamayışlarının nedeni zaten Gelibolu halkı değil, büyük şehirlerden gelen basın, gizli polis ve politikacılardı.

Bir saat sonra Havva tepsi içinde erik hoşafı, Edirne peyniri'nden yapılmış nefis peynir helvası, bol zeytinyağlı, limonlu ev yapımı *lakerda*, tavuklu *mantı* ve olmazsa olmaz sebzeli bulgur pilavıyla kapıyı çaldı. Onunla birlikte içeriye girmeye, kapı aralığından Viki'nin fotoğraflarını çekmeye çalışan gazetecilerden zor kurtularak yemekleri ve Havva'yı içeri aldılar.

Havva daha içeri girer girmez derse başladı. Viki'ye birkaç yeni Türkçe sözcük öğretmek onun en büyük eğlencesi olmuştu. Bunu çok seviyordu. Viki de onu üzmüyordu.

"Sevda: sev- da haa, kalp, yürek, aşk... Kız Beyaz Hala bee, bak öğrenecek bu Viki Türkçeyi *marı*! Haa evet sev-daa. Haa hah hah... Ay çok komiksin Viki be... Çok yaşa emi.."

Viki eli kalbinde, "Sev-daaa!" diyerek, kaşlarını oynatıp, Havva'yı eğlendiriyordu. Galiba bu arada kendisi de eğleniyordu.

"Durun hele azmış karılar. Ben acıktım. Sevda mevda karın doyurmaz. Haydeee... Sevdaymış! Hah! Yemeğimi verin siz benim önce!"

Yemek bittikten sonra Havva boş tabakları topladı ve neşeli sesler çıkartarak gitti. Giderken de kapıda nöbet tutan gazetecilerden zor kurtuldu. Ve artık Viki'nin pişirmeyi öğrendiği Türk kahvesi faslı başladı. Her yudumu höpürdetip, "Afferin Viki Hanım," övgüsüyle süsleyerek içen Beyaz Hala keyifli görünüyordu. Kısa bir süre televizyon seyrettiler. On kadar kanal dolaşıp, haberlere bakan Beyaz Hala, duyduklarına öfkelenerek Türkçe küfretti.

"Beceriksiz bu herifler, sadece kendilerini düşünürler, memleket heeç umurlarında değil!" diye homurdandı. Sonra da televizyonu kapattı.

"Kimlerin?" diye sordu Viki.

"Kim olacak marı, Böyük Millet Meclisi'ndekilerin tabii. Dur hele bakiim sen; sizinkiler nasıl peki? Onlar memleketlerini mi, ceplerini mi seviyolar hıı?" diye sordu.

Güldü Viki. Âlem kadındı bu Beyaz Hala. Diri, dipdiri, meraklı ve ilgili...

"Müthiş birisin sen Bey-az Ha-la," diye güldü.

"Benim uykum geliverdi. Ben yatcem Viki Hanım. Senin yatağını hazırlayıvereyim de önce hele. Hayde Bismillah! "

Viki ne kadar karşı çıksa da oturma odasındaki kanepelerden birine çarşaf serip, yastık ve pike getirerek her gece ona yatak yapmaya kararlıydı Beyaz Hala. "Misafire yatak yaptırılmaz!" diye kesip atmıştı. Oysa daha küçük yaştan başlayarak herkesin kendi işini yapmaya alıştığı bir kültürden gelen Viki için yaşlı bir kadının kendisine yatak yapması çok can sıkıcı bir durumdu. Fakat Beyaz Hala'ya karşı çıkılamayacağını artık öğrenmişti. Sustu, içini çekerek bekledi. Çantasından bir kitap çıkarttı. Yatağına uzanıp ilk gençliğinden beri ihmal ettiği Katherine Mansfield'in olağanüstü hikâyelerini okuyacaktı. Ama okuyamadı. Çok uykusu olduğunu söyleyen Beyaz Hala kendi yatak odasına geçip uyuyacağı yerde Viki için hazırladığı yatağa bağdaş kurup oturdu ve aniden anlatmaya başladı:

"Nereye koştuğunu bilmeden ööle koşup dururken, kafasının tam ortasına saplanacak bi Türk kurşunundan son anda kurtulan Anzak Er Alistair John Taylor yere düştüğünde şaşkındı. Önce yaralandığı için düştüğünü sandı. Ööle yattı, iki seksen uzandı. Soona eliyle kafasını yokladı bi yarası, beresi felan yoktu. Ama karnını ellediğinde elleri kan içinde kaldı. Demek ölecekti. Amma heç üzülmedi. Kabullendi. Zaten sevdikleri bir bir ölüp gidivemişlerdi *marı*. O da ölüp kurtulacaktı. Sevinmedi de. Gencecikti. Keri'yi düşündü. Çook uzaktaki vatanında onu bekleyen yavuklusu Keri'yi. Uzun müddet ööle yerde yattı. Ama bi türlü ölmüyodu. Belki de ölmek böyle bişeydir diye düşündü -tööbe estağfurullah! Amma düşündü işte zavallıcık. Soonacığıma bi inilti işitti, ama kendi inlemiyodu. İşte ancak o vakit ayağına takılan ve şimcik üzerinde yattığı askeri fark etti. Çok korktu. Ne yapacağını bilmeden kaldı yerde, ama Türk asker inliyo ve kanıyodu. Heç düşünmeden, ööle bi insani içgüdüylen belki de, ne bilcen.... hemen Türk'ü zeytin ağaçlarının dibine doğru çekiştirdi. Garip bi sessizlik anıydı. İki düşman asker zeytinlerin altında yan yana yatıyolardı. Kendilerine Abdül diye tanıtılan Türk, nur yüzlü, yakışıklı genç bi adamdı. Adı Abdül bile olsa adamdı işte. Alistair John tedirgindi. Şaşkındı. Şapkasını Ali Osman'ın başının altına minder yaptı. O zaman Ali Osman gözlerini açtı ve iki genç adam ilk defa göz göze geldiler.

"'*Bonjour!*' dedi Ali Osman, Bak bu *bonjour*, merhaba, hello demektir Frenkçe haa! Alistair John, *'Good Day!'* dedi. Türk subay, 'Ay sipiik litıl İngliş,'- azcık İngilizce konuşabilirim- dedi, soona, 'Litil vatır piliis,' diyerek azcık su istedi. Alistair John, Ali Osman'a matarasındaki sudan içirdi. Yine sustular. Bi zaman soona Ali Osman cebini işaret etmeye başladı. Alistair John onun cebindekileri boşalttı. Cebinden üç mektuplan, biraz da para çıkmıştı.

"Mektuplara bakıp, yüzünde kederli bir gülümsemeyle, 'May madır'- anam- diye fısıldadı Türk. Öbürü anlamıştı.

"'Ay em Ali Osman. Turk. Konstantinopolis' diye inledi Ali Osman

"'Ben Alistair John Taylor, Zelandalıyım, Wellington,' diye elini sıktı onun Anzak. Biraz soona Ali Osman bayılmıştı.

"Soonaki saatlerde Ali Osman ayıldığı zamanlarda kuş diline benzer yarı İngilizce, yarı Frenkçe, biraz Türkçe konuşarak annaşmaya çabaladı zavallıcıklar *marı*. Türk'ün Fransızcası

İngilizcesinden iyiydi, ama Anzak heç bi yabancı dil bilmiyodu. Yine de Türk, avukat olmak için yöksek okulda okumuş, İstanbul'da kendisini bekler bi anası ve bi kardeşi bulunan bir genç olduğunu annatmayı becermişti. Anzak da büyük heyecan ve açlıkla hayatını Türk'e annattı. Amma Türk bunun ne kadarını annadı, heeç bilmiyodu. Anzak yanında kalan pisküvi ve konserve eti Türk'le paylaştı ama Türk iştahsızdı. Sabaha karşı Türk uzun uzun inlemeye başladı. Alistair John onun elini tuttu ve ölmemesi için dua etti. Yakın arkadaşı ölecekmiş kadar üzgündü. Şafak sökerken Türk, Anzak'ı yaralı bi heriften heç beklenmedik bi kuvvetle yakaladı ve kendine çekti. Üzerindeki kıyafeti gösteriyor ve bi şeyler diyordu, ama hepsi Türkçeydi. Anzak heç bi şey annamadı. Uzun uzun aynı işareti yaptı Türk. Asker kıyafetini gösterip annatıyodu. Soona sustu. O susunca Alistair John da kendi çiftliğini, yavuklusu Keri'yi annattı ona. Saatlerce annattı. Karnı acıkınca durdu, kalan bi parça pisküviyi Ali Osman'la bölüşmek için ona döndü, ama o Hakkın rahmetine kavuşmuş, şehit olmuştu. Fakat Alistair John bunu annamadı, kimbilir, belki de kabullenemedi *marı*. Orasını artık Allah bilir, ne desem yalan olur. Attı sırtına Türk'ü ve yeniden koşmaya başladı. Onu kurtaracak birilerini arıyodu zahir? Kim bilir? Artık kendi bilmiyodu. Aklı uçmuş gitmişti. Heç bi zaman tam olarak geri dönmemek üzere aklı çekip gitmişti zavallıcığın... Saatlerce sırtında Türk'ün şehit vücuduyla koştu durdu. Kuzeye doğru çıkmış, çok yol gitmişti. Onu nasıl olup da kimse görmemiş, vurmamış, esir almamıştı, bilinmez. Heeç bilinmez. Allah'ın işine sual olmaz, Allah'ın mucizelerini akıl almaz.

"Alistair John, Ali Osman'ın öldüğüne ancak kokmaya başlayınca inandı. Hayatla bütüün bağları kopmuş, işte en son konuştuğu adam da ölmüştü. Boşlukta kalmış gibiydi zavallıcık. Düşüyo düşüyo, ama bi türlü yere çakılıp ölmüyodu işte.

O zaman Türk için özenerek bi mezar yaptı. Mezarı kazarken ağlıyodu. Ağabeyi Will gömülürken istediği halde ağlayamamıştı ama bu Türk'ü gömerken kana kana ağlıyordu herifcik. Tam Türk'ü mezara yerleştirecekken, onun asker mintanını gösterip dururken ne demek istediğini annadı. Hemen Türk'ün asker kıyafetini çıkarttı, rütbesini söktü ve giydi. Kıyafet ona accık kısa gelmişti, ama fark etmedi bile. Türk'ü iç mintanı ve rütbeleriyle gömdü, cebindeki üç mektubu aldı, sakladı. Türk essahtan bunu mu demek istemişti, kimse bilmez, ama bunun ne önemi vardı ki gayrı *marı*? Olan olmuş, ok yaydan çıkmıştı bi kere... Soona da taze mezarın başına çakısıyla ağaçtan oyarken elleri kan içinde kalan bi hilal dikti Alistair John ve başına geçip dua etmeye, ilahi okumaya başladı. Kendi asker kıyafetiyle geçmişini de toprağa gömdüğünü biliyodu. Kararını vermişti. Eskiden yaşadığı heç bi şeyi artık yaşayamazdı. Artık yaşamazdı! Zaten yaşama azmini kaybetmişti. Açtı, susuzdu, bi başınaydı ve uçurumdan düşer gibiydi. İçinden heç bi şey yapmak felan gelmiyodu. Aklı da hayat azmiyle uçup gitmişti.

"İşte o sırada Sünnetçi Muhammet'in kızı Meryem buldu onu. Allah'ın işi bu... Bak sual olmaz, heeç olmaz. Ali Osman Bey'in taze mezarı başında karşılaştılar. Alistair John karşısında uzun zamandır ilk defa bi kadın görünce şaşırdı. Onu bi melek sandı. Kendisine çekinerek, ama ilgiyle bakan Meryem'e bi melek diye yaklaştı ve ellerinden öptü. Onun zararsız ve çook yakışıklı bi genç herif olduğunu annayan Meryem de kararını verdi. Bu asker onun adamı olacaktı. Asker Meryem'e baktı, üstündeki asker kıyafetini işaret ederek 'Al-i Oth-man' dedi. Soona kendini işaret etti, 'Alistair John,' dedi. O farkında değildi amma velakin, işaret ettiklerinin ikisi de kendini gösteriyodu. Meryem baktı, baktı ve annadı, "Sen Alican'sın. Gazi Alican Çavuş'sun," dedi. Öbürü gülümsedi ve başını salladı. Soonaki günlerde de

Meryem'in diyeceği hemen her şeye başını sallayıp gülümseyecekti.

"Meryem onu alıp kaldıkları Kadıköyü'ne götürdü. "Bizim oralardandır. Babamla sünnete gittiğimizde görmüştüm. Adı Gazi Alican Çavuş. İngilizlere esir düşmüş. İşkence görmüş, çok kahraman askerdir, amma aklı uçmuş garibin," dedi. Köylüler bu zavallı genç gaziye kucak açtılar ve bi daha da kimse heç bi şey sormadı, etmedi. Onu beslediler, tam yıkayacaklardı ki, Meryem itiraz etti. "Yaraları vardır, iyileşsin ööle," dedi. O vakitler sünnetçiler doktor gibi bi şeydi köylük yerlerde biliyo musun? Eh sünnetçinin kızı da doktor sayılırdı. O gece Meryem Anzak Er Alistair John Taylor'ı sünnet etti. Onu ancak bi hafta soona yıkadılar. Aynı gün Meryem'in kardeşi İsa'yı komşu köyden bulup getirdiler. Meryem bunu uğur saydı.

"İngilizler, Fransızlar, Anzaklar yenilip Çanakkale'den sessizce kaçıp gidince Meryem, Alican Çavuş ve İsa'yı alıp Eceyaylası Köyü'ne döndü. Bir yıl soona ilk bebeleri doğdu, adını Ali koydular. Altı ya da yedi sene soona da ben doğdum. Adımı Beyaz koydular."

Çığlık atmamak için elini ısırarak ve gözyaşları arasında onu dinleyen Viki'nin bedeni sessiz hıçkırıklarla titriyordu. Söyleyecek hiçbir şey bulamadı. Artık söylenecek ne kalmıştı ki? Kalktı, Beyaz Hala'ya yaklaştı, ona, yani kendi büyük halasına sarılmak, başını onun göğsüne yaslamak, ona dokunmak istiyordu. Bunu istiyordu. Bunu her şeyden çok istiyordu. Ama Beyaz Hala, Viki için hazırladığı konuk yatağında aniden uykuya dalmıştı. Anlattıklarından yorgun düşmüş, kıvrılmış, büzülmüş, küçücük olmuş, mışıl mışıl uyuyordu. Tıpkı bir bebek gibi uyuyordu. Bu kez korkmadı Viki. Bu uykunun ölüm provası olmasından korkmadı. Eliyle gözyaşlarını, koluyla da burnunu sildi, sonra da gidip Beyaz Hala'nın koynuna bir cenin gibi kıvrılarak sokuldu, kıvrıldı ve orada uyudu. Orada uyudular. Rezene kokulu iki kadın orada uyudular. Beyaz Hala ve Viki, mışıl mışıl uyudular.

Onları rahatsız eden, aniden köylerine doluşan ve sanki Türkiye'ye yeni adım atmış yabancılar gibi umursamaz davranan kalabalık basın ordusuydu. Yoksa Eceyaylası Köylüleri ne Viki'den ne de onun anlattığı 'sonradan Türk olan Anzak Büyük Dede' hikâyesinden rahatsız olmuştu. Hayır, köylüler ilk şoku atlattıktan sonra bu hikâyeye gülmüş, hatta eğlenceli bile bulmuşlardı. Çok sevdikleri rahmetli bir gazinin, dini bütün bir Çanakkale kahramanının, üstelik İngilizlerin elinde aylarca esir kalmasına ve 'türlü çeşitli gâvur işkencesi'ne karşın tek bir askeri sırrı vermeden direnmiş bir hemşerilerinin aslen bir yabancı, bir gayrı-Müslim, hele hele o zamanlar düşman olarak vatan toprağını işgâl etmiş bir Anzak olacağını düşünmek olsa olsa delilikti. Gerçekliğinden kuşku duyulmayacak şeyler vardır. Onlar hiç sorgulanmadan olduğu gibi alınır, öylece korunur, onlara dokunulmaz. Hayatta yaşanan en büyük düşkırıklıkları ve depresyonlar da bu sorgulamadan kabul edilen, 'doğuştan gerçek'lerin yıkılmasıyla oluşur. Ama bu iddianın bir dogmadan farklı bir özelliği vardı. Çünkü zaten çok farklı uluslardan oluşan Osmanlı geleneğine göre bu topraklarda bir kere Türk kabul edilen artık öyledir. Ve bu gelenek yüzyıllardır hiç bozulmamıştır. İşte bu nedenle Eceyaylası köylüleri Viki'nin iddiası üzerinde durmadılar bile. Hatta günün birinde tersi yüzde yüz kanıtlansa bile bu köyde yaşayan hiç kimse Gazi Alican Çavuş'un Türklüğü konusunda en ufak bir tereddüte kapılmayacaktı.

Öte yandan Eceyaylası köylüleri, rahmetli Gazi Alican Çavuş'un son yadigârı, mübarek insan Beyaz Hala'nın yıllardır herkeslere küsüp saklandığı evine kabul edilmeyi başarması ve ona yarenlik etmesi nedeniyle Viki'yi de seviyordu. Sonuçta Viki kibar ve saygılı bir insandı, ama her şeyden önce bir misafirdi. Misafire saygı göstermek Eceyaylası köylülerinin atalarından kalan bir kültür mirasıydı.

Onlar, yalnızca köyün içinde sereserpe dolaşan, gürültülü ve kalabalık basın mensuplarından rahatsız olmuşlardı. Kadınlı erkekli bir medya ordusu ellerinde sigaralar, kola kutuları, ağızlarında cikletlerle köyü adeta işgâl etmiş, içlerinden pek azı hariç, izin bile istemeden her yere dalıp, her şeye burunlarını sokuyordu. Yalnızca medyada çalıştıkları için her şeye hakkı olduğunu düşünen bu genç insanlar- birkaç tanesi hariç- her taşın altından çıkmayı marifet sayıyordu. Şımarıklıktan ve saygısızlıktan hiç hazzetmeyen Eceyaylası köylüleri bu nedenle medya mensuplarına sessiz ve soğuk davranıyor; ama sıranın kendilerine gelmesini sabırla bekliyordu.

Önceleri akrabalarını ve komşularını televizyon kanallarında görmek, köylerinin adının telaffuz edildiğini duymak köylülerin hoşuna gitse de Eceyaylası Köyü'ne kamp kuran, üstelik sık sık Beyaz Hala'nın evine saygısızca bağırarak laf atan, onunla ve Viki'yle konuşabilmek için her şeyi göze almış bu yabancı insanlar, kuşkusuz misafir kategorisine girmiyordu. Onlar daha çok işgâlciye benziyorlar ve köylüleri rahatsız ediyorlardı.

Oysa yılda bir kere, o da baştan savma bir 18 Mart kutlamasıyla geçiştirilen Çanakkale Zaferi törenleri onları üzmüyor değildi. Aslında bu savaşta yenilmeleri ve geri çekilmelerine karşın her yıl binlerce kilometre uzaktan atalarının ruhlarını yalnız bırakmamak için Çanakkale'ye gelen binlerce Anzak torunu olmasa belki bu üzüntüyü yaşamayacaklardı. Çünkü uzun yıllar süren savaşlar yaşamaktan duyguları savaş şokuna uğrayan Çanakkale köylüleri, her yanı tarih ve acı fışkıran bu topraklarda elbette büyük ve görkemli bir zafer töreni hayal etmiyorlardı. Fakat bir zamanlar 'kahraman düşman'ları olan Anzakların Çanakkale Savaşı'nın anılarına ulusal bir kültür olayı olarak sahip çıkmalarına karşılık Türklerin bu cefalı ve kanlı zaferi çok da umursamaması yüzyıllardır buruk gülümsemelerle dolan yüz çizgilerine yenilerini ekliyordu. Şimdi büyük gürültü kopartarak köylerine dolan İstanbullu ve Ankaralı medya gençleri de aslında Çanakkale Savaşları'nda her alt kültürden, her yaştan ve cinsiyetten Osmanlının yaşadığı büyük fedakârlık ve imkânsıza karşı kazanılan o büyük başarıyı takdir etmek ya da bunun anlamını sorgulamak için buraya kadar gelmemişlerdi. Çanakkale Savaşları ve tarihin yeniden okunması onların pek umurunda görünmüyordu. Görünen; Genç Türk Medyası'nın 'Yeni Zelandalı bir kadının büyük dedesi' başlıklı skandal haberin reytingi peşinde koştuğuydu. Ama ne koşmak! Fakat onların anlayamadıkları bir şey vardı; o da sonuç ne olursa olsun bu toprakların bir evladı olan Gazi Alican Çavuş'un, durum ne olursa olsun daima öyle kalacağıydı. İster beğenilsin, ister beğenilmesin, ister yavaş yavaş değişmeye başladığı hiç kimsenin gözünden kaçmasın, bu toprakların da kendine özgü böyle kuralları vardı. İşte bu çelişkiyi hisseden köylüler televizyon kanalları ve gazete sayfalarında sık sık komşularını, akrabalarını ve köylerini görüp, bundan hoşlansalar da aslında derinde, içten içe bu olaydan rahatsız ve huzursuzlardı.

Televizyonlarda ve gazetelerde görünmenin hipnotize eden sersemliğinden ilk uyanan köyün yaşlıları oldu. Muhtarın ve gençlerin köyün reklamını yaptığını düşünerek ses çıkartmadıkları günübirlik şöhret parıltısı da böylece sönmeye başladı. Çünkü gazeteciler ve haberciler Beyaz Hala'yı hedef almış, büyük bir zevk ve iştahla, abartarak peşine düştükleri '*yüzyılın tarih skandalı*'nın kilit adresi olarak onun evini seçmişlerdi. Gazeteciler ve televizyoncular Beyaz Hala'nın bu bölgede ne kadar önemsenen, sevilen ve saygı duyulan bir karakter olduğunu bilmedikleri, öğrenmek ve derinliğine inmek için çaba harcamadıkları için, onu doğaüstü güçleri olduğundan kuşkulanılan, cadaloz, sevimsiz neredeyse bir büyücü tipine indirgemiş, karikatürize ediyorlardı. Konuyu kesip biçmiş; yıllardır evinden çıkmayan ve garip yetenekleri olan yaşlı bir köylü kadının evinde sakladığı yabancı -tabii ve mutlaka- çok güzel bir kadının casusluk hikâyesine dönüştürmeyi başarmışlardı.

'İşte yeni bir Haydar Paşa'nın Gelini vakası! Yabancı kadınlar ünlü olmak için Osmanlı tarihine çamur atmayı seçiyorlar!',

'Anzak Kızı'nın akıl almaz senaryosu!'

'Ne idüğü belirsiz bir yabancının büyük bir Türk Kahramanı'na sataşması ne cürettir!'

Önce alaycı ve eğlenceli başlayan, ama giderek bayağı ve saldırgan bir üslupla bu olayı magazinleştiren bazı haberciler, sertleşen söylemleriyle konuyu ülkenin gündemine taşımaya çalışıyor, kamuoyunu da tepki vermeye zorluyordu. Zorlamaktan öte itip kakıyorlardı.

Konu ana haber bültenlerinde sakız gibi uzatılmaya, Çanakkale konusundaki uzman tarihçi, tutucu siyasetçi ve emekli diplomatlarla tartışılmaya başladı. Meslekleri ve çalışmalarıyla kimsenin ilgilenmediği birçoğu alanında başarılı bu insanlar, çok izlenen saatlerde televizyonlardan canlı yayın teklifi alınca yıllardır bir köşeye itilmişliğin verdiği hüzünlü heyecanla stüdyolara koştular. Günlerce Çanakkale Zaferi, Gelibolu Savaşı ve Anzaklar tartışıldı. Türk Medyası nihayet Çanakkale Savaşları'nı yeniden keşfetmişti.

'Kahraman bir Çanakkale Gazisi'nin arkasına zorla takılan bir düşman askerinin gölgesiyle lekelenen ulusal şeref ve haysiyetimiz!' her Türkiyelinin içini en fazla acıtacak ya da bulandıracak ses tonlarıyla defalarca yinelendi. '*Aynı adamın aynı savaşta iki ülkede birden kahraman olması*'nın mantıksızlığından çok, bu komplonun arkasında yatan 'hain emeller' üzerine paneller yapıldı.

Konu o kadar abartıldı ve sulandırıldı ki, mecburen gündemin ilk konusu oluverdi. Siyasi parti sözcüleri, Dışişleri Bakanlığı, Tarih Kurumu ve Genel Kurmay Başkanlığı basının negatif baskısı üzerine birer açıklama yapmak zorunda kaldılar.

Türklerin tarih boyunca gazileri ve şehitleri konusunda çok hassas oldukları, yabancıların bu konularda saygılı olmamaları halinde Türk halkının rahatsızlık duyacağı, manevi değerlerimizle oyun oynamanın tehlikeli sonuçlar doğurabileceği yolunda bildiriler yayımlandı.

Bu bildiriler sonunda Yeni Zelanda Büyükelçiliği bir basın toplantısı düzenlemek zorunda kaldı. 'Her Yeni Zelanda vatandaşının özgür ve düşüncelerinde hür bir insan olduğu' belirtilen basın toplantısında, "Türkiye ve Yeni Zelanda arasında tarihten gelen özel bağlar bulunması hasebiyle kuvvetli bir dostluk ilişkisi bulunduğu, bazı romantik ve kurgusal hikâyelerle tarihi çarpıtmanın kimseye yarar sağlamayacağı," beyan edildi. "1915 yılında Gelibolu'da birbirlerine *kahraman düşmanım* diye hitap edebilmiş iki ülke askerlerinin anılarına saygısızlık edilmesinin Yeni Zelanda nezdinde kabul görmediği" de bildiriye eklendi.

Yeni Zelanda'nın resmi açıklamasını duyan Avustralya Büyükelçiliği de bir basın toplantısı yapma ihtiyacı duydu. Birinci Dünya Savaşı'nda Çanakkale'de kahramanca savaşan Avustralyalı askerlerin önemi hatırlatılarak, "Gelibolu'nun şerefli askerleri son uykularında huzursuz edilmemelidir," denildi.

Hem Avustralya, hem de Yeni Zelanda resmi açıklama yapınca bu kez de İngiltere Büyükelçiliği konuya ağırlığını koyma zorunluluğunu hissetti. İngilizler, "Bu tür medyatik şovların ve şovcuların Büyük Britanya'da ciddiye alınamayacağını," söylemekle yetindiler.

Özel yaşamları ve skandalları hiçbir ahlak veya vicdan anlayışıyla bağdaşmayacak biçimde sergilemekle tanınmış özel bir TV kanalının tamamen etten yapılmış habercisi Cool-Şok Haber programını Çanakkale Milli Parkı'ndan canlı olarak yayımladı. Bu canlı yayının kendisi kadar Milli Park'ı aydınlatmak için yapılan masrafların büyüklüğü de günlerce konuşuldu.

İnsafsızlığı ve patavatsızlığıyla tanınmış Cool-Şok Haber programının yapımcı ve sunucusu, marşlar ve hamasi şiirlerle süslediği haber programında, "Şan ve şöhret için milli duygularımızla oynama cüretini gösteren güzel Anzak Kızı'na kızıyoruz sevgili izleyicilerim! O ve onun gibi tarihe, şehit ve gazilere saygısız insanlara Türk halkı 'Çanakkale geçilmez!' diyerek gereken cevabı vermiştir. O ve onun gibilere evlerinde yataklık eden ninelerimiz öbür dünyada şehit babalarının yüzlerine utanmadan bakabilecekler mi acaba?" derken, Arıburnu Anzak Koyu'nda diz çökerek, bir avuç toprağı sımsıkı kavramıştı. Sonra yavaş yavaş avucundaki toprağı burnuna götürüp koklamaya başladı. O toprağı koklarken kamera daha önceden hazırlanan senaryo gereği haberciye 'zoom' yapmaya başladı. Avucunda Çanakkale toprağını koklamakta olan ünlü haberci, ustalığını göstererek kameranın kendisine en fazla yakınlaştığı karede aniden hıçkırıklarla ağlamaya başladı. "Şüheda fışkıracak toprağı sıksan şüheda Anzak Kızı!" diye bağırırken artık hıçkırıklara boğulmuştu. Kamera orada dondu ve bu fotoğrafın üzerine çabucak haber jeneriği girdi. Fonda '*Çanakkale İçinde Vurdular Beni*' türküsü çalıyordu. İzleyenler çok etkilenmişti. Program büyük reyting aldı, ama ünlü haberci kendini toparlayamayıp, depresyona girdiği için ertesi gün programını asistanı sunmak zorunda kaldı. Depresyon hikâyesine inanan izleyiciler bunu bir samimiyet belirtisi olarak gördüklerinden Cool-Şok Haber'in reytingi bir kez daha artmıştı. Bunun da etkisiyle zaten ortamı çoktan hazırlanmış olan '*Çanakkale'ye gelip, büyük dedesini bir Türk Kahraman'ın mezarında arayan Yeni Zelandalı Kadın*' konusu Türkiye'nin en önemli gündemi olarak tescillenmiş oldu.

İşte asıl kıyamet o zaman, Beyaz Hala ve Viki'yle ilk konuşan gazeteci ya da habercinin kısa da olsa bir süre için kahraman olacağı anlaşıldığında koptu. Beyaz Hala'nın telefonunu sürekli çaldıran, açtığında konuşmaları tacize kadar vardıran bazı gazeteciler, eve bacadan girmeye çalışırken sıkışan bir muhabir, camlara taş atan birkaç haberci oldu. Bunlar işe yaramayınca Eceyaylası köylülerini baştan çıkartacak teklifler denendi. Beyaz Hala'yla kısa bir konuşma sağlayacak köylüye İstanbul'da veya Ankara'da iş bulma, çocuklarını okutma, bankalardan kredi alma, Meclis'e girmesi sağlanıp, bakanlarla görüştürme vaatleri denendi. Bunlar 2000 yılında hemen hiçbir Türkiye vatandaşının geri çeviremeyeceği kadar albenili tekliflerdi. Ama hep aynı yanıtla reddedildi. "Yook, Beyaz Hala'yı üzecek heeç bi şey yapamam ben kardeş!" Bu yanıt, teklif yapan bazı gazeteci ve bazı habercilerin ağızlarını şaşkınlıktan açık bırakıyordu. "Bu devirde böyle insanlar ha!" Oysa köylülerin bu teklifleri ellerinin tersiyle geri çevirmelerinin nedeni varlıklı ve prensipli olmaları değildi. Gazeteci ve habercilerin anlayamadıkları, anlamak için de hiç uğraşmadıkları şey, Beyaz Hala'nın çok özel bir kadın olması ve şahsiyetinin temsil ettikleriydi.

Bir kadın olmasına karşın ancak bir erkeğe değer görülen yüksek saygı, hürmet ve önemsenmeyle kucaklanan Beyaz Hala'nın çok zeki, sağduyulu, disiplinli ve cesur bir insan olması sahip olduğu prestijli konumu kazanması için elbette yeterli değildi. Gelibolu halkı ve özellikle Eceyaylası köylüleri, Beyaz Hala'ya onun zamanında ancak üç yıl olan ilkokul mezunu olmasına karşın 'bilgelik', anne olmayışına karşın 'analık', savaşmamış olmasına karşın 'kahramanlık' ve kadılık yapmamasına karşın 'adillik' gibi yüksek insani değerler yüklemiş, ama bunlardan öte onu canlı bir yatır gibi kutsal bilmiş, benimsemişti. Adalet, dürüstlük, cesaret ve ileri görüşlülük gibi insani değerlere ihtiyaç duyan ve bunlar kendi devleti tarafından karşılanmayan insanlar kendi çözümlerini yaratırlar. Onların çözümlerinden biri Beyaz Hala'ydı. Başları sıkıştığında danıştıkları, engin bilgisi ve sağduyusundan yararlandıkları adeta ermiş bir kişiydi o. Kadın olmasının yarattığı toplumsal engeli hiç evlenmeyerek bekaret diyetiyle ödemiş, dişiliğini bir bedel olarak köreltmişti. Ama Beyaz Hala'ya sahip olduğu saygı ve önemi sağlayan asıl etken, Gazi Alican Çavuş'un efsanesiydi. Çünkü o her şeyden önce Gazi Alican Çavuş'un eğitip büyüttüğü biricik kızıydı. Beyaz Hala 'babasının kızı'ydı ve bir kadına ancak bir erkeğin uzantısı olarak böylesi bir değer verilebilirdi. Bu nedenlerle Beyaz Hala Gelibolu'da yaşayan bir efsaneydi. Beyaz Hala bir tarihti. Beyaz Hala, Allah'ın çok sevgili bir kulunun Gelibolu'ya yadigârıydı. Ve anlaşılan aradan geçen yıllara rağmen hiçbir rüşvet teklifi bu yörede yaşayan yerli halkı onu incitecek tek bir davranışa sürükleyememişti.

Altı yıl öncesine kadar elinde bastonu köyün içinde dolaşan, erkeklerin oturduğu kahveye gidip onlarla çay içip politika ve tarım üzerine sohbet eden, -çoklukla cahilliklerine kızıp azarlayan- sık sık Arıburnu'na çıkıp, rahmetli babası için dualar okuyan Beyaz Hala, Gelibolu'daki o büyük ve zalim Temmuz 1994 yangınından sonra herkese ve her şeye küsmüş ve evinden çıkmaz olmuştu. Yangını söndürmek için çalışırken ölen Orman Müdürü Talat Göktepe, onun çok sevdiği bir insandı. Orman yangının bir sabotaj olabileceği söylentileri kadar yok olan yeşil örtüyle birlikte kaybolan meşhur Gelibolu bülbülleri de onun için büyük yıkım olmuştu. Kendini evine hapsetti. Sonraki yıllarda dışarıyla iki bağlantısı kalmıştı. Biri yemeğini ve ihtiyaçlarını karşılayan ağabeyi Uzun'un torun çocuğu Havva, öbürü de İstanbul'a yerleşmiş kardeşi Bulut'un avukat olan torun çocuğuydu. Fakat memlekette ve dünyada olup biteni takip etmekten, İstanbullu avukat torununun her ay ziyareti sırasında getirdiği dergileri okumaktan vazgeçmemişti. Asla vazgeçmemişti. O vazgeçmezdi. Beyaz Hala, iyi bir televizyon izleyicisi, radyo dinleyicisiydi ve telefonunun arızalanmasına asla tahammül edemezdi. Beyaz Hala yaşadığı dünya ve ülkeyle iletişimini azaltmış ama kopartmamıştı. Çünkü o hiç vazgeçmezdi.

Bütün bu nedenlerle evinin dışında kalabalık bir basın ordusunun kendisiyle konuşmak için didindiğinin çoktan farkındaydı Beyaz Hala. Televizyon haberlerinin ancak özetlerini dinliyor, Türkçe ve İngilizce küfrederek hemen kapatıyordu televizyonu. Abartılı ve sahte bulduğu şeylere hiç katlanamazdı. Bu kez abartılı ve sahte bulduğu şeyse hayatında sevdiği tek erkekle, babası Gazi Alican Çavuş'la ilgiliydi. Bu densizlere iyi bir ders vermeye kararlıydı. Her zamanki gibi doğru zamanı sabırla beklemekteydi. İyi bir ders vermek için bekliyordu. Onun adı Beyaz Hala'ydı ve istediği tek şey hariç, hepsini elde etmişti. O tek şey, annesi

Meryem'in engellediği okumak ve öğretmen olmak arzusuydu, ama Meryem bu hatasının cezasını bütün hayatı boyunca kendi kızının elinden çekmişti. Çünkü Meryem, kocasıyla arasına girmemesi için daha fazla okumasına engel olduğu kızının hiç evlenmeden babası ölene kadar onunla diz dize oturacağını hesap edememişti. Pişman oldukça cezası ağırlaştı, ama Meryem bunun bir müebbet ceza olduğunu anladığında durumunu sessizce kabullendi ve kızı Beyaz'a boyun eğdi. Beyaz'ın ilk kazandığı an, o boyun eğiş anıydı. Sonra daima kazandı. İşte şimdi bu densiz ve saygısız gazetecilerle, habercilere de iyi bir ders vermesi gerekiyordu. Öyle bir ders ki, ancak yıllar sonra başlarına geleni fark ederek cezalarının büyüklüğünü kavrayacakları türden uzun vadeli bir şey olmalıydı.

Beyaz Hala'nın serinkanlı özeni ve dikkatli koruması sayesinde Viki evin dışında olup biteni tam olarak ayırt edemeden atlatıyor, yaşadığı bu özel günlerin tadını çıkartabiliyordu. İşin ona yansıtılan kısmı hafif ve sevimliydi. Dışarda birkaç densiz paparazi vardı, o kadar. Eh onlar da dünyanın her yerinde vardı zaten...

Köyün yaşlıları, bazı gazeteci ve habercilerin zoraki bir çabayla yarattıkları yapay gündem nedeniyle Beyaz Hala'nın rahatsız edilmesine karşı Muhtar'ı uyarınca o da jandarmaya başvurdu. Bazı meraklı insanların da doluşmaya başladığı köyde yaşanan gürültü ve karmaşa jandarmanın da katılmasıyla iyice genişledi, büyüdü ve kabardı. Köylüler gerçekten bu durumdan çok rahatsızlardı ve bir an önce eski sakin yaşamlarına dönmek istiyorlardı. Ama mübarek Beyaz Hala'larına ve Tanrı misafiri Viki'ye bir zarar gelmeden.

İşte İstanbullu avukat tam o sırada sahneye çıktı. Olayların en karmaşıklaştığı günlerde İstanbul'dan gelen genç bir avukat önce Beyaz Hala'nın evine girmeyi başararak dikkatleri üzerine çekti. Sonra da 24 Nisan sabahı Beyaz Hala ve Viki Taylor'ın köyün kahvesinde bir basın toplantısı yapacaklarını açıklayarak olaya bir nokta koydu. Genç avukat, 'Beyaz Hanımefendi'yi temsil ettiğini, onun avukatı olduğunu' özellikle belirttikten sonra, '24 Nisan'da yapılacak basın toplantısından önce ya da sonra Beyaz Hala'nın evi önünde onu rahatsız edecek olanlar hakkında yasal işlem yapılacağı'nı çok net, sakin ve kibar bir dille anlattı. 24 Nisan tarihine kadar iki gün daha beklemek bazı haberci ve bazı gazetecileri pek sevindirmese de en azından bir muhatap bulmaktan hoşnut olmuşlardı. Üstelik gündemi birkaç gün daha bu konu etrafında canlı tutabilmek fikri de cazip gelmişti onlara. Zaten kamuoyu da bu yüksek reytingli hikâyeyi sevmişti. İşte şimdi üzerine ekstradan bir tutam da polisiye bir tat eklenmişti. Ayrıca genç olmasına karşın çetin ceviz olduğu anlaşılan avukatla tartışmanın pek bir yarar sağlamayacağı da görünüyordu.

Kalabalık basın ordusu, köyde birkaç gazeteci ve haberciyi bırakarak evlerine döndü. Köylüler derin bir nefes aldılar. Köyün tavuk ve horozları sokaklarda keyifle dolaşmaya başladılar. Bu sırada İstanbullu genç avukatın adını merak eden bir gazeteci, cep telefonunun ekranına mesaj olarak şu adı yazdı:

Beyaz Hala'nın avukatı: Ali Osman Taylar.

İstanbullu genç avukatın adı, Ali Osman Taylar'dı.

Bu ad o sırada kimsenin dikkatini çekmemişti.

Viki uyandığında horozlar ötüyor, mutfaktan onun 'pancake'e benzettiği mis gibi gözleme kokusu geliyordu. Gülümsedi, tatlı tatlı gerindi. Canı kahve çekti. Öyle böyle değil, fena halde kahve çekti canı. Hani insanın kendisini en çok sevdiği ve en fazla şımartmak istediği zamanlarda çoktandır hayatın esirgediği özel insanlara ve/veya şeylere koşup, onların kolları arasında, ya da lezzeti içinde zevkten boğulmak istediği o ender anlardan biriydi. Ve çeke çeke canı kahve çekiyordu Viki'nin. Gelibolu'ya geldiğinden beri Türklerin 'nestkahve' dedikleri suda eriyen berbat toz kahvelerle idare etmişti, ama özellikle Beyaz Hala'nın evine yerleştikten sonra bundan da mahrum kalmıştı. Yabancılar Yeni Zelandalılar'ı hâlâ İngiliz geleneklerine bağlı, sadık çay tiryakileri sansalar da oradaki genç kuşaklar artık çaycı değil, ciddi kahve bağımlısıydı. Ve kahvenin iyisinden de anlarlardı.

'Ah taze bir filtre kahvesi olsa, şöyle Endonezyalı bir Java, Havaili bir Kona ya da şarapsı lezzeti ve dumanlı aromasıyla bir Kenya kahvesi!' diye içini çekti. Ama mutluydu ve mutluyken hoşgörülü olmak kolaydır. O sırada dışardan sesine güvenen iddialı bir horozun art arda yükselen tiz ötüşünü duydu. Bu ötüş güldürdü onu. Kanepeden dönüştürülmüş yatağında saltanatını sürdürürken, dışarıda öbür horozların sesini bastırıp, tek başına iktidarını kuran horozu düşünmeye başladı. Sakın köye geldiği ilk gün rastladığı o bembeyaz ve gururlu horoz olmasındı bu? Hani renksiz olduğunu bilmeden köyün sokaklarında salına salına dolaşan o kibirli güzel beyaz horoz? Sanki doğa onun tüylerine renk maddesi koymayı savsaklamış, onu boyamayı unutmuş, belki de cezalandırmıştı da o bunun farkında bile değildi. Bilinç denen o keskin bıçaktan yoksun horoz kendindeki renk eksikliğinin farkında olmadan çıngıraklı çıngıraklı ötüyor, hayatından hoşnut piliç tavlıyordu. Belki de köyün en mutlu horozu kırmızı ibikli bu beyaz horozdu. Bilinçsiz ve mutlu.

O zaman dışarı fırlayıp bu horozu bulmak ve onu kucağına alıp bir kedi gibi okşamak, sevmek istedi Viki. Açıkcası bir horozu kucaklamak ve sevmek istiyordu! Bir horozu sevmek isteği ha?.. Gülümsedi. Kendisinin de bu horoz kadar mutlu olduğunu sevinçle hissetti. Onu mutlu eden bir şeyler vardı, olmuştu ve bedeninin içi çikolatayla kaplanmış gibi tatlı tatlı eriyordu işte. Güneşte uyuyan bir kedi gibi kıvrıldı, üzerindeki pikeye sarıldı, horozu sever gibi hoşnut gülümsedi. Ama içinden bir ses onu uyardı. 'Horozun bilinci yoktur!' Ve bu yüzden ne mutludur horoza!

"Bilinç!" diye canı yanmış gibi bağırdı.

"Bilinç ki; farkına vardırır, bilinç ki; anımsatır, bilinç ki; acıtır!"

İçini çekti. Olgun bir meyve gibi gevşemiş bedeni kasıldı, mevyenin çekirdeği kadar katılaştı. Burnunun içi gıdıklandı. Hapşırmak istedi, olmadı.

"Dün gece..." diye fısıldadı kendi kendine, "Dün gece duyduklarım bir rüya değildi. Dün gece Beyaz Hala'nın anlattıklarını ben uydurmadım."

Uydurmamıştı. Dün gece Beyaz Hala'nın anlattıkları Beyaz Hala'nın ağzından dökülmüştü. Gerçekti.

"Aman Tanrım, hepsi gerçekti! "

Derin bir nefes alıp nefesini tuttu. Pikeyi burnuna kadar çekip düşünmeye başladı. Albino horozu düşünürken yüzünde beliren o gevşek ve mutlu ifade tamamen kaybolmuştu.

"Gerçek miydi sahi?"

Bütün hayatı boyunca, ruhu ve bedeniyle birlikte her yere beraber taşıdığı, biraz fantastik bir hikâye, biraz da ayrıcalıklı bir aile hazinesi gibi koruduğu o gizem sonunda çözülmüş müydü yani? Çözülmüş ve bitmişti, öyle mi? Helen Hala'dan beri ailede her kuşakta birilerinin gizlice 'belki?' diye aklına takılan o fantazyanın tamamen gerçek çıkması, her şeyin bu kadar mükemmel olarak yerine oturması mümkün müydü şimdi?

Mümkün müydü? Olabilir miydi? Seksen beş yıllık bir bulmacanın böyle mükemmel biçimde ve bir hamlede çözülmesi ne kadar inandırıcıydı? Bu derece mükemmellik olsa olsa dedektif romanlarına ve filmlerine özgü bir kurgu sayılmaz mıydı? Gerçek yaşamda mükemmel olan hiçbir şey yoktu, olamazdı da...

Yeniden derin bir nefes aldı. Yutkundu. Olmadı. Nefessiz kalmış gibi paniklendi. Hapşırmak istedi. O da olmadı.

"Horozun bilinci yok ve horoz mutlu!" diye bağırdı. Pikeyi tamamen kafasına çekti, altına girip saklandı.

"Bi şey mi dedin *marı*? Haydii uyan bakelim. Sabah oldu Viki Hanım kızım."

Elinde buram buram ev peyniri kokan gözlemelerle sağa sola yalpalayarak oturma odasına giren Beyaz Hala son derece dingin, keyifli ve güzel görünüyordu. Evet, güzel görünüyordu.

Her sabah güneş doğarken uyanan bu yaşlı kadın, yaz-kış demeden soğuk suyla abdest alıyor, yanından hiç ayırmadığı tespihiyle üzerine Sultan Ahmet Camisi'nin bir resmi dokunmuş kırmızı seccadesine oturarak namaz kılıyordu. Müslüman Türklerin Arap dilinde anlamını hiç anlamadıkları dualar okuduklarını ve yaşlanınca oturarak namaz kılabildiklerini ondan öğrenmişti Viki. Namaz bittikten sonra dudaklarına bulaşan duaları hiç konuşmadan etrafına iyilikler saçmak için üflediğine, üflenen havanın da pozitif bir enerjiyle dolup taştığına onun yanında bizzat tanık olmuştu. Onun, büyük halasının, Beyaz Hala'nın yanında.

"Aman Tanrım, o benim büyük halam!"diye içi titredi Viki'nin.

Elindeki tepsiyi masanın üzerine koyan Beyaz Hala, mis gibi kokan gözlemenin yanında içine kırmızı toz biber ve ev salçası konmuş zeytinyağı, ev yapımı beyaz peynir, bahçesinden toplanmış çilek ve gül yapraklarından yapılmış reçeller, siyah zeytin, kırma yeşil zeytin, dünyanın en lezzetli domates ve salatalıklarını da getirmişti.

"Bak hele sen seversin, hepsi *organik* bunların!" dedi alaylı bir sesle.

"Kaysılar göynüdüğünde *organik* kaysı reçeli de yapıverir Havva bize."

Onun alaycı sesini fark etmeyen Viki, kahvaltının bu kadar güzel, taze ve organik olduğunu görünce kahve içmeyi daha da fazla özledi. Kahve kokusu resmen burnunda tütüyordu şimdi.

"Ah keşke bu sabah çay yerine kahve olsaydı..." diye mırıldandı.

"Rahmetli babam da senin gibi sabahları kaave içmeyi severdi. Acı kaave ama... Harp zamanlarında, soona askeriye devrinde

-1980'de paşalar devlete el koyduydu da, sen bilmezsin– o vakitler heeç kaave bulunmazdı. Kaavesiz kalmasın diye ona nohuttan dibek kaavesi yapıvermişti anam. Heç ses etmemiş, o kokusuz, lezzetsiz yalancı kaaveyi içmişti rahmetli babam. Şikayet etmezdi. Ama sevmemişti. Ben hemencecik annardım, neyi sever, neyi sevmez, bi bakışta babamın derdini bilirdim..."

"İyi fikir Beyaz Hala, ben de bu sabah şekersiz Türk kahvesi içeceğim!" diye sevinçle yatağından fırladı Viki.

"Tıpkı senin baban gibi..." diye manalı manalı güldü.

Ağzını şapırdatarak takma dişlerini yerleştiren Beyaz Hala onun dokundurmalı son sözlerini duymadı bile. Bu sabah başörtüsünü örtmemiş, bembeyaz saçlarını iki saç örgüsüyle başının arkasına tutturmuştu.

"Bana şu *maramayı* getir hele kızım, sana zahmet."

'*Marama*'nın başörtüsü anlamına geldiğini öğrenmişti Viki. Terliklere de '*ferace*' diyordu Beyaz Hala.

Biraz sonra biri çayını, öbürü şekersiz Türk kahvesini yudumlayarak kahvaltılarını ediyordu. Viki'ye acıyarak bakan Beyaz Hala: "Bana baksene sen, o nestkaave midir ne diyolar, sana ondan aldırtalım be kızım. Bizim bu Türk kaavesi serttir, benzemez senin sulu kaavene, çarpar adamı çok içersen bak soona," dedi.

Bu üçüncü olmuştu. Beyaz Hala Viki'ye üçüncü defadır 'kızım' diye hitap ediyordu. Kızım; dünyanın bütün kültürlerinde samimi ve yakın bir hitaptı bu. Ya da Viki öyle olduğuna inanıyordu. Hem artık öyle olması için önemli bir nedeni vardı.

Viki, Mehmet'e telefon edip, bir kavanoz nestkahve ısmarlamak istediğini Beyaz Hala'ya söylemek için ağzını açtı ama, "Senin baban, hayatını kurtaran Ali Osman Bey'in ailesini ziyarete hiç gitmiş midir acaba Bey-azh Ha-la?" diye sordu.

Şaşkınlık içinde eliyle ağzını kapatsa da iş işten geçmiş, uygun bir girişten sonra, uygun bir zamanda sormayı planladığı bu soru hiç beklemediği bir anda ağzından dökülüvermişti. Beyaz Hala'yı kızdırıp, küstüreceğinden korkarak endişeyle bekledi. İçinden öfkeyle, 'Ah bu bilinç ve bilinçaltı!' diye kızdı kendine.

Maramasını özenle başına örten Beyaz Hala, çayını yudumlarken, dünyanın en sıradan açıklamasını yapar gibi sakin bir sesle yanıtladı:

"Gitmez mi heç? Hem de her yıl gidiverirdi. Babam önce gidip Ali Osman Bey'in anası Semahat Hanımefendi'yle kardeşi Salih Bey'i buldu. Sonraki senelerde de her yaz bi hafta İstanbul'da onların misafiri oldu. Onlar da Cumhuriyet'ten soona sık sık Gelibolu'ya geldiler, bizim İstanbullu akrabalarımız oldular. Çook eyi insanlardı, çook. Senden iyi olmasınlar..."

"Bu kadarı da fazla ama!" diye sinirlendi Viki. "Çok fazla!"

Bu kadın ya ne dediğini farkında değildi, ya da gerçekten çok iyi bir masalcıydı. Aklına Yeni Zelanda'da psikoloji yüksek lisansı yaparken okuduğu Binbir Gece Masalları'nda ölümden kurtulabilmek için her gece bir masal uyduran Şehrazad adlı Arap prenses geldi. Şehrazad şimdi Gelibolu'da Beyaz Hala adında yaşlı bir kadın olmuştu ve kendisiyle oyun oynuyordu. Aslında bu yaşta bir kadın rahatlıkla Alzheimer hastası, bunamış biri de olabilirdi. Alzheimer hastalarında bulanık olan yakın geçmiştir ve işte Beyaz Hala'nın anlattıkları çocukluğuna ait berrak kalmış anılardı. Evet, evet Beyaz Hala bir Alzheimer hastasıydı. Evet, öyle olmalıydı.

Fakat bu açıklama Viki'yi hiç de rahatlatmamıştı. Kendi yalanına inanmayanların huzursuzluğuyla içini çekti.

Aslında yine başladığı noktaya dönmüştü Viki. Beyaz Hala onun yıllardır peşinde koştuğu hikâyeleri anlatmak için her ağzını açtığında ona kızıyordu. Evet, ona kızıyor ve anlattıklarını kabul edilmez buluyordu. Oysa bunları duymak, düşlediği o müthiş ve sadece kendine ait hikâyenin doğrulandığını görmek için yıllardır kendi hayatını ertelememiş miydi? Yıllardır büyük dedesinin izleri peşinde koşmaktan kendi yaşamını bırakmış, kendisini çok seven genç bir adamın kalbini paramparça edip onu terk etmiş, içinden gizli gizli istediği halde kendi ailesini kurmaktan çekinmiş ve büyük dedesini daha iyi anlayabilmek için psikoloji eğitimi almamış mıydı? Şimdi otuz yaşlarına yeni ulaştığı şu günlerde kendi hayatını yaşamak yerine hâlâ büyük dedesininin gizemini çözmeye çalışmasının altında yatan asıl amaç, asıl hırs neydi? Neden Beyaz Hala ne zaman ağzını açsa ve hayallerini doğrulasa ona kızıyordu? Neden? Sevineceği yerde neden kızıyordu Viki?

"Çünkü artık düşlerim gerçek oluyor. Çünkü artık büyük dedemin sırrı yalnızca bana ait bir hazine olarak kalmıyor. Çünkü artık yaşamımı ertelemek ve saklanmak için bir nedenim kalmıyor. Ve bütün bunlara bu yaşlı kadın sebep oluyor!" diye dehşetle fısıldadı Viki.

Aman Tanrım, gerçekten böyle mi düşünüyordu?

Bu açıklama tüylerini diken diken etti. Rengi soldu. Kendini kötü hissetti.

"Ne dedin kızım? Ne oldu sana ööle? Hem sen ne çabuk doydun bakeyim? Haydee ye biraz daha, bak brööle sıska kalcen bu gidişle! Kadın dediğin biraz etli butlu olur be evladım!"

Zorla biraz gül reçeli yedi Viki, ama alışık olmadığı gül yaprakları dişlerinin arasında gıcırdayınca ondan da vazgeçti.

İnsanı başkalarından daha fazla kendi yüzleşmeleri dehşete düşürür. Bu öyle derin bir dehşettir ki, en büyük düşmanınız bile üzerinizde bu kadar derin dehşet izleri bırakmayı başaramaz. Çünkü ortada ne suçlayacak bir başkası, ne de kaçacak bir gölge vardır. Gölgeyi yaratan tek şey insanın kendi bedeni ve bedenin içinde taşıdıklarıdır.

Viki, annesinin erken ölümünden sonra üniversite yıllarına kadar beraber yaşadığı babasının zaman zaman öfkelenerek kendisine söylediklerinin doğru olabileceğini ilk defa burada, Gelibolu'da, Beyaz Hala'nın evinde ve ancak otuz yaşında düşünüyordu. Takıntıları ve önyargıları onun gönül gözünü köreltmiş olabilir miydi? Olabilir miydi sahi? Körleşmişti belki. Evet belki de körleşme buydu? Yoksa babası haklı olabilir miydi? Babası belki de gerçekten onu seviyor ve Viki'nin yıllardır öfkelenerek sandığı gibi onu suçlamaktan zevk almıyordu. Babası belki de haklıydı ve kızının yaşamını ertelemesine üzüldüğü için onu uyarmaya çalışıyordu. 'Hayatını bir akrabasının geçmişindeki gizeme adayarak, kendi sorunlarıyla yüzleşmekten kaçtığı' suçlaması belki de doğruydu... Aşktan, ilişkilerden, hayattan kaçmıştı. Kaçmış mıydı? Babasının sevgisinden ve başaramamaktan çekinerek hiç dokunmadığı pek çok şeyden kaçmış, mesleğine ve büyük dedesinin gizemine saklanmıştı. Yalnızca psikoloji ve büyük dedesinin Gelibolu'daki sırrı... Yalan mıydı yani? Otuz yıllık yaşamında yalnızca bu ikisiyle yetinmesi, bir kadın ve bir insan olarak hayatı uzaktan seyretmesi başka nasıl açıklanabilirdi? Bunu yapmış mıydı? Gerçekten Viki bunu mu yapmıştı? Bunu... evet bunu... galiba bunu yapmıştı! Ve bu gerçeğin ayırdına varması için bu kadar uzağa, aslında bu kadar yakına gelmesi gerekiyordu, demek ki... Demek ki.

Dışarda bir horoz öttü. 'Horoz ve bilinç,' diye düşündü Viki. İçi burkuldu.

"Kalk ta bana şoo çekmeden karton kutuyu getiriver bakeyim!"

İsteksizce o meşhur televizyon altı arşiv dolabına gitti Viki. Kendini bir robot gibi hissediyordu. Dolabın üzerindeki çekmeceyi açtı, içindeki eskimiş karton kutuyu aldı ve Beyaz Hala'ya uzattı. Beyaz Hala sapı selobantla yapıştırılmış yakın gözlüğünü takıp, kutuyu açtı. Kutunun içi fotoğraf doluydu.

"Fotoğrafları da uyduramaz ya!" diye yeniden bir ateş düştü Viki'nin yüreğine.

"Nereye gitti o resim bakeyim *marı*?" diye homurdanarak kutudaki siyah-beyaz resimleri karıştıran Beyaz Hala, uzun zaman sonra aradığını buldu.

"Gel bak kızım, gel hele."

Viki gönülsüzce, kendini dünyanın en ahmak insanı hissederek Beyaz Hala'nın uzattığı eski püskü fotoğrafı aldı ve boş gözlerle ona baktı. Baktı, baktı, bir şey göremedi. Sonra birden gözleri fal taşı gibi açıldı.

Fotoğrafta çok güzel orta yaşlı bir kadın ve iki genç adam vardı. Olgun ve güzel kadın ortada oturuyordu ve 1900'lerin şık Avrupalı kadınları gibi dar, siyah bir entari giyinmişti. Göğsü derince bir dekolteyle açıktı ve başında yalnızca alnının bir kısmıyla, tepesini örten siyah bir örtü, adeta şapkaya benzetilerek sarılmış, başının arkasında bağlanmıştı. Kulaklarının hizasından boynuna kadar koyu renkli saçları görünüyordu. Omzuna işlemeli bir şal örtmüştü. Koyu renk gözleri hüzünlü bir gülümsemeyle donmuş kalmıştı. Kadın o zamanların bir film yıldızı kadar albenili ve güzeldi.

Kadının solunda ayakta duran fesli, bıyıklı, esmer bir genç adam vardı. Sağlıklı ve gururlu biçimde gülümsüyor, bir koluyla kadına şefkatle sarılıyordu. Kadının sağ tarafında çok sarışın, genç, kasketli ve bıyıklı bir köylü duruyordu. Evet, kadının sağında... Kadının sağında işte o duruyordu. Bu oydu! Ne kadar Türk köylüsü gibi giyinse, bıyık uzatsa, kasket giyse de bütün fotoğraflarını ezberlediği Alistair John Taylor'dı bu!

"Bu O!" diye inledi Viki. Sesi incecik, titrek çıkmış, eli ayağı boşanmıştı.

"Haa, işte Semahat Hanımefendi bu ya!" diye yanıtladı onu Beyaz Hala sakin bir sesle.

"Çook gözel bi kadındı, çook. Allah rahmet eylesin. Böyük insandı, bize pek iyiliği dokunmuştur, nur içinde yatsın."

"Ama bu adam benim büyük dedem Alistair John Taylor!" diye heyecanla yineledi Viki.

"Yaaa... Semahat Hanımefendi çok severdi babamı. Kendi öz oğlu gibi. Ali Osman Bey şehit düşmeden önce mükemmel Fransızcası ve kötü İngilizcesiyle annesinin adını ve adresini babama vermiş, onları İstanbul'da ziyaret etmesini vasiyet etmişti. Babam sözünün eri adamdı, rahmetli. Sağlığı, lisanı düzelsin diye beş yıl bekledi. Ali Osman Bey'in şehit düşmesinden ancak beş yıl soona İstanbul'a gidebildi *marı*."

Elindeki fotoğrafa çakılıp kalan Viki, Beyaz Hala'yı takip etmekte zorlanıyor, ne kadar imkânsız olsa da fotoğraftaki sarışın genç adam kendini görsün, fark etsin istiyordu.

"O vakitler Türkiyemiz işgal altındaydı kızım. Çook zor günlermiş, yaşayanlar heep annatırlar. Bizim buraları Frenklerle, Rumlar işgal etmişler. İstanbul'u İngilizler, İtalyanlar, bi de Frenkler. Ben küççücüktüm, hatırlamam; amma annatırlardı. Hâlâ annatırlar o kara yılları, o yoksulluğu, acıyı, ahh o zulmü..." diye içini çekti Beyaz Hala.

Gelibolu Savaşı'nı Türkler kazandıktan hemen sonra buraların Avrupalılarca işgal edildiğini es geçmişti Viki. Doğrusu Gelibolu'dan sonrası daha çok kendi ülkesi ve Avrupa tarihiyle devam etmişti onun açısından. Acaba Beyaz Hala mı karıştırıyordu tarihi? Yani o büyük savaşı kazandıkları halde Türkler nasıl olup da yenilmişti? Düşündü, ama aklı fikri elindeki fotoğraftaydı ve aklını başka bir konuya yoğunlaştıramıyordu.

"Anam gündüzleri çiftliklerde hizmetçilik etmese aç kalırdık biz kızım. Babam hastaydı, iki gün eli tutsa üçüncü günü aklı uçar gider, titreme nöbeti başlar, sayıklamalarla yatağa düşer, ateşi çıkardı. O sırada memleket işgal altında. Her evin bir-iki hayvanı var idi. Biraz süt satardık amma o kadar işte. Ahh kızım ah!.. Çok çekti bu millet çook... Allah bi daha işgâl vermesin. Heeç kimsenin memleketine düşman çizmesi değdirmesin kızım. İşgalci küstah olur, zalim olur, işgalci kibirlidir."

'Almanlarla müttefikti Türkler, Almanlar yenilince bunlar da yenilmiş sayıldılar... Ülkelerinden yenilip kaçan Avrupalılar, antlaşmayla gelip buraları işgal ettiler. Tabiii ya... Vay canına! Ne hazin olmalı...' diye, hızla düşündü Viki.

"Bu Semahat Hanımefendi, mekânı cennet olsun, mezarı tam olarak bulunamayan, cihan parçası, okumuş yazmış, yüksek tahsilli, hemi de pek de yakışıklı böyük oğlu Ali Osman Bey'in şehit oluşundan beş yıl soona bi gün kapıyı bi açar ki, ne görsün? Tabii ki karşısında Gazi Alican Çavuş. Benim babam. Allah'ın bi mucizesi işte. Ne demiştim ben sana *marı*? Allah'ın işine sual olmaz, Allah'ın mucizelerini akıl almaz. Yaa bak işte aynen ööle. Artık oğlundan tek bi haber ümidi kalmamışken, oğlunun en yakın arkadaşı kapıyı çalar!"

İşte Viki bunu sevmiyordu. Beyaz Hala'nın başından beri oynadığı bu, 'karakterlerin birbirleri içinde erime oyunu'nu hiç sevmiyor, kafası karışıyor, hayalle gerçeğin iç içe geçerek bulanıklaşmasıyla yaşadığı bu baş dönmesini artık reddediyordu. Neden hâlâ bu oyunu oynuyordu bu yaşlı kadın? Artık Viki'ye gerçeği anlatmıştı ve bu saçma sapan oyunu bırakması gerekmez miydi?

"Ali Osman Bey'in en yakın arkadaşı mı?" diye isyan etti.

"Ne sandın ya? Ali Osman Bey şehit olurken onun başında iki gün bekleyen, suyunu, pisküvisini onunla paylaşan, ona mezar kazıp, başında dua okuyan, vasiyetini yerine getirmek için işgal altındaki İstanbul'a yarı yaya, beş parasız gidip, anacığının yaralı yüreğine bi parçacık su serpen insan onun en yakın arkadaşıydı. Bu da Gazi Alican Çavuş'tu, yani benim babam! Ne o beğenemedin mi Viki Hanım?"

Viki başını eğdi, sustu. Beyaz Hala'yı kızdırmıştı. Yoksa bu yaşlı kadın anlattığı hikâyedeki iki genç adam ve üç karakterin birbiri içinde erimesini bir oyun olarak değil de... Yoksa buna inanıyor muydu sahiden? Başını kaldırdı, Beyaz Hala'ya baktı. O, elindeki başka bir fotoğrafa bakıp, fotoğrafı eliyle okşayarak gülümsüyordu. Sonra yavaşça Viki'ye döndü, "Senin heç yakın arkadaşın olmamış Viki Kızım. Bi gün olunca ne demek istediğimi annayacaksın *marı*," dedi. Sesinde acıma ve şefkat vardı.

Viki öfke-utanma-rahatsızlık arasında berbat bir üçgene hapsolmuş hissetti kendini. Bu sözler ona yine babasını anımsattı. Babasının onu hayattan kaçıp, geçmişe ve işine saklanmasına üzülerek azarlayışlarını. 'Ne tuhaf, ikisinin bana kızışlarındaki sözcükleri ne kadar da benziyor... Beyaz Hala ve babamın' diye düşündü. 'Beyaz Halam'la babamın!' diye düzeltti. 'İkisi de...ikisi de ne yazık ki ikisi de haklı!"

"Semahat Hanım, babamı kapıda görüp, şehit evladının son saatlerini paylaşan arkadaşı olduğunu öğrenince, onu öz oğlu gibi kucaklayıp, bağrına bastı. Ölene kadar da heeç bırakmadı."

Sustular. İkisi de aynı insanları kendi içlerinde farklı algılayışlarla, farklı imgelerle düşünüyordu. Sessizlik gerekli olduğu yerlerdeki boşlukları bir merhem gibi örter. Uzun bir sessizlik oldu. Dışardan bir horoz sesi duyuldu. Bu kesinlikle beyaz horoz olmalıydı. Beyaz Horoz.

"Babamın Türkçesi bozuktu, Türkçeyi iyi annayamıyodu. Ne zaman geleceği belli olmayan şiddetli baş ağrıları ve bulantılar felan çekiyordu zavallı. Sık sık midesine bıçak saplanırmış gibi krizlere yakalanırdı herifcağız. Semahat Hanımefendi'nin küçük oğlu Salih Bey doktor çıkmıştı. Babamı muayene eder, ona, "Sende *malihulya* yani melankolya hastalığı var," derdi. Sıkıntı, dert hastalığı, kuruntu, biraz da karasevda yani... Şimcik ona depiresyon mu ne derler? Ammaaan ben de sana annatıyom bak hele... Sen psikolok değil misin, haa sen daha eyi bilirsin *marı*."

Gülüverdi Beyaz Hala. Güleryüzlü sayılmayan insanların hiç beklenmedik zamanlarda gülmesi tehlikeli bir heyecan yaratır. Ürktü Viki. Fakat bu gülüş içten, pazarlıksız, hatta Beyaz Hala'dan hiç umulmayacak kadar sıcaktı. Ne kadar uğraşsa da bu gülüşte bir artniyet kokusu bulamadı Viki. Anlaşılan Beyaz Hala ona kinlenmiyor, onu, yani bu 'Zelandalı, sıska, süzgün, rengi solgun, arkadaşşız, evde kalma yaşı saydığı otuzundaki yapayalnız psikolok' turist kadını olduğu gibi kabul ediyordu. Onu kabul ediyordu. Ediyordu işte. Ama yine de... sahi ediyor muydu?

Viki de güldü ona. Ama onun Beyaz Hala'yı kabul etmesi daha zordu, zaman alıyordu ve acıtıyordu. Acıtıyordu. Evet acıtıyordu. Fakat aslında acıtan ne Beyaz Hala, ne de Gelibolu gerçeğiydi. Acıtan...Viki'yi burada, Gelibolu'daki bu köy evinde Beyaz Hala'yla yaşadıkları değildi. Hayır, bu değildi. Onu asıl acıtan hayatla bu kadar yakından, sert ve gecikerek yüzleşmesiydi. Yüzleşebilmesiydi. Ve tabii artık kendi hayatını yaşamak için önünde bir engel kalmadığını anlamasıydı. Ama Beyaz Hala bunu nereden bilecekti ki?

Beyaz Hala yerinden oynayan takma dişlerini yerleştirmek için çenesini sağa sola oynattı. Mavi gözlerini kırpıştırarak Viki'ye baktı. "Sende bi tuhaflık var bugün amma dur bakeyim, Allah'tan hayırlısı..." dedi.

"Ben iyiyim Bey-azh Ha-la. İyiyim, merak etme sen."

"Etmez miyim a kızım! Emanetsin sen bana burada *marı*. Dur bakeyim, belki akşam olmadan sana sevdiğin bi şey buluruz da rengin geri gelir. Şoo hayta Mehmet'i çağırsak, neskaave de bulsak düzelirsin belki. Memleketini mi, ananı babanı mı, sevdiğini mi özledin? Pek bi soldun, n'ooldun?"

"Emanet mi?"

Neyin, kimin emaneti? Sormak istese de çekindi, yanıtı duymaktan korktu, soramadı Viki.

"Hıı yaa... Emanetsin kızım. Emaneti sağlam teslim etmek çook möhimdir bizim buralarda. Anam mesela, babamı hep bi emanet gibi gördü. Allah'ın ona bi emaneti. Tekrar Allah'a kavuşana kadar babamı her daim el üstünde tuttu. Beni öğretmen okuluna yollatmayışı dışında heç bi meselede kalbini kırmadı, gönlünü hep hoş tuttu. Meryem Kadın iyi bi karıydı amma velakin çok şefkatsiz, sevgisiz bir anaydı. Aaah, ah... Yine de Allah rahmet eylesin, ne diyeyim?"

'Beni de Yeni Zelanda'ya gidecek bir emanet olarak görüyor. Kalmayacak, gidecek bir emanet. Gitmemi istiyor. İster tabii, geldiğimden beri başına iş açıyorum kadının. Oysa ben gelene dek kendi düzenini kurmuş, huzur içinde yaşayan bir yaşlı kadındı o. Yaşlı bir kadın. Yalnızca bir yaşlı kadın? Beyaz Hala? Beyaz Hala yalnızca bir yaşlı kadın, öyle mi? Haydi canım! Kadınların bu kadar küçümsendiği bir ülkede, kendini erkeklere bu kadar önemsetmiş özel bir Gelibolu kadını o. Benim büyük halam. Benim halam!' diye hızla düşündü Viki.

"Cebinde yok denecek kaddar az paraylan, günlerce yürüyerek, bazen yük arabalarına binerek İstanbul'a vardığında babamı en çok ne şaşırtmış bilir misin kızım?"

"Ne?" diye sordu Viki şaşırarak.

"Babam, Gazi Alican Çavuş diyodum, İstanbul'a günlerce süren zor bi seyahat sonunda varınca çok şaşırmıştı. Hani büyük deden Gelibolu'dayken İngiliz gemilerine, "Önce Konstantinopolis, sonra haremlere hücum!" yazdıklarını görmüştü ya, meğer gerçek heç de öyle değilmiş. Aslında işgalcilerin, hemen Conkbayırı'nın ardında diye tarif ettikleri İstanbul ne kaddar uzakmış Gelibolu'ya... İstanbul'a vardığında yine aldatılmış hissedivermiş kendini gözel babam. İstanbul -o vakitler Konstantinopolis derlermiş İstanbul'a, babam da öyle derdi, soonadan o da İstanbul demeye başladı, rahmetli- Haa İstanbul amma ne İstanbul... İngilizler, Frenkler, İtalyanlar şehri bi gözel bölüşüvermiş aralarında. Şehrin içerisinde izni olmayan -adına vize mi ne derler? Sen bilirsin işte- ha ondan olmayanların Boğaziçi'nde Anadolu Feneri diye bi mahalleye gitmeleri bile mümkün değilmiş... Yaa kızım, kulakların duyar, duyduklarını da aklın alır mı? Kendi vatanında akrabanı ziyarete gitmek için işgalciden vize izni alacaksın... Adamın içi kan ağlar be! Allah korusun, bi daha heeç vermesin, Allah heç bi millete işgal zulmü vermesin, ahh ne zor kızım... Ah, bi düşün hele... Aahh..."

Beyaz Hala işgal altındaki İstanbul'u anlatırken, bir yeri acıyor gibi dövünüyor, kahırdan ölecek gibi başını sağa sola sallıyordu. Onun anlattıklarını anlamayan biri bile yaşlı bir kadını bu denli üzen duruma veya kişiye doğal olarak öfkelenebilirdi.

"İşgalci tayfası hangi milletten olursa olsun, işgale başladı mı hızını alamaz, dedim ya sana. Hah, aynen ööle. Bu işgalci askerler Osmanlı zabitlerini aşağılamak için onlara kendilerinden küççük rütbede de olsa düşman askerlerine selam durmak emri vermişler. Bööle bööle diye kanun koyuvermişler. Selam Kanunu, senin annayacağın. Babam derdi ki, bu selam kanunu Türk zabitlerinin o kadar ağırına gitmiş ki, koskoca binbaşılar, albaylar felan işgalci erlere selam vermemek için sivil gezmeye başlamışlar. Çok haysiyet kırıcı, çok fena günlerimiş o günler. Şimdiki gençler annamaz, savaşı, işgali oyun sanır. Ahh, ah, kendi vatanında esir olmak, başka millete kul olmak ne kahırdır kızım, ah!"

Birden, hiç beklenmedik bir anda maviş gözlerinden yaşlar dökülmeye başladı. Aniden yağan sağanak gibi gözyaşları yüzünü sırılsıklam etti. Kendisi o sırada işgali anımsayamayacak kadar küçüktü, ama işgalin memlekette yarattığı derin acıyı ve onur kırıklığını çocuk yüreğiyle bugüne taptaze taşımıştı besbelli. Viki ne yapacağını bilemedi. Ağlayan bir çocuk veya erkek gördüğünde ezilen içi şimdi bu kadar yaşlı bir kadının gözyaşları karşısında darmadağın olmuştu. Yanına gidip, Beyaz Hala'nın binlerce kırışıkla işaretlenmiş bembeyaz, küçük ellerini avuçlarının içine aldı. Yumuşacık sıktı. Onun ellerine bakarak, içinden dünyadaki bütün işgalcilere ve gelecekte yaşanacak bütün işgallere lanet yağdırdı. Beyaz Hala bu kez onu itmedi, ellerini Viki'ninkiler içine bıraktı. İki kadın, kederli elleri birbirine kenetlenmiş olarak bir süre öylece kaldılar. Kaldılar bir süre öyle Gelibolu'nun Eceyaylası Köyü'nde.

"Babam, rahmetli gözel babam, bi defasında vaporda pek fena bi olaya şahit olmuş, bunu heç unutamaz, sık sık annatırdı. Semahat Hanımefendi'ye giderken bi seferinde vaporun güvertesinde otururmuş. Babamın tam karşısında yanında peçesiz bir Müslüman hanımla oturan bir Türk zabiti varmış. Babam ayıp olmasın diye dikkatle bakamıyormuş, ama kadın pek gözelmiş. O sırada güvertede bulunan bir işgalci asker gelip, Türk zabite kendisine selam vermesini emretmiş. Yanında karısıyla oturan Türk zabit, önce mükemmel bi Fransızcaylan, sonra bozuk bi İngilizceylen kendi rütbesinin daha yüksek olması sebebiyle asıl işgalcinin önce selam vermesi gerektiğini söylemiş. İşgalci subay bunun üzerine Türk zabiti herkesin önünde, amma en fenası karısının önünde kırbaçlamış. Yani kırbaç var ya, hani hayvanlara vurdukları kayış, ha onunlan, kendinden yüksek rütbeli subaya vurmuş. Ööle, ortalıkta, gündüzün, herkesin içinde ve Türkün memleketinde. Babam derdi ki, "Hayatımda en fazla utandığım gün o gündür. Ama hayatımda kendimi en fazla Türk hissettiğim gün de o gün olmuştur." Türk zabitini gözyaşları arasında çığlıklar atan karısı tutsa da zabit dayanamayıp, işgalci askere bi tokat atıvermiş. O vakit büyük kavga çıkmış, Türk zabiti tevkif edip, zindana atmışlar. Kimbilir orada adamcağıza ne eziyetler ettiler.

"Babam bu olayı ne zaman annatsa, hep derdi ki:

'Türkler onurlarına düşkün millettir. Türkleri kuvvetli yapan heç bi vakit başka milletlerin müstemlekesi-ne denir ona? -sömürgesi, ha sömürgesi- olmamasıdır. Türklerin en böyük sermayesi dikkafalı, müteşebbis ve ihtiraslı insanlar olmasıdır. Türkler ikinci sınıf olmayı kendilerine yediremez, heç kabul edemezler. Milli Kurtuluş Savaşı'nın muzaffer ruhu işte bu milletin ihtiraslı yüreğinden çıkmıştır. Bu ihtiras ateşi onları heç rahat bırakmayacaktır.' Ahh!.. nur içinde yatsın, babam memleketini her daim sevdi ve bu millete hep güvendi kızım."

Belki de anlayacaktı Viki. Evet, belki de Beyaz Hala'yı ve büyük dedesini anlayacaktı. Çünkü belki de... evet, kimbilir belki o da büyük dedesinin ya da Beyaz Halası'nın yerinde olsa; o şartlarda, o günlerde, o kadar fazla haksızlık ve baskı altındayken ve yirmi yaşındayken... Evet, neden olmasın? Belki de hem büyük dedesi, hem onu ölümden iki kere kurtaran Ali Osman Bey, hem Gazi Alican Çavuş ve tabii hem de Meryem Anne ile Beyaz Hala haklıydı. Belki de her şeyi ve her şeyin bir parçası olan tarihi tek ve resmi açıdan görmek için direnen kendisi haksızdı, boyutsuzdu ve bağnazdı. Evet, belki de öyleydi. Evet belki de anlamaya başlayacaktı. Kendisinden tam seksen beş yıl önce burada Gelibolu'da iki genç adamın insanlığa verdiği o mükemmel dersin anlamını belki de şimdi anlamaya başlaması gerekiyordu.

"Frenk askeri gibi giyinen Çinliler, soona Afrikalılar, hangi millettendir onlar?"

"Ne?"

"Frenk askeri gibi giyinen Afrikalılar, nereliydi onlar diye sordum, *marı*?"

"Senegalli olmalılar," diye yardım etti Viki.

"Herhal ööledir. Soonacığıma, İngiliz asker kıyafetiylen hava atan Hintliler küstah küstah gezinirmiş İstanbul'da. Senin annayacağın sahibinin kıyafetini giyen sahip oluvermiş bizim

İstanbul'da. Belki de bu sebepten, kendi yarasını eyicene kanırtan bu sebepten, işgal yıllarında İstanbul'a giden babam, hep hastalığı depreşmiş olarak dönerdi Gelibolu'ya."

O genç ve yaralı, o yabancı ve hasta genç adamın, o karmaşık ve ateşli işgal yıllarında İstanbul'a yaptığı o ziyaretler. Kollarında ölürken ona yepyeni bir hayat şansı sunan bir düşman askerinin ailesine yaptığı o ziyaretler. Kimbilir nasıl sert bir çelişki, nasıl derin bir dahil olma ve yabancılaşma halleriydi onu sarsan o ziyaretler... Kimbilir ne çok acı çekmiş, zorlanmış, yabancılaşmış ve ne keskin içsel travmalar yaşamıştı... Şimdi seksen beş yıl sonra Gelibolu'da rahat rahat otururken anlaşılmıyordu, fakat düşününce insanın içini şiddetle ürpertiyordu.

"Babamı Fatih'teki konakta misafir edermiş Semahat Hanımefendi. O vakitler Fatih Frenkler'in işgalindeymiş. Babam Fatih'e gidebilmek için vize izni almak zorundaymış. Paşaport dairesindeki işgalciler aşağılar, iter kakarmış babamı. Babam derdi ki: 'Bu askerlerin de canına tak etmişti gayri. Başka yerlerde harbeden Frenk askerleri artık terhis edilip, evlerine dönerken, Türkiye'deki Frenklerin uzun harp senelerinden sonra hâlâ görev yapması onları iyicene delirtmişti.'

"Yaptıkları iş ne? Ne olcek, işgaaal! Amma ertesi yıl paşaport bürosuna Müslüman Magripliler, şoo hani Afrikalılar? Nereliler onlar, de bakeyim hele?"

"Müslüman Afrikalılar mı? Fransız sömürgesi olduğuna göre Tunus, Cezayir olmalı?"

"Hah ağzına sağlık, atana rahmet kızım! Cezayirliler tabii. Babam da öyle derdi rahmetli. İşte onlar ertesi yıl paşaport bürosunda çalışırlarmış da babama Fatih vize iznini kolaycacık vermişler, ya!"

'Dünya küçük,' diye düşündü Viki kısacık.

"Üsküdar da İtalyanların işgalindeymiş. Fakat vize izni felan almak, soonacığıma Beylerbeyi'ndeki yalıya gitmek daha kolay olurmuş. Babam derdi ki: 'İtalyanlar, İngilizler ve Frenklerin patronluğuna bozulup, bu sebeplen Türklere gevşek davranıyorlardı.'

"O sırada Semahat Hanımefendi'nin küççük oğlu Salih Bey, Anadolu'daki kurtuluş hareketine katılmak istermiş. De bana bakeyim, böyük evladını Çanakkale'de kaybeden ana yüreği nasıl yollasın küççük oğlunu Anadolu'ya? Hayattaki tek akrabası, ailesi, kocasının ve Ali Osman oğlunun son yadigârı küççük evladını? Amma Semahat Hanımefendi yüreğine taş basmış ve hürriyet uğruna Salih Bey'in *Kuvva*'ya* katılmasına hem izin hem de destek vermiş. Bu memleket ne fedakârlıklarla hürriyetine kavuştu, işgalcilerden kurtuldu kızım ahh ah! Annatsam da annayamazsın..."

Viki, Beyaz Hala'nın ellerini bırakmış, ama dizinin dibinden ayrılmamıştı. Onun rezene kokan bedenine yakın oturmak, kahramanlarından birini çok yakından tanıdığı bir masalı onun ağzından dinlemek, aradan geçen seksen beş yıla karşın, bir çeşit canlı yayın etkisi yaratıyordu.

"Sen anlatınca anlıyorum Bey-azh Ha-la," dedi gözlerinin içine bakarak.

"Püh, annıyormuş! Külahıma annat sen onu. Siz gençler ne açlık çektiniz, ne yoksulluk, fukaralık, kıtlık, ne de harp gördünüz. İşgalci çizmesi ne zalimdir, bilmezsiniz be!"

"Doğru. Haklısın. Umarım bizden sonrakiler de bilmez," diye başını salladı Viki. Sesinde umutsuz bir karanlık vardı.

Söyleyecek söz bulamayan Beyaz Hala içini çekti. "Töbe töbe... Pek de bilmiş bi şey bu canım..." diye söylendi.

Sonra aniden heyecanla ekledi:

"Haa bak eksik söyledim, bak vebali üzerime kalır soona. Semahat Hanımefendi babamı bulduktan soona ona, 'Artık

* Kuva-yi Milliye Harekatı: (Ulusal Kuvvet) Ulusal Direniş Harekatı

benim hayatta iki oğlum var. Salih ve sen. Ölene kadar benim indimde eşitsiniz evladım,' demişmiş."

Yeniden eski fotoğrafların doldurduğu karton kutuyu karıştırmaya başladı.

"Sahiden de Semahat Hanımefendi babamı evladı, bizleri torunları gibi sevdi rahmetli. Babam her yıl İstanbul'dan Gelibolu'ya dönerken bize etekleri fistolu entariler, nakışlı kazaklar, renkli celatin kâğıtlara tek tek sarılmış şekerler, bon bonlar ve bol bol kitap felan getirir, 'Bunları Ali Osman Bey'in annesi size yolladı,' derdi. Anam heç ses etmeden entarileri giyer, yiyecekleri kilere kaldırırdı. Hayatımda yediğim ilk çikolatayı da bizi ziyarete geldiğinde getirmişti Semahat Hanımefendi. Nestle markalı, çok lezzetli çikolatalardı. Soona ne çikolatalar yedim, ama o küççüken Semahat Hanımefendi'nin getirdiği çikolatanın tadını bi daha asla bulamadım..."

Sanki ağzında çikolata tadı kalmış gibi dilini şapırdattı, yutkundu Beyaz Hala. Sonra yerlerinden oynamış takma dişlerini çenesinin o tanıdık hareketiyle yerleştirdi. Viki'nin de ağzı sulanmıştı. Acaba Mehmet nestkahve getirirken yanında bir paket de çikolata getirebilir miydi? İyisinden ama. Birden kendi çocukluğunda yediği çikolataların tadını düşündü. Gerçekten de çocukken yenilen çikolatalar bambaşka oluyordu. Bu, çocukların tat alma duygularıyla mı, yoksa çocukluğun temsil ettiği masumiyet duygusunun yarattığı bir nostaljik yanılsamayla mı ilgiliydi? Bir psikolog olarak çocukluk tatlarını daima psikolojik etkenlerle açıklardı, ama bu defa konuyu bir de fizyolojik açıdan düşünmeyi planladı. Evet, çocukken yenen çikolataların insan yaşamında daima en tatlı tat olarak kalmasının asıl nedeni fizyolojik de olabilirdi pekâlâ.

"Anam mı?" diye kaldığı yerden paldır küldür devam etti Beyaz Hala, "Anam, Semahat Hanımefendi'yi tabii ki sevmezdi.

Çünkü o, babamdan gayrı kimseyi sevmezdi, sevemezdi *marı*! Fakat ona karşı da değildi. Belki de babama bu meselede söz geçiremeyeceğini en başından annamıştı. Anam akıllı karıydı ha!"

Kaldığı yerden fotoğraf kutusundaki arama çalışmalarına başladı. Besbelli özel bir fotoğrafa takmıştı aklını ve illa onu bulacaktı.

"Biliyo musun Viki Kızım?" diye aniden sordu, "Babam Semahat Hanımefendigil'in Beylerbeyi'ndeki yalısını uzun uzun annatır, Osmanlıların pek zevkli, hassas ruhlu insanlar olduğundan hayranlıkla bahis ederdi de benim aklımda nedense en fazla bülbül kalırdı...."

"Bülbül mü?" diye şaşırdı Viki.

"Hı ya, bülbül be kızım. Rahmetli babam Semahat Hanımefendi'nin yalısına ilk gittiğinde, "O harp ve işgal zamanının darlık günlerine rağmen zevkin ve kalitenin izlerini gördüm," derdi, derdi de, asıl o kafesteki bülbülü gördüğü ilk anı bir sihirli masal annatır gibi annatır, beni büyüler, efsunlardı rahmetli."

"Ne tesadüf, Gelibolu'nun bülbülleri, büyük dedemin mektuplarında da oldukça önemli bir yer tutar..." diye gülümsedi Viki.

"Hayatta heç bi şey tesadüf değildir Viki Hanım! Aç gözünü artık!" diye aniden azarladı onu Beyaz Hala.

Viki şaşırdı. Beyaz Hala'yı kızdıracak ne söylediğini anlamamıştı. Gerçekten anlamamıştı. Bu yaşlı kadının sağı solu hiç belli olmuyordu yani.

"Ali Osman Bey, anasını üzmemek için ona yollamadığı o üç mektuptan başka mektuplar da yazmıştı anasına heralde! Bunlar, içindeki havadisleri anasını üzmeyecek cinsten mektuplardı ve arasında Gelibolu bülbüllerinin de bahsi geçmişti. Semahat Hanımefendi de evladının arzusudur diye, onun yazdığı gibi daha bebecikken bi bülbül buldurtmuş ve kafese koymuştu. Erişkin ve çiftleşmiş bülbül kafeste yaşamaz, hemencecik ölür *marı*. Altın kafes bile dar gelir erişkin bülbüle. Çünkü o hürriyetin tadını almıştır bi kere... Hürriyet, temiz hava gibidir. Herkese, her zaman lazımdır. Ahh kızım ah... Ha bülbül, ha insan, hürriyeti elinden alınmış mahlukat yavaş yavaş ölür. Çünkü pis hava adamı hasta eder, kanser felan derler ya, işte hepsi kirliliktendir, dayanamaz, ölürsün. Kirlilik tehlikelidir. Her çeşidi peek tehlikelidir."

"Özgürlük temiz hava gibidir. Herkese, her zaman gereklidir!" diye tekrarladı Viki. Bunu sevmişti. Bu yaşlı kadın bir filozoftu. Bu yaşlı kadın, Beyaz Hala, onun büyük halasıydı ve müthişti işte.

"Bülbülü görünce babam ağlamaya başlamış. Tutamamış kendini zavallıcık, ne etsin? Bülbül ona harbi, harpte ölen arkadaşlarını, abisini ve ümitlerini hatırlatıvermiş olmalı. En çok da kaybolan hayalleri, gençliği, efendime söyliyeyim, elinden alınmış istikbali koymuş olmalı zavallı herifçiğe. Bülbül bahane... O ağlayınca Semahat Hanımefendi de telaşlanıvermiş. Başlamış bülbül üzerine konuşmaya. O konuştukça babam açılmış, o konuştukça babam rahatlamış. Gelibolu'ya döndüğünde elinde bülbüllerle ilgili bi çok kitap vardı. Ama bunlar ya Osmanlıca ya da Frenkçe olduğundan heç birini okuyamadı zavallıcık."

"Bülbüller üzerine kitaplar mı? İlginç. Demek ki, cidden bir özelliği olmalı bu bülbül denen kuşun ki?"

"Olmaz mı a benim Zelandalı kızım? Semahat Hanımefendi babama uzun uzun annatıvermiş. Osmanlı şiirlerinde bülbül çook möhim bi kuşmuş. Divan Edebiyatı derlermiş, o vakitler haa, sen bilmezsin, nerden bilceksin ki?

"Osmanlı Edebiyatı mı?" diye geveledi Viki.

"Sen şaşır, şaşır daha bakalım, ne vakit açılacak gözündeki perde, bilmiyom *marı*. Dinleycek misin sen beni, yoksa şaşırmaya devam mı edeceksin, bi karar ver hele."

"Yok Bey-azh Hala, yok, ben yalnızca..."

“Haa sana daha yeni Türk Edebiyatı da annatmak lazım ama ben kocadım gayrı. Sana başkası annatsın bunları.”

“Yok, lütfen devam et Bey-azh Ha-la, lütfen. Haklısın ne desen haklısın. Ortada bir körleşme olduğu kesin. Tamam. Ama sen anlat, n'olur anlat.”

“Şimcik Semahat Hanımefendi, babam annasın diye tane tane, bazen yarı Frenkçe annatırmış, babam sonadan yeni Türkçe okumaya başlayınca bülbüller hakkında çok kitap getirdi İstanbul'dan, bak benim yatak odamdaki kitaplıkta var... Ama sen Türkçe annamazsın di mi? Neyse, sen de ara kendi dilinde bul canım, bana ne tasa sanki?”

“Bey-azh Hala lütfen...”

“İyi ya... Şimcik Semahat Hanımefendi annatırmış; Osmanlı şiirlerinde bu bülbülün yeri pek böyükmüş. Eski zaman şairleri, bülbülün ötüşünü ağlayan, sevdiğinden uzak kalmış âşıklara benzetir, veyahut da aşk meşk şarkıları söyleyen âşık heyecanına denk tutarlarmış. Gül ile bülbül sevdanın işareti sayılırmış. Bülbülün güle âşık olduğuna dair çok kesin bi düşünce varmış ki, bak bence de bu doğrudur. Çünkü bülbüller en gözel ötüşlerini gül ağaçlarına konarak yaparlar. Bilir miydin bunu sen hele? Neden dersen, Allah'ın işi işte, mutlaka bi sebebi vardır. Gülün katmerli rayihası bülbülü baştan çıkartır, onu mest eder besbelli. Eee, aşk, sevda dedikleri şey de bu değilse nedir Viki Hanım? Sevdalının kokusuyla baştan çıkmayana âşık denir mi heç?”

‘Seni gidi çapkın,’ diye düşünerek gülümsedi Viki, ama sonra bu yaşlı ve hiç evlenmemiş kadının bile aşkın asıl duygusunu yakalamış olduğunu anlayarak içi ezildi. Kendisi aşktan kaçmış, saklanmış genç bir kadındı ve bununla yüzleşmek onu yoruyordu.

“Bülbül, güle o kadar âşıkmış ki, onun solup çürüyeceğini bildiğinden feryat figan eder, acı acı öter, en gözel şarkılarını ona söylermiş. Gül goncası da bu sabahlara kadar uyumadan, aşkı için niyaz eden, yalvaran bülbül nağmelerini duyduğu için tan yeri ağarırken açıp, gül oluverirmiş. Amma her aşkın çilesi vardır. Mutlaka vardır. Gül pek gözeldir, velakin diken doludur. Dikenler de bülbülün kalbine batar, onu kanatır durur. Bu hep bööle bööledir kızım, iyi bilesin."

Sustu, bir şey arar gibi boşlukta gözleriyle dolaştı, sonra incecik, çocuk sesiyle bir şarkı mırıldandı:

"*Bülbül âşıkmış güle... Gül naz eder bülbüle...*"

Sonra yine bir çocuk gibi utandı, kızardı, sustu.

"Amaan artık ses mi kaldı bende..."

"Söylesene biraz daha Bey-azh Ha-la? Sesin güzelmiş senin."

"Haydee ordan sen de. Kurt kocayınca köpeklerin maskarası olurmuş be!" diye homurdandı.

Yine kızmıştı. Ama çabuk kızdığı gibi çabuk da yatışıyordu. Viki bekledi. İçinden, 'Demek her kültürde farklı hayvanlar yaşlanınca gençlerin alay konusu oluyormuş,' diye gülümsedi.

"Ne diyodum ben? Haa, eski zaman şairleri -onlara Divan şairi denirmiş- sevgilinin gözelliğini övmek isteyince hemen bülbülü seçer, onun ağzından konuşurlarmış. Ayrıca, insanın göğsündeki kemikler arasında atan yüreği, kafeste çırpınan âşık bülbüle benzetir, her ikisindeki çaresiz çırpınışların beyhudeliği şiirlerde annatılır imiş. Tasavvuf şiirleri derler adına, hani siz derviş diye bilirsiniz ya, ziyaretlerinde Semahat Hanımefendi babama sık sık bu şiirlerden okurdu, rahmetli."

"Dervişleri biliyorum. O büyük şair Rûmî'yi de. Ama o Türk değil ki, İranlı," diye atıldı Viki.

"Ahh ah! Allah cahil bırakmasın kulunu, bak ne hallere düşüveriyor insan. A benim avare yarim, Mevlânâ Rûmî yaşadığı sırada İmparatorluk içinde yaşayan herkes Osmanlıydı. Osmanlı olan her şey de buralıydı," diye azarladı onu Beyaz Hala.

"Rûmî bir Osmanlı mıydı diyorsun yani?"

"Bak bak bak, soruya bak şimcik! Eskiyi anlamak istersen, eskinin kaidelerini öğreneceksin. Yoksa heç bi şey annamadan, ööle bakar geçer, seyredip gidersin... Sencileyin."

Bu kez öfkesine yenilmedi Viki. Evet, bozulmuştu ama Beyaz Hala'nın, "O zaman Osmanlı olan her şey buralıydı," derken söz ettiği 'buralılık' kavramının ortak-özgün bir kültür anlamına geldiğini anlamıştı.

"Git bakeyim benim yatak odama. O kitaplıkta eski kitaplar arasında, soldan ikinci rafta, haa heralde orada olcek, üzerinde Ahmet Haşim yazan ince bi şiir kitabı var. Bul, getir bakeyim onu bana."

"Ne yazan?"

"Ah-met Ha-şim!"

"O.K. Tamam!"

Viki Beyaz Hala'nın yatak odasına ilk defa giriyordu. Heyecanla odaya daldı. Ve yaşlı kadının yatağının başucunda duran kitaplıktaki kitapları görünce şaşırdı. Bunu gerçekten beklemiyordu.

"Bu kitapların hepsi senin mi Bey-azh Ha-la?" diye şaşkın bağırdı.

"Ne sandın ya, babamdan, Semahat Hanımefendi'den hatta Ali Osman Bey'den bana kalanlar onlar. Yenileri de İstanbullu torunum getiriyo. Anam okutmadı beni, amma babam rahmetli hep kitaplar getirdi bana. Türkçeleri ben okudum o dinledi. İngilizceleri o okudu ben dinledim. Amma artık eskisi gibi okuyamam. Yorgun düşerim, gözlerim iyi seçmez, aklım dağılır... Yaşlılık işte, ne yapcen kızım..."

"Bulamıyorum Bey-azh Ha-la, ne demiştin adına?"

"Ahmet Haşim! Dur bakeyim, gelivereyim ben hele."

Ayaklarını sürüyerek kalktı, sallana sallana yatak odasına girdi. Eliyle koymuş gibi aradığı kitabı buldu, tekrar oturma odasına döndü. Soluk soluğa kalmıştı. Koltuğuna oturdu, tek sapı selonbantlı okuma gözlüğünü taktı, şiir kitabını açtı ve bu kez Türkçe okudu.

"*Eğilmiş arza kanar, muttasıl kanar güller/Durur alev gibi dallarda kanlı bülbüller*"

"Evet?"

"Evet mevet yok. Şiir bööle işte."

"Biraz anlatsana, lütfen Bey-azh Ha-la?"

"Bu zor işte. Şiiri annatmak olmaz ki... Manasını söylerim belki? O da zor ama, bi deneyeyim hele. Şimcik, gülün o gözel rayihası, kırmızı cazibesi var amma, unutma ki aynı gül dallarında çok tehlikeli sivri dikenler de taşır. Ööle sivri ve ööle incecik ki, battı mı yandın Allah! İşte şair diyo ki, '*Gülün dikenidir batar bülbülün kalbine/ bu sebepten kanar alev gibi dallarda aşkının bedeliyle öten bülbüller.* Bak bak bak, '*Eğilmiş arza kanar, daima güller/ Durur alev gibi dallarda kanlı bülbüller.*' Ne böyük şair, ne gözel demiş...

Viki büyülenmiş kalmıştı. Konuşmadan bekledi.

"Amma bak aynı şiir pekâlâ şööle de annaşılır: Heç durmadan kanayan güller, yani kıpkırmızı güller/ gül ağacının dallarında alev alev aşk ateşinde yanarak onları bekler o kana batmış bülbüller. Annadın mı *marı*? Aşktan kanayan güllerin kırmızı rengi, bülbülleri de boyamıştır çünkü... Artık hangi tefsiri, hangi açıklamayı beğenirsen onu alırsın, benden bu kadar gayrı."

"Ufff... Çok sarsıcı bir metafor bu! Kan, aşk, kırmızı renk, gül ve bülbül... Büyük ve tehlikeli bir tutkusallık. Fransızların, sonra İspanyolların tutkusallığı gibi..."

Durdu, düşündü, "Akdeniz tutkusallığı, elbette," diye kavradı.

Onu hiç dinlemeyen Beyaz Hala şiir kitabını kenara bıraktı, hiçbir şey olmamış gibi fotoğraf kutusunu karıştırmaya devam etti. Fotoğraf kutusundan bir fotoğraf seçti, takma dişlerini yerine yerleştirmek için ağzını şapırdatarak fotoğrafa baktı.

"Bu Semahat Hanımefendi çok böyük, gözel insandı dedim ya sana. Ölene kadar da hep ööle kaldı, elini üstümüzden heç çekmedi. Bulut'u, benim küççük kardeşimi İstanbul'a götürdü, orada leylî derler o vakitler, yatılı okullarda okuttu, evinde büyüttü, orada evlendirdi. Onun çocukları, torunları hepten İstanbul'da kaldılar, oralı oldular. Ölürken de bizi doktor çıkan oğlu Salih Bey'e emanet etti. Allah gani gani rahmet eylesin. Böyük kadındı, al bak bi daha bu mübarek insana."

Viki, Beyaz Hala'nın uzattığı siyah-beyaz fotoğrafı aldı. Bu kez şık tayyörü içinde bir fotoğraf stüdyosunun deri koltuğunda bütün azameti ve güzelliğiyle oturan daha genç Semahat Hanımefendi'yi hemen tanıdı. Sol yanında kara gözlü, hınzır bakışlı küçük bir oğlan çocuğu duruyor, bir eliyle kadının eteğini çekiyordu. Semahat Hanımefendi'nin sağ yanında, yumuşak gülüşlü, utangaç bakışlı, güzel yüzlü bir delikanlı fotoğraf çekilip bitsin de bu işten kurtulsun duruşuyla bekliyordu. Semahat Hanımefendi bir eliyle bu delikanlının koluna sımsıkı sarılmıştı. Sımsıkı.

"Bu o mu?" diye çekinerek sordu Viki.

"Haa. Başka kim olacak ki *man* ? İşte bu yakışıklı delikanlı, babamın en yakın arkadaşı Ali Osman Bey'dir. Çanakkale kahramanı, şehit Mülâzım Ali Osman Bey. Bu resim çekildikten üç yıl soona şehit olmuştu. Tanımadın mı?"

Tanımıştı Viki. Artık tanımaya başlamıştı. Evet tanımaya başlamıştı. Hem de iyice başlamıştı.

"Böyük, gözel insanları tanımak lazımdır kızım. İnsan ancak böyük, gözel insanları tanırsa dünyanın neden hâlâ tamamen namuzsuzlara teslim olmadığını annar. Amma onları bulmak zordur. Böyük ve gözel insanlar ööle ortalarda gezinmezler. Onlar kıyıda, kenarlarda bekler, zamanı gelince işlerini yapar, soona gene ortadan çekilirler. Bu insanları tanımak, bilmek için bazen taa dünyanın dibinden kalkıp buralara gelivermek, emek vermek ister kızım. Gözel, akıllı kızım. Viki kızım."

Beyaz Hala'nın son sözleri geldi, Viki'nin önünde durdu. Sözler bir kâğıda dizilmiş yazı gibi havada dizilip beklediler. Viki onları gördü. Beyaz Hala'nın sözcüklerini havada dizilmiş olarak gördü. Sözcükler harflere ayrıldı, harfler birbirinin arasında dolaşmaya, dans etmeye başladı. Bu davet edici bir danstı. Viki dayanamadı, kalktı, Beyaz Hala'nın boynuna sarıldı. Beyaz Hala, bu kez itmedi, reddetmedi. O da Viki'yi kucakladı. Kucakladı. Beyaz Hala, Viki'yi kucakladı.

Telefon çaldığında hemen açmıyordu.

Beyaz Hala telefonunu çalar çalmaz hemen açmıyordu. Sağa sola sallana sallana telefonun yanına gidiyor, dikilip başında bekliyordu. Telefon bir kere çalıp susuyordu. Sonra yeniden, bu kez iki kere çalıp susuyordu. Üçüncüsünde üç kere çalıyordu. Dördüncü çalışında Beyaz Hala nihayet telefonu açıyordu. Bu bir şifreydi ve Viki bu evde yaşadığı bir haftada bunu çoktan fark etmişti.

"Canım evladım, gözümün nuru, nasılsın *marı*?"

Telefonu açar açmaz, ne 'merhaba', ne 'kimsiniz?', ama illaki böyle diyordu Beyaz Hala. Sordu, yılmadan uğraştı, öğrendi Viki: 'Sevgili çocuğum, hayat ışığım, nasılsın?' demek istiyordu. Diyordu ama kime? Bir de bu gizemli kişiyle konuşurken yüzüne yayılan o mutluluk ışığı. Resmen güzelleşiyordu kadın. Ama söylemiyordu işte. Asla söylemiyordu. Bu esrarengiz telefon konuşmalarını kiminle yaptığı bir sırdı. Hele inat etti mi, kimse konuşturamazdı onu. Çünkü inatçı mı inatçı! Amaan ne inatçı! Onun aslında annesi Meryem'e çektiğini düşünüyordu Viki, ama ya Helen Hala? O da az mı inatçıydı sanki... Şimdi Viki meraktan çatlıyor ya, artık asla söylemez kiminle böyle ballı kaymaklı konuştuğunu. Hem sonra o nedir öyle, sanki Viki Türkçe anlarmış gibi eliyle telefonun ahizesini örtmeler, saklanmalar, gizemli konuşmalar... Hani biraz genç olsa bir âşığı var sanacak... Ama belli mi olur? Beyaz Hala bu. Şahsına özgü bir karakter. Eşsiz bir kadın!

"Viki Hanım, senin şu hayta Mehmet var ya, ha o telefon etti bana bu sabah, sana bi kavanoz neskaave almış, yanında da bol bol çikolata. Birazdan getirecekmiş kerata. Yalınız kapı çalınınca sen mutlaka 'Kimdir?' diye sormadan açmayacaksın. O münasebetsiz gazteciler olabilir, heeç çekemem bak."

Güldü Viki. Ne kadındı bu Beyaz Hala be. Her yere yetişiyor, herkesin derdine deva oluyor, herkesi de idare edebiliyordu. Bu kadar karışık ve zor bir duygusal dönemde bile Viki'nin kahvesini ve çikolatasını unutmamıştı işte.

"Tarihmiş, fedakârlıkmış, cesaretmiş... Onların umurunda mı *marı*? Onlar şarlatanlık ve para peşindeler ha! Bak o gazteci, televizyoncu takımına babam hakkında tek laf edersen sana hakkımı helal etmem, hem iki dünyada elim yakanda olur, bilesin! Şunu heç unutmayacaksın, benim babam bir kahramandı. Kafana eyice koy bunu hele. Babam yanlış heç bi şey yapmadı. Allah rahmet eylesin!"

Evet. Onun babası gerçek bir kahramandı ve Viki bunu yürekten kabullenmişti.

Mutfakta her sabah içtiği mide ilaçlarını arıyor, bir yandan da Viki'ye laf yetiştiriyordu. Durdu. Dönüp Viki'ye alıcı gözüyle baktı, dikkatle süzdü onu.

"Senin gibi bi kızcağıza beddua da edemem ben *marı*, dilim varmaz... Çünkü benim bedduam tutar, hem tee Zelanda'da bile bulur da tutar adamı. Hem de ne bulur. Yok yeminliyim, beddua etmemeye yeminliyim *marı*..."

Birden yumuşayan kendi sesini duydu, hiç beğenmedi, ufalmış, öne eğilmiş bedenini dikeltti, sesine o bildik, kafa tutan tonu yerleştirdi:

"Amma rahmetli babamla ilgili tek söz etmeyeceksin heç kimselere, ona göre haa!" dedi.

'Hakkını helal etmemek mi?' diye düşündü Viki.

'Benim üzerimde ne hakkı olabilir ki?' Aradı, taradı, bulamadı. Sonra 'iki dünya' konusu takıldı kafasına.

'İki dünyada elim yakanda olur' demişti Beyaz Hala.

İki dünya: Doğu ve Batı uygarlıkları mıydı? İki dünya: Kuzey ve Güney, ya da iyi ve kötüyü mü temsil ediyordu? Tam olarak anlayamadı. Bu kültürel bir kavram olmalıydı.

"İki dünya nediir, Bey-azh Ha-la?"

"Hıı? Ne dedin marı? Şoo benim ilacım nereye gitti, körolası?"

"İki dünyada elim yakanda olur, dedin de... Hangi iki dünya? "

"Allah iyiliğini versin senin kız! Seninle çook işimiz var bizim, çook!" diye güldü Beyaz Hala.

Gülünce derine kaçan maviş gözleri ortaya saçıldı, gülünce sıradanlığın fark edilmezliğine saklanan sıradışılığı gün yüzüne çıktı, gülünce onlarca kat beyaz pudrayla sıvanmış kadar bembeyaz zemine binlerce çizgiyle oyalar işlenmiş kırışık yüzü aydınlandı, gülünce güzelleşti Beyaz Hala. Gülünce güzel bir yaşlı kadın oldu Beyaz Hala.

Yaşlıyken güzel kadın olmak zordur. Çok zordur. En zorudur. Ama... demek ki yine de olasıydı. Dünyanın birçok kültüründe güzellik yalnızca genç kadınlara yakıştırılmış, kadın yaşamının en fazla yirmi yıllık dönemine sıkıştırılmışken, yaşlı bir kadının güzel olması, yerçekimi kanununun yalnızca dişi insanlara işlemesi dayatılan kültürlere, tek başına kafa tutmak kadar zordu. Zordu, ama imkânsız değildi. Ve oluyordu işte. Bazı kadınlar çok güzel yaşlanıyor ve yaşlıyken de güzel, yaramaz, albenili olabiliyordu. Beyaz Hala Viki'ye bunu da öğretmişti.

Beyaz Hala bütün hücreleriyle gülerken, Viki onun ne kadar güzel ve müthiş bir yaşlı kadın olduğunu düşündü. Onu şefkatle, sıcak bir arkadaşlık, gerçek bir hayranlık, içtenlikli bir yakınlık duygusuyla seyretti, onu gözleriyle sevdi Viki. Ona gülümsedi Viki. Ve işte tam o sırada onun, "Sana hakkımı helal etmem," derken ne demek istediğini kavradı. Aniden orada ve o anda anladı.

Birbirini gerçekten seven, gözeten, birbirini önemseyen insanların birbirleri üzerinde manevi bir hakkı oluşuyordu ve bu yalnızca 'sevgi hakkı'ydı. Doğal olarak ve kendiliğinden. Evet. Fizik ve kanun kitaplarında kütlesi ve yeri olmasa da bu hak bu memlekette oluşuyordu. Bunu ilk defa burada, üç hafta öncesine kadar tanımadığı bir yaşlı kadına karşı neredeyse elle tutulur biçimde bizzat hissetmişti Viki. Belki de bu sevgi hakkının bu kültürde yaşanmasına izin verildiğinden, bu deyişi de ancak buralı insanlar hak ediyordu. Çünkü aynı deyiş; 'hakkımı helal etmem' Yeni Zelanda'da bir sahiplenme, özgürlüğü kısıtlama, kişisel alana tecavüz anlamı taşıyacak ve hemen reddedilecek, orada yaşamayacaktı. Hiç yaşamamıştı da. Oysa burada başkaydı. Buranın güneşiyle, buranın toprağı arasında insana yük olmadan yüzyıllardır korunuyor ve buralı insanların ruhuna bereket katıyordu işte. Meyve ve sebzeler gibi, kavramlar ve duygular da farklı kültürel coğrafyalarda yetişiyor ve büyüyordu. Tıpkı sevgi ve sevgi hakkı gibi... 'Hakkımı helal etmem'deki *hak*, işte bu kanunsuz, kitapsız ama insancıl hak olmalıydı. Ve bu nedenle, Beyaz Hala ona sevgi hakkını helal etmeliydi. Mutlaka etmeliydi. Bunu istiyordu Viki.

"İlahi be kızım. Hay Allah iyiliğini versin emi! Hah hah ha... Bak heç güleceğim yokken... Dinsiz misin nesin sen? Hayır, dinsiz olmak için bile önce bir dinden olaceksin ki, onu reddediveresin, ha, di mi ama? Öbür dünyayı heç mi duymadın sen hayatında bakeyim?" diye gülmesine devam etti Beyaz Hala.

"Demek, öteki dünya, dini bir kavrammış, siyasi değil," diye düşündü Viki.

"Hani ölünce hepimizin gideceği öteki dünya be kızım! Hani Allah'ın indinde ne İngiliz, ne Frenk, ne Zelandalı, ne de Türk heç fark etmeyen, oraya varınca da insanların yalnızca iyi ve kötü diye ayrılacağı öbür dünya!"

"Ah-ha, şu mesele!" dedi Viki içini çekerek.

"Şoo mesele yaa!" başını öne arkaya salladı Beyaz Hala. "Tam o mesele! Hah, bak ilacımı buluverdim. Nereye saklanmış kerata. Bana bir bardak su uzatıver bakeyim Viki kızım. O bulaşık makinesinden temiz bardak al, ama suyla çalkala hele bir. Çalkalamadan içersen sular köpürüveriyo, iyi durulamıyo bardak–çanağı bu makine. Makine ne olcek! Alt tarafı makine işte! Sağ olsun, İstanbullu torunum bu makineleri alıp takıyo buraya, çalıştırmasını annatmak için didiniyo, amma makine işte!"

"Baban, Bey-azh Ha-la," diye söze başladı Viki.

"Babam, Gazi Alican Çavuş!" diye onun sözünü kesti Beyaz Hala, ilacını içtikten sonra.

"Evet, baban Gaz-hi El-yi Jon Chav-ush," diye *ilk* kez onun adını telaffuz etti Viki.

"Hah şööle," diye memnuniyetle başını salladı Beyaz Hala.

"Baban dindar bir adam mıydı Bey-azh Hala? Yani... Yaşadığı o korkunç savaş, başına gelen inanılmaz felaketler ve birincisinden çok farklı ikinci yaşamı onu dindar bir insan mı yapmıştı?"

"Babam dini bütün bir insandı. Allah'a inanır, ona yeniden bir hayat ve aile verdiği için şükrederdi. Babam, dini bütün bir insan olarak yaşadı ve öyle öldü. Mekânı cennet olsun."

"Bey-azh Ha-laaa!"

"Eeee?"

"Yaa biliyorsun işte..."

"Bilmiyom efendim."

"Biliyorsun da inat ediyorsun. Ama unutma ben de inatçıyım, sana benzerim."

Güldü Beyaz Hala. Başını salladı.

"Sen de ne dişli çıktın amma ha!" dedi.

"Dişli mi?"

Beyaz Hala Türkçe deyimleri olduğu gibi İngilizceye çevirerek kullanıyor, bu da Viki'yi yoruyordu.

"Azimlisin yani."

"Haa.. ama bir işe yaramıyor ki..."

"Yaramıyormuş... Yalancı sen de... Babam Arapça dua etmeyi heç sevmezdi. O Türkçe dua ederdi. Namaz kılmayı, abdest almayı anam ona öğretmişti. Ama ööle beş vakit camiye heç gitmezdi. "Çalışmak en böyük ibadettir," derdi köylülere. Ama ara sıra, o da canı çekince camiye uğrar, halıya oturup, gönlünü Allah'a açar, içinden dua ederdi. Ne dilerdi, neye teşekkür ederdi, heç kimse bilemez, amma tahmin edebilirdi. Ah- aah, gözel babam! Tespih çekmeyi çok severdi, bak bu onun tespihidir, bana yadigâr kaldı ondan," diyerek elinden hiç bırakmadığı akik tespihi okşadı, sevdi.

"Ama nedense bayram namazlarını pek sever, heç kaçırmazdı. Hele Kurban Bayramı namazlarını... Çünkü kurban kesmeyi heç sevmezdi. Kurban Bayramları'nda namazdan eve bi türlü dönmez, oyalanır dururdu. Dönünce de hastalanırdı. Tabii kurban kesecek kadar durumumuz düzeldiği son zamanlarda. O vakit iş başa düşer, kurbanı anam keserdi. Sünnetçi Muhammet'in kızı Meryem!"

Yüzünü acıyla buruşturdu Viki.

"Ne o burun bükmeler öööle? O köfteleri, hamburgerleri yerken iyi amma..."

Buzdolabını açtı.

"Acıktın mı sen hele? Köfte felan özlemişsindir şimdi sen. Dur Havva'ya telefon edeyim de..."

"Yok Bey-azh Ha-la ben vejeteryanım ya!"

"Haa, et yemezsin sen ya. Balık bulsunlar sana *marı*. Onu yiyodun di mi? Ha? Şoo gazteciler bi gitse buradan ben sana şahane balık bulurum amma.."

"Ben iyiyim, çok iyiyim. Bana prensesler gibi bakıyorsun burada sen Bey-azh Ha-la. Yok prenses değil, sultanlar gibi... Teşekkür ederim. Zaten ben bizim orada balık yemekten bıktım, boş ver balığı sen şimdi de... Ne? Ne bakıyorsun öyle bana?"

"Kız sen kilo mu aldın ne? Dur bakeyim, valla yüzüne renk gelmiş, bak kıçın başın dolgunlaşmış. Afferin *marı*, hah şööle kadına benzemeye başladın. Ne o ööle sıska memesiz, kıçsız kadın mı olurmuş? Bak ben seni biraz daha besleyeyim, herifcağızlar peşinden koşcek senin..."

"Amaan Bey-azh Ha-la, ne uğraşıyorsun benimle. Kilo falan almadım, bu shal-var pantalon şişman gösteriyor, ondandır." derken şaşırarak kızardığını hissetti Viki.

"Şalvarmış! Külahıma annat sen! İlk geldiğinde o şalvar sopaya geçirilmiş gibi bi felaket duruyodu üzerinde amma... Şalvarmış! Pek de ukala *marı*!.. Tööbe tööbe... Ver bakeyim bi bardak su daha bana, içim yanmış benim be. Dünkü sarmısaklı kızartmadan fazla yedim herhal..."

"Ama ne lezzetliydi o patlıcan, biber... Başka ne vardı? Ha... kabak ve domates kızartması öyle Bey-azh Ha-la? Hele o sade yoğurtlu sarmısaklı sos! Hayatımda bu kadar lezzetli sebze kızartması yemedim inan."

"Anam Meryem gözel sayılmazdı," diye yine aniden başladı konuşmaya Beyaz Hala. "Amma kadın gibi kadındı işte. Kocaman memeleri, yuvarlak pek gözel kıçı- ne dersin sen? kalçaları- vardı. Beli incecikti. Kadına benzeyen bi kadındı yani. Bak kadın kadın gibi olmalı ha! Erkek de erkek gibi. Şimcik televizyonda görüyom, böyük şehirlerde fare gibi köpek besliyolar evlerde, nedir o ööle? Soonadan mı ürettiler onları fabrikada ne *marı*? Hayvanı da maskara durumuna sokmuşlar, zavallıcık... 'Acaba ben köpek miyim, fare mi?' der gibi kedi sesiyle havlar durur, derdine yanar. Kafası karışmış mahlukatın. Halbuki köpek, köpek gibi olmalıdır kızım! Bak tabiat her mahluka ayrı yer vermiş, sana onun için kadına benzeyeceksin diyom ben. Eğer mahluklar başka mahluklara benzemeye özenir, buna çalışırsa tabiatın düzeni bozulur, her şey allak bullak olur, bereket kalmaz. Amma Allah ööle yaratmışsa- kambur, cüce, yarım, eksik, tersine, farklı olaraktan mesela, bak onlara bi diyeceğim yoktur. Onlara heç kimse bi şey diyemez, en çok da ben savunurum onları! Vardır bi hikmeti ööle yaratılanların da... Benim demem, yaratıldığı halini, şeklini değiştirmeye özenenler *marı*, olduğundan başka bi şey gibi davrananlar, annayabildin mi meramımı ha? Çünkü tabiat kendi düzenini koymuş bi kere, eğer bozarsan, bak düzensizliği heeç sevmez ha! Öööle bi cezalandırı ki bizleri, feleğimiz şaşar vallahi..."

Gülmeye başladı Viki. Hem de hiç güleceği yokken.

"Sen gül bakalım, gül daha. Fasulye sırığına benzemeye özeneceğine kendine benzeyen bi kadın olsaydın, bak o zaman buralarda böyük dedeni arayacağına, memleketinde herifinin koynunda oynaşır, bebelerini emzirirdin, bizim Havva gibi gözlerinin yağı erirdi."

"Ne yani?" diye bağırdı Viki. Sinirlenmişti. "Kadınların hayattaki tek amacı sevişmek ve analık mı? Senin gibi okumasına izin vermedi diye bütün hayatını annesine duyduğu nefret üzerine kuran ve bu nefreti artık ölmüş bi kadına her an kusmayı ihmal etmeyen, ayrıca... şiirden zevk alan, tarih okumuş bir kadın bunu nasıl iddia eder? Bir kadının bir insan olarak da entelektüel zevkleri ve hırsları vardır Bey-azh Ha-la! Bir kadın her şeyden önce bir insandır. Senin gibi özgürlüğüne düşkün ve bu kadar maço bir ülkede kendi düzenini kurabilmiş bir kadın nasıl olur da kadınlığı yalnızca cinsellik ve anneliğe indirger? Hem beni eleştirene bakın! Sanki sen bunları yapmışsın da..."

Öfkeyle bağıran kendi sesinin etkisiyle titreyen Viki, hiç hesapta yokken patlayıvermişti. Zaten öfke patlamaları yaşamaya hiç alışık değildi.

Beyaz Hala başını yere eğdi. Sakin, üzgün bir sesle konuştu:

"Benim senin meslek sahibi, para kazanan bi karı olmana heç sözüm yok. Keşke Havva'yı da babası okutsaydı, erkenden evlendirmeseydi de o da araba kullanan, kendi cebinde kendi parası olan, istediği esvabı çarşıdan kendi başına alabilen, okumuş bi karı olsaydı. Amma benim dediğim bunun yanında bi şey. Bu senin dedikleri olmalı, mutlak olmalı... Hem zaten olacak da... Bak şoraya yazıyorum, Havva'nın kızları anaları gibi yaşamayacak, artık kızlar kaderlerine baş kaldırıyor. Yakında kızları kimse zincire vuramayacak. Ne babaları, ne hocalar, ne anaları, ne de devletler... Bitiyor bunlar. Hem de her yerde. Amma benim dediğim şo: Kadın kadın gibi olmalı. Yani bi kadın hem akıllı hem de memeli olsun be! Okumuş, meslekli karılar başka işleri yapacam diye evinde herifiyle oynaşmanın da, analığın da zevklerinden vazgeçmeyecekler! Vazgeçmesinler! Böyle diyom ben. İşte böyle diyom. Hepinize diyom ben, kadın olmaktan vazgeçmeyin diye!.."

Yorulmuştu. Mutfaktaki masanın yanında duran sandalyeye çöktü. İçini çekerek, takma dişlerini diliyle yerleştirdi, ağzını şapırdattı. Küçülmüş, büzülmüştü sanki. Viki büyük bir vicdan azabıyla ona baktı. O yaşlı bir kadındı ve Viki onu üzmüştü. Hem de gereksiz yere. Yoksa bal gibi biliyordu onun ne demek istediğini, ama aslında kendi yarasını kanatan sözlerle tahrik olmuş, kontrolünü yitirmişti. Oysa kontrollü ve soğukkanlı olmakla tanınır, hatta suçlanırdı, ama Gelibolu'ya geldikten ve özellikle Beyaz Hala'yı tanıdıktan sonra sık sık duygularına yenilip patlıyordu işte. Sık sık yarası kanıyordu, evet, yarası sık sık kanıyordu burada...

Gidip Beyaz Hala'nın gönlünü almak istedi, ama yerinden kımıldayamayacak kadar ağırlaşmıştı. Gideceği mesafe dört adımken kendinde bunu yapacak enerjiyi bulamadı. Bir de psikolog olacaktı.

"Bana gelince: İyi halt ettim di mi? Ne halt ama!!! Hayde ben bi halt ettim, sen ne diye kendi hayatını yaşamıyosun a ahmak kızım? Benden geçmiş artık, ama senin önünde uzun bi hayat var. Hem... hem heç değilse ben yaşayan birine tutkundum, seninkisi çoktaaan ölmüş be, a benim saf yarim!"

İkisi de söylediklerinden hoşnutsuz ve hâlâ öfkeliydi. Birbirlerinden bakışlarını kaçırarak bir süre kaldılar mutfakta. Kimsenin galip gelmediği kanlı bir savaşın pişmanlık dolu komutanları gibi yenik, ama özür dileyemecek kadar kuru gururlu iki kadın. Biri, otuz yaşlarının henüz başında Hıristiyan-Batı kültürünün kentli, özgür ve meslek sahibi yirmi birinci yüzyıl kadını. Öbürü yetmiş yaşlarının sonunda, Müslüman Doğu-Akdeniz kültürünün köylü, çiftçi ve ev kadını on dokuzuncu yüzyıl kadını. Aralarında yaklaşık yarım yüzyıllık yaş, iki yüzyıllık hayat farkı olan iki kadın. Biri büyük dedesinin gizemli hikâyesine kafasını takmış, öbürü babasına imkânsız bir aşkla bağlanmış, bu nedenle ikisi de kendi aşklarını yaşayamamış iki kadın. İkisi de akraba olmayan başka bir erkeğe hiç âşık olmamış iki kadın. Biri; kendi eksiklik ve korkaklıklarını büyük dedesi Alistair John Taylor'ın Gelibolu'daki esrarlı hikâyesine saklayarak, kadınlığını erteleyen Yeni Zelandalı Victoria Taylor. Öbürü; asla affetmediği annesi Meryem'in sevdiği erkeğe kendini adayışındaki tutkusallığa ve hayata kafa tutuşundaki güçlülüğe gizli hayranlığını bir hayalet gibi yanında taşımaya müebbet mahkum Türkiyeli Beyaz Taylar.

Düşünceler yoğunlaşıp, katı bir cisim gibi ağırlaşınca düşüncelerin yoğunlaştığı mekânda zaman donar. Beyaz Hala'nın Gelibolu, Eceyaylası'ndaki evinin mutfağında zaman dondu. Zaman ne kadar zaman dondu bilinmez. Zaman donunca zaman kalmaz.

Zil çaldı. Zaman akmaya başladı.

Zil önce bir kere çaldı. Durdu. Sonra kısa ve kesik olarak iki kere çaldı. Durdu. Viki yerinden kalktı, kapıyı açmak için alt kata seyirtiyordu. Beyaz Hala, eliyle ona durmasını işaret etti.

"Dur hele. Bekle. Açma hemen! Bakalım O mu? Yoksa gazteciler mi taklit eder parolayı?"

Beklediler. Kapının zili üçüncü kez üç kere çaldı ve sustu.

"Tamam O geldi. Gözümün nuru, canım evladım geldi."

Viki kimi ve neyi beklediğini bilmeden, tuhaf bir sezgiyle, belki de bir haftadır evden dışarıya çıkmamanın etkisiyle heyecanlanmıştı. Merdivenleri koşarak indi, ama kapıyı açmadan arkasından yüzünde bir genç kız heyecanıyla yavaş yavaş aşağıya inen Beyaz Hala'yı bekledi.

"Kimdir o?" diye gürledi Beyaz Hala, hâlâ gazeteci ve habercilerin tatsız bir sürprizinden çekinerek.

"Ali Osman Taylar!" diye gürledi bir erkek sesi kapının öbür yanından.

"El-yi Oth-man Tey-ler mı? Yook bu kadarı da fazla ama!" diye bağırdı Viki ve kapıyı öfkeyle açtı.

Kapının önünde uzun boylu, siyah saçlı, kahverengi gözlü, çok yakışıklı genç bir adam bembeyaz gülümsüyordu. Viki'yle göz göze gelince gülmesi yamuldu, ama hiç bozuntuya vermedi ve İngilizce olarak, "Görmeyeli ne kadar gençleşmişsin Beyaz Hala," dedi.

Viki'nin ağzından yalnızca, "Vaaay!" diye hayranlık dolu bir nida fışkırdı. Sonra da kıpkırmızı oldu.

O sırada kapının önüne birikmiş basın fotoğrafçılarının flaşları patladı ve bir bağrış-çığrış duyuldu. Kapıda beliren yakışıklı genç adam Viki'yi ustaca içeriye itti, arkasından Rehber Mehmet'i de çekerek eve girdi ve kapıyı kapattı.

Beyaz Hala sevinçli bir çığlık attı:

"Ahh seni yaramaz seni, neredesin be yavrum? Özledim seni gözümün nuru, gel, gel de bi koklayayım seni *marı*!"

Genç adam neredeyse kucağına alarak sarıldı Beyaz Hala'ya ve o ikisi Viki'nin hiç alışık olmadığı bir sevgi gösterisiyle birbirlerini öpüp koklaştılar. İki insanın sıcaklığıyla çevresini bile ısıtan bu muhabbet Viki'yi kıskandırdı, dokunsalar ağlayacaktı. Sahiden çok şeyleri ertelemiş, kaçırmıştı Viki.

"Sana kahve ve çikolata getirdim Viki," dedi Mehmet öbür ikisinin kendilerini unuttuğunu hissederek.

"Haa... teşekkür ederim Meh-met. Sana zahmet oldu."

"Ne münasebet, zaten günlerdir işe yaramıyoruz, bari kahvesiz-çikolatasız kalmayasın dedim de..."

"Yaa... iyi etmişsin..."

"Aç mısın sen bakayim?" diye sordu Beyaz Hala.

"Eveet, hem de nasıl," diye yanıtladı Mehmet bu kendisine sorulmamış soruyu.

"Bak kerataya, misafiri bile gözü görmez bunun," diye azarladı onu Beyaz Hala.

"Ne misafiri Beyaz Hala, o senin torunun, burada asıl misafir olan benim. Hem bak saçlarımı daha bu sabah yıkadım," dedi Mehmet şımarık bir sesle.

"Durun durun, İngilizce konuşun, ben de anlamak istiyorum!" diye isyan etti Viki.

"Öz torununu misafir sayıyor da beni misafir saymıyor ya..." diye açıkladı Mehmet.

"Torunu mu?"

"Hıı ya, bak Viki Hanım, bu benim Bulut kardeşimin İstanbullu avukat torun çocuğu, benim de öpöz torunum olur," dedi Beyaz Hala gururla.

"Merhaba Viki Hanım, hakkınızda hem sağ olsunlar(!) bizim basından hem de Beyaz Halam'dan çok şey duydum. Ben Ali Osman."

Elini uzattı Ali Osman. Türkler el sıkışmayı pek seviyordu.

"Hoşgeldiniz!" dedi Viki, kendi sesinde hiç alışık olmadığı o cilveli tonla irkilerek.

"Siz de Gelibolu'ya hoşgeldiniz."

El sıkıştılar. Viki yeniden, "Vaaay..." diye içini çekti hiç farkında olmadan.

"Vaaay!"

Bu adam yalnızca çok yakışıklı değil, ayrıca çok hoştu. Çok! Sonra neden kalbinin böyle deli gibi çarptığını ve nefes nefese kaldığını anlamadan uzun bir nefes verdi:

"Ufffff!"

O zaman üçü de dönüp ona baktı. Ne diyeceğini bilemeden aklından ilk geçeni geveledi Viki:

"Saçlarımı diyordum, saçlarımı ben de yıkasam iyi olacak Beyaz Hala."

"Hem iyi hem de gözel olur Viki Hanım," diye güldü Beyaz Hala.

"Saçın dişisi erkeği yoktur *marı*. Saç saçlığını bilcek ve temiz tutulacak. Hepsi bu kadar!"

"Ana-babalar evlatlarını ayırmadan sevmelidir. Bak bana hele, eğer her evlat ana-babasının kendisine kardeşleriylen eşit hak verdiğini bilirse, o evde bereket olur, ahenk olur, gözellik olur. O evdeki kardeşler birbirlerini severler. Aksi, Allah'ın gücüne gider, çok günahtır. Ne o ana-babanın, ne de kardeşlerin yüzü dirlik görür."

Rehber Mehmet'in Eceabat'tan getirip, hazırladığı nestkahveleri içiyor, çikolataları yiyor, üst kattaki oturma odasında Beyaz Hala'yı dinliyorlardı. Çikolataların bazıları hâlâ Beyaz Hala'nın ilk tattığı Nestle markalıydı, ama artık Ülker ve Mabel gibi Türk çikolataları da Viki'nin gözünden kaçmadı. Üstelik bazıları gerçekten lezzetliydi.

Genç Ali Osman, üzerindeki şık takım elbisenin ceketinden ve kravatından kurtulmuş, gömleğinin de kollarını sıvamış, Beyaz

Hala'nın yanına tıpkı onun gibi tek ayağını altına alıp bağdaş kurarak oturmuştu. Beyaz Hala arada sırada dualar okuyup, Ali Osman'ın üzerine üflemeyi ihmal etmeden anlatıyordu. Viki gözlerini üzerinden alamadığı bu yakışıklı genç adamın kendisini bir erkek olarak mı, yoksa Gelibolu hikâyesinin bir parçası, hem de hiç beklenmedik bir parçası olarak mı bu kadar fazla etkilediğini anlamak için çetin bir içsel sorgulama sürdürmekteydi. Ama doğrusu nedeni hiç fark etmiyordu. Ali Osman kaçınılmaz olarak çevresine genç ve çok yakışıklı bir erkekten kadınlara doğru yayılan o şahane albeniyi buram buram yayıyordu. Viki uzun yıllar boyu burnunu erkek kokusuna tıkayan, gönül gözünü aşka körelten derin takıntısından burada Gelibolu'da, Beyaz Hala'nın evinde ve onun yardımıyla kurtulmaya karar verdiğinden artık başını döndüren bu erkek cazibesini algılamaktan çekinmiyor, ama bu cazibenin yoğunluğuyla da sarsılıyordu. Sahi karar vermiş miydi? Ailesinin geçmişindeki bir gizeme takılıp, yaşamını emanetçiye teslim ederek kendini başka insanların sorunlarına adayışındaki o derin kaçış, itinalı saklanış ve yıpratıcı terk ediş duygusundan kurtulmak istiyor muydu? Takıntısının arkasına gizlediği yaşama korkusunun asıl nedeniyle yüzleşmeye hazır mıydı? Bu yüzleşmeye yetecek kadar direngen ve kararlı olabilecek miydi? Direngen ve kararlı. Kararlı mıydı? Yani böyle bir karar vermiş olduğu doğru muydu? Verebilmiş miydi? Daha çok yakın bir zamanda ayırdına vardığı bir öz-yarayı iyileştirmeye karar verecek cesareti bulabilmiş miydi kendinde? Otuz yıllık bu ruh yaralanmasını sağaltabilecek miydi? Bir terzi kendi söküğünü dikmeyi başarabilir miydi, yoksa başka bir psikoloğun hatta bir psikiyatristin yardımına gereksinecek miydi? Bilmiyordu. Bilmiyordu Viki. Ama bildiği ve kuvvetle duyumsadığı bir şey vardı. Burada Gelibolu'da Beyaz Hala'nın evinde şimdi şu anda kahve içip, çikolata yerken kendini çok iyi hissediyordu. –Ah bir de yıkanıp, temizlense, ah biraz süslenebilseydi! Evet, burada ve şimdi kendini bir insan ve bir kadın olarak iyi hissediyordu. Kendini bir insan ve bir kadın olarak iyi, üstelik çok iyi hissetmek ha? Bu ne büyük lüks, bu ne büyük nimettir Tanrım! – Beyaz Horoz ötüyordur şimdi, Beyaz Horoz mutlaka mutlu mutlu ötüyordur köy sokaklarında şimdi. Ve bu ne hoş adamdır böyle, rezene kokan parfümüyle tene dokunan ve diri albenisiyle Viki'yi baştan çıkarmayı başaran...

Ali Osman, ya kendi albenisinin farkında değildi, ya da buna çok alışmıştı. Bir üçüncü 'ya' daha vardı, ama Viki onu telaffuz etmekten çekiniyordu. Çekiniyordu. Çünkü bu üçüncü olasılık, 'ya Ali Osman Viki'yi bir kadın olarak hiç de ilginç bulmamışsa'ydı? "Aman Tanrım!" diye içi titredi Viki'nin. İçinin titremesiyle irkildi, dudaklarını emmeye başladı. Demek ki, beğendiği bir erkeğin kendisini fark etmeme olasılığı onu üzebiliyordu. Daha da demek ki, Viki bunu kabul edebiliyordu.

"Babam bizim üçümüzü de heç ayırmadan severdi. Birimize İstanbul'dan iskarpin getirse üçümüze de getirirdi. Bana fistan dikilirse, kardeşlerime de mintan dikilirdi. Allah razı olsun! Bak şimcik yalan diyemem, anam da öyleydi. Yemekleri, o vakitler herkes yer sofrasında ortadaki tek tastan, tencereden yerdi, ama babam hepimize ayrı tas yaptı; tahtadan. Hepimizin kendi tası, tabağı, tahta kaşığı, çatalı vardı taa o vakitler bizim evde ya. İşte neyse ne, diyceğim şu; anam taslarımıza eşit yemek kor, heçbirimize hak geçirmezdi. Anam sevmezdi bizi, ama heç değilse üçümüzü de eşit sevmezdi *marı*!"

"Amaan Beyaz Hala yaaa... Rahat bırak şu ninemi ya... Tamam soğuktu, sessizdi, aksiydi, ama hepimizin adlarını tek tek bilir, bize armağanlar hazırlar, sonuna kadar da büyük dedemin üzerine titrerdi kadıncağız. Eceyaylası Köyü'nde onun yaşıtı hangi nine torunlarının adlarını tek tek bilir ve hatırlardı, hıı?

Hem zaten ölmüş, gitmiş rahmetli olmuş. Artık rahat bırak kendini de anneni de," dedi Ali Osman, Beyaz Hala'nın önüne koyduğu Anafartalar bademlerinden avuç avuç yiyerek ve şımartılmanın tadını çıkartarak.

'O da Beyaz Hala gibi adil,' diye düşündü Viki, Ali Osman'dan gözlerini alamayarak.

"Bir kahve daha alır mısın Ali Osman Abi?" diye sordu Mehmet.

Sesinde, günlerdir gazeteci ve habercilerin girmeyi başaramadıkları bu eve kabul edilmiş olmaktan ve herkesin peşinden koştuğu bir hikâyenin baş kahramanları arasında bulunmaktan ötürü kazandığı ayrıcalıklı durumun gururu vardı. Bu günü yıllarca turistlere anlatacağından kimse kuşku duyamazdı.

Önceleri garipsese de zamanla Türklerin birbirlerine 'abi' ya da 'abla' diye hitap etmelerinin altında, yüzyıllar öncesinin hiyerarşik taktik ve kast geleneğinden çok, artık samimi bir saygı anlayışı olduğunu anlamaya başlayan Viki, Mehmet'in Ali Osman'a 'abi' demesinden rahatsız olmadı. Sonra yeniden Ali Osman'a takıldı gözleri ve o zaman yine aynı ivedi ihtiyacı hissetti: Hemen yıkanıp temizlenmek. Kendine bir çekidüzen vermesi gerekiyordu. Ne gerekmesi? Viki hemen yıkanıp temizlenmek ve süslenip güzelleşmek için yanıp tutuşuyordu. (Süslenmek mi? Halbuki yıllardır yüzünü sabunla yıkamaktan başka süsü olmamasıyla övünürdü.)

Kadınlar süslenme ihtiyacı duymaya bir kere başlamayagörsünler. Artık dünya yıkılsa, savaş çıksa hiç fark etmez. Çünkü bir kadın bakımlı ve güzel olma dürtüsünü bir kere duydu mu, artık kafasındaki asıl mesele budur. Bir kadına süslenme dürtüsünü veren çeşitli uyarıcılar vardır. Bu uyarıcı her zaman (yakışıklı/albenili/genç) hoş bir erkek değildir, ama çoğunlukla öyledir. Bir kadın kendini bakımlı ve güzel hissetmek istediğinde bunu mutlaka yapmak zorundadır. Dünya üzerinde kadın var olduğundan beri bu daima böyle olmuş ve kadın var oldukça da daima böyle olacaktır.

"Gine de..." diye devam etti Beyaz Hala. "Gine de ana-babalar evlatları arasından kendilerine en benzeyen bi tanesini gizlice daha fazla severler. Yani kardeşler arasından bi tanesi anasına veyahut da babasına çok benzer. Bak amma ööle kaşı-gözü, boyu-posu değil ha!.. Benzeyen huyu-suyu, tabiatı-mizacı, aklı-fikri, alakaları, merakları felan olacak. İşte o kardeşlerden anasına ya da babasına kopya kâğıdı koymuş kadar benzeyen bi tanesi mutlaka vardır. Allah'ın işi işte. Hani derler ya, 'anasının kızı', 'babasının oğlu' diye, hah işte onun manası budur *marı!*"

Dünyanın en büyük bilimsel gerçeğini açıklamış gibi bilgiç bir gururla başını sallarken, dudaklarını büzdü. Anlamıştı Viki. Bu hınzır, zeki kadının sözü nereye doğru götürdüğünü çok iyi anlamıştı, ama araya girip onu kızdırmaya hiç hali yoktu. Çünkü aklındaki tek konu, bir an önce yıkanıp temizlenmek, biraz süslenmekti. İmkânı yok kendini başka bir şeye yoğunlaştıramıyordu. Burada, şimdi ve çabucak güzelleşmesi gerekiyordu.

"Vallahi doğru söyledin Beyaz Hala," diye heyecanla onu kutladı Mehmet.

"Örneğin bak şimdi, benim abim elektronik mühendisi çıktı. Abim diye demiyorum, hem çok akıllıdır, hem de kuvvetli. Bizim ailede herkes ona acaip tapar, ama annem onun babama çektiğini söyler. Ben örneğin, ben daha hassas ve romantiğimdir. Doğum günlerini hiç unutmam, kadınlara karşı anlayışlı sayılırım falan... İşte zaten beni tanıyorsunuz... Kendimi övmeme ne gerek var yani... Annem, "Sen bana çekmişsin," der. Anneme daha yakınımdır bu bakımdan. Annemin oğluyumdur, diyebilirim. Bravo Beyaz Halacığım, müthiş açıkladın durumu valla! Helal olsun sana!"

"Kes! Kes óööle bağırıp, sinirimi oynatma bakeyim! Heç sevmem şarlatanlığı!" diye azarladı Beyaz Hala Mehmet'i.

Mehmet şaşırıp kalmış, samimiyetle laubaliliğin ince sınırını ayırt edemeyenlerin sık sık içine düştükleri vıcık vıcık uçuruma nasıl yuvarlandığını anlamaya çalışıyordu.

"Beyaz Halam'a öyle yüksek sesle övgü yapılmaz, alkış tutulmaz Mehmet. Onu sessizce takdir edeceksin," dedi Ali Osman.

Mehmet hiçbir şey anlamamıştı.

"Benim kötü bir niyetim yoktu," dedi, Beyaz Hala'nın ilgisini kaybetmekten çekinerek.

"Bilmem inanacak mısın Mehmet ama, bazı insanlar gösteriş ve şamatadan gerçekten hazzetmezler. 'Nereden bildin Ali Osman Abi?' dersen, yanıtım çok basit. Ben Beyaz Hala'ya en fazla benzeyen torun çocuğuyum. Allah'ın işi işte! Huyumsuyum, aklım-fikrim... Doğru mu Beyaz Hala?"

"Elbette ya, yok ne sandın?" diye biraz yumuşadı Beyaz Hala.

Viki anlasın diye konuşmalarının büyük kısmını İngilizce yapıyorlardı. Beyaz Hala'nın ağdalı, koyu İngiliz aksanlı İngilizcesi, Mehmet'in kitaplardan ve farklı milletlerden gelen turistlerden öğrenilmiş yoğun Türk aksanlı İngilizcesi ve genç Ali Osman'ın Amerikan baharatlı İngilizcesi inanılmaz bir renk cümbüşü yaratsa da kaçınılmaz olarak Türkçe deyimler ve sözcükler konuşmaların baskın rengini oluşturuyordu. Bazı ayrıntı ve ince esprileri kaçırsa da onların ne konuştuklarını anlıyordu Viki. Zaten onun aklı fikri başka yerdeydi, ama kendi varlığını da saklamak istemiyordu artık. Özellikle Ali Osman'ın yanındayken...

"Sen annene hiç benzemediğini düşünüyor ve babanın kızı olduğuna inanıyorsun, değil mi Bey-azh Ha-la?" diye sordu bütün cesaretini toplayarak.

"Tamamen ööledir, babamın kızıyım ben!" diye kestirip attı Beyaz Hala. "Hep ööleydim, hepi de ööle kalacağım."

Sesinde yorgun ve hüzünlü bir ton vardı ki, bu aniden odaya dağıldı, hepsini etkiledi.

'Gerçek bir *guru* karakter işte. Ne yapsa, ne hissetse etkiliyor çevresini,' diye düşündü Viki.

"Biraz dinlenir misin Beyaz Hala?" diyerek yaşlı kadının sırtını tatlı tatlı okşadı Ali Osman.

Onun kızıp karşı çıkacağını sanan Viki, Beyaz Hala'nın Ali Osman'a genç bir kız yumuşaklığında, gevrek bir lezzetle teslim oluşuna hayret etti.

"Yaa evladım, içim geçti birden. Şööle bi kısacık kestirsem iyi olcek," dedi Beyaz Hala ve kanepeye uzanıp, bir bebek hızıyla uykuya daldı.

"Eh, ben artık kaçayım," diye gönülsüzce fısıldadı Mehmet.

Kimse ona 'kal' demedi. Onunla alt kata inen Viki, getirdiği kahve ve çikolatalar için tekrar teşekkür etti. Mehmet ayakkabılarını giyerken Viki'nin ev sahibesi değil de, kendi müşterisi bir yabancı turist olduğunu hatırladı.

"Haa Viki, unutmadan hatırlatayım, senin Yeni Zelanda'ya dönüşüne az kaldı. Bilmem ne düşünüyorsun, ama eğer kalışını uzatmak istersen, şimdiden rezervasyon değişikliği yaptırmamız gerekir. Ama bunun için yüz dolar ekstra ödemen gerekir, biliyorsun."

"Ahh, ben bunu unutmuştum! Doğru tabii benim Wellington'a bir dönüş biletim vardı ya? Peki kaç gün kaldı?" diye şaşırdı Viki.

"Bir haftan kaldı. Aman hemen harekete geçelim Viki. Ne düşünüyorsun?"

"Nasıl? Ne konuda ne düşünüyorum?"

"Canım ne olacak, dönüş tarihin için elbette."

"Haaa... Bir hafta mı? Gerçekten mi? O kadarcık mı kaldı? Zaman ne çabuk geçti burada Beyaz Hala'ın evinde. Yok yok... Gelibolu'da üç hafta bana bir ömür kadar uzun geldi."

"Ah sen bir de bana sor! Canım çıktı yaa! Başıma gelmedik kalmadı valla. Şu Tahsin örneğin. Beni sürekli takip ediyor."

"Seni kim takip ediyor?" diye şaşırdı Viki.

"Kim olacak, Tahsin. Fanatiğin teki. Köşede, tenhada yakalıyor, yok senin deden nasıl olur da bir Türk gazisi olurmuş da, yok çok konuşmamalıymışsın da... falan... Takmış kafayı adam sana. Fanatik işte!"

"Olamaz mıymış? Her şey ille de kitapların yazdığı gibi mi olacakmış? Hem o kitapları kim yazmış acaba?" diye homurdandı Viki.

"Yaa öyle deme Viki, bak sizin Yeni Zelanda Elçiliği bile açıklama yaptı. Milletin başka derdi kalmadı senin anlayacağın..." diye açıkladı Mehmet.

"Yeni Zelanda Elçiliği mi?" diye hayretle sordu Viki.

"İnsanlar senin o şahane '*büyük dede fantezin*'le, hiç tahmin edemeyeceğin kadar ilgilenmekteler Bayan Victoria Taylor," diye gülerek merdivenlerden aşağıya indi genç Ali Osman.

Bebekler gibi aniden uykuya dalan Beyaz Hala'nın üzerine bir pike örttükten ve uykudaki nefesinin düzenli olduğundan emin olacak kadar başında bekledikten sonra alt kata Viki ve Mehmet'in yanına inmişti.

"Benim büyük dede fantezim mi?" diye hayal kırıklığı içinde sordu Viki.

"Öyle ya. Ne bekliyordun ki?" diye dalgacı bir sesle yanıtladı Ali Osman. "Hem burası Türkiye, biz serinkanlı, akılcı Yeni Zelandalılar'a benzemeyiz ki... Biz Doğu-Akdenizliyiz Viki. Aklımızla değil, yüreğimizle karar verir, çabuk heyecanlanır, çabuk bağlanır, çabuk soğuruz. Biz birine hemen inanır ya da hemen kızarız. Sonra, küçük öfkeleri büyük nefretlere, küçük umutları büyük heyecanlara dönüştürmekte üstümüze yoktur. Aslında bu Akdeniz denen müthiş denizin çevresindeki bütün kültürler az çok böyledir, ama biz Türkler en 'delikanlı' olanıyız galiba... Deli-kanlı. Bak bunun İngilizcesini anlatmak bile zor, neredeyse olanaksız. Çünkü bizim kültürümüzde bir insanın kanında delilik bulunması bir hakaret değil, övgü anlamına gelir. Çünkü biz hem Doğulu, hem de Akdenizliyiz. Çocuk ruhluyuz, tutkusalız, bir türlü büyüyemiyoruz işte. Ama böyleyiz... Biraz Balkan, biraz Kafkas, ama en çok Doğu-Akdenizli. Pek övünülecek bir durum mu, bilemem, ama böyleyiz biz! Öyle değil mi Mehmet?"

Mehmet, nihayet kendi dilinden anlayan birini bulmanın yarattığı rahatlamayla atıldı:

"Hay Allah senden razı olsun Ali Osman Abi yaa. Aynen senin dediğin gibi. İşte bu yüzden, bizim millet kafayı Viki'nin bu büyük dede hikâyesine taktı yaa... Yani ben bu durumu hiç anlamış değilim şahsen. N'oolacak sanki ya? Yani Gazi Alican Çavuş iyi bir adam mıymış? Gerçekten bir savaş kahramanı mıymış? Herkesin sevdiği mübarek bir adam mıymış? Eee, o zaman gerisinin ne önemi var ki? Adam rahmetli olmuş zaten. Size ne artık rahmetlinin pasaportundan yani? Ona Allah rahmet eylesin, biz işimize bakalım! Ama herkes benim gibi düşünmüyor, di mi Ali Osman Abi?"

"Çok haklısın, ağzına sağlık Mehmet!"

"Sen ne diyorsun El-yi Oth-man Bey? Sen hiç Bey-azh Ha-la'yla bu konuyu konuşmadın mı hayatında?" diye öfkelenerek araya girdi Viki.

Bu son derece çekici, etkileyici genç adam, bu yıllardır bastırıp sakladığı ve tadını unuttuğu dişi heyecanı aniden bedenine salan Ali Osman Taylar nasıl olur da bu kadar sorumsuz ve yüzeysel konuşabilirdi böyle? Yıllar sonra ilk defa kadınlığını hissetmesine engel olmayacak birine rastladığı sırada bu kadar talihsiz olmak zorunda mıydı sanki? Yoksa yakışıklı erkeklerin bir çoğu gibi o da mı derinliksiz biriydi?

"Amaan Viki sen de..." diye sırıttı Ali Osman, "Beyaz Halam seksen yaşına merdiven dayamış, köylü bir nine. O zamanlar yalnızca üç yıl olan ilkokul dışında okul mokul görmemiş. Büyük dedem İngilizlere esir düştüğünde seyislik yaparken öğrendiği iki-üç kelimeyi ona öğretmiş, o da işte kırık İngilizcesiyle İngilizce bildiğini sanıyor zavallıcık, n'aapsın? Tamam, haklısın, son derece zeki, cevval, yaşından beklenmeyecek kadar hafızası güçlü, değişik bir kadındır Beyaz Halam. Ama sonuçta yaşlı bir köylü kadın işte. Gördün yukarıda bebek gibi uykuya daldı gitti aniden. Şimdi bu yaşlı kadının söylediği her şeyi ciddiye almamız ne kadar doğru olur sence?"

Yüzüne Beyaz Hala'nın haşarı torunu ifadesini yüklese de daha çok müvekkilini savunan bir avukat gibi konuşmuştu Ali Osman. Sahi o bir avukattı.

"Ama bana anlattıkları son derece tutarlıydı, hem İngilizcesi de öyle kırık bir İngilizce değil, hiç değil. Ayrıca elinde ciddi kanıt sayılacak mektuplar ve fotoğraflar da var," diye hırçın bir sesle direndi Viki.

Muzipçe gülerek Viki'ye iyice yaklaştı Ali Osman. O kadar yaklaştı ki, bedeninden taşan genç erkek kokusu Viki'yi sarstı.

"Uhh!" diye inledi.

"İyi misin?" diye aynı anda iki erkek de endişeyle sordu.

"Yok, ben iyiyim, evet iyiyim, ama doğrusu senin söylediklerini anlamakta güçlük çekiyorum," dedi Viki, hemen duş yapmak isteğiyle yanarak.

"Beyaz Halam'ın sana hangi fotoğrafları, mektupları gösterdiğini adım gibi biliyorum. Ah Beyaz Hala ah! Yine tutamadı kendini di mi? Biz çocukken, bütün torunları, torun çocukları, hepimiz bu hikâyeleri dinlemekten ve fotoğraflara bakmaktan bıkmıştık artık. Kaçardık yanından, n'ooolur bir daha göstermesin diye. Ama yakaladı mı bırakmazdı inatçı keçi. Büyük dedemin yakın silah arkadaşı, bana adını verdikleri, şehit Teğmen Ali Osman Bey'in ailesine yazdığı birkaç mektubun kopyası ve artık kendi akrabalarımız gibi sevdiğimiz o ailenin eski fotoğrafları düşmezdi elinden. Yıllardır bunları yeniden anlatacak kimse bulamamıştı ya, anlaşılan seni yakalayınca, oooh döktürmüştür mübarek! Ah bu Beyaz Halam yok mu benim ah!"

Mehmet başladı gülmeye.

"Yalnızca Viki mi, Ali Osman Abi? Ya koskoca basın, bazı siyasiler, televizyoncular, hatta şu Tahsin midir, nedir, sürekli beni takip edenler, hepsi inandı bu hikâyeye ya..."

"İyi satacak ve oy kapacak bir hikâye bulunca hemen atladılar üstüne tabii."

"Ya doğru söylüyorsun, ama hepsi inandı bu hikâyeye be Ali Osman Abi, hahh hah ha!.."

"Ne hikâye ama ha? Hah hah ha..."

Ali Osman'la Mehmet kahkahalara gömülüp, Viki'yi unutmuş, televizyon habercilerinin taklitlerini yapıp gülüyorlardı. Onlar neredeyse gözlerinden yaşlar gelerek gülerken Viki hırsından ağlayacak kadar fena hissediyordu kendini. Hayır, bu kadar da basit olamazdı. Üç haftadır buradaydı ve burada yaşadıkları, duyup gördükleri bu kadar basit değildi.

Haydi Mehmet neyse. O iyi niyetli, saf bir delikanlıydı. Dünya üzerindeki suya sabuna dokunmadan, entelektüel kaygıları ve soruları olmadan, gününü yaşayan milyonlarca gençten biriydi. Böylece yaşayacak, büyük olasılıkla da yaşamı boyunca borsa, futbol, magazin ve birkaç aşktan başka konuya dokunmadan yaşlanıp ölecekti. Ama ya Ali Osman Taylar? O nasıl böyle yüzeysel davranabilir ve çocuksu bir açıklamayla tatmin olurdu? Yani nasıl olurdu? Yani olmamalıydı. Çünkü o farklıydı. Farklı mıydı? Nasıl farklıydı? Çünkü o okumuş yazmış, İstanbullu entelektüel bir avukattı ve Beyaz Hala'nın gözdesiydi. Hem sonra... Hem sonra ne? Ne? Ne? Hem sonra bu kadar yakışıklı ve çekici bir erkekken... Yok bu sonuncuyu telaffuz edemedi Viki. Bu sonuncu nedeni atladı, görmezden geldi, fakat aklına takılan o 'peki ama ya haklıysa?' kurdu onu kemirmeye başlamıştı çoktan.

Peki ama... Peki ama... Ama ya haklıysa? Ve Beyaz Hala herkesi bıktıran uydurma hikâyeleriyle Viki'yi kandırdıysa? Olabilir miydi bu? Yok caanım. Daha neler. Olur mu hiç? Hem sonra anlattığı hikâyelerde hiçbir zaman ve/veya mekân mantıksızlığı yoktu. Yoktu değil mi? Yok muydu sahi? İyi de o sünnet hikâyesi? Hani hiçbir anestezi ve sterilizasyon olmadan genç bir kızın bir delikanlıyı sakat bırakmadan sünnet etmesi? Bu gerçek olabilir miydi? Sonra köylülerin Alistair John Taylor'ı Türk asker üniforması içinde bile olsa, fark etmeyişlerine ne demeli? Evet, köyde rastladığı yaşlıların çoğu mavi gözlüydü ama... Hem sonra ya o işgal altındaki İstanbul hikâyelerine ne demeli? Türkçesi bozuk bir Yeni Zelandalı, o sırada Arap Alfabesi kullanan bir İmparatorluk başkentinde kendini belli etmeden Semahat Hanımefendi'nin Avrupa Kıtası'ndaki evini nasıl bulmuştu? Evet, o zamanlar İstanbul'da otuz altı farklı milletten insan yaşıyormuş, Osmanlı bu kadar farklı ulustan oluşmuş bir İmparatorlukmuş ama... Ama işte bir tuhaflık vardı bu işin içinde yine de... En fenası bir salak gibi aldatıldığını düşünmekti ki, şimdi bu hikâyeye inananlarla dalga geçen bu iki genç adamın kahkahaları etini tırmalayarak, canını acıtıyordu.

"Boş ver Mehmet," diye elini onun omuzuna koydu Ali Osman, "Boş ver onlar da saçmaladıklarını anlarlar yakında. Hem nasılsa gündemi değiştirecek başka bir sansasyon, başka bir yapay haber bulacaklardır çok geçmeden. Unutur giderler bu konuyu, adı bile anılmaz. Haydi ben seni ararım. Kal sağlıcakla."

"Hoşça kal Ali Osman Abi. Valla kafa adammışsın ya. Ha, Viki ben seni yarın ararım, şu senin dönüş biletini halledelim, tamam mı?"

İlgisizce başını salladı Viki. Canı çok sıkılmıştı.

Mehmet daha kapıdan çıkarken gazeteciler onu yakaladılar ve soru yağmuruna tuttular. Mehmet gördüğü ilgiden hoşnut, ağzı kulaklarında kameralara gülümsedi.

"Yook yaa, olur mu öyle şey. Koskoca Türk gazisi bir Yeni Zelandalı'ymış da... Olur mu arkadaşlar ya? Kim inanır bu masala. Evet Beyaz Hala son derece zeki, cevval, yaşından beklenmeyecek kadar hafızası güçlü, değişik bir kadındır, ama sonuçta yaşlı bir köylü kadını işte. Şu anda içerde bebek gibi uyuyor kendisi. Öbürü deseniz, son derece saf, melek gibi bir turist kadın. Kandırmışlar onu, o da inanmış bir masala, o kadar. Yok ya, ben gerçeği öğrendim, boşuna yoruyorsunuz kendinizi arkadaşlar!"

Ali Osman pencerenin kenarında Mehmet'in basına yaptığı açıklamayı duyacak kadar bekledi. Derin bir nefes aldı. Sonra Viki'ye döndü, "Özür dilerim Viki. Mehmet'in yanında öyle konuşmak zorundaydım. Durumu idare ettiğin için teşekkür ederim sana," dedi fısıldayarak.

Sesi ciddiydi. Biraz önce yetişkin bir bedende büyümeden kalmış bir beynin yılışık kahkahalarıyla gülen o anlamsız adama hiç benzemiyordu.

"Nasıl yani?" diye kekeledi Viki.

Aman Tanrım, ne çok neler oluyordu bu Gelibolu'da böyle?

Viki'yi elinden tutup, giriş katındaki holde fazla bir eşya gibi bırakılmış basmadan eteklikli divana oturtan Ali Osman, yine fısıldayarak açıkladı:

"Beyaz Halam, telefonlarının dinlenebileceği konusunda onu uyardığım için bana telefonda tam olarak anlatamadı. Fakat birkaç sözcükle ima ettiğine göre, seksen beş yıldır dünyada yalnızca dört kişinin bildiği bir sırrı sana açıklamış bulunuyor. Bu konu basın tarafından duyulunca hemen atlayıp geldim. Çünkü artık Beyaz Hala ile benden başka yaşayan hiç kimsenin bilmediği bu çok önemli ve çok değerli bilgiyi sen de taşıyorsun. Yani artık sen de sorumlusun Viki."

"Biliyordun ve bana oyun oynadın!" diye kızdı Viki.

"Eee, ne yapmalıydım yani? Bıraksaydım da dünyada cipinden ve turist kızlardan başka bir şeyle ilgilenmeyen bir turist rehberi bunu basına mı açıklasaydı, hı?"

Ancak o zaman gerçeği kavradı ve eliyle ağzından fışkıracak çığlığı içine hapsetti Viki.

"Aman Tanrım!" diye inledi yalnızca. "Sen de biliyordun demek ki..."

Tatlı bir beladan söz ediliyormuşçasına sıkıntılı bir gülümsemeyle dudaklarını büzdü, içini çekti ve başını salladı Ali Osman.

"Yani sen ve ben... biz ikimiz... aynı adamın..."

Yine başını salladı Ali Osman.

Gelibolu'nun Eceyaylası Köyü'nde Çanakkale asıllı İstanbullu avukat Ali Osman Taylar ile Wellingtonlı psikolog Victoria Taylor yan yana oturup, birbirlerine bakakaldılar.

"Ne olacak şimdi?" diye endişeyle fısıldadı Viki.

"Hiçbir şey olmayacak Viki. Birlikte bir basın toplantısı yapacağız. Üçümüz. Bu sırrı taşıyan üçümüz. Sen, ben ve Beyaz Halam... Halamız."

Durdu. Birden bembeyaz güldü Ali Osman. Dikkatle Viki'nin yüzüne baktı. Viki onun yakışıklılığı ve albenisiyle yaydığı ışıkta parladığını hissetti. Yine hemen yıkanmak ve kendine çekidüzen vermek için dayanılmaz bir istek duydu.

"Beyaz Halamız ha! Vay canına..." dedi gülerek.

Sonra hiçbir şey olmamış gibi sakin devam etti:

"Siz ikiniz basına bir açıklama yapıp, ortada bir yanlış anlama olduğunu, yanıldığınızı anlatıp, özür dileyeceksiniz. Sonra her şey eskisi gibi devam edecek."

"Olur mu hiç!" diye öfkelenerek divandan fırladı Viki. "Gerçekler gizlenmemeli. Hiç değilse daha fazla gizlenmemeli."

"Gerçekler mi?" diye son derece sakin sordu Ali Osman, "Gerçekler ha?"

"Evet, gerçekler El-yi Oth-man."

"Hangi gerçekler Viki? Kardeşi ve arkadaşları emperyalist bir savaşta yanı başında öldürülen genç bir adamın, bu kendisine ait olmayan savaşta aldatılarak kullanılması sonunda yok edilen hayatı, kırılan umutlarının gerçeği mi? Yoksa çok iyi bir eğitim almış, olağanüstü zeki bir hukuk öğrencisinin emperyalizme karşı savaşırken yok olan hayatı ve hayalleri mi? Yoksa şu gerçeği mi tercih ederdin: Kendi ölümüyle başka bir gencin hayatını kurtaran, ama aslında her ikisi de emperyalizm kurbanı olan iki gencin hazin hikâyesi gerçeği mi?"

Sustu. Üzgün görünüyordu. Başını yere eğdi, bekledi. O zaman Viki de sessizce onun yanına, çok yakınına oturdu. Neredeyse bacakları birbirine dokunacaktı.

"Başka bir seçenek daha var. Ya da bir başka gerçek..." dedi Ali Osman kırık bir sesle, "Bir düşman askeri olarak işgale yollandığı ülkede, hayatta kalışını borçlu olduğu bir köylü kızı- ki, ona hep 'melek' derdi- ile bir hukuk öğrencisi subayın ailesine tutunarak, ödünç bir yaşamı sürdüren genç bir erkeğin ağır gerçeği. Kendisini aldatanlara karşı bir ölü gibi davranarak, kendisine de doğduğu ülkeden müebbet sürgün cezası vererek acılar içinde geçen uzun bir yaşamın gerçeği. Kendisine ikinci bir hayat şansı veren ülkeyi yürekten seven, oraya ve insanlarına bağlanan bir yalnız adamın gerçeği. Hangi gerçeği açıklamak istersin Viki? Ha?"

Öfkelenmişti Ali Osman. Onu sakin sakin dinleyen Viki bekledi.

"Hem ayrıca bu saatten sonra bu acılarla kimin ilgileneceğini sanıyorsun? İnsanlığın yirmi birinci yüzyılda sahip olduğu şu berbat derinliksiz tüketici kimliği içinde kim gerçek ve samimi insanlık hikâyeleriyle ilgilenir? Kim? Politikacılar mı? Diplomatlar, tarihçiler mi? Yoksa milliyetçilik ve siyasallaşan dinle gözleri köreltilmiş cahil ve yoksul halk mı? İnsanlar dedelerimize ait bu olağanüstü hikâyenin üzerine akbabalar gibi atlayıp, onu anında tüketecekler, bize kan ve acıdan başka bir şey bırakmayacaklar Viki. Yeni milenyummuş, yirmi birinci yüzyılmış... Hepsi palavra! Teknolojik ilerleme denen şey, yalnızca makinelerdeki gelişmeyi anlatıyor. Teknolojik gelişme, bize etik gelişmeyi beraberinde sunmuyor. Yok, hayır, insanlar henüz bu kadar özel ve kutsal bir insanlık hikâyesini anlayacak derinliğe, inceliğe ve güzelliğe ulaşamadı. Hayır Viki, şimdi gerçeği anlatırsak kimse onları, o olağanüstü iki genci, Ali Osman Bey ve Alistair John Taylor'ı anlayamaz. Hiç kimse onların yaşamlarından ve o müthiş kararlarından ders çıkartmaz. Ancak ne olur, biliyor musun? Bence, yirminci yüzyılın en muhteşem tarihi olayı, yani bu senin açıklamak istediğin gerçek var ya, işte o, yeni dünya düzeninin global emperyalizmine hizmet eder, o kadar!"

"Solcu musun sen?" diye sordu Viki.

Sesi serindi. Uyuşmuş gibiydi. Uykudan uyanmış, büyümüş ve aynı zamanda yaşlanmıştı. Ali Osman hemen yanında oturan Viki'nin elini avuçları arasına aldı, dostça sıktı.

"Bak Viki, şu anda benim dünya görüşümün ne olduğu değil, senin bu konuda ne düşündüğün önemli. Ben yalnızca senin iyice düşünüp, kendi kararını kendinin vermeni istiyorum. Artık sen de büyük dedemin -yani büyük dedemizin sırrını biliyorsun. Beyaz Halam seni gerçekten sevmiş ve sana güvenmiş ki, bu gerçeği sana aktarmış. İyice düşün, düşün ve istiyorsan basına, siyasetçilere, diplomatlara, sokaktaki insana açıkla gerçeği. Ama karar vermeden şunu özellikle düşünmeni çok ama çok isterim. Gerçek, kötülerin işine yaracak ve başkalarını ezmekte kullanılacaksa, gerçek onu hak etmeyenlere teslim edilemeyecek kadar hak edilmiş, acılardan süzülmüş ve kanla sulanmışsa hâlâ açıklanmalı mıdır? Açıklanmalı mıdır Viki? Emperyalizmin, faşizmin, dinsel ve tensel ırkçılığın tırmandığı yeni bir milenyuma girdiğimiz bugünlerde insanlığın bütün bu saydığım yüz kızartıcı suçlarına karşı iki genç adamın yazdığı kendi küçük, ama anlamı çok büyük bir destanı onu okumaktan acizlere sunmak ne kadar doğrudur?"

Ali Osman sustu. Yine sustu, ama Viki'nin elini bırakmadı. Viki kafası karmakarışık, kalbi kuş olmuş uçmak isterken, üzerinde *'Lest We Forget-Gallipoli 2000'* yazan tişörtü ve Beyaz Hala'nın çiçekli şalvarıyla Ali Osman'la el ele oturuyordu.

"Üzerimde 'Gelibolu'yu Unutamayız' yazan bir tişört, yanımda elimi tutan çok yakışıklı bir genç adam ve ben yeni milenyumun ilk ilkbaharında Gelibolu'dayım," diye hatırladı Viki. Ama bu, kendini iyi hissetmesine yaramadı. Kendini iyi hissetmiyordu. Bu kadar gerçek ona fazla gelmişti. Çok fazla.

"Gerçek nedir Viki?" diye fısıldadı Ali Osman.

"Hazır olmadığımız zamanlarda bize verilen gerçek, gerçekten ayırdına varılmış gerçek midir sence? Eğer gerçeği açıklarsan ilk yapacakları şey Gazi Alican Çavuş'un mezarını yıkmak, Ali Osman Bey'in ailesini rahatsız etmek olacaktır. Ayrıca sizin Yeni Zelanda'da da bazı insanlar, hem de senin yakının bazı insanlar üzülecektir, inan bana, abartmıyorum."

"Bana biraz su versene El-yi Oth-Man, lütfen."

"Sen iyi misin Viki? Yok, sen iyi değilsin. Hay Allah ne aptalım ben! Gel, gel seni yukarı çıkartayım. Gel yaslan bana. Tamam. Haydi gayret. Tamam oluyor."

Birbirlerine sarılmış olarak, yavaş yavaş merdivenleri çıktılar. Üst katta Beyaz Hala uyanmış, kanepede oturmuş, onları bekliyordu.

"Çok üzüyorsun sen bu kızı, be evladım. Alıştıra alıştıra anlatacaksın *marı*. O senin gibi bebecikken öğrenmedi bunları. Bak küserim soona sana, iyi davran Viki kızıma haa!"

"Sen de başkalarını dinleme huyundan vazgeç Beyaz Hala ya!" diye mızıkcılık etti Ali Osman.

"Canım bangır bangır bağırırsanız sağır sultan da duyardı sizi *marı*! Sen şükret ki o saçı uzun aklı kısa Memet gaztecileri alıp gitti de onlar duymadılar sizi. Git yiyecek bi şeyler bul bu kıza bak, beti benzi solmuş garibin. Daha yeni yeni bi dirhem et koydum kemiklerinin üstüne de bak maşallah gözelleşti, karıya benzedi zavallıcık. Sıskacıktı bu bana geldiğinde valla! Hem bak o emanettir bize burada, unutmayasın ha!"

"Yok, yok ben iyiyim, endişelenmene gerek yok Bey-azh Ha-la."

"Endişelenmeme gerek yokmuş, bak bak bak, pek de gururludur *hasbam, marı*!"

"Tamam, siz bu işi bitirmişsiniz hanımlar," diye gülümsedi Ali Osman.

"Beyaz Halam nihayet seve seve azarlayacağı birini daha bulmuş, oh be yalnız değilim artık!"

"Sus bakayım sen. Siz ikiniz kavga etmeyeceksiniz. Bundan böyle akraba sayılırsınız!"

"Biz akraba sayılırız," diye gülümsedi Ali Osman Viki'ye bakarak.

"Ama çok uzak, üçüncü dereceden akraba," diye telaşla düzeltti Viki.

"Akrabanın uzağı yakını olmaz *marı*. Akrabasınız, o kadar!"

Elleri havada teslim oldu Ali Osman. Sevdiklerini hırçın ve eksik yanlarıyla kabul edebilmiş insanların huzuruyla gülümsedi

Beyaz Hala'sına. Sonra Viki'ye bir bardak soğuk su getirdi ve yanlarına gelip, kanepeye oturdu.

"Beyaz Hala iki gün sonra malum 25 Nisan Anzak Anma Günü töreni var. Bu yıl, biliyorsun seksen beşinci anma yılı, sonu beşle veya sıfırla biten yıllarda daha fazla Anzak torunu ziyarete gelir buraya. Dışarda on bin Yeni Zelandalı ve Avustralyalı turist var. Oteller yetmemiş, yolcu gemileri yaklaşmış limana, turistler gemilerde yatıyorlar. Yani Halacığım, iğne atsan yere düşmez. Şimdi ben diyorum ki, şu basın toplantısını yarın yapıp, bu işten kurtulalım ki, Viki de rahat rahat anma törenlerine katılabilsin. Hem bitsin artık bu şamata. Çok fazla uzadı bu iş, ne dersin? "

"Bence münasip olur oğlum," dedi Beyaz Hala takma dişlerini şıkırdatarak.

"Bunun en doğru çözüm olduğuna emin misiniz?" diye sordu Viki.

"Hemi de nasıl! " diye onu yanıtladı Beyaz Hala.

"Rahmetli babam; sizin böyük dedeniz müthiş sırrını, anam dışında bi tek bana emanet etti. Vasiyeti vardı bana. Ölmeden önce beni yanına çağırtıverdi. Öleceğini annamıştı gözel babacığım. Bana dedi ki, 'Beyaz Kızım, gözel kızım, bu dünyayı yönetenler zalim işgalciler, sahtekâr siyasetçiler, kalpazan zenginlerdir. Zenginin ve siyasetçinin iyisi pek azdır, çünkü iyi olanları aralarında yaşatmazlar. Asla ve kat'a yaşatmazlar, bu biir. Çünkü zenginlik de, siyaset de hırs ve güç üzerine kurulmuştur. Hırs ve güç insanı değiştirir, bu ikiii. Bak kızım, ben çok acı çektim. Fakat öğrendim ki, insan kanının milliyeti yoktur. İnsan kanı kırmızıdır ve her yerde aynı derecede möhimdir. İnsan daima insandır kızım. Allah bana yardım etti, iki melekle ikinci hayat şansı yolladı. Meleklerden biri anan Meryem, öbürü Ali Osman Bey şeklinde göründü bana. Ama herkesin böyle şansı olmaz bu dünyada,' dediydi rahmetli babam..."

Birden durdu Beyaz Hala. Yerinden oynayan takma dişlerini ağzını şapırdatarak yerleştirdi, yutkundu, bekledi. Viki kalkıp ona su getirmeye davrandı, ama Ali Osman eliyle beklemesini işaret etti. Anlaşılan Beyaz Hala'nın soluklanmalarına alışıktı ve kendisine müdahale edilmesinden hoşlanmadığını iyi biliyordu.

"Sana vasiyetimdir," diye devam etti Beyaz Hala, "Rahmetli babam diyo bunu bana, 'Sana vasiyetimdir gözel kızım Beyaz, koruyamayacak kimselere vermeyeceksin sırrımı. Dünya buna hazır değilse bırak seninle sonsuzluğa kadar saklansın bu sır da... Bırak bilmesin heç kimse...' Sonra da Hakkın rahmetine kavuştu babacığım, gözel, kahraman, böyük insan..."

Yine sustu. Dolan gözlerini başörtüsünün ucuyla sildi. Bu kez Viki de Ali Osman gibi bekledi. O da öğreniyordu.

"Yıllarca bekledim. Bütün torunları, torun çocuklarını tek tek inceledim, bak şo Ali Osman var ya, ha o yanındaki civan delikanlı, o daha bebecikken bile akıllıydı, böyük adam gibi bakar, dane dane konuşur, herkesleri şaşırtırdı. 'Adam surat' derlerdi buna bebekken *marı*."

Viki dikkatle Ali Osman'a bakıp, onun bebek yüzünü görmeye çalıştı. Yetişkin Ali Osman'ın bedenine bebeklik yüzünü monte etmeye çabaladı. Bunu yaparken nedense kendi yüzünde çocuksu bir ifade belirmişti ki, Ali Osman bunu yakalayıp, ona göz kırptı. Viki, Ali Osman'a güldü. Tanıştıklarından beri ilk defa içtenlikle, kocaman güldü. Gülünce yıkanmış ve süslenmiş kadar güzelleşti. Ali Osman da ona ilk defa alıcı gözüyle o zaman baktı ve onu gördü.

"Bırakın şimdi oynaşmayı da beni dinleyin hele. Bak bunun dedesi, benim küççük kardeşim Bulut öğretmendi. Semahat Hanımefendi okuttuydu onu, rahmetli. Amma Bulut kardeşim erken öldü, bi trafik kazasında gencecikken gitti kadersiz. Kendinden önce hem de en küççük oğlu ölüverince, babam çok kederlenmiş, yataklara düşmüştü aylarca. Amma Bulut'un oğlu ve kızı iyi okudular. Anaları, yani Bulut'un karısı hemşireydi, çok iyi yetiştirdi çocuklarını. Semahat Hanımefendi de kol-kanat gerdi üzerlerine rahmetli. Çocuklardan biri möhendis, öbürü öğretmen çıktı. Mühendis olan Ali, bu Ali Osman'ın babasıdır. Bunların hepsi İstanbullu oldu gayrı. Amma her yaz gelirler buraya, Gelibolu'da, Çanakkale'de doğanlar bi daha buradan kopamazlar *marı*. Bu toprak bööledir, bırakmaz peşini insanın. Nereye gitsen heç fark etmez. Döner döner gelirsin buraya yeniden... Dur hele, ne diyodum ben şimcik? Haa bu Ali Osman doğunca, daha bebekken buraya getirdiler. O vakit henüz anamla babam sağdı. Daha ben bunun yüzünü görünce, o saat annadıydım. Bu çocuk adam olucak diye. Allah'a yalvardım, bana yetecek ömür versin, versin de bu bebeğin büyüdüğünü göreyim diye. Her yaz yanımıza getirdiler bunu. Burada büyüdü, benimle. Ben daha kırk beş yaşlarında felandım o vakitler. Dinçtim, kapar götürürüdüm bunu Conkbayırı'na, Arıburnu- Anzak Koyu'na. Annatırdım harbi buna tek tek tek. Bu küççüktü ama cin gibiydi maşallah. Leb demeden leblebiyi annardı. Durmadan sorar, bıkmadan sorar dururdu. Soru soran çocuk iyidir, meraklıdır, adam olur. Bu Ali Osman taa o zamanlar böyük adam gibi ciddiydi ha! Babamın bana öğrettiklerinin hepisini buna öğrettim. Yazları benim bebem olurdu bu kerata. Anası da möhendistir bunun, kızcağız çalışırdı yaz-kış, eh işine gelirdi elbet, yazları bu temiz havada, köyde büyüyor oğulcuğu diye."

"Çok güzel kadındı Beyaz Halam," diye söze karıştı Ali Osman, "Ben küçüktüm anlayamazdım, ama beni gezdirirken rastladığımız herkes ona bakardı. Bakanların yüzündeki hayranlık bana gurur verirdi. Çok güzel bir köylü kadındı, ama bütün erkekler çekinirdi ondan. Yürürken çevresine adeta ilâhi bir ışık saçarmış gibi, başında görünmez bir haleyle dolaşır, bakışlarıyla insanların ona saygıyla yaklaşmasına yol açacak özel bir aroma saçardı sanki. Arıburnu-Anzak Koyu'na giderdik beraber. Bana 25 Nisan Anzak çıkarmasının nereden yapıldığını, bir avuç Türkün o sabah vatanını nasıl yiğitçe savunduğunu anlatırdı. Anlatırken çok heyecanlanır, gözleri dolardı. Sonra Anzakların nasıl tepelere sıkışıp, öldüğünü anlatır, onlar için de ağlardı. Hoppala... Daha beş-altı yaşındayım, şaşırır, iki arada kalırdım. Tam düşmanlar öldü, biz kazandık diye sevinecekken, bu kez ölen Anzaklara üzülürdüm. Bir oğlan çocuğunun tam milliyetçilik ve düşmanlık duygularının gelişeceği o tabanca-tüfek sevdiği yaşlarda Beyaz Halam benim aklımı karıştırırdı. Bu yaramaz kadın, benim aklımı hep karıştırdı zaten!" diye gülerek başını salladı Ali Osman.

"Bir türlü anlamazdım. 'Düşman kim Beyaz Hala?' diye sorardım. 'Düşman yok evladım, düşman yok!' diye gözlerini silerdi."

"Bu başlardı 'ciuv ciuv ciuv' diye askercilik oynamaya tam da babamla Ali Osman Bey'in savaştığı topraklarda, ama tam orada," diye araya girdi Beyaz Hala.

"Ona bakar, 'Hey gözel Allahım!' diye düşünürdüm. Babamın hayatını kurtaran Ali Osman Bey'in öldüğü bu noktada, şimcik babamın küççük torunu Ali Osman askercilik oynuyo... Bi üzülürdüm ki sorma. Ağlamam o sebeptendir, bu nereden bilecek, hap kadar bebecikti."

"Arıburnu'nda Beyaz Halam'la çakıl taşı toplar, oturur güneşin o muhteşem batışını seyrederdik. Bazı sabahlar beni erkenden uyandırırdı, kalkar, ormana gidip bülbül sesi dinlerdik. Bazen da büyük dedemin öğrettiği İngilizce şarkıları söylerdik," diye eski bir İngiliz şarkısı mırıldanmaya başladı Ali Osman:

"London Bridge is falling down, falling down, falling down/ London bridge is falling down, My fair lady..."

Viki ve Beyaz Hala da şarkıya katıldı. Bu üçü; Beyaz Taylar, Victoria Taylor ve Ali Osman Taylar, birbirlerine gülümseyerek

Gelibolu'nun Eceyaylası Köyü'nde eski bir İngiliz şarkısını çocuk neşesiyle söylediler. Şarkı bitince önce gülüştüler. Yüzlerinde o yalnızca çocuklara has bir aydınlık oluşmuştu. Bir çocukluk şarkısının yarattığı bağlılık ve sıcaklık duygusu insanın kanını önce kaynatır, sonra dondurur. Kaynatır çünkü, çocukluk şarkıları çocukluğun dertsiz günlerini geri çağırır. Dondurur çünkü, çocukluk şarkıları çocukluktan bugüne aradan ne çok zaman geçtiğini hatırlatır. Çocukluk şarkıları hepimizin içinde hayatımız boyunca taşıdığımız çok güçlü ağrı kesicilerdir.

Şarkı bittikten sonra kısa bir sessizlik kapladı oturma odasını. Hiçbiri konuşmak istemez gibiydi.

"On yedi yaşına gelince artık ona her bi şeyi annattım. Babam öleli az bi zaman olmuştu. Ben de daha fazla yaşamam, ölürüm felan diye korktum. Ali Osman bu sırrı taşıyacak kadar sağlam bi genç olmuştu. Zaten ona taa en başından güvenmiştim ben," diye anlatmaya devam etti Beyaz Hala, "Heç şaşırmadan dinledi önce. Heç ama. İnsan bi şaşırır di mi? Yook, bu sakindir, çook akıllıdır. Çocukken de ööleydi. Sonra döndü, 'Bu sırrı saklayacağıma yemin ederim Beyaz Hala,' dedi bana."

"Aslında sarsılmıştım," diye açıkladı Ali Osman. "Sarsılmıştım, ama belli etmemiştim."

"Kaç yıl önce öğrendin bu gerçeği?" diye sordu Viki.

"Yirmi? Yok on üç yıl oldu. 1968 doğumluyum ben," dedi, Ali Osman.

"Ben de 70'liyim," dedi Viki sevindiğini gizlemeden.

"Semahat'le yaşıt demek ki bu," diye araya girdi Beyaz Hala.

"Semahat Hanımefendi mi?" diye şaşırdı Viki.

"Yok, bu onun küççük torunu, Doktor Salih Bey'in torunu Semahat."

"Yaaa..." diye keyifsiz bir tepki verdi Viki, kendisi de nedenini anlamadan.

"Ben duş yapmak zorundayım!" diye fırladı yerinden.

"Ben sıcak suyu açtım Viki. Biliyorsun bu evin banyosunda elektirikli su ısıtıcısı var, bizim buralarda merkezi ısıtma yok."

"Biliyorum, biliyorum," dedi Viki cennete koşar gibi banyoya koşarken.

"Ben de Havva'ya o nefis yemeklerinden getirmesi için telefon edeyim," dedi telefonun başına giderken Ali Osman. Sonra aniden aklına geldi, "Heyy Viki, biz Türklerin aklı tuvalette daha iyi çalışır, bakalım sen Yeni Zelandalı'nın da orada iyi çalışacak mı? Sen orada bir kez daha düşün de şu basın toplantısını yarın yapıp bitirelim bu işi, ha, ne dersin?"

"Bakalım, Yeni Zelandalı kafam Türk hamamında ne kadar çalışacak avukat bey!" diye yanıtladı onu Viki, ama şimdi aklında onu rahatsız eden yeni bir soru daha vardı:

"Acaba genç Semahat nasıl biriydi ve genç Ali Osman'la ne tür bir ilişkisi vardı?"

Nihayet yıkandı Viki.

Gelibolu'nun Eceyaylası Köyü kahvesinde 2000 yılının 24 Nisan sabahı saat 11:00'de bir basın toplantısı yapıldı. İstanbul, Ankara, Avrupa ve Okyanusya'dan gelen gazeteciler, radyo, televizyon ve internet habercileri yeniden bütün o gösterişli araçları, kameraları, antenleri, mikrofonları, dizüstü ve avuçiçi bilgisayarları, cep telefonları ve gürültücü varlıklarıyla köyü doldurdular. Aralarında ünlü habercilerin, tarihçilerin ve birkaç çevirmenin de bulunduğu bu gruplarla aynı zamanda köye bol miktarda jandarma ve koyu renk takım elbiseli, kara gözlüklü erkek geldi. Bu 'kara gözlüklü takımlılar'a sivil polis diyenler olduğu kadar, onların yabancı diplomat olduğuna inananlar da vardı. Ayrıca Çanakkale, Eceabat ve çevre köylerde yaşayan meraklı halk da Eceyaylası Köyü'ne akın etti. Bunlar arasında uzun zamandır Beyaz Hala'yı merak eden, elini öpüp, hayır duasını almak isteyen yaşlılar da vardı. Dikkatle bakan bir gözün kalabalık arasında topuklarına basarak dolaşan ve gözleriyle Rehber Mehmet'i arayan Tahsin'i kaçırmasına da pek olanak yoktu. Sonunda köy meydanı tam bir panayır yerine dönmüş, köyün Beyaz Horoz'u ve bütün tavukları bu kalabalıktan ötürü dehşete kapılarak, kaçıp saklanmıştı.

Başlangıçta havada koyu bir heyecan dalgasının dolaştığını fark etmemek olanaksızdı. Ortada bir sansasyon, düştüğü yerde büyük gürültüyle patlayacak bir bomba beklentisi seziliyordu. Daha doğrusu böyle bir beklentiyi ihtirasla arzulayan insanların yarattığı samimiyetsiz ve zorlama bir duygu sıkışması hissediliyordu. Tatminsizlik, hazımsızlığa benzer bir histir. İnsanın midesini ekşitir ve yakar. Eceyaylası Köyü meydanında ekşi ve yanık kokusu birbirine karışmıştı.

Fakat beklenen olmadı.

Köy Kahvesi'nin içine girebilenler, kahvedeki Atatürk Köşesi'nin önüne kurulmuş uzun bir masanın başında oturan Viki Taylor, Ali Osman Taylar, Beyaz Hala ve Köy Muhtarı'nı gördüler. Beyaz Hala'nın yakasında babasının Çanakkale madalyası asılıydı. Masanın üzerine değişik televizyon kanallarının adları yazan mikrofonlar, mikro teypler ve parmak boyunda elektronik kayıt cihazları konmuştu. Beyaz Hala'nın hemen arkasında babası Gazi Alican Çavuş'un, onun üzerinde de Atatürk'ün portreleri asılıydı. Beyaz Hala ve Ali Osman Taylar son derece sakin, ama Viki ve Muhtar oldukça heyecanlı görünüyordu. İlk konuşan İstanbullu Avukat Ali Osman Taylar oldu.

Genç avukat öncelikle Gelibolu'da bulunmasının nedenini açıkladı. Kendisi bu toplantının konusu olan Çanakkale kahramanlarından Gazi Alican Çavuş lakaplı Eceyayla köylüsü Ali Can Taylar'ın torun çocuğu ve onun hayatta kalan tek çocuğu Beyaz Taylar'ın da kardeş torunu oluyordu. 1968 İstanbul doğumlu, İstanbul Üniversitesi Hukuk Fakültesi mezunuydu ve Amerika'da bir üniversitede iki yıl lisansüstü hukuk çalışmış, baroya kayıtlı bir ceza avukatıydı. Ayrıca büyük halası Beyaz Taylar'ın kanuni sözcüsü ve temsilcisiydi. Gri takım elbisesi içinde, son derece sakin ve özgüvenli konuşan avukatın yakışıklı ve etkileyici bir genç erkek oluşu kimsenin gözünden kaçmayacak kadar ortadaydı. O kadar ortadaydı ki, kendisinin bile bundan habersiz kalması olanaksızdı.

Avukat Ali Osman Taylar, büyük halası Beyaz Taylar'ın Çanakkale Savaşı'ndan sekiz yıl sonra doğmuş ve hayatı boyunca Gelibolu Yarımadası dışına çıkmamış, ilkokul mezunu bir köylü kadın olduğunu hatırlatarak, şimdiye kadar duyulan rivayetlerin ve şimdi burada anlatılacak olanların bu bilginin ışığında değerlendirilmesinin gerçekçi sonuçlara ulaşılması bakımından önemini vurguladı.

Atatürk'ün 2 Eylül 1928'de Ertuğrul Yatı'yla Gelibolu'yu ziyareti esnasında özellikle Türk Harf Devrimi'nin Gelibolu köylerinde yaygınlaşması için yaptığı yararlı çalışmalar nedeniyle büyük dedesi Gazi Alican Çavuş'u bizzat kutladığını, ilgilenenlere bu kutlama sırasında, Atatürk'ün bir eli Gazi Alican Çavuş'un omuzundayken çekilmiş fotoğrafından çoğalttığı kopyaları dağıtabileceğini belirtti.

İnsanların gerçeğe ulaşma ve gerçeği bilme haklarının kimse tarafından engellenmemesi gerektiğine inandığını söyleyen Ali Osman Taylar, sözlerini, "Gerçek hepimize akıl ve cesaret kapasitemizin alacağı kadar kendini gösterir. Çünkü gerçek hak edilmelidir," diye bitirdi.

Viki'ye geçmeden önce, sorusu olanların, konuşmalar bittikten sonra sorularını sorabileceklerini bir kez daha hatırlattı.

Söz sırası Viki'ye geldiğinde topluluk önünde hele şimdiki koşullarda ve yabancı bir ülkede konuşmaya alışkın olmayan genç kadın oldukça heyecanlı görünüyordu. Sonunda duş yapmış, temizlenmiş ve kendi yalınlık anlayışı içinde süslenmişti. Uzun sarı saçlarını bir nehir gibi omuzlarına akıtmış, kot pantolonunu, botlarını ve mavi kazağını giymiş, her kadının mutlaka zulasında sakladığı gibi o da eşyaları arasında bir ruj bulup dudaklarını boyamıştı. Onu tanımayan biri için dışardan bakılınca hepsinin birbirine benzediği sanılan 'sarışın, uzun bacaklı, sıradan bir turist kızdı'. Oysa dikkatle bakınca büyük dedesinin Meryem'den önceki aşkı kendi büyük ninesi Keri'den taşıdığı kaşlarının geniş yayları ve burnunun kanatlarına yerleşmiş bir tutam yerli Maori kanı yakalanabilirdi.

Viki ön planda olmaktan hoşlanmayan insanların bu kadar çok kamera ve mikrofon karşısında yaşadığı huzursuzlukla sıkılıyor, bir an önce bu ortamdan kurtulmayı hayal ediyordu. Yanında oturan ve rezeneli bir erkek parfümü kokan Ali Osman'a sık sık hayranlıkla bakmaktan kendini alamıyor, onun albenisiyle başının dönüşünden mazohistçe bir zevk alıyordu. Viki'nin konuşmasını Türkçeye çevirmek için bekleyen Ali Osman kendinden emin pastel bir gülümsemeyle hem masadakileri hem de kahvenin içindekileri dikkatle izliyor, sanki her şeyi kontrol ettiğinden güvenli görünüyordu. Sonra dönüp, Viki'ye baktı, yine o müthiş gülümsemeyle, "O.K Viki?" diye sordu.

'Vaaay, ne gülüş ama...' diye rahatladı Viki ve önüne yığılmış mikrofonlara doğru konuşmaya başladı.

"Ben... Victoria Taylor. Yeni Zelandalıyım, Wellington'da bir klinikte çalışan bir psikoloğum. Buraya gelirken yanımda getirdiğim hikâyemin bu kadar büyük tepki ve öfkeye neden olacağını hiç düşünmemiştim. Gerçekten... Büyük Halam Helen'in bana küçükken anlattığı ve bizim oralarda bolca bulunan Gelibolu hikâyelerinden yarım kalmış bir tanesini tamamlamak umuduyla gelmiştim buraya. Öyle gelmiştim. Belki de bir hayalin peşindeydim, ama ne olursa olsun bu benim hayalimdi. Kimseyi rahatsız ya da huzursuz etmek gibi bir amacım yoktu. Hiç yoktu.... Ben kişisel olarak da öne çıkmayı ve şöhreti sevmeyen biriyimdir.

"Şunu söylemek isterim ki, ne yaptıysam ve söylediysem hep samimiydim. Bu hikâyede beni çocukluğumdan beri etkileyen asıl gizem büyük Dedem Alistair John Taylor'ın kimliğinden çok, onun sonunda mezarı bile bulunamayan hüzünlü hikâyesiydi. Polisiye roman ve dedektif filmi seven bir çocuğun fantezileri işte... Beni peşinden sürükleyen bu gizemdi, sanıyorum buydu... Yoksa ölmüş insanların ruhlarını rahatsız etmek isteyecek birisi değilim ben. Hayır, kesinlikle öyle birisi değilim.

"Sonra soyadı benzerliğine takıldım. Tabii Türkçe bilmediğim için, bu benzerliğin önemli bir işaret olduğunu sandım. Daha doğrusu sanmaya hazırdım. Gerçekten öyleydim. Fakat yanıldığımı anladım. Yanılmışım. Evet, yanıldığımı kabul ediyorum ve burada hepinizin önünde bir kez daha kendi büyük dedem Yeni Zelandalı Er Alistair John Taylor'ın, beni evine alıp hiç karşılık beklemeden misafir eden ve bana çok önemli bir tarih dersi veren Sevgili Bey-azh Ha-la'nın babası Dardanelle Kahramanı Gaz-hi El-yi Jon Chav-ush'un ve onun yakın savaş arkadaşı Osmanlı Subayı El-yi Oth-man Bey'in anılarını saygıyla anmak istiyorum. Onlar gerçekten büyük insanlardı. İnsancıl yanlarına bizim asla erişemeyeceğimiz kadar büyük ve değerli insanlardı.

"Gelibolu'da geçirdiğim üç hafta bana Gelibolu Savaşı'nda icat edilen 'kahraman düşmanım' deyiminin bir fantezi olmadığını öğretti. Bunu gerçekten öğretti. Keşke herkese öğretebilseydi...

"Şimdi artık içim rahat. Anzak Anma Töreni'ne katıldıktan sonra ülkeme döneceğim. Ama Gelibolu'yu çok sevdim. Sanırım sık sık bu müthiş yere tekrar geleceğim. Sık sık... Evet.

"Neden olduğum bu karışıklık için özür dilerim. Bunu gerçekten planlamamıştım. Beni dinlediğiniz için teşekkür ederim."

Konuşması bittiğinde Viki kıpkırmızı olmuş, terlemişti. Başını yere eğip bekledi. Onu yüzüne bakmadan ama büyük bir memnuniyetle dinleyen Ali Osman, unutmamak için aldığı notlara bakarak Viki'nin sözlerini Türkçeye çevirdi. Ne yazık ki, konuşması basın toplantısına kilometrelerce yoldan gelen birçok haberci ve gazeteciyi hiç de memnun etmedi. Homurdanmalar, laf atmalar başladı. Oysa yabancı basın mensupları ve diplomat mı, sivil polis mi olduğu konusunda kararsız kalınan 'kara gözlüklü takımlılar' Viki'nin açıklamasından pek hoşnut görünüyorlardı.

Avukat Ali Osman Taylar gürültünün yatışmayacağını anlayınca sesini yükselterek, son olarak büyük halası Beyaz Taylar'ın konuşacağını anons etti. Beyaz Hala takma dişlerini yerine iyice yerleştirdikten sonra tespihini çekerek, gözlerini kıstı, kahvenin içinde tıkabasa dolmuş insanlara baktı, onları dikkatle süzdü. Bakışında öyle bir meydan okuma ve kararlılık, öyle bir kendine güven ve yaşına tamamen ters düşen bir canlılık vardı ki, kahvenin içindeki gürültü dalga dalga yavaşladı ve kesildi. Sanki insanların üzerine aniden doğaüstü bir ışık tutulmuştu ve onlar bu durumda nasıl davranacaklarına dair hiçbir donanıma sahip değildi. Herkes sustu. Beyaz Hala'nın etkileyici, karizmatik varlığını ve ancak '*guru*'lara özel kontrol gücünü çoktan öğrenen Viki gülümsedi. Ali Osman'a gelince, o zaten buna alışık görünüyordu.

"Şimcik ben mi konuşacağım *marı*?" diye huysuz bir sesle sordu Beyaz Hala.

"Evet Beyaz Hala, şimdi sen konuş. Bak bu gazeteci ve televizyoncu beylerle hanımlar, senin ne söyleyeceğini merakla bekliyorlar. Ne söyleyeceksen söyle de, herkes rahat etsin," dedi Ali Osman sakin ve hoşgörülü bir torun sesiyle.

"Ben zaten rahatım oğlum. Niye rahatsız olcekmişim ki? Gazteciler kendi dertlerine yansınlar hele!"

Beyaz Hala'nın pervasızca ve azarlayan bir sesle söylediği bu sözler herkesi gevşetti. İnsanlar, karşılarında oturan o etkileyici kadının aslında köylü bir nine olduğunu görüp rahatlayarak, güldüler. Viki bu gülüşmelerin nedenini merak edince, Ali Osman ona doğru eğilerek Beyaz Hala'nın sözlerini İngilizceye çevirdi. Bunu yaparken Ali Osman'ın Viki'ye fazla yaklaşmamaya ve sözlerinin duyulmasına özen göstermeye çalışması Viki'nin gözünden kaçmadı. Yine de Ali Osman'ın rezene kokan parfümü aklını başından alacak kadar değmişti tenine.

"Bakın buraya, dinleyin beni hele Ankaralı, İstanbullu kızlar, oğlanlar ve de ecnebi beyanlar, beyler: Benim babam rahmetli Gazi Alican Çavuş şerefli, böyük bi adamdı. O bi kahramandı. Kimse, heeç kimse onun hatırasına dil uzatmayı aklından geçirmesin. Cehennemde çatır çatır yanarsınız valla!

"Bak, burada oturan bu Viki Hanım, bu Zelandalı kız, benim misafirimdir. Sade benim mi? Bu memlekete gelmiş, artık bizim misafirimizdir *marı*! Şimcik neyi paylaşamazsınız siz hele? Onun burda ölen böyük dedesi- neydi adı? Hah, Alistair Can Tay-LOR'ın toprağı bol olsun. Babam ve onun silah arkadaşı şehit mülazım Ali Osman Bey'e Allah gani gani rahmet eylesin. Rahat bırakın ölmüşleri. Haydin, yeter artık bu kaddar şarlatanlık! Bi deli kuyuya bi taş atmiş, bin akıllı çıkartmak için uğraşırsınız.. Akıllı mısınız? Heeç sanmam ya, haydi neyse... Yok mu Allaaşkına sizin işiniz, gücünüz be? Siz bööle aylaklık edin diye mii babamgiller kurtardı bu memleketi işgalden ha? Siz dedikodu tüccarlığıylan para kazanın diye mi şehit düştü aslan gibi evlatcıklarımız be? Her şeycikle alay edin, her şeyciği küçümseyin diye mi teslim ettiler bu memleketi size sanki? Ha? Dünya kadar iş var yapcek! Siz geçmişi bırakın *marı*, siz bugüne bakın, geleceğe bakın! Bırakın ölüleri rahat da siz ne yapıyorsunuz ona bakın. Haydee... evli evine köylü köyüne, haydi yallah!"

Beyaz Hala'nın kesin ve azarlayıcı konuşması bazılarının homurdanmasına, bazılarının da sinirli sinirli gülmesine neden olduysa da bu işin burada bittiğini çok net olarak ortaya koymuştu.

"Bu muymuş yani, adı ermişe çıkan kadın ha? Yok ya... Kof çıktı bu hatun be!"

"Vay be, Nine de yaman kadınmış ha!"

"Aman Beyaz Nine'yi kızdırdık abi, döver falan kaçalım aman!"

"Yaa ne güzel bi yüzü var yaşlı kadının dikkat ettiniz mi kızlar? Dur abi çekme ya..."

Birkaç gazeteci Viki'yi iyice sıkıştırıp, ona gününü göstermek için iğneli, saldırgan ve bayağı sorular sorduysalar da Viki hepsine aynı yanıtı verdi: Üzgündü, yanılmıştı, ama samimiydi.

Bu kadar bekleyip de Gelibolu'dan eli boş ayrılmak istemeyenler Beyaz Hala'dan birkaç yuvarlak, polemiğe açık söz kopartmak için yanına yaklaşsalar da Ali Osman ve köylüler Viki'yle Beyaz Hala'nın etrafına etten bir duvar örmüşlerdi. Beyaz Hala'ysa, sanki hiçbir şey olmamış gibi sakin ve doğal görünüyor, sanki köy kahvesinde onlardan başka kimse yokmuş gibi Atatürk köşesinin altında oturmuş, Muhtar'la çay içiyordu. Muhtar, yıllar sonra Beyaz Hala'nın yeniden kendisiyle konuşuyor olmasıyla büyük prestij kazanmış, sevinçten eli ayağına dolaşmıştı. Kimi gazeteciler hazır buraya kadar gelmişken aynı gece başlayacak Anzak Anma Törenleri'ne katılmak ve bir haber hazırlamak üzere kalmayı planlarken, birçoğu Türkiye'de artık Çanakkale Savaşları'nın reyting yapmayacağını hesaplayarak gerçekten büyük reytingli haberler peşine koşmak için yola çıkmaya hazırlanıyordu.

Sonra gazeteciler, haberciler, kara gözlüklü takımlılar, jandarma, meraklı köylüler ve koruma görevlileri çabucak toplanıp, geldikleri gibi çabucak gittiler. Köylüler derin bir 'Ohhh!' çekti, Beyaz Horoz ve tavuklar köy sokaklarında yeniden başlarını sallayarak serbestçe gezinmeye başladılar. Kentten gelen saat-takvim telaşındaki Batılı-Zaman koptu, düştü, yerine rehavet içindeki Doğu-Akdenizli Zaman geldi ve yerleşti. Bu rehavetin yayılması havada incir kokusu olarak duyuldu. Köylüler bu rehavet kokusunu hemen tanıdılar ve hayat kaldığı yerden ağır, ağır, ağır akmaya devam etti.

Köyün erkekleri kahveye girip çay-kahve içerek sakin sakin havaya bakmaya veya tavla oynamaya başladılar. Ama hepsinin yüzünden yeniden köyün kahvesine erkeklerle sohbet etmeye gelen Beyaz Hala'nın yarattığı sevinç okunuyordu. Köyün bilgesi, Gelibolu'nun *guru*su, Çanakkale'nin bereketi Beyaz Hala yıllar süren küskünlüğünü bitirip, yeniden aralarına dönmüştü. Ve bu geri dönüşün adı Viki'ydi. Viki artık değil Gazi Alican Çavuş, kendi dedelerinin de bir düşman askeri olduğunu iddia etse bile ona kızmayacaklardı. Viki çok değerli bir dönüşüme neden olmuştu bir kere, artık onun yeri özeldi.

Köyün kadınları ve çocukları tarlalara ve evlere dağıldılar. Kadınların kahvede oturup, çay içerek geçirecek vakitleri yoktu. Tarlada ve evde dünyanın işi onları bekliyordu. Eski düzenlerine döndüler iç geçirerek.

Ali Osman, Viki, Beyaz Hala ve Mehmet bir süre daha kahvede kaldılar. Birer Türk kahvesi içtiler, havalar sular, meyveler, sebzeler üzerine konuştular. Artık sakin ve oldukça keyifli görünen Viki dönüş biletinin onayı hakkında Mehmet'e hâlâ kesin bir yanıt veremiyor, içinden Gelibolu'da kalışını uzatmak gelse de Ali Osman'dan bu konuda herhangi bir destek görmediği için susuyordu.

Ne zaman bu konuyu açsa Ali Osman ya duymazdan geliyor, ya da gerçekten duymuyordu.

Mehmet Eceabat'a dönmek için kalkınca, hep beraber kahveden çıktılar. Mehmet cipine binip, acentaya gitti. Ali Osman, Beyaz Hala'nın koluna girdi, yanlarında Viki'yle beraber ağır ağır Beyaz Hala'nın evine doğru yürüdüler. Onlar kol kola köyün içinden geçerken, köylüler, "Aman ha! İnşallah gene küsmez!" diye şeytanın kulağına tık tık kurşun yolluyor, gevrek gevrek gülümsüyorlardı. Herkesin mutlu olduğu o ender kısacık anlardan biriydi.

Beyaz Hala'nın dediği gibi, 'evli evine, köylü küyüne' dönmüştü gerçekten. O kadar gerçekten ki; bu kez aydınlık ve kalabalık bir sokakta Mehmet'in yoluna çıkan Tahsin, "Afferin aslanım!" diye sırtını sıvazladı Mehmet'in, "Turist kadına dersini iyi ezbertletmişsiniz bu defa."

"Ne ezberletmesi ya..." diye dikelmeye çalışan Mehmet'i kendince yatıştırdı.

"Tabii canım, öyle de olur bilader. Mühim olan, bizi vakitsiz öten horozun kafasını kopartmak zorunda bırakmamanız, di mi? Öyle ya da böyle... Sonuç olaraktan; eyvallah koçum! Bak biz delikanlı adamız ha... Vefa borcumuza da harfiyen sadığızdır icabında. Bi ihtiyacın olunca hemen bi haber çakıyosun, anında can sıkıntını siliyor, temizliyor ve parlatıyoruz, tamam mı? Haa, bak o avukata da söyle, tamam mı, kanı temiz adammış ha!" dedi.

Gerçekten de evli evine, köylü köyüne dönmüştü; ama her zamanki gibi evi barkı olmayan sıçanlar vardı ve daima da olacaktı.

"Şu Yeni Zelanda ve yoğurt hikâyesi nedir Allah aşkına Viki?" diye gülerek sordu Ali Osman. "Bizim Eceyaylası Köyü'ne gelip, ortalığı toz duman etmeden önce bir yoğurtlu Yeni Zelanda hikâyesi mi, fıkrası mı nedir, öyle bir şey anlatmışsın sen?"

Viki de güldü. "Eh, senin kulağına bile geldiyse, bayağı etkileyici olmuşum desene."

"Pek anlayan çıkmamış, ama yoğurtlu bir Yeni Zelanda deyimi oluşturmayı başarmışsın bizim buralarda."

Bu kez birlikte güldüler.

Basın toplantısı ve onun yan etkileri dağılıp, bu 'kurtuluş'u Havva'nın komşularıyla ortak hazırladığı ve Beyaz Hala'nın evinin bahçesinde, gül ve badem ağaçları arasında yenen şölensi bir öğle yemeğiyle kutlarken, herkesin keyfi yerinde görünüyordu.

Fakat hiçbir zaman herkesin aynı anda keyfi yerinde olamayacağından, herkes tanımının içinde yer alan birileri keyfi yerindeymiş gibi davranırlar. Bu nedenle gül ve badem ağaçları arasında neşeyle yenen yemek sırasında keyfi gerçekten yerinde olmayan en az bir kişi olmalıydı. Buna karşılık üzerinde herkesin anlaştığı kesin olan şey, yemeklerin lezzetiydi.

Köylülerin sevincinin asıl nedeni, tatsız tuzsuz bir hikâye ve bu hikâyenin peşine takılıp köylerini dolduran kalabalıktan kurtulmak değildi elbette. Eceyaylası köylüleri, taşı toprağı evliya dolu, '*Şühedâî Gelibolu*'nun burada yaşamış mübarek insanların yüzü suyu hürmetine felaketlerden eninde sonunda mutlaka kurtulduğuna yüzyıllardır inanırdı. Şimdi onlar, yıllardır hayata ve köylülere küsmüş olan mübarek Beyaz Hala'nın yeniden evinden çıkmasına ve hâlâ eski gücüne sahip oluşuna seviniyorlardı. Gül ve çağla ağaçları altında hazırlanan ve bir düğün yemeğine benzeyen masanın kerameti de buydu.

Yemekte Beyaz Hala'nın çok sevdiği Gelibolu'nun meşhur '*Kaçamak*' yemeği ve adına kendi aralarında 'bokluca kebap' dedikleri *Sardalye Kebabı* vardı. En lezzetlisinin temmuz ayında iyice yağlanan sardalyeden yapıldığını anlattıkları *Sardalye Kebabı*, balığın denizden çıktığı gibi kömür üzerinde pişirilmesi ve ancak yenirken içinin temizlenmesi nedeniyle 'bokluca' adını almıştı. Adıyla ilgisi olmayacak kadar lezzetliydi, üçü de parmaklarını yiyecek kadar büyük bir iştahla balıkları kapıştılar. Ayrıca mayalı hamurdan yapılan bol soğanlı, ıspanaklı *Gelibolu Lokumu* ve Ali Osman çok sevdiği için zahmetli olmasına rağmen pişirilen *Tarak Pilavı* da masayı süslüyordu. Bir çeşit midye olan deniz tarağıyla yapılan pilavı Viki pek sevmedi, ama Ali Osman'ın çocuksu sesler çıkartarak iştahla yiyişi onu güldürdü. Masada bir tabak *Palamut Lakerdası* ve tabii olmazsa olmaz *Lokma Tatlısı*yla henüz bademe dönüşmemiş çağlalardan, ekşi elmalardan bir tabak da meyve vardı. Ev yapımı yoğurt ve ayran, ancak meyveli yoğurt yemeğe alışkın olan Viki'de ilaç duygusu yaratıyor, bunları ağzına koyamıyordu. Beyaz Hala ve Ali Osman, Viki'yi kızdırmak için abartılı biçimde ona acıyarak, ayran yerine kola içişini protesto ettiler.

Yemekten sonra Beyaz Hala öğle uykusuna yattı, Viki ve Ali Osman, Ali Osman'ın Fransız yapımı, Türk montajlı küçük arabasıyla ertesi gün şafak vaktinde yapılacak Anzak Anma Törenleri'nin başlayacağı Arıburnu-Anzak Koyu'na gittiler. Arıburnu-Anzak Koyu'nda yoğun bir çalışma vardı. Görevliler ve işçiler harıl harıl çalışıyor, törenin yapılacağı alan ertesi sabaha hazırlanıyordu. Türk Devleti'nin katkısı ve arzusuyla Avustralya ve Yeni Zelanda Hükümetler'inin Gazi İşleri'nden Sorumlu Bakanlıkları'nın yürüttüğü ortak çalışma sonunda Anzak Koyu'nun hemen yanındaki plaja yeni bir tören alanı inşa ediliyor, geçici olarak kullanılmak üzere beyaz sandalyeler diziliyor, patikalar açılıp, çimenler bakımdan geçiriliyordu. Gelibolu'nun sarp dağlarının kolay kolay izin vermediği naklen yayını ve kablosuz telefon iletişimi sağlamak üzere tören sırasında kullanılacak bir mobil istasyon, üzerinde dev bir antenle park edebileceği, uygun yeri arıyordu.

Çoğunluğu Yeni Zelanda ve Avustralya Savaş Mezarları Bürosu'nun görevlileriyle, tümü Türk olan işçilerin arasında yürüyerek sohbet eden Viki ve Ali Osman bu hazırlıkları ilgiyle izliyorlardı.

"Daha üç hafta önce bomboş ve çok serin olan bu koyun, şimdi bu gördüğüm kalabalık ve güneşli plaj olduğuna inanmak zor," dedi Viki.

"Bu güneşe aldanma, Gelibolu'nun ayazı yamandır. Ayrıca eğer buna kalabalık diyorsan, yarın sabah burayı görünce ne diyeceksin bakalım. Şafak vakti burada ayakta duracak yer bulmakta zorlanacağız. En az on bin Anzak torunu burada olacak," diye açıkladı Ali Osman.

"Anzak torunlarının çoğunluğu herhalde Avustralyalılar olacaktır. Biz Yeni Zelandalılar, hemen her konuda Avustralyalılardan sonra geliriz. Yüzölçümü ve nüfus olarak başlayan bu durum hemen her konuda devam eder..." diye hüzünlü gülümsedi Viki.

Bu yorgun gülümsemeyle yüzüne yayılan hüznün onu çok çekici kıldığını düşünen Ali Osman ikinci kez alıcı gözüyle baktı Viki'ye. Şimdi o ilk karşılaştıklarındaki dağınık, şalvarlı, boşlukta yüzer gibi dalgalanan ve nedense kafasını fena halde saçlarını yıkamaya takmış o kızın yerine, boyunun uzunluğunu iyice ortaya çıkartan dar kot pantalonu, gözlerinin mavisini güzelleştiren mavi kazağı ve yıkamasına gerçekten değen uzun sarı saçlarıyla alımlı bir genç kadın vardı. Dudakları uçuk pembe parlıyordu. Onun dudaklarını boyadığını daha yeni fark etti Ali Osman.

"Biz Yeni Zelandalılar, kendimizi bizim için dünyanın merkezi olan Avrupa'dan ve son elli yıldır, belki de Avrupa'dan daha fazla merkez saydığımız Kuzey Amerika'dan uzağa düşmüş hissederiz. -Biliyorsun Kuzey Amerika'da ayrıca Kanada gibi önemli bir İngiliz Milletler Topluluğu; '*commonwealth*' ortağımız da var bizim- Neyse, işte bu 'fazlaca' uzakta, gözden ırak kalmışlık, bu derin soyutlanmışlık duygusu bizde bir çeşit melankoli yaratır. Bizim bütün o canlı ve neşeli, dışa dönük, sporcu görüntümüzün altında gizli bir melankoli yatar. Ve sonuçta kendi ülkemize o '*down under*' gibi 'en dibin altında' adresleri yakıştırmamız da böyle bir ruh durumundan kaynaklanır," diye içini döktü Viki.

"Sonra yanıbaşımızdaki Avustralya kocaman bir adadır ve hem ekonomik hem de kültürel alanda bizden daha güçlüdür. Her ne kadar Yeni Zelanda ekonomisi son yıllarda özellikle şarap, sığır eti ve yüncülük alanlarında büyük hamleler yaptıysa da... Ne bileyim işte, biz dünyadaki birçok ülke televizyonunun hava durumu bültenlerinde yanıbaşındaki Avustralya'yı anıp, kendisinden bahsedilmediği küçük Yeni Zelanda olduğumuzu duyarak büyürüz orada. Baksana ünlü yönetmenimiz Jane Campion, ünlü sopranomuz Kiri Te Kanawa bile Yeni Zelanda'dan ayrıldılar. Yani biz Yeni Zelandalılar biraz yalnız, biraz dışlanmış ve sanki hüzünlü insanlarızdır da, denebilir.... Yani hepimiz olmasa da bazılarımız... Ve tabii bütün bu yorumlar benim kişisel yorumlarımdır. Genelleme yapmayı sevmeyiz biz. İşte o yoğurt ve Yeni Zelanda fıkrası da bu anlattığım kültürün ürünüdür."

"Anlıyorum," dedi Ali Osman düşünceli bir sesle.

Artık takım elbisesinden kurtulmuş, sütlü kahve renginde bir kanvas pantolon, lacivert fitilli kadifeden bir mont giymişti. Ayaklarında pantalonuyla aynı renkte çok şık spor ayakkabılar vardı ve yine rezene kokulu parfümünü sürmüş, yine sinekkaydı tıraş olmuştu.

"Belki de bizim kimlik sorunumuza benzeyen bir hüzündür bu? Biz de burada bedenimiz Akdeniz'in doğusunda, bir yanağımız Avrupa'da, öbürü Asya'da, kollarımız Kafkasya ve Balkanlar'da, ayaklarımız Ortadoğu'da, 1453'te İstanbullu oluşumuzdan başlayıp 1876'daki ilk anayasamızdan sonra iyice alevlenerek, bir kimlik sorunuyla boğuşur ve boğulur dururuz. Bizler de, 'Acaba Avrupalı mı, yoksa Asyalı mıyız?' sorusuyla büyürüz Türkiye'de. Kendimizi bu soruyla hırpalar ve başkalarına da hırpalatırız. Monarşiden demokrasiye giden o kanlı ve yorucu yolda Türkiye'nin karakteri de hüzündür."

"Siz Doğu-Akdenizlisiniz ya!" diye dik dik söylendi Viki.

Onun bu imalı ses tonuyla hatırlatmak istediği konuşmayı anlayınca güldü Ali Osman:

"Ah, haklısın Viki. Ama yalnızca Mehmet'i coşturmak ve konudan uzaklaştırmak için yapılmış bir konuşma değildi o. O gün söylediklerim doğrudur. Çünkü yirmi birinci yüzyılda biz

Türkiyeli Türklerin zaman içinde kültürel ve genetik olarak artık tamamen Doğu-Akdenizli bir karaktere dönüştüğümüz söylenebilir. Sürekli Batı'ya doğru yaptığımız göçler sonunda Anadolu ve Balkanlar'a yerleştik. Otuz altı farklı kültürle yüzyıllar süren bir kültürel ve genetik karışım sonunda bugün Türkiyeliler denen ve bin yıl önce Orta Asya'dan göç için yollara düşen ilk Türklerle ancak sosyolojik işaretlerde saklanmış benzerlikleri kalmış bir ulusun ortaya çıkması son derece doğal bir sonuçtur. Uluslararası ün yapmış, vaktiyle Picasso, Dali ve Halide Edip'in fotoğraflarını da çekmiş bir fotoğrafçımız bana Türkiye'yi karış karış gezdiğini, ama belgelemek üzere tek bir tane gerçek Türk oğlu Türk ya da Türk kızı Türk bulamadığını anlatmıştı. Yok! Artık o kadar karışmışız ki, kafatasçıları ne yaparsa yapsın, o peşine düştükleri 'en hakiki Türk' kalmamış burada. Ama hepimiz Türkiyeliyiz."

"Bu anlattığın bana biraz Amerika Birleşik Devletleri'ni hatırlattı."

"Doğrudur. A.B.D'nin, Osmanlı İmparatorluğu'nu bir anlamda model almış olduğu düşünülebilir pekâlâ. Ama ben bu noktadan başka bir yere sıçramak istiyorum. yirmi birinci yüzyıl Türkiyesi, tıpkı Britanyalıların Okyanusya'ya göçtükten sonra Polonezyalı yerliler; Maoriler mesela ve başka uluslardan göçmenlerle karışarak bir Yeni Zelanda kültürü oluşturmasına da benzetilebilir pekâlâ. Bu yeni kültür her ne kadar bizim gibi Hıristiyan olmayan kültürler için beş aşağı, beş yukarı Britanya kültürüne benzese de, aynı kültürün içindeki insanlar Yeni Zelanda ve Britanya kültürlerinin farklılıkları üzerine yüzlerce tez hazırlayabilir."

"Doğru söylüyorsun El-yi Oth-man, her ne kadar İngiliz Milletler Topluluğu'ndan da olsak Yeni Zelanda kendine özgü bir kültürdür. Bak, ben Türkiye'yi bu açıdan düşünmemiştim pek," dedi Viki başını sallayarak, "Hıristiyan kültürler arasındaki farklılıkları gören Batılı gözlerimin, Müslüman kültürler arasındaki farklılıklara kapalı kalması ne garip..."

"Garip falan değil Viki, bu, sistemin dayatmasıdır. Sistemler kendi vatandaşlarını kendilerine benzemeyenlere karşı düşman ya da kibirli yetiştirebilmek için milliyetçilik ve dincilik gibi göz boyaması ya da körleşme yöntemleri uygularlar. Çünkü kör vatandaşları kullanmak daha kolaydır," diye acı acı güldü Ali Osman.

"Sen solcu musun El-yi Oth-man?" diye ikinci kez sordu Viki.

"Aynı kör vatandaş kavramını komünist sistemler de uyguladı Viki," diye yanıtladı onu Ali Osman.

"O halde anarşistsin sen!" diye kesip attı Viki.

"Anarşist bir ceza avukatı ha? Hayal gücünü daha zengin sanıyordum Viki."

"Ne yapayım, durmadan şaşırtıyorsun beni. Hem ben, bütün avukatların çok sıkıcı insanlar olduklarını sanırdım. Para düşkünü, kibirli ve sıkıcı insanlar!"

Kısa ve çok içten bir kahkaha attı Ali Osman. Gülünce, o müthiş yakışıklılığına eklenen insancıl sıcaklık Viki'nin içindeki dişi damarı çatlattı ve içine ılık ılık dişi sular akmaya başladı.

"Ben de psikologların duygusal sorunları olan insanlar olduklarını sanırdım, saçları kirli, çıplak ayaklı ve dikkafalı..."

"Pek de yalan sayılmaz," dedi Viki biraz bozularak.

Onu incitmeye çekinen Ali Osman, bir koluyla Viki'ye sarıldı, dostça kucakladı onu.

"Hadiii, şaka yaptım yalnızca. Hem şu sıkıcı avukatlar konusu da pek yalan sayılmaz. Ama işte her meslekte ve cinsiyette istisnalar var, görüyorsun."

Viki omzuna dolanan bu koldan çok hoşnut, burnunun direğini sızlatan rezene kokusuyla sarhoş ve mutluydu.

"Şu yoğurtlu yeni Zelanda fıkrasını anlatmayacak mısın Viki?" diye sordu Ali Osman.

"Yaa, o kadar komik de değil, ama işte onu anlatırsam, yani kendi kültürümle alay edebildiğimi gösterirsem, köylüler beni sever ve kolaylık, anlayış gösterir falan diye planlamıştım... Ama hiç de öyle olmadı."

"Psikolojik tahminin tutmadı yani?"

"Türklerin yoğurdu mayayla yaptığını nereden bileyim?"

"Siz yoğurdu neyle yapıyorsunuz?"

"Yoğurt kültürüyle... İşte yoğurdun bile kültürü varken, Yeni Zelanda'nın yoktur esprisi... Bak işte o hüznün kendimizi incitmeye varan bir uç esprisi bu da... Sarkazmin uç noktası!"

"Bu güzel bir işaret ama Viki, kendisiyle alay edemeyen, kendisiyle alaya tahammül edemeyen, dünya kültürünün asıl ve tek unsurunun kendi kültürü olduğunu sanan, espriden yoksun, kabız bir ulus olmaktan çok iyidir bu. Bizim çok şükür ki, Nasrettin Hocamız ve Laz fıkralarımız var. Ama Türkiye'de hâlâ özeleştiriye dayanıksız, hamasi bir milliyetçilik anlayışı körükleniyor ki, bu bizim kendimize eleştirel olarak bakma yeteneğimizde kör edici bir zayıflık yaratıyor. Eğitimli genç kuşakların bu zaafımızı yeneceğini umuyorum. En azından benim kuşağımda bunun başladığını söyleyebilirim."

Kolunu Viki'nin omzundan çekti, kollarını iki yana açarak, sözlerinin anlamını güçlendirmek istedi Ali Osman:

"Yani kendimize ne çok zayıf ve zavallı, ama ne de dünyanın en dayanıklı ve güçlü milleti görmeden bakabilmek erdemi..."

O kolunu omzundan çekince kendini yalnız ve terk edilmiş hisseden Viki, biraz önce kendine dokunan bu kolun tamamen dostça olduğunun kadınsı bir içgüdüyle farkındaydı, ama yine de hoşuna gitmişti işte.

O sırada Anzak Anma Törenleri için özel olarak yaptırılan bir setin içine gömülmüş duvar fotoğraflarının önüne gelmişlerdi. Zaten bir açık hava müzesi olan Çanakkale Milli Parkı'nda sergilenmeye başlanan bu seksen beş yıllık fotoğraflar, hüzünlü sepya renkleriyle parka anlamlı bir derinlik kazandırmıştı.

Hasta ve yaralı Anzak askerlerini gösteren bir fotoğrafın altında anonim bir Gelibolu şiirinden alınmış, 'Ölümle yaşadılar/ Hastalıkla beslendiler,' dizesi konmuştu.

Gözleri beyaz bir mendille bağlanmış bir Türk Subayı'nın 19 Mayıs 1915'de Türk şehitlerinin gömülmesi konusunu görüşmek üzere Anzak hatlarına gelişini görüntüleyen bir fotoğrafın altında, Türk askeri Memiş Bayraktar'ın bir sözü yazılıydı: "Ölüler, ölüler, ölüler... Sayılması mümkün olmayacak kadar çok ölü var burada...."

Mustafa Kemal'in bir fotoğrafının içine gömüldüğü Türk topçularını gösteren bir başka fotoğrafın altında da Türk gazisi Adil Şahin'in şu sözleri yazılıydı: "Onların görevi buraya gelip, burayı işgal etmekti, bizimkisi müdafaa!"

Ali Osman ve Viki hiç konuşmadan duvara gömülerek sergilenen bütün fotoğraflara tek tek baktı ve alt yazılarını okudular. Sonra yine hiç konuşmadan yan yana sahile inip, Arıburnu-Anzak Koyu'nda şimdi sakin sakin kımıldanan Ege Denizi'ne karşı sessizce dikilip baktılar. İkisi de düşünceli görünüyordu. Gözleri denize dalmış, bedenleri birbirine değecek kadar yakın, ama değmeden, ruhlarıyla derin bir tartışmaya girmiş gibi huzursuz dikildiler Ege Denizi'ne karşı.

Orada öylece kaldılar. Ama Gelibolu'nun ayazı yamandı. İkisi de rüzgârın yaman sarsıntısını içlerinde hissetti. Yine de orada öylece yan yana dikilip kalmakta ısrarlı görünüyorlardı.

Ne zaman kadar sonraysa, Viki uzanıp Ali Osman'ın elini tuttu. Ali Osman da elini çekmedi. Birbirlerine hiç bakmadan ve hiç konuşmadan Arıburnu-Anzak Koyu'nda el ele kaldılar. Arkalarındaki tepeden hiç yaşlanmadan onları o mağrur ve ürkütücü başıyla seyreden Arıburnu Yarı-Sfenksi ve Anzak Mezarlığı'ndaki genç ölülerin ikisi de farkındaydı.

"Üşüyeceğiz burada!" diye Ali Osman hatırladı, neden sonra. "Arabaya dönelim. Nasılsa yarın bütün gün burada olacağız."

Aniden burnunun aktığını fark eden Viki, elini Ali Osman'ın elinden çekmemek için burnunu çekerek, "Gelibolu'nun ayazı hiç çaktırmadan çarpıyor insanı," dedi.

El ele arabaya doğru yürürlerken güldü Ali Osman:

"Öyledir ya. 'Gelibolu'nun ayazı yamandır. Hiç acımaz, çarpar insanı. Gelibolu'nun ayazı serttir. Ege'den hiç beklenmeyecek kadar hırçındır, insafsızdır. Uğultulu seslerle ürkütücü bir hikâye anlatarak dolaşan rüzgâr insanı döver, hırpalar.' Haaa, dur bakayım nasıldı gerisi? Ha, evet, şöyle: 'Sessiz ve incecik yağan erken bahar yağmuru, rüzgârın anlattığı ürkütücü hikâyeyi anlamış kadar içini titretir insanın. Rüzgârın anlattığı hikâye, bunu daha önce hiç duymamış, hiç bilmemiş olanları bile etkiler, hüzünlü bir iz bırakır ziyaretçilerde. Gelibolu'nun rüzgârı yorar, yalnızlaştırır. Gelibolu'nun ayazı yaman ve ürperticidir. Yabancılar bunu anlamaz, bu kadar Doğu-Akdeniz'de ayazın bu kadar sert olabileceğine inanmazlar. Ancak Çanakkale'nin yerlileri bilir ayazının sertliğini. Gelibolu Yarımadası en çok da ayazın en yaman vaktinde; erken baharda çarpar insanı.' Böyle derdi, büyük dedem Gazi Alican Çavuş."

"Kendisi artık iyice öğrenmiş olmalıydı, değil mi?" diye anlamlı anlamlı güldü Viki.

"Evet, o gerçek bir Çanakkaleliydi. Bilmeyenler yabancılardı. Bak artık sen de öğrendin."

"Doğru. Ben de artık öğrendim," dedi Viki dalgın bir sesle.

Arabaya yaklaştıklarında Ali Osman Viki'yi durdurdu ve yüzünü Ege Denizi'ne çevirip, bulundukları tepeden Anzak Koyu'nu işaret etti.

"Bundan tam seksen beş yıl önce bu gece yapılan çıkarmanın aslında Kaba Tepe'ye planlandığını, ama çıkarmanın yanlışlıkla ya da bir talihsizlik eseri olarak Kaba Tepe'nin bir buçuk kilometre kuzeydeki Arıburnu-Anzak Koyu'na yapıldığını biliyor musun?" diye sordu.

Aşağıdaki güzel manzaradan gözlerini alamayan Viki, rüzgârda savrulan saçlarının yüzünü dövmesini önlemek için bir eliyle onları tutmak zorunda kaldı.

"Böyle bir şey okumuştum. Galiba rüzgâr ve akıntının iyi hesaplanamamış olması sonunda yaşanan trajik bir tarihi hata..."

Gülümsedi Ali Osman. O gülümseyince Viki yaptığı politik yanlışı anladı. Biri için trajik olanın öbürü için komedi olabileceğini bir kez daha ayrımsadı. Yanlışını düzeltmek istedi:

"Bizimkiler için büyük talihsizlik, sizinkiler için büyük şans tabii. Baksana şu kayalık plaj çıkarma yapmak için ne kadar uygunsuz ve yanlış bir yer," dedi.

"Aynı talihsizlik konusunda İngilizlerin hep reddettiği bir başka tez daha var ki, bana doğrusu pek de saçma gelmiyor," dedi Ali Osman.

"Nedir o tez?"

"25 Nisan 1915 şafağında Anzakların çıkarma yapacağı Kaba Tepe açıklarına bırakılan bir işaret dubasıyla ilgili minicik bir ayrıntı bu. Ayrıntı yalnızca..."

"Ayrıntılar... Ah anlatsana El-yi Oth-man, ben bayılırım ayrıntıların sakladığı işaretlere."

"Buralarda hâlâ anlatılan hikâyeye göre, Kaba Tepe açıklarında daha önce hiç görmedikleri bir işaret şamandırasını fark eden Türk balıkçılar zaten savaş psikolojisi içinde olduklarından hemen kuşkuya kapılırlar. Balıkçılar durumu Gelibolu'daki karakola bildirdikten sonra, birkaç askerin de yardımıyla hemen aynı gece, ortalık kararınca Kaba Tepe'deki bu işaret dubasını olası bir asker indirme için hiç de elverişli olmayan Arıburnu Koyu'na doğru bin beş yüz metre kuzeye çekerler. Zaten o sırada Arıburnu-Anzak Koyu'ndan bir düşman çıkarması yapılacağına inanan yalnızca bir tek Türk vardır, o da Mustafa Kemal adında bir albaydır. Yani o sırada ve orada, o işaret şamandırasının anlamı Türkler için çok da ciddi sayılmıyordu."

"O şimdi adını söylediğin albay, Ata-Türk müydü?" diye sordu Viki.

"Evet, Atatürk'tü. Ve yaşadığı sürede Çanakkale'de gösterdiği yüksek zekâ ve sağduyu performansını hiç yitirmedi."

Viki o anda Ali Osman'ın da Türkiye'nin duvarlarına en fazla fotoğrafı asılan bu adama hayran olduğunu anladı. Belki de Yeni Zelanda'ya dönünce Atatürk hakkında daha derin bir araştırma yapıp, Batı kültürlerinde sıradan bir diktatör diye tanıtılıp geçiştirilen, öte yandan yalnızca karizmatik bir siyasi lider ve iyi bir komutan olmakla kalmadığı anlaşılan bu adamın asıl kerametini ve seksen beş yıl sonra bunca insan üzerinde devam eden etkisinin nedenlerini anlamaya çalışmalıydı. Bunu artık kendisi de merak ediyordu. Gerçekten merak ediyordu. Neydi bu Atatürk denen adamın aslında yaptığı? Bir illüzyon, bir mucize mi, yoksa Batı'da kabul görüldüğü gibi yalnızca faşist bir başkanlık mı? Nasıl olup da yirminci yüzyılın başında ortaya çıkan bütün devrim liderleri ve devrimleri yok olup gitmişken bir tek bu adamın adı ve onun devrimi korunuyordu? Evet korunuyordu. İşte Beyaz Hala köyde yaşayan torunlarının torunu kızlar için hiçbir İslam ülkesinde hayal edilemeyecek bir gelecekten bahsedebiliyordu. Bunu bir yabancı olarak anlaması ne kadar olasıydı bilmiyordu, ama Viki bu konuda ne kadar yol gidebileceğini merak ediyordu. Öte yandan Ali Osman'ı daha iyi anlamanın bir yolu da aynı adresten geçiyor olabilirdi. Ali Osman'ı, bu aniden hayatına giren ve onu çok heyecanlandıran bu genç adamı anlamak için Atatürk'ü anlaması gerekebilirdi? Sevdiği kadını anlamak için Rosa Lüksemburg'u, babasını daha iyi tanımak için Churchill'i daha ayrıntılı anlamaya çalışan insanlara rastlamıştı."

"İşte Sevgili Viki, Türkler, senin deyiminle 'bizimkilerle sizinkiler arasındaki o şans oyunu'nun aslında böyle oynandığına inanırlar, ama bizim bu tezimiz tahmin edeceğin gibi daima şiddetle reddedilmiştir. Birkaç Türk balıkçısının koskoca Birleşik İngiliz Donanması'nın planlarını bozabileceğini düşünmek bile insanın tüylerini ürpertiyor tabii. Ama belki de doğruydu, kimbilir?"

Sesinde ne alay, ne kırgınlık, ne de öfke vardı. Sesi, duruşu ve bakışları son derece samimi görünüyordu. Anlattığı olayın doğru olup olmadığına kendisi de emin değildi, ama merak ediyordu besbelli.

"Kimbilir? Neden olmasın. Savunma sırasında her olanak kullanılır," diye onu onayladı Viki içtenliğine güvenerek. "Sonuçta bizimkiler hem çıkarma yeri hem de çıkarmanın kendisinde başarısız olmuşlar. Sizinkiler savunmayı başarmışlar. Ama olan iki taraftan da ölen o gencecik..."

Sustular. Birbirlerine bakmamaya özen göstererek, sessizce başlarını üzgün insanların ellerinde kalan son jesti gibi sallayarak, bakışlarını Ege Denizi'ne sakladılar.

"Biz çocukken," diye dalgın dalgın mırıldandı Ali Osman, "Biz çocukken, farklı futbol takımlarını tuttuğumuz için Fenerbahçe'den söz ederken sizinkiler, Galatasaray'a da bizimkiler derdik. Şimdi sen bizimkiler deyince birden senin Galatasaraylı olduğunu düşündüm... Öylesine, çocukmuşuz sanki... Sen ve ben..."

Güldü Viki, kendi kendine sayıklar gibi mırıldanarak, "Ne komik ve çocukça değil mi?" diye sordu.

"Sizinkiler ve bizimkiler... Ne hazin..."

Dönüp Viki'ye güldü Ali Osman. O zaman birbirlerine baktılar. Artık dikkatle ve çekinmeden birbirlerine baktılar. Birbirlerini gördüler. Ve birbirlerini gördüklerini anladılar.

"Çanakkale'ye gidelim mi?" diye sordu Ali Osman arabanın kapısını açarken, "Orada bizim köy kahvesine benzemeyen, neskafeli kafeler vardır."

"Ah ne iyi olur, gerçek bir kahve içmek için ölüyorum."

Güldü Ali Osman.

"Bu gerçekler insanı öldürür zaten," dedi arabayı çalıştırırken.

Yol boyunca Çanakkale'nin etkileyici doğası ve ağaçların adları üzerine neşeli bir konuşmaya daldılar. Ali Osman Milli Park'ın yakın bir gelecekte bir Barış Parkı projesiyle daha kapsamlı ve farklı bir yüze kavuşturulacağını, ama kendisinin parkın şimdiki halinin korunmasından yana olduğunu anlattı. Sustukları zamansa, seksen beş yıl önce, şimdi arabayla üzerinden güle oynaya geçtikleri bu güzel topraklarda kan ve ter içinde ölen binlerce gencin dolaştığını düşünerek, ürperdiler.

Eceabat'tan feribota binerek Çanakkale'ye geçtiler. Çanakkale, küçük kentlerin kasaba saflığı ve tedirginliğinde, utangaçça karşıladı onları. Arabayı park edip, kasaba irisi bu kentte dolaşırlarken, sokaklarda Viki'yi televizyon ve gazetelerde görüp tanıyan insanlar ona gülümsüyor, onu selamlıyordu. Viki bu kadar fazla tanındığını bilmiyordu ve masum hikâyesinin aslında ne çapta bir trajediye dönüştürülmek istendiğini o zaman kavradı.

"Herkes dostça selamlıyor beni," diye sevinerek duygularını açıkladı.

"Elbette sevecekler, sen çocuksu bir masala inanmış ve sonra yanlış anladıkların için özür dilemiş saf bir turist kızsın. Seni çok seviyorlar Viki," diye dişlerinin arasından fısıldadı Ali Osman.

"Anlıyorum," dedi Viki içini çekerek.

Yol üzerinde rastladıkları, daha çok 18 Mart Üniversitesi öğrencilerinin 'takıldığı' ve bir kafeden çok bir öğrenci yemekhanesine benzeyen bir pastaneye girdiler. İçerisi yoğun sigara dumanıyla kaplıydı, nefes almak neredeyse olanaksızdı. 'İki sade nestkahve' ısmarladılar, ama sigara içmeyen insanların yoğun sigara dumanı altında yaşadıkları işkence hiç vakit kaybetmeden kapılarına dayanmıştı bile. Artık siyah bir sise dönüşen yoğun sigara dumanı önce gözlerini sonra da boğazlarını sıkmaya başladı.

"Türk Gençleri neden bu kadar sigara içiyor?" diye öksürmeye başladı Viki.

"Doğu-Akdeniz cahilliği..." diye yüzünü buruşturdu Ali Osman. "Ayrıca Doğulular olmasa sigaraları hangi aptala satıp para kazanacak akıllı Batılılar? "

"Mutlaka siyaset yapacaksın değil mi? Sen avukatlığı bırakıp, siyasete girmelisin El-yi Oth-man."

"Kimbilir, belki öyle yaparım... Kimbilir, belki de geleceğe dair planlarımı okuyorsun şu anda, hı? Bunun garantisini veremem, ama dört yıl önce bıraktığım sigaraya dönmeyeceğime garanti verebilirim. Haydi kalk çıkalım buradan Viki."

İçmedikleri kahvelerin parasını ödeyip, garsonun şaşkın bakışları altında kaçarcasına duman altındaki kafeden çıktılar. Hemen karşıda bir lokanta vardı ve henüz yemek zamanı olmadığından boştu. Ali Osman, Viki'yi oraya davet etti. Garsondan iki porsiyon baklava ve kahve istediler. Garson Ali Osman'ın ricası üzerine bakkaldan bir kavanoz nestkahve aldırttı ve yabancı müşterisini mutlu etmek için yalnızca Türk kahvesi pişirdiği lokantasında ilk defa nestkahve yaptı.

"Gelibolu'da yaşadığım zaman hayatımın önemli bir dönemeci olacak, bunu daha üzerinden zaman geçmeden anlıyorum," diye içini açtı Viki, kahvesini yudumlayıp, ona fazla tatlı gelen baklavadan küçük bir lokma yerken.

"Midemin tam üzerinde, burada, bıçak yarası almış gibi somut bir acı hissediyorum. Acı bir gün geçecek, biliyorum ama yaramı kapatmak için atılan dikişin izini hayatım boyunca taşıyacağım.

Bedenimde Gelibolu'da aldığım yaranın izini daima taşıyacağım El-yi Oth-man."

"İyi bir psikolog olmalısın," dedi Ali Osman. "Kendi duygularını bu kadar iyi tanımlayabiliyorsan, hastaların oldukça şanslı olmalı..."

"Sen kendine ne kadar adil olabiliyorsan, ben de kendime o kadar terapi uygulayabiliyorum," diye acı acı güldü Viki.

"Bu işin ustası Bey-azh Ha-la. Kimse ondan daha iyi olamaz. Kimse!"

"Haklısın. O, insana sevgisi ve inancını asla yitirmeyen Gazi Alican Çavuş ile cesaret ve tutkunun şahı Meryem'in kızı. Usta sihirbaz ve bilge insan Beyaz Hala. Bir tanedir o, bir!" diye gurur ve sevgiyle gülümsedi Ali Osman.

"Hani o hep yinelediğimiz ve bildiğimizi sanarak böbürlendiğimiz; 'her olay ona nereden baktığımıza bağlı olarak farklı yüzünü gösterir bize' deyişi vardır ya, bunun anlamını ağzımın payını vere vere öğretti bana Bey-azh Ha-la. Bunu yaptı. Evet, bunu yaptı o yaşlı kadın. Onu çok özleyeceğim... çok..."

"Ya evin, ailen, işin? Onları özlemedin mi Viki?"

"Özledim tabii. Çocuklarımı, filtre kahvemin sabah kokusunu, öğle kokusunu ve akşam kokusunu. Kahvemin her saatteki kokusunu çok özledim... Çook! Sonra yelken basmayı, çiğ balık yemeyi falan... Söylemiş miydim sana, ben iyi bir yelkenciyim. 12 metre klas Amerika Kupası yelken yarışmasında elemeleri kazanmış bir yelkenci hem de... "

"Bravo! " diye heyecanlandı Ali Osman, "Spor yapan kadınlar beni oldum olası etkiler."

Onu duymadı Viki, onun aklı daha çok Yeni Zelanda'da bıraktıklarına uçmuştu şimdi.

"Hatta babamı bile özledim..." diye devam etti, "Ne tuhaf, şimdiye kadar hep kızdığım babamı bile özledim. Özlediğimi anlamak için oradan ayrılmam gerekiyormuş belki de... Tuhaf ama öyle... Ama... Ama El-yi Oth-man, öte yandan ben burada kendimi artık çok da yabancı hissetmiyorum... Evet, öyle yabancı gibi hissetmiyorum burada ben... Bu... bu sanki... büyük dedemi anlamak için dürtüsel bir empati safhasına mı girdim acaba?"

"Onu ben değil, sen bileceksin. Ama madem bana sordun, ben olsam böyle kritik bir durumu ancak üzerinden zaman geçince değerlendirmek üzere havada kuruturdum. Islanmış bir kâğıdı tekrar okuyabilmek için en iyi yöntem budur. Şimdi, burada ve bu anda her şey çok taze ve karnının üzerindeki bıçak yarasının dikişi henüz alınmadı. Bekle, sakin ol ve gör."

Sustular. Kahvelerini içtiler.

"Çocukların olduğunu bilmiyordum. Aslında ben senin hakkında hiçbir şey bilmiyorum Viki," diye neredeyse kederli bir sesle itiraf etti Ali Osman.

Kadınsı bir içgüdüyle, onun sesindeki bu kederin içinde kendisiyle ilgili bir merak sezen Viki gülümsedi:

"Ah, çocuklarım ya! Onlar benim beraber çalıştığım çocuklar. Ben özürlü çocuklarla çalışıyorum El-yi Oth-man. Çalıştığım klinikte yavaş öğrenen, otistik çocuklardan oluşan bir grubum var. Bir aylık ücretsiz izinle Gelibolu'ya gideceğimi onlara söylediğimde bana darıldılar. Fakat onlara Anzak Koyu'ndan çakıl taşı götürmeye söz verince bana gitme izni verdiler. İki torba taş topladım onlar için. Biliyor musun gerçekten çok seviyorum onları. İyi kalpli, inanılmaz güzel ruhları olan çocuklar. Kendi çocuklarım kadar seviyorum. Belki birini evlat edinirim daha sonra... Kimbilir."

"Senin gibi bir kızın yalnız olduğunu mu söylüyorsun sen şimdi bana yani?" diye kaygılı sordu Ali Osman.

Ali Osman bekledi. Neden sonra dalgın bir sesle mırıldandı Viki:

"Bir adam vardı. Eskiden bir adam vardı. Ama şimdi yok. Evet bir süredir yalnızım. Hayatımda işim, otistik çocuklarım, Gelibolu'da kaybolan büyük dedemin gizemi, yüzlerini uzun zamandır görmediğim bir yığın kuzenim ve babam dışında kimsem yok. Yani beni sevmesine bir türlü izin vermediğim babam dışında..."

Derin bir sis çukuruna yuvarlanır gibi huzursuz görünüyordu. Ne diyeceğini bilemeyen Ali Osman onun geri dönmesini bekledi.

"Babamın erkenden ölen annemden sonra evlenmesini hiç affedemedim. Oysa... oysa onu çok seviyordum... ama hep acıttım ve uzak tuttum onu kendime..."

"Peki o adam, eskiden var olan adam?"

"Haa o mu?" diye hatırladı Viki, yüzüne pembe bir ışık tutulmuş gibi pastel gülümsedi,

"O, çok iyi kalpli bir gençti. Bana âşıktı. Bir Maori'ydi o ve onların aşkı tutkusaldır. Evet benim Maori bir sevgilim vardı. Tıpkı büyük dedemin olduğu gibi... Ama galiba korktum. Ona âşık olmaktan, bağlanmaktan, aşkın ve beraberliğin, birini sevmenin getireceği sorumluluktan korktum, çok korktum ve kaçtım. Ben onu çok incittim ve fena halde üzdüm... Onun hayatını alt üst ettim... Çok korkmuştum..."

Sustular. Kendi yaşamlarının üzücü anılarına gömülüp, birbirlerini unuttular. Garson gelip yeni birer kahve isteyip, istemediklerini sorduğunda onlar garsonun kim olduğunu unutmuş boş gözlerle adama baktılar. İlk toparlanan Ali Osman oldu. İçmeyecekleri ama orada biraz daha oturmalarını sağlayacak yeni kahveleri ısmarladı.

"Peki Semahat kim El-yi Oth-man?" diye sordu Viki aniden.

"Ahh siz kadınlar!" diye güldü Ali Osman. "Ayrıntıları asla ama asla kaçırmazsınız değil mi?"

"Semahat bir ayrıntı mı yani?" diye onu sıkıştırdı Viki.

"Değil elbette. Semahat benim için değerli bir insan. O çok zeki ve iyi kalpli bir kızdır. Biz neredeyse beraber büyüdük onunla, diyebilirim. Bir kardeş kadar yakındık ve birbirimize de hayrandık. Doktor Salih Bey'in torunudur Semahat."

"Büyük babaannesinin adını ona vermişler, tıpkı benimki gibi," dedi Viki soğuk bir sesle.

"Bunun başından beri farkındayım Viki. Sizin başka ortak yanlarınız da var. Hatta günün birinde tanışırsanız iyi arkadaş bile olabilirsiniz. O bir psikiyatrist. Onların ailesinde doktor olmak gibi kalıtsal bir gelenek var da denebilir."

"Ama sen de Ali Osman Bey'in adını ve yapmaya ömrünün yetmediği mesleğini yürüttün!" dedi Viki, sesinde suçlar gibi bir soğuk ve itici ton vardı.

Ali Osman Viki'yi kıracak ne yaptığını düşündü, ama çıkartamadı. Erkekler kadınların onları ne zaman kıskandıklarını anlamakta beceriksizdirler.

"Hem zaten dünyada birbirleriyle en az anlaşan iki meslek grubu vardır; psikiyatristlerle psikologlar!" diye kestirip attı Viki.

O zaman anladı Ali Osman. Anladı ve kıskanıldığını anlayan bütün erkekler gibi keyifle gülümsedi, biraz da şımardı.

"Bunu hiç düşünmemiştim," dedi.

İçi tıka basa pahalı kristallerle döşenmiş bir odada iri bir filin üzerinde dolaşıyormuş gibi dikkatli bir sesle konuşmaya başladı:

"Bak Viki, Semahat benim yakın ve sevdiğim bir arkadaşım. O ve ben günün birinde başka yollar seçsek de dostluğumuzun devam etmesine özen göstermeye kararlıyız. Yani en azından ben kendi adıma bunu umuyorum. Her ne kadar ailelerimiz bir gün evleneceğimize dair bir umut besleseler de bizim gerçekten böyle planlanmış bir geleceğimiz yok. Evet, birbirimizi seviyoruz, ama bir sevginin bütün yaşam boyu aynı yoğunluk ve aynı adla süreceğini iddia edebilecek tek bir insan yaşamış mıdır bu dünyada hiç? Söylesene bir aşk ne zaman başlar ve ne zaman biter Tanrı aşkına?"

Yorgun bir gülümsemeyle içini çekti Viki.

"Hem sana bir sır vereyim mi Viki? Semahat, evliliğe pek sıcak bakmayan, mesleğini evlilikten önemli sayan yeni kuşak kentli Türk kızlarından. Ayrıca şu anda, tam şu anda Semahat'in benden daha çok seveceği bir başka erkekle tanışmadığına kim garanti verebilir?"

Neden 'tam şu anda' diye şimdiki zamana not düşmüştü? Bunun yanıtını vermekten çekindi Viki.

"Ama bunun sonu yok ki El-yi Oth-man."

"Bazen bunun sonunu getirecek kadar yanında olmak istediğin birine rastlarsın. Doğrudur, yanlıştır ama bazen böyle birine rastlarsın," dedi Ali Osman.

"Bütün o yanlış evlilikler de o zaman yapılıyor olmalı..." diye alay etti Viki.

"Doğru evlilik yoktur ki Viki. Bütün insan ilişkileri, bütün beraberliklerde iki insan yan yana gelir ve mutlaka bir çatışma başlar. İnsan doğasının karşıtlarından oluşan bir doğa kanunudur bu!"

"Ah kanunlar tabii..." diye gülümsedi Viki, bu defa içtendi.

"Ben belki de Semahat'e göre biraz eski kafalıyım, birçok konuda anlaşamıyoruz. Fakat sonuç ne olursa olsun, Semahat benim iyi bir arkadaşım olarak kalacak, bunda anlaştığımıza emin olabilirsin."

"Bunu duyduğuma sevindim," dedi Viki ama duydukları içinde hangisini kastetmişti onu açıklamadı. Ali Osman da sormadı.

Akşam çökmüştü. Kalktılar ve hiç konuşmadan Eceyaylası Köyü'ne döndüler. Uzun, upuzun ve yorucu bir gündü.

Beyaz Hala onları akşam yemeğine bekliyordu. Sanki üçü yıllardır Eceyaylası Köyü'nde Beyaz Hala'nın evinde yaşarlarmış gibi uyum içinde, doğal bir rahatlıkla yemek yiyip, biraz televizyon seyrettiler. Televizyon haberlerinde son sıraya düşmüşlerdi. Sonra herkes ayrı bir odaya çekildi ve uyudu.

Uykuları farklı rüyalarla tıka basa doluydu. Aynı çatı altında aynı adamın akrabaları olarak Gelibolu'da uyudular.

Beyaz Hala, Viki'yi uyandırdığında saat sabahın üçüydü. Ortalık zifiri karanlıktı, soğuktu ve ürkütücüydü.

"Kalk bakeyim Viki kızım, çıkarma vakti geldi, kalk, kalk!"

"Çıkarma vakti mi?" diye korkuyla irkilerek yataktan fırladı Viki.

Çocukluğundan beri yakasını bırakmayan o dehşet dolu aynı rüyayı görüyordu yine. Büyük dedesi kanlar içinde kıvranarak, yine ona elini uzatmış, "Beni sen bulacaksın Viki, beni aramaya sen geleceksin Viki..." diye inliyordu. Büyük dedesi; Alistair John Taylor, Yeni Zelanda'da kalan son fotoğraflarındaki gibi genç, ama yüzünün yarısı parçalanmış, parmakları kopmuş, yarım kalmış bedeniyle bir aslan kafasına benzeyen sarp bir dağ tepesinde tek başına kalmış, inleyerek sesleniyordu: "Vikiii, Viki, beni bulman gerek!"

Bir yetişkin için bile son derece ürkütücü olan bu yorucu kâbus, çocukken çıldırtırdı onu. Ne yaparsa yapsın, yıllardır kurtulamadığı bu dert Gelibolu'da onu terk etmiş, hayatındaki ilk huzurlu uykulara burada kavuşmuşken, Anzak çıkarması'ndan tam seksen beş yıl sonra aynı saatte geri dönmüştü işte. Ter içinde uyandı Viki. Kalbi gümbür gümbür atıyordu.

"Amaaan be kızım, ne var bunca korkacak *marı*, şaka yapmıştım işte aklımca ben de, hey sersem kafa..." diye dövünüyordu Beyaz Hala.

O, Viki'yi korkutanın kendisi olduğunu sanarak üzülmüştü.

"Yok, Bey-azh Ha-la, yok ondan değil, ben bir kâbus görüyordum da... Geçti işte geçti, bak iyiyim."

"Allah hayırlara tebdil etsin. Kâbus görmek heç iyiye delâlet değildir kızım. Seni bi okuyup, üfleyeyim ben. Bak nazar mı değdi sana ne? Ne gözel de beslendin, semirdin, tam da gözelleştin derken, şimcik sana nazar değdi *marı*, vah vah vah..."

"Amaan sende be Bey-azh Ha-la yaa... Taktın şu benim sıskalığıma sen de yaa... Ama işte yedikçe kilo alıyorum, aldıkça da iştahım açılıyor sayende. Ben burada yaşasam, bu şahane yemeklerle acayip şişmanlarım ha!" diye esnemeye başladı Viki.

Nerede olduğunu anlamış ve artık rahatlamıştı.

"Sıkı giyinceksin bak! Gelibolu'nun ayazı yamandır, çarpar adamı soona..."

"Biliyorum, biliyorum. Şu meşhur Gelibolu ayazı meselesi yine di mi?" diye bıkkınlıkla söylendi ve ardından üst üste esnedi, genç bir kedi gibi gerindi.

"Ama o ayaz yalnızca yabancıları çarpar, ben artık yerli sayılırım Bey-azh Ha-la, hı? Hıh hıh hıh..." dedi ve siniri bozulduğu için gülmeye başladı.

O böyle sinirli sinirli gülünce, durumuna iyice tasalanan Beyaz Hala onun yanına oturdu, dua okuyarak sırtını sıvazladı, saçlarını sevgiyle okşadı. Kötü rüyanın işaret ettiği kem gözleri ve kıskançlığın yarattığı negatif enerjiyi uzaklaştırmak, kendi inançlarına göre Viki'yi korumak istiyordu. İçsel sıkıntılarını kendi başına çözmek ve problemlerine kimsenin burnunu sokmasına izin vermemekle kendini acıta acıta gururlanan Viki, yılların alışkanlığıyla kendini çekmek istedi ama yapamadı. Çünkü hiç beklenmedik bir şey olmuş ve bu dokunuş Viki'ye iyi gelmişti. Çok iyi gelmişti. Kısa bir iç çekişme yaşadı ama teslim oldu. Onun evinde yaşadığı bir haftadan sonra artık Beyaz Hala'yı ne büyücülükle, ne de Şamanlıkla suçlamayan Viki, kuzu gibi boyun eğdi bu sevgi ritüeline. Gevşedi ve saçlarında sevgiyle dolaşan bu şifalı elin bedenine taşıdığı iyilik dolu enerjiyi kabul etti. Bu hayatındaki en güzel meditasyondu ve Viki kendini iyi hissediyordu. Hiç hatırlamadığı annesinin yerine, onun çocuk saçlarını okşayan Helen Hala'sını düşündü. On yaşına kadar kendisine annelik eden, bütün yaşamı boyunca kardeşi Alistair John Taylor'ın Gelibolu'da ölmediğine daima inanan ve bu inancı Viki'ye de işleyen Helen Hala. Sevgili Helen Hala. Doksan dört yaşında öldüğünde Viki'yi bir kez daha annesiz bırakan Helen Hala. Şimdi burada olup da bütün bunları görse sevincinden göklere uçacak olan Helen Hala. Zaten çoktan göklere uçmuş olan Helen Hala.

Sırtını sıvazlayan Beyaz Hala'nın geri çağırdığı yoğun duygularla içi yıkanan Viki'nin burnu sızladı ve o anda Helen Hala'sını ne kadar çok özlediğini anladı. Ağlayacaktı, ama kendini tuttu ve kendisi de hiç beklemezken, dönüp Beyaz Hala'ya sarıldı.

"Dur *marı*, boğacaksın beni. Tööbe töbee. Uykusunu alamadı bu kızcağız şimcik bak!" diye söylendi Beyaz Hala.

İşin tuhafı, Helen Hala'sı dışında pek kimseye sarılmamış olan Viki, Beyaz Hala'nın da tıpkı kendisi gibi fazla muhabbetten ve sevgi gösterilerinden hiç hazzetmediğini unutmuştu. Kendini daha fazla tutamayacağını anlayınca da pantolonunu, kazağını ve sütyenini alıp, üzerinde gecelik niyetine giydiği tişörtüyle banyoya kaçtı. Beyaz Hala'ya göstermeden ağlıyordu.

Yeniden oturma odasına döndüğünde yatağı toplanmış, odanın ışığı yanmış ve masaya çay dolu iki bardak konmuştu. Ali Osman giyinmiş, onu bekliyordu.

"Günaydın Viki," dedi esneyerek. "Beyaz Hala'dan sabah azarını işittiysen günün iyi geçecektir," diye takıldı ona.

Henüz uykusu tamamen açılmadığından sesi çatallı, biraz boğuk çıkıyordu, ama onların konuşmalarını duymuştu besbelli.

"Yok, biraz sabah sohbeti ettik işte..." dedi Viki, gözlerinin kızardığı anlaşılmasın diye başını eğerek.

Ama geçmişine daha fazla kederlenip, kendine acımaya fırsatı kalmadı. Sabahın üçünde tıraş olmasa da o malum rezene kokulu parfümünü sürünmüş olan Ali Osman'ın kokusu geldi, dayandı burnuna. O koku ve kokunun taşıdığı anlamı anımsamak Viki'nin uykusunu açmaya yetmişti. Hem de ne açmak. Heyecanla gülümsedi. Yaşam devam ediyordu ve o yaşamın tadını ve kokusunu hissetme cesaretine Gelibolu'da kavuşmuştu. Gelibolu'da. Hayatının düğüm noktasında.

Sonra içindeki dişiyi uyandıran o kokunun sahibine alıcı gözüyle baktı; orada, spor giysileri içinde yarı uyur halde hemen yanında oturan çok çekici bir erkek gördü.

Saat sabahın üçüydü, ama Viki uzun uzun dişlerini fırçalamış, saçlarını taramış ve sabahın körü demeden pembe rujunu sürmüştü. Bunu daha önce kimse için yapmadığını bile bile, burada yapmıştı işte.

Hiç konuşmadan çayından birkaç yudum aldı ve Ali Osman'ın çayını içmesini bekledi. Sonra alt kata indiler. Biri ayakkabısını, montunu, öbürü kabanını, botlarını giydi ve yola çıktılar.

Beyaz Hala pencereden onlara seslendi:

"Hayde yolunuz açık olsun evlatlarım!"

Çanakkale Milli Parkı, o sabah ağırlayacağı kalabalık ziyaretçi sayısı nedeniyle araba girişine kapatılmıştı. Parkın kapısında birkaç askeri araba ve jandarma vardı. Jandarmalar kibar bir dille parka araba girişinin tören nedeniyle yasaklandığını anlatıyorlardı. Yüzlerce lüks yolcu otobüsü ve otomobil neredeyse üst üste park etmiş, parkın dar yolları tıklım tıklım insan kaynıyordu. Turizm acentaları kendi müşterilerini kalabalıkta kaybetmemek için yaka kartları ve tanıtım pankartları dağıtmakla meşguldü. Anzak çıkarmasından tam seksen beş yıl sonraki gece, Gelibolu Yarımadası iğne atılsa yere düşmeyecek kadar kalabalıktı.

Ali Osman arabasını bulabildiği ilk yere park etti. Arabasından aldığı fenerle yolu aydınlatarak Viki'yle beraber önlerinde ve arkalarında yürüyen yüzlerce insana eklenerek Arıburnu-Anzak Koyu'na doğru yola koyuldu. Hava serindi, ormanı sıskaca aydınlatan birkaç araba farı ve fener ışığından başka ışık yoktu. Karanlıkta Arıburnu-Anzak Koyu'na doğru yürüyen yüzlerce çift ayağın altında ezilen toprağın çıtırtısı insanda tuhaf bir duygu yaratıyordu. Toprağın çıtırtısı, bu toprağın hikâyesinin farkında olan insanı hüzünlendirecek bir şarkı gibiydi. Toprağın çıtırtısını dinlemek için binlerce kilometre öteden bu gece Gelibolu'ya gelmiş insanlar, belki de bu nedenle kendi aralarında fısıldaşarak yürüyorlardı. Aralarında sayıları fazla olmasa da Türklerin de bulunduğu bu yürüyen kalabalık, tuhaf bir birliktelik duygusu içinde, sanki ölüleri rahatsız etmekten çekinir gibi saygılı bir ruh halindeydi. Onlar yürüyor, ayaklarının altındaki toprak çıtırdıyordu. Gelibolu Yarımadası'ndaki toprak seksen beş yıl sonra yine çıtırdıyordu. Onlar yürüdükçe, toprak çıtır çıtır... Çanakkale'nin altında mezarları olmadan yatan binlerce gencin üzerini örten toprak çıtırdıyor ve her çıtırtı bir gencin hikâyesine ağlıyordu. Toprağın çıtırtısını bir ilahi, altında yatanları bir koro, onları anmak için üzerinde yürüyenleri de bir dans grubu gibi düşünen

Viki, bir an için insanın içini kanatan bu trajik opera sahnesini gözleriyle gördüğünü sandı ve dehşetle sarsıldı. Bu müthiş bir gösteriydi. Olağanüstü etkileyici, korkunç derecede yakıcı, acıtan bir sahne. Bu handiyse grotesk opera sahnesi, o denli canlı ve önündeydi ki, Viki'nin başı döndü. Kendini kontrol edemeyince tökezledi. Onun hâlâ uykulu olduğu için düşeceğini sanan Ali Osman uzanıp Viki'yi kolundan tuttu. Tuttu, sonra da bırakmadı. Viki titriyordu. Ali Osman kolundan tutunca düşmekten kurtuldu. Kolunu tutan ele tutundu. Tutundu, sonra da bırakmadı.

Anzak Torunları'nın birçoğu ellerinde bira kutularıyla dolu plastik torbalar ve sırtlarında uyku tulumlarıyla toprağı çıtırdatarak yürüyordu. Onlar şafakta yapılacak ayinden sonra dedelerinin mezarları başında içip, şarkı söylemeye hazırlanmıştı. Alkollü ve gürültülü mezar ziyaretlerine hiç alışkın olmayan Müslüman kültürler için gösterişli sayılacak bu anma anlayışı, Türklere her ne kadar tuhaf görünse de onlar, 'kahraman düşmanları'nın anısına bunu hoşgörüyle karşılıyorlardı. Aralarında onlara özenip, şafakta deniz kenarında içki içmek ve 'güzel sarışın turist kız' klişesiyle avunmak için bu yürüyüşe katılan Türkler bulunsa da bu düşünceyle oraya gelenlerin ayaklarının altındaki toprak çıt çıkartmıyordu. Ama Çanakkale'den orada seksen beş yıl önce yaşananların farkında olmadan gelip geçenler, zaten bu sesi duyacak hassaslıkta kulağa asla sahip olmayanlardı.

Arıburnu-Anzak Koyu'na ulaşmak için birkaç kilometre yürüdüler. Ama oraya vardıklarında artık yürümenin olanaksız olduğu büyük bir kalabalıkla karşılaştılar. Jeneratörle aydınlatılan tören alanı bilmeyenler için bir rock festivalini andırıyordu. Rengârenk uyku tulumlarına veya Yeni Zelanda/Avustralya bayraklarına sarınıp çimenlere uzanan binlerce genç ortalığı büyük bir açık hava konserinin atmosferine büründürmüştü. Etrafta kameralar, mikrofonlarla dolaşan çoğu yabancı ve birkaç Türk televizyon grubu hemen göze çarpıyordu. Sahilde beyaz sandalyelere oturmuş kalabalık protokolün denizle buluştuğu yerde sırtı denize dönük bir kürsü kurulmuş, kuvvetli spotlarla bu nokta iyice aydınlatılmıştı. Bu kürsünün yanında üç direk vardı. Direklerde yarıya indirilmiş Yeni Zelanda, Avustralya ve Türk bayrakları dalgalanıyordu. Bayrak direklerinin arkası karanlıktı. Simsiyah bir ejderhanın dev ağzı gibi kendine yaklaşan her şeyi sonsuza dek yutmaya hazırlanan deniz, ürkütücü bir sessizlikle o karanlıkta bekliyordu. Ege Denizi, Arıburnu-Anzak Koyu'nda zorla ahıra kapatılmış vahşi bir at gibi kapının açılmasını, içeriye ışığın düşmesini bekliyor, onu hiç kimsenin asla ama asla evcilleştiremeyeceğini bir kez daha göstermeyi planlıyordu. Ege Denizi, seksen beş yıl önce üzerinde ve sahillerinde ölen binlerce genç çocuğun acısını dünmüş gibi hatırlıyor ve bunu asla unutmuyordu. Ege Denizi, Eski Yunan'dan çok daha öncesinde de üzerinde ve sahillerinde ölen insanları hatırlıyor, onların yasını tutuyor ama bu yas onun daha da vahşileşmesine neden oluyordu. Hattâ mikrofondan tatlı tatlı sahile dokunuşunun sesleri tören alanına verilerek yaratılan hüzünlü atmosfere rağmen, Ege Denizi kendini hiç de huzurlu hissetmiyordu. Ege Denizi, binlerce yıldır hırs ve güç uğruna ölüme yollanan gençlerin kanlarıyla kendi turkuaz rengine karışan kırmızıya isyan ediyordu. Ege Denizi, Arıburnu-Anzak Koyu'nda seksen beş yıl önce bu sahili işgal etmek için binlercesi filikalarla yollanan o şortlu delikanlılarla, onların sahile çıkmalarına engel olmak için tepelerde bekleyen Enver şapkalı o gençleri tek tek hatırlıyor, onların ölümlerini birer birer yeniden yaşıyordu. Ege Denizi, huzursuz ve yalnız, simsiyah dev bir ağız gibi Arıburnu-Anzak Koyu'nda bekliyordu.

Viki ve Ali Osman, kendilerine güçlükle ve ancak ayakta durabilecek kadar bir yer buldular. Hava çok serindi, herkesin başında bir bere ya da kapşon vardı. Ali Osman Viki'nin kapşonunu başına takması için ona yardım etti, kendisi de cebinden katlanmış bir beyzbol şapkası çıkartıp taktı. Yanıbaşlarında babasının madalyalarıyla göğsünü süslemiş yaşlı ve özürlü bir Yeni Zelandalı tekerlekli sandalyesinde oturuyor, arkalarında birbirlerine neşeyle çocukluk anılarını anlatan Avustralyalı gençler konuşuyordu.

Saat beş olduğunda bir boru sesi duyuldu sahilde. Avustralya Bahriye Bandosu, duyan herkesin içini titretecek bir marş çalmaya başladı. Sahilden yürüyüşe başlayan sembolik bir Anzak birliği uygun adımlarla bütün koyu dolaştı, önlerinden geçti. Üç ülkenin ulusal marşları çalındı. Tören alanındaki Yeni Zelandalı ve Avustralyalılar kendi ulusal marşlarını heyecanlanarak söylediler.

"Bizim..." diye mırıldandı Viki, "Bizim ulusal marşımız, 'Tanrı Yeni Zelandayı Korusun' iki dilde söylenir. İlk yarısı İngilizce, son yarısı Maorice'dir. Ve sonu 'Aotearoa' diye biter. Bu, 'Uzun Beyaz Bulut' anlamına gelir."

"Öyle mi?" diye gülümsedi Ali Osman, son derece ilgisiz ama kibarca.

Daha sonra kürsüye Yeni Zelanda ve Avustralya Başbakanları çıkıp konuştular. Onların ardından başka önemli insanlar başka önemli konuşmalar yaptılar. Papazlar çıkıp, dua okudular. Bütün bu önemli konuşmalar sırasında Gelibolu sahillerinde üç kavram uçuştu durdu: Kahramanlık, şeref ve zafer. Herkes bu sözcükleri bol bol kullandı. Herkes bu kavramları çok çok sevdi. Sonra katılımcılara dağıtılan kitapçıklarda yazılı dua ve ilahiler, mumlar yakılarak bir ağızdan okundu. Tören, törensel olarak devam etti.

Bir ara ilahi okurken Viki'nin ağlamaya başladığını gören Ali Osman ona hiç bakmadan ve onu rahatsız etmeden yanıbaşında durarak, serin bir ilgiyle onu izledi. Yüzüne hiç bakmadan, ama yanıbaşında durarak. O sırada gökyüzünün rengi açılmaya, pembeleşmeye başladı. Tıpkı gün batımının renkleriyle tan ağarıyordu.

"Bak!" diye işaret etti Viki, burnunu çekerek, "Tam arkana bak! İşte orada. Aman Tanrım ne görkemle başını gösteriyor orada o yine!"

Onun işaret ettiği yere dönüp bakınca Arıburnu Yarı'nı, Anzaklar'ın koyduğu adla; Sfenks'i gördü Ali Osman. Gerçekten de gün ışığı en önce kendi tepesini aydınlattığından, aslana benzeyen heybetli başı, ürkütücü biçimde tepede beliriyordu.

"Büyük dedem ne kadar haklıymış," diye yorgun bir sesle konuştu Viki, "Kendinden emin ve çok ürkütücü bir duruşu var. Sanki hepimizi görüyor ve buranın asıl sahibi olduğunu kükrüyor. Sfenks, Anzak Koyu'ndaki dağın tepesi!"

Gün ağardıkça sahildeki o ürkütücü karanlık dev ağız, şahane mavi bir denize dönüştü. Sanki güneş sihirli bir değnekle dokunmuş, birkaç dakikada bir mucize yaratmıştı. Karanlık ve soğuk bir tepede ilahiler ve ulusal marşlar okumak için toplanmış insanların çevresi aniden cennete dönüşmüş; bir saat öncesinin huzursuz, bilinmez ve karanlık mekânından, masmavi şahane bir denizin, yumuşak bir plajla buluştuğu masalsı bir yere taşınmışlardı.

"Ne kadar güzel!" diye fısıldadı Viki.

Gülümseyerek başını salladı Ali Osman. Arıburnu-Anzak Koyu'ndaki toplu anma töreni bittiği için Yeni Zelandalılar ve Avustralyalılar kendi mezarlıklarına gitmek üzere birbirlerinden ayrılmaya başladılar. Artık Anzaklık'ın bitip, Yeni Zelandalı veya Avustralyalı olmanın vakti gelmişti. Herkes kendi mezarlığı başında kendi ölülerini anacaktı. Ölülerin milliyeti ölümlerinden seksen beş yıl sonra bile, hâlâ önemliydi.

Tören alanı çok kalabalık olduğu ve otobüsler sırayla buraya geldiği için bu ayrılış uzun zaman aldı. Kalabalığa dikkatle bakan Ali Osman düşünceli bir sesle, "Türkler Çanakkale şehitlerini 18 Mart töreniyle anarlar. Ama bu törene bakılınca, bizimkisi çok yerel ve küçük bir tören olarak kalıyor," dedi.

"Ben buna şaşırmadım," dedi Viki. "Türkler, Gelibolu'yu gösterişsiz ve mütevazı anıyorlar, çünkü onlar kazanan ve haklı olan taraftı El-yi Oth-man."

Acı bir gülümsemeyle ona bakan Ali Osman:

"Bizim tarih bilincimiz hâlâ zayıf Viki. Ve tarih, ancak geçmişinden ders almayı öğrenen toplumların bilincinde oldukları bir geçmiştir. Yokluğu, zayıflığı ya da yanlışlığı tehlike yaratır, anlıyorsun di mi?"

"Hadii El-yi Oth-man, yine siyaset yapma," diye ona yaklaştı ve sonra kolunu uzatıp, en çok kendisini şaşırtarak Ali Osman'a sarıldı Viki.

Ali Osman, bu kendiliğinden oluşan kucaklamayı hiç beklemiyordu. Doğrusu biraz şaşırsa da bu duygu gösterisini reddetmedi, o da Viki'ye sarıldı. Viki hem bu yaptığına inanamıyor, hem de bundan mutluluk duyuyordu, ama Ali Osman'ın kendisine gösterdiği yakınlığın yalnızca şefkatli bir dostluk, ya da geleneksel bir misafirperverlik belirtisi olup olmadığından emin değildi. Sonuçta Türkler Doğulu ve Akdenizliydi, yani sıcakkanlıydı. Üstelik Ali Osman onun uzaktan akrabası da sayılırdı. Uzaktan. Yalnızca uzaktan. Üçüncü dereceden... Bu yakınlık yalnızca dostça ve şefkatle bile olsa şu anda Viki'ye iyi geliyordu ve o müthiş soruyu yanında taşıyordu: "Ya değilse?"

Onlar birbirlerine sarılmışken, tam da o sırada kalabalığın içinde tanıdık bir yüz belirdi, yaklaştı ve karşılarına gelip sırıttı:

"Günaydın muhabbet kuşları!"

Viki cin çarpmış gibi Ali Osman'dan ayrılıp, neden böyle yaptığını bilmeden telaşla saçını başını düzeltmeye başladı.

"Günaydın Mehmet, ne haber?" diye sakin bir sesle onu selamladı Ali Osman.

"Sizi bulmak için saatlerdir dolaşıp duruyorum Ali Osman abi yaa. Cep telefonunu da açmamışsın. Neyse iyi bir spot bulmuşsunuz da Viki gösteriyi kaçırmamış... Hayır bu töreni kaçırsaydı kendimi affetmezdim valla."

"Evet, iyi bir yer bulduk," dedi Viki.

"Beğendin mi töreni Viki?"

"Etkileyici tabii."

"Ben her yıl buradayım, ama hâlâ heyecanlanıyorum yaa. Bak tüylerim diken diken oldu valla."

"Keşke 18 Mart'larda biz de etkileyici anma törenleri yapabilsek Mehmet. Seksen beş yıl önce burada neler yaşandığının Türkler de farkında olsa, gelecekte bundan ders çıkartma şansımız, hatta bugünü de daha iyi değerlendirme olanağımız olurdu," diye yine kederli bir sesle içini çekti Ali Osman.

"Avukat ya işte, güzel konuştu Ali Osman Abim. Yaa siz acıktınız mı, haydi size çay ve gözleme ısmarlıyayım. Bakın şu seyyar satıcılardan en soldaki benim arkadaşım, yer misiniz?"

"Gözlemeye bayılırım," dedi Viki.

"Sen Yeni Zelanda mezarlığındaki törene katılmak istemez misin Viki?" diye sordu Ali Osman.

"Hayır, hayır. Ben oraları çok ziyaret ettim. Meh-met biliyor. Bu tören bana yeter."

Viki, Ali Osman ve Mehmet yol kenarına dizilmiş köfte, gözleme, çay-kahve satan seyyar büfelere doğru yürüdüler. Satıcılar yoksul ve yorgun görünüyorlardı. İçlerinden biri Ali Osman'ı tanıdı. Gelibolu'daki hapishanede gardiyan olarak çalışan ama maaşıyla geçinemediği için seyyar satıcılık da yapan, Bigalı Köyü'nden çocukluk arkadaşıydı bu. Orada çay içip, gözleme yediler. Kısa bir sohbetten sonra Ali Osman, Beyaz Hala'ya götürmek için çocukluk arkadaşının gözlemelerinin yarısını satın aldı. Bu yalana inanan Viki şaşkınlık içinde onun gözlemeleri torbalara dolduruşunu seyrediyordu. Sabahın bu kadar erken saatinde su ve kâğıt mendil satan yoksul çocukların ortalıkta dolaştığı ikisinin de gözünden kaçmamıştı.

Gün ağarmış, o büyük kalabalık azalmış, sahilde yanmış mumların ve özel tabaklarda dağıtılmış kahvaltıların atıklarıyla, beyaz plastik sandalyeler kalmıştı. Birazdan Türk işçiler burayı temizleyeceklerdi. Sahil boşalmış, ama Arıburnu-Anzak Koyu'nda göndere yarım çekilmiş üç bayrak hâlâ yan yana dalgalanıyordu.

"Ben Gaz-hi El-yi Jon Cha-vush'un mezarını ziyaret etmek istiyorum. Artık buna hazırım," dedi Viki aniden Ali Osman'a dönüp.

Ali Osman bunu beklemiyormuş gibi şaşırdı. Ama şaşkınlığını hemen attı ve dönüp Viki'ye baktı. Gözleri şefkat doluydu.

"Tamam, arar buluruz Viki," diye atıldı Mehmet.

"Ben onunla gitmek istiyorum Meh-met. Çünkü onun büyük dedesidir."

Bozulduğunu belli etmemeye çalışsa da bunu hiç beceremeyen Mehmet, Viki'nin bu arzusunu mesleki bir başarısızlık olarak algıladığı için kırılmıştı.

"Hay yaşa Mehmet, bak az daha söylemeyi unutuyordum. Benim iki gün sonra İstanbul'da bir davam var, mutlaka dönmem gerekiyor, ama Viki'nin burada geçireceği daha birkaç günü var. Ben bu günler için sana güveniyorum. Çünkü öyle her rehberin bilgisine güvenilmez, bilirsin. Bu iş çok önemlidir. Profesyonel olmak şarttır."

"Tabii Ali Osman Abi, zaten bizim acenta rehber alacağı zaman önce bir mülakat sonra oryantasyon kursu falan yapar."

"O zaman sen Viki'yi öbür gün ararsın, siz normal planınızı yaparsınız. Tamam mı?"

"O.K. Ali Osman Abi. Görüşürüz Viki. Öbür gün arıyorum. Byeee!"

Mehmet cipini park ettiği yere doğru yönelince Ali Osman'la Viki de Arıburnu-Anzak Koyu'ndan ayrılıp, geldikleri yöne yürümeye başladılar. Birkaç saat önce büyülü bir atmosferde karanlık orman içinde yaptıkları yürüyüşün, şimdi artık güneşli ve tatil havası taşıyan bu parktakiyle ilgisi kalmamıştı. Toprak da yürüyenlerin ayakları altında aynı şarkıyla çıtırdamıyordu artık.

Ali Osman, Viki'yi arabasıyla Eceyaylası Köyü'nün mezarlığına götürdü. Son derece gösterişsiz, Müslümanlara özgü şatafatsız mezarlıklardan biriydi bu. Ali Osman, başında iki küçük, sade mezar taşı bulunan ikiz mezarın yanında durdu.

"İşte bunlar," dedi yüzünde şefkatli bir gülümsemeyle, "Büyük dedem, Ali Osman Bey'le yan yana gömülmek istedi. Semahat Hanım da onun bu isteğine saygı duyup, karşı çıkmayınca Ali Osman Bey'in naaşı, hiçbir zaman İstanbul'daki aile kabrine götürülmedi. Büyük dedem Ali Osman Bey'in mezarını buraya taşıdı ve yanını kendine ayırdı. Onlar 1915'ten beri hiç ayrılmadılar."

"Peki ne yazıyor bu taşlarda?"

Viki birden ellerini kavuşturup, başını öne eğdi ve dua etmeye başladı. Onun dua ettiğini gören Ali Osman birkaç adım geri çekilerek bekledi. Küçük bir köy mezarlığında, son derece gösterişsiz ikiz mezarların başında iki genç insan ölülerini saygıyla andılar.

Duası bitince yağmurluğunun cebinden topraktan yapılmış ince bir Maori heykelciği çıkartan Viki, heykeli ortadan ikiye kırdı ve yarım heykelcikleri her iki mezara gömdü. Onu ilgiyle izleyen Ali Osman'a aldırmadan bu kez cebinden çıkarttığı bir kâğıdı sessizce Gazi Alican Çavuş'un mezarı başında okudu. Viki'nin bir dua, ya da Maori dilinde bir ağıt okuduğunu düşünen Ali Osman arkasını döndü ve bekledi.

Uzun bir süre sonra Viki'nin sesini duydu.

"Artık gidebiliriz."

Beyaz Hala'nın evine doğru yürürlerken sokakta tavuklarla beraber gezinen Beyaz Horoz'a rastladılar. Viki onu tanıyordu.

Ali Osman'a Beyaz Horoz'un renksiz olarak özürlü doğduğu halde bundan habersiz ve bu nedenle mutlu olduğunu düşünerek önce eğlendiğini, ama sonra insanın bilincini hatırlayarak acı çekişini anlattı. Bilinç üzerine konuştular bir süre.

"Bilinç acıtır," dedi Ali Osman.

"Bilinç acıtır," dedi Viki.

İkisi birden artık bir horoz olmayı asla kabul edemeyeceklerinin bilinciyle Beyaz Horoz'a imrenerek baktılar. Horoz sanki onları duymuş gibi durdu, bekledi, sonra söylenerek yürüdü gitti. Bu arada Ali Osman'ın seyyar satıcı çocukluk arkadaşından satın aldığı onlarca gözlemeyi hiç üşenmeden köye taşıması ve daha sonra tavuklara vermesi için Havva'ya teslim edişindeki insancıllık Viki'nin gözünden kaçmamıştı.

Artık Beyaz Hala'nın evine yaklaşmışlardı ki, "O kâğıtta ne yazıyordu Viki?" diye sordu Ali Osman aniden, "Sormamın bir sakıncası yoksa eğer... Mezar başında okumak için cebinde taşıyıp, buralara kadar getirdiğin o kâğıtta ne yazıyordu? Bir dua mıydı o?"

Gülümseyerek cebinden o kâğıdı çıkartıp, Ali Osman'a uzattı Viki. İngilizce bir kitaptan fotokopisi çekilmiş kâğıtta şunlar yazılıydı:

"Bu memleketin toprakları üzerinde kanlarını döken kahramanlar, burada bir dost vatanın toprağındasınız. Huzur ve sükun içinde uyuyunuz. Sizler Mehmetçiklerle yan yana, koyun koyunasınız. Uzak diyarlardan evlatlarını savaşa yollayan analar, gözyaşlarınızı dindiriniz. Evlatlarınız bizim bağrımızda, huzur içindedirler ve huzur içinde uyuyacaklardır. Onlar bu toprakta canlarını verdikten sonra artık bizim evlatlarımız olmuşlardır. Atatürk, 1934"

Ali Osman durdu, yüzünde mutlu bir gülümsemeyle Viki'ye baktı. Yaşadığı keyfi sözcüklere sığdıramayacaklarını bilenlerin güzelliğiyle gözleri parlıyordu. Konuşmadan baktı ona.

"Bu metni yazacak kadar zeki, adil, vizyonu geniş bir insan, belki de senin dediğin gibi, 'Yaşadığı sürede Çanakkale'de gösterdiği yüksek zekâ ve sağduyu performansını hiç yitirmemiş olabilir,' dedi Viki.

Başını salladı Ali Osman. Gülümsüyordu. Hiç konuşmadan yürüdüler. Beyaz Hala'nın evine geldiklerinde Ali Osman Viki'ye döndü:

"Hayatta çok az şey Viki, çok az şey bu kadar güzellikle tam yerine oturabilir. Büyük Dedem Gazi Alican Çavuş'a çok sevdiği ve en fazla ihtiyacı olan şeyi okumuşsun. Bu onun için en büyük duadır. Sana minnettarım," dedi.

Bu sırada Ali Osman gözleriyle Viki'yi öpüyordu. Viki bu öpüşü teninde hissetti. Tenine değen bu öpüş artık hiç de arkadaşça değildi. Viki o heyecanla Beyaz Hala'nın kapı zilini üst üste çalmaya başladı.

"Bak hele arayı çok uzatma Ali Osman evladım, her hafta sonu gel, pek göresim gelir seni. Bak senin sevdiğin *tarak pilavı* pişirttiririm gene Havva'ya... Semahat'i de getir, onu da göresim geldi *marı*."

"Gelirim Beyaz Hala, merak etme sen. Ama Semahat'i bilemem. Onun kendi hayatı, kendi iş düzeni, kendi evi ve arkadaşları var. Söz ama, ben daha sık geleceğim sana."

Ali Osman'ın İstanbul'a dönüş vakti gelip çatmıştı. Bir-iki parça eşyasını toplamış, bütün itirazlarına rağmen Beyaz Hala'nın hazırlattığı pekmez, zeytinyağı, cevizli ev ekmeğiyle tıka basa doldurulmuş bir torbayı "Ya Beyaz Hala ya... Ben bunları yiyip bitiremem..." diye homurdanarak arabasına yerleştirmişti. O sırada Viki, Ali Osman'a Yeni Zelanda ev adresini, telefonlarını, faks numarasını ve e-posta adresini yazıyor, Ali Osman da ona, kendi iş kartına eklediği ev ve cep telefonlarını göstererek, hangi saatte hangi telefonda bulunma olasılığı olduğunu açıklıyordu.

"Sakın unutma, aramızda on saat fark var. Biz sizden on saat erken başlıyoruz güne," diye hatırlattı Viki.

"Gördün mü bak, bir de bize Doğulu dersiniz!" diye takıldı Ali Osman ona.

Akşam olmak üzereydi ve Beyaz Hala, Ali Osman'ın karanlıkta araba kullanmasını hiç istemiyordu. Bütün gün Ali Osman'a erkenden yola çıkması için ısrar etmiş, ama genç adam İstanbul'a dönüşünü biraz daha geciktirmek, daha doğrusu Eceyaylası Köyü'nde kalışını biraz daha uzatmak için elinden geleni yapmıştı. Onun bu fazladan neşeli ve hareketli haline bakıp, 'ya sabır!' çeken, ama artık bu konuda ona söz geçiremeyeceğini anlayan Beyaz Hala, durumu kabullenmiş, fakat yine de tümden vazgeçmemişti. Seccadesini yaydı, oturarak da olsa son çareye başvurdu. Bu çare, küçük torununun kazasız belasız evine ulaşabilmesi için, onu koruyacak on rekat yol namazıydı. Aslında onun her yola çıkışında kıldığı yol namazını bu kez her zamankinden çok daha uzun kılıyordu.

Beyaz Hala'nın odasına girip, yol namazını kılmaya başladığına emin olduktan sonra Ali Osman şakacı sesini bırakıp, "Viki seninle konuşmak istiyorum," dedi.

Onun sesindeki ciddiyet, Viki'nin yüreğine aniden kocaman bir iğnenin batmasına neden oldu.

"Tabii," dedi Viki dışardan bakınca son derece sakin ve kontrollü görünerek, "seni dinliyorum El-yi Oth-man."

Ali Osman, gidip Viki'nin yanına oturdu. Ciddiden de ciddi, biraz da düşünceli görünüyordu.

"Bak Viki, buraya, Gelibolu'ya geldin, bizleri; Beyaz Hala'yı, Eceyaylası köylülerini ve Türk basınını tanıdın. Biz de seni tanıdık. Geldin. Hoş geldin. Çok iyi ettin. Yine gel. Mutlaka gel. Biliyorum, zaten yine geleceksin."

Viki birden ürktü. Ali Osman sanki kötü bir son dakika haberi verecekti de...

"Fakat Viki... Sen buraya aslında elindeki teoriyi doğrulamak için geldin. Öyle değil mi? Senin elinde, büyük deden Alistair John Taylor'ın Birinci Dünya Savaşı; Gelibolu Cephesi'nde savaşırken ölmemiş olma olasılığına dayalı bir teori vardı. Doğru mu?"

Doğru olduğunu biliyordu, ama yine de bunu bir kez daha Viki'nin onaylamasını istiyordu. Yani tam bir avukat gibi konuşuyordu. Daha da yani, şimdi kendi kapılarını kapatmıştı.

Ali Osman'ın tam da ayrılmadan önce kendisine çok farklı bir konuda özel şeyler söylemesini arzu ederken, artık öncelik sıralamasında birinci olmayan bu konuyu açması Viki'yi hem düş kırıklığına uğratmış, hem de şaşırtmıştı. Hiç şaşırmamış gibi davrandı. Serin bir sesle, "Doğru söylüyorsun," dedi.

"Sen cesur bir kadınsın Viki. Direngen ve kararlısın. Önüne çıkan bütün engellere direnerek, sonuna kadar cesaretle direndin. Önündeki en büyük engellerden biri olan ve yıllardır dünyaya küsmüş, keçi inatlı Beyaz Halam'ı bile dize getirdin. Dize getirmekle kalmadın, kendini ona kabul ettirdin ve en zoru; kendini ona sevdirdin. Beyaz Halam'ın sevgisi gerçektir. Ne akrabalık, ne de çıkar ilişkilerine dayanır. Onu tanıyan herkes bilir bunu."

Gülümsedi Viki. Beyaz Hala'nın sevgisi, kazanılması için mücadele edilen ve zor kazanılan bütün sevgiler gibi büyük bir enerji veriyordu sevilene.

"Sonunda Viki... sonunda senin eksik hikâyene tıpatıp uyacak, adeta bir pazıl bulmacanın son parçası kadar mükemmel uygunlukta bir başka hikâye buldun ve onu hemen aldın. Çünkü yıllardır büyük bir açlıkla aradığın şey sana sunulmuştu ve sen bunu hiç itirazsız kabullendin. Artık için rahattı, sorununu çözmüştün ve işin ucunu bıraktın. İşte tam bu noktada ben girdim sahneye. Sana dünya kültürlerinin ve insanlığın henüz bu hümanist, bu olağanüstü güzel hikâyeye hazır olmadığını söyledim. Aynı adamın aynı savaşta iki düşman ülkede kahraman olabileceğine o kadar inanmıştın ve bunun doğrulanışıyla o kadar sarhoş olmuştun ki, bir kuzu uysallığında benim sana dikte ettirtiğim 'yanlışlıkla aldanmak' hikâyesini basına açıklamakta hiçbir sakınca görmedin. Oysa o basın toplantısı senin son şansındı. Uluslararası bir basın toplantısının küçücük bir Gelibolu köyünde ikinci kez yapılma şansı yok denecek kadar azdır."

"Evet öyle yaptım, El-yi Oth-man, ne var bunda?" diye sordu Viki. Sesi gergin ve savunmacıydı.

"Görmüyor musun Viki, hiçbir şey dışardan göründüğü gibi değildir. Ve yalnızca bu nedenle bile tarih, düz okunacak bir metin olamaz."

"Yanii?" diye canı sıkılarak sordu Viki.

"Yani mi? Viki, tarih sadece merak yüzünden mi yazılıyor sence? Tarih yalnızca geçmişin yazıldığı düz bir metin olabilir mi? Ya da tarih, yaşadığımız zamanla hiçbir ideolojik bağlantı kurulmadan mı yazılıyor sanıyorsun?"

"Anlamıyorum. Ne demek istediğini anlamıyorum. Kafamı karıştırıyorsun El-yi Oth-man!"

"Kafanı karıştırmak gibi bir amacım yok Viki, aksine senin gibi birinin daha geniş bakabileceğini düşündüğüm bir yere götürmeye çalışıyorum ben seni."

İçini çekti Viki. Canı sıkılmaya başlamıştı.

"Bak Viki. Ben de tıpkı senin gibi küçükken Çanakkale Savaşları'nın hikâyeleriyle büyüyen bir çocuktum. Fakat benim Çanakkale gazisi büyük dedem ve onun kızı Beyaz Halam bana diğer çocuklara anlatılmayan hikâyeler anlatıyorlardı. Büyük dedem her zaman büyük saygıyla andığı ve kendisinden çok etkilendiği silah arkadaşı şehit Ali Osman Bey'le sık sık sanki o yanındaymış gibi konuşur, bazı konularda onun fikrini alırdı. Çocukken ben bu görünmeyen arkadaş oyununu çok severdim, ama şimdi hatırlayınca, büyük dedemin yalnızlığı beni pek hüzünlendiriyor. Adını taşımaktan onur duyduğum bu müthiş adam yalnızca benim büyük dedemi kurtarmamış, geçmişi ve ailesiyle ona bambaşka bir bakış açısı da kazandırmıştı."

Sustu. Yutkundu.

"Büyük dedem, 'İnsan kanının rengi kırmızıdır. Milliyetçilik kan renginde bulunmaz,' derdi. Öte yandan hem o hem de Beyaz Halam yurtsever insanlardı ve bu duygularında samimiydiler. Türk kültüründen olmanın gurur duyulacak yanlarını bana ilk öğreten de onlardı. Bu gurur duyulacak unsurlar içinde ne fetihler, ne de savaş kahramanlıkları vardı. Onlar bin yıllar önce yapılmış fetihleri eleştirmiyorlar, ama benim bakış açımı insanlıkla ilgili başarılara çevirmemi sağlıyorlardı. Örneğin büyük dedem, Osmanlıların yüzyıllar boyu birçok ulusu bir arada idare edişlerindeki siyasi zekâyı överdi. Gerçek yurtseverliğin, insanın yaşadığı ülkenin gelişmesine katkıda bulunması olduğunu ben onlardan öğrendim. Ve doğal olarak, gürültülü ve saldırgan yurtseverlik gösterilerine kuşkuyla bakmayı da.... Büyük dedem, kaba ve gösterişçi milliyetçiliği 'verimsiz milliyetçilik' diye küçümserdi. Ve tarih onun haklı olduğunu İkinci Büyük Savaş'ta kanıtladı. Bir gün siyasete girersem, ki yakın gelecekte buna niyetim var, büyük dedemin nasihatlarının bunda büyük etken olduğunu rahatlıkla söyleyebilirim."

O zaman gülümsedi Viki.

"Bu Türkiye için bir şans olur," dedi hayranlıkla Ali Osman'a bakarak.

Ali Osman onun bakışlarından kaçtı ve aynı ciddiyetle sözlerini sürdürdü, "Teşekkür ederim Viki. Ama ben sana bir şey anlatmak istiyorum. Bunu sana anlatmak zorundayım Viki."

Yine içini çekti Viki.

"Ben lisede okurken büyük dedem öldü. O yaşarken canlı bir tarihti, önemli bir tanıktı, ölünce boşlukta kaldım. O zaman bende bir tarih merakıdır başladı. Resmi tarih kitapları kadar alternatif ve karşı tezlerle de ilgiliydim. Arkadaşlarım çizgi roman okurken ben tarih okuyordum. Her neyse, sonunda toplumların *efsane*ye dayalı kültürlerinin yazılımıyla, *bilimsel tarih* yazımı arasında ne fark olduğunu düşünürken buldum kendimi."

"Efsaneler ve bilimsel tarih mi?" diye şaşırdı Viki.

"Evet. Bak, epik şiir ile tarih arasındaki benzerlikleri hiç düşündün mü sen?"

"O kadar da değil El-yi Oth-man ya!"

"Neden öyle diyorsun? Bak, örneğin Homeros'u ele alalım. Homeros'un, ortaçağda kendi kralının ideolojisine uygun olarak tarih yazan bir tarihçiden tek farkı şair olmasıdır. Gelecek kuşakların kulaklarında kalması için yazılmış kahramanlık hikâyeleri, her ikisinde de birbirine benzer."

"Tarih bir kurgu değildir El-yi Oth-man."

"Evet, tarih bir kurgu olmamalıdır. Ama acaba gerçek öyle midir?"

"Sana katılmıyorum, hem de hiç katılmıyorum ben!" diye kızgınlıkla söylendi Viki.

"Shakespeare'in de okuduğu bir tarihçi var, adı Plutarch. Onun bazı sözleri ilk okuduğumdan beri benim aklımdan hiç çıkmaz Viki."

Bu son akşamın son saatlerini tarih konuşarak geçirmekten hiç hoşnut olmayan Viki, Ali Osman'ın bu konuşmayı nereye bağlayacağını merak etmeye başlamıştı.

"Plutarch, 'Tarihçi, büyük adamların yaptığı büyük işleri kaydeden kişidir,' derken, bir ressamın modeliyle kopyası arasındaki farkı vurgular gibidir. Yani tarihçi ne yaparsa yapsın, işin içine kurgu daima karışır. Bu anlamda bize ulaşan yazılı hiçbir tarih metni yalın gerçeği ama yalnızca gerçeği anlatmaz. Anlatmamıştır Viki."

"Hımmm... Bu açıdan hiç bakmamıştım. Evet, olabilir... Belki burada haklı olabileceğin bir nokta olabilir?"

"Elbette var," diye heyecanlandı Ali Osman, "Tarih canlı yayın olarak yazılmadığına göre belleğe dayalıdır. Ama belleğe dayalı olarak tarih yazılmaz."

Yine içini çekti Viki, ama Ali Osman kendi anlattıklarıyla büyülenmiş görünüyordu.

"Çanakkale Savaşları Türkler için bir zaferdir. İngilizler bunu kendi geri çekilişleri olarak yazarlar. Anzaklar için Gelibolu kendi ulusal kimliklerinin kazanıldığı bir olaydır. Almanlar bunun kendi zaferleri olduğunu çünkü Çanakkale Savaşları'nın komutanının bir Alman general olduğunu söyleyebilirler. Çanakkale Savaşı yirminci yüzyılın en önemli savaşlarından biridir. Rus Çarı'nın devrilmesi ve Sovyetler Birliği'nin kurulması, bu savaşı Türklerin kazanması sonunda gerçekleşmiş, başka deyişle dünya tarihi bambaşka bir yöne kaymıştır. İşte burada da aynı savaş, aynı savaşa katılanların tarihlerinde birkaç farklı versiyonla anlatılmaktadır."

Kafası karışsa da, son gecelerini daha romantik geçirmek için içi gitse de Viki, Ali Osman'ın anlattıklarıyla ilgilenmekten kendini alamadı.

"Ayrıca dikkatle bakarsan dünya kültürlerinin hemen tümünde on dokuzuncu yüzyıla kadar savaşın kötü bir şey olarak görülmediğini ve öyle öğretilmediğini göreceksin. Savaş, biz Türklerin ve Avrupalıların ataları için soylu bir etkinlikti. Tarihe ve efsanelere bak; bütün soylular, paşalar, önemli adamlar savaşçılardı."

'Doğru, evet doğru söylüyor, ama Allah kahretsin, böyle bir gecede başka şeyler söylesin isterdim,' diye düşünerek içini çekti Viki.

"Yirminci yüzyılın ortalarına kadar tam iki bin yıl boyunca, insan deyince erkek insan anladığımızı kimse reddedemez. Bu böyleydi. Bu durumda Hıristiyan Avrupa ve Müslüman Türk tarihinde önemli ve soylu adamlar dendiğinde hep erkek atalarımız denmek isteniyordu. Hâlâ öyledir. Yani tarih, savaşı soylu bir etkinlik sayan erkek atalarımızı, erkek tarihçiler tarafından anlatan bir metindir. –Müslümanlıktan önce Türklerde kadınlar da insan sayılırdı, bu nedenle dini faktörü önemle belirtiyorum Viki."

'Şamanlardı, Türkler Şamandı,' diye hızla düşündü Viki.

"O zaman bizler tarihi, kadınlar açısından hiç bilmiyoruz. Onlar, önemli bir adamın karısı veya kızı olmadıkları sürece hiç anlatılmadı bizlere. Hem tarih yazan bir kadın da yoktu. Olamazdı da. Kadın olarak tarihin içinde var olabilmenin anlamını bu nedenle hiç bilmiyoruz. Yani Viki, kayıt edilmeye değenler soylu erkek savaşçılardı. Öldüren ve ölüm tehlikesiyle karşı karşıya kalan da bu adamlardı. Bir zamanlar, hem de çok yakın zamanlara kadar savaş önemli ve güzel bir şeydi. Şimdi çocuk oyunlarına dikkatle bakarsan hâlâ savaş ideolojisinin onlara oyunlarla taşınmaya ve empoze edilmeye çalışıldığını hemen göreceksin."

"Ama artık eleştirel bir tarih anlayışından bahsedebilecek yeni bir yüzyıla girdik El-yi Oth-man."

"Çok güzel. Bravo Viki. Ama tarih sonunda bir anlatıdır ve anlatı denen olgunun doğası kurguya yakındır. Yani çarpıtmalara ve abartmalara daima açık olduğu söylenebilir. Ve korkarım, daima da açık kalacaktır."

"Ama artık filmler, fotoğraflar var. Belgelemek yirmi birinci yüzyılda çok daha kolay, pratik ve güvenli yöntemlerle yapılabiliyor."

"Doğru, fakat teknolojik olanaklar aynı zamanda montaj, simülasyon tekniklerini de arttırdı. Sonuçta, yöntemler ne olursa olsun, tarihin daima bir anlatıcısı olacak. Bu anlatıcı günün birinde bir robotun çip beyni, yapay zekâsı da olsa, onu yaratan da insan olacak."

"Off çok zorsun El-yi Oth-man."

"Gerçek kolay elde edilmez Victoria Taylor," dedi Ali Osman. Sesi düz ve renksizdi. Bütün espri anlayışını cebinde unutmuştu.

"Gerçeğe giden yol hep zordur. Çünkü işin içinde daima insan faktörü denen yanıltıcı bir öğe vardır. Örneğin sen, gerçeğe ulaştığını düşünüp, benim Türk Devleti tarafından seni ikna ederek, yazılmış tarihi bozmaman için buraya yollanmış bir ajan olup olmadığımı düşünmedin bile."

"Ajan mı? Aman Tanrım sen bir CIA ajanı mısın El-yi Oth-man?" diye çığlık attı Viki.

"Ben olsam olsam Türk istihbarat teşkilatı MİT'in bir ajanı olabilirim Viki."

"Öyle misin gerçekten?" diyerek bir eliyle ağzını kapattı ve nefesini tutarak onun yanıtını bekledi Viki.

İçini çekip, kaşlarını kaldırdı Ali Osman. Canı sıkılmıştı.

"Yok, yok bu olamaz, sen bir ajan olamazsın El-yi Oth-man..." diye sayıklar gibi konuştu Viki endişeyle.

İkisi de sustular. İçerden Beyaz Hala'nın anlamı anlaşılmayan dualarının ve tespihinin sesi geliyordu.

"Senden her şeyi yeniden, bu bakış açısı altında düşünmeni istesem..."

"Sen bir ajan mısın El-yi Oth-man?"

"Bu senin için çok mu önemli? Yani benim devlet hesabına çalışan bir ajan olmam, senin inandığın gibi büyük dedenin savaştan sonra bütün dünyaya meydan okuyarak savaştığı karşı tarafa geçip, onlardan biri olarak yaşadığı hikâyesinden daha mı önemli? Yani şimdi benim ajan olmam, sana bu evde anlatılanların aksine, büyük dedenin de tıpkı binlercesi gibi Gelibolu'da ölen ve mezarı bulunmamış askerden biri olabileceğini anlatmaya çalışmamdan daha mı önemli?" diye bağırdı Ali Osman.

"Benim büyük dedem Gelibolu Savaşı'nda ölmedi!" diye kestirip attı Viki.

"Ya öldüyse ve bütün bunlar senin yatıştırılıp eve yollanarak bu ciddi tarihi skandaldan kurtulmak üzere planlanmış bir oyunsa?"

"Beni sinirlendiremezsin El-yi Oth-man! Büyük dedemin çocuklarına Yeni Zelanda anlamına gelen Uzun, Beyaz, Bulut adlarını vermesi bile gerçeğin bir kanıtı!" diye sinirli bir sesle konuştu Viki.

"Hah, kanıtmış! Sen Türkiye'de köylülerin çocuklarına ne adlar koyduklarını işitsen, bu büyük kanıtı anında unutur, bir daha da bu konuya girmezsin. Çocuklarına; Satılmış, Durmuş, Döne, İmdat, Yeter, Kiraz, Çilek, raf anlamına gelen Sergen ve metal savaş şapkası anlamında Miğfer adlarını koyanlar ki; daha anlamını İngilizceye çevirmekte zorlanacağım birçok garip isim var... Bu adların yanında Uzun ve Beyaz ve Bulut son derece masum ve anlamlı kalıyor elbette. Hem... madem insan isimlerinin işaretleri peşindesin, neden Müslüman bir köylü kızı olan ve büyük dedemle evlenen Meryem'in İsa'nın annesi Ermiş Mary, onun kardeşi İsa'nın da Meryem'in peygamber oğlu Jesus olduğunu düşünmüyorsun?"

Gülmeye başladı Viki. Bu daha çok sinirleri bozulmuş birinin huysuz gülüşüydü. Sonra aniden durdu ve, "Sen bir ajan mısın El-yi Oth-man?" diye sordu onun tam gözlerinin içine bakarak.

"Tanrı aşkına Viki, bütün bu anlattıklarımdan sonra bana söyleyeceğin tek şey bu mu senin?" diye yerinden kalkıp bağırdı Ali Osman, "Hani nerde senin o hayran olduğum zekân yaa? Neden bu aptalca ayrıntıya takılıp kaldın, Tanrı aşkına söyler misin bana?"

Ellerini havada savurarak bağırıyordu, gerçekten öfkelenmişti.

"Aptal mı?" diye bağırdı Viki, ayağa kalkarak, "Aptal, öyle mi? Seni sevdiğim için aptal olabilirim, ama şunu bil ki, eğer şimdi burada ve hemen bana bir ajan olup olmadığını söylemezsen çok daha büyük aptallıklar yapmaya hazırım, El-yi Oth-man Taylar! Hem de öyle aptallıklar ki, hayatın boyunca hiç unutmayacaksın!"

Dondu kaldı Ali Osman. Bunu hiç beklemediği anlaşılıyordu. Viki'nin söyleyebileceği hiçbir şey onu bu kadar gafil avlayamazdı. Kendine gelmek için bekledi, sonra karşısında bir dişi kaplan kadar güçlü ve mağrur bekleyen Viki'ye döndü. Bir şeyler söylemeye hazırlandı. Ama konuşamadı. Hiç beklemediği bir sırada, beğendiği bir kadının kendisine ilan-ı aşk etmesi karşısında dili tutulan bütün erkekler gibi sustu. Viki o zaman kazandığını anladı ve rahatladı.

"Evet bu her şeyden daha önemli El-yi Oth-man. Çünkü artık büyük dedemin hangi milletin pasaportunu taşıyarak öldüğüyle değil, yaşayan bir başka erkekle ilgileniyorum. Hayatımda ilk kez, kendim için kendi ilgilendiğim biriyle karşılaştım. Bunun nedeninin ne olduğu, karşı tarafın üçüncü dereceden kuzenim olması ya da olmaması ve mekânın Gelibolu olması, yemin ederim artık hiç ama hiç umrumda değil! Hayatımda ilk kez aşkımı telaffuz edebiliyorum. Ve eğer bunun nedeni tarih ya da büyük dedemse, çok iyi. Ama değilse yine çok iyi!"

Sustu. Dudaklarını kemirdi ve oturdu.

"Ve bu gücümün çok uzun süreceğini düşünerek aldanma. Biraz daha karşımda böyle aptal aptal bakmaya devam edersen, yeniden o duygularından utanan kıza dönüşeceğim."

O zaman Ali Osman onu gördü. O zaman Ali Osman kendini gördü. O zaman Ali Osman onları gördü. Günlerdir görmediklerini gördü ve anladı. Usulca Viki'nin yanına oturup, ona bir erkeğin, bir kadına baktığı gibi baktı. Ona doğru uzandı. Viki ondan kaçmadı, onun uzanışını karşıladı. Ve o ikisi öpüştüler. Bir zamanlar Gazi Alican Çavuş'un yaşadığı bu evde Viki ve Ali Osman öpüştüler. Öpüştüler. Bu, önce utangaç başlayan, sonra arzu dolu, sıcak, uzun ve çok güzel bir öpüşmeydi.

"Haydee, kesin şu kavgayı," diye söylenerek oturma odasına giren Beyaz Hala onları aşkla öpüşürken görünce durdu, ama şaşırmadı; Beyaz Hala şaşırmazdı.

"Tööbe tööbe... Eviniz yok mu sizin be!" dedi.

Onlar gözleri birbirine kenetlenmiş olarak birbirlerinin dudaklarından ayrılırken Beyaz Hala hâlâ söyleniyordu.

"Dur bakeyim, bunun şerefine rahmetli babama bi mevlit okutayım ben. Mevlit Türkçe'dir, hepimiz annarız! Evet, evet bunu yapayım ben. Babam bunu istedi annaşılan."

Bir saat sonra Ali Osman ağzı kulaklarında İstanbul'a doğru yola çıkarken Viki'den daha kısa, ama daha tanıdık bir öpüşmeyle ayrıldı. Beyaz Hala onun arkasından bir maşrapa su döküp, su gibi kazasız evine gitmesine dua ederken, yine söyleniyordu:

"İyi iyi... Bak bu iyi oldu *marı*. Zaten her işte bir hayır vardır. Artık daha sık geleceksin buraya, bu kız da sık gelecek! Bak ne iyi oldu bu iş! Hayde hayırlısı..."

Ali Osman'ın arabası gözden kaybolunca Viki Beyaz Hala'ya sarılıp onu boğacak kadar sevgiyle kucakladı. İçi içine sığmıyordu. Mutluydu.

"Dur deli kız, dur hele!" diye itti onu Beyaz Hala.

Beyaz Hala sevgi gösterilerinden hiç hoşlanmazdı.

Üç gün sonra Singapur Hava Yolları'na ait bir uçakla Singapur üzerinden Wellington'a uçmakta olan bir uçakta Ali Osman'ın kendisine ancak uçakta açması için verdiği zarfı açan Viki, zarftan çıkan kâğıtta yazılı tek satırı okudu ve gülümsedi. Yüzündeki gülümseme o kadar geniş, mutluluk dolu, rezene kokulu ve sıcaktı ki, yüzünden taşıp uçağın içine yayıldı. Uçağın içi aşk dolu bu gülümseyişle aniden mis gibi koktu, güzelleşti. Bu olağanüstü gülümseyişin mutluluk kokusuyla havada yayılarak tek tek dokunduğu yolcular yerlerinden kalkıp bu gülümseyişin sahibini merakla aramaya başladılar. Buldukları, yalnız seyahat eden genç bir kadın yolcuydu. Elindeki tek satırlık mektubu göğsüne bastırmış, gülümseyerek uyuyordu. Kâğıtta şöyle yazıyordu:

UZUN - BEYAZ - BULUT ↔ GELİBOLU
(Aotearoa ↔ Gallipoli)

Gelibolu Yarımadası'na gidenler, havaların güneşli olduğu günlerde Çanakkale Milli Parkı'nda bastonuyla dolaşan bir nineye rastlarlar.

Beyaz pudrayla kat kat pudralanmış kadar beyaz yüzü yüzlerce derin çizgiyle oya gibi işlenmiş, mavi gözlü yaşlı bir kadındır bu. Sıska denecek kadar zayıf, yüz yaşında kadar yaşlı, genç bir insan kadar çeviktir. Çiçekli pazenden dikilmiş şalvar ve aynı kumaştan bluz üzerine el örgüsü yün bir yelek giymiştir. Ayaklarında yine el örgüsü yün çoraplar vardır. Çorapların üzerine lale desenleri işlenmiştir. Siyah, düz deri ayakkabıları vardır ve elinde akik taşından dizilmiş bir tespihi yavaş yavaş çekmektedir. Bastonuna tutuna tutuna dolaşır Çanakkale Milli Parkı'nda.

Onu görenler, yüzündeki ermiş güzellikten ve kazanılmış huzurdan etkilenir, ona gülümserler. Yabancı turistler ona el sallar, yerli turistler selam verir. O çevresindeki herkeste tuhaf bir huzur ve saygınlık yarattığının farkında değildir ve hiçbir sevgi gösterisine karşılık vermez. Çünkü onları görmez. Bazen durur, etrafındakileri görmeden, "Aman *marı* dikkat edin kendinize! Gelibolu'nun ayazı yamandır, çarpıverir insanı. Yabancı felan annamaz, heç acımaz ha!" diye söylenir.

Tanıyanlar, yıllardır evinden çıkmayan Beyaz Hala'nın yeniden Gelibolu'da görünmesinin uğuruna inanarak, koşup elini öper, bir ermişin hayaletine rastlamış gibi büyülenerek yanından ayrılırlar. Tanımayanlar için bu nur yüzlü yaşlı köylü kadının, yaşına göre bu kadar hızlı yürümesi gerçek değildir; kuşkulu bir hayranlıkla ona bakarlar.

O sırada Arıburnu- Anzak Koyu'na gidip bülbül sesi duymaya heveslenen nine yineler:

"Aman *marı* dikkat edin kendinize! Gelibolu'nun ayazı yamandır, çarpıverir insanı. Yabancı felan annamaz, heç acımaz ha!"

Gerçekten de Gelibolu'nun ayazı yamandır. Hiç acımaz, çarpar insanı.

Hiç acımaz, çarpar insanı.

Acımaz hiç Gelibolu'nun ayazı.

Ayazı Gelibolu'nun.

Gelibolu'nun.

Gelibolu.

1997- 2001 İstanbul